BASTEI
LÜBBE

Über die Autorin:

Eva Völler, Jahrgang 1956, war Richterin beim Landgericht Darmstadt. Heute arbeitet sie als selbstständige Rechtsanwältin – wenn sie nicht gerade Bücher oder Drehbücher schreibt. Ihr viel gelobter Roman *Wenn der Postmann nicht mehr klingelt* erhielt den FRAUENGESCHICHTENPREIS 1996.

Von Eva Völler sind bei BASTEI LÜBBE u.a. *Neulich im Bett* (16205), *Vollweib sucht Halbtagsmann* (16211), *Beiß mich* (16216), *Das Chaosweib* (16221) und *Hauptsache untreu* (16226) erschienen.

Eva Völler

Ich schnapp mir einen Mann

Roman

BASTEI
LÜBBE

BASTEI LÜBBE TASCHENBUCH
Band 16234

1. Auflage: Juli 2002

Vollständige Taschenbuchausgabe

Bastei Lübbe Taschenbuch ist ein Imprint
der Verlagsgruppe Lübbe

Originalausgabe

Umschlaggestaltung: Tanja Østlyngen
Titelbild: Picture Press/Royalty free
Satz: Dörlemann Satz, Lemförde
Druck und Verarbeitung: Cox & Wyman Ltd.
Printed in Great Britain
ISBN 3-404-16234-X

Sie finden uns im Internet unter
http://www.luebbe.de

Der Preis dieses Bandes versteht sich einschließlich
der gesetzlichen Mehrwertsteuer

Für meine Mutter. Danke für das »Labor!«

Vorwehen

»Fahr nicht so schnell«, sagte Flora. »Da vorn ist es doch schon.«

Heiner bremste, stärker als es nötig gewesen wäre. Der Wagen kam ruckartig zum Stehen. »Wiedersehen«, sagte er gelangweilt. »Und frohes Turnen.«

»Willst du nicht doch mitkommen?«, versuchte Flora es noch einmal bittend.

»Wozu denn?«

»Um dabei zu sein. So wie die anderen Väter.«

»Wer kriegt denn das Kind? Du oder ich?«

»Haha. Echt witzig.«

»Das hatten wir doch schon zig Mal«, klagte Heiner. »Ich halte das nicht aus, Florakind! Diese komischen Pantoffelhelden da oben. Die benehmen sich doch so, als würden sie das Kind selber kriegen!«

Flora starrte beleidigt auf ihren dicken Bauch unter dem gemusterten Umstandskleid. Heiner starrte ebenfalls. Beide fanden seit ein paar Wochen übereinstimmend, dass er wie ein Riesenkürbis aussah.

›Am Ende der Schwangerschaft beträgt Ihr Bauchumfang etwa hundert Zentimeter‹, stand dazu in dem Sonderheft Schwangerschaft und Geburt, und: ›Sie selbst und Ihr Partner werden trotzdem jeden Zentimeter davon schön finden.‹

»Ich fahr dann mal weiter«, sagte Heiner.

Wird Zeit, dass wir zu dritt sind, dachte Flora. Ihr Magen knurrte, und sie ärgerte sich, dass sie wieder nur Knäcke als Abendmahlzeit gegessen hatte.

»Ich bin ja schon weg.« Flora stieg schwerfällig aus –

zuerst beide Beine und dann der Rest – und beugte sich ins Wageninnere, um die zusammengerollte Isomatte vom Rücksitz zu nehmen. Sie riskierte einen Seitenblick auf Heiner, ob er es sich nicht vielleicht doch noch anders überlegt hätte. Einen Moment lang versuchte sie, ihm durch schiere Willenskraft unbändige Lust auf den Geburtsvorbereitungskurs zu suggerieren.

Abrakadabra, dreimal schwarzer Kater, Heiner geht mit!!!

Er würde ihr den Rücken massieren, den Kopf stützen und mit ihr im Takt hecheln.

»Was guckst du so? Kriegst du keine Luft?«

Flora schnaufte. Sie hatte unwillkürlich den Atem angehalten. Ohne Erfolg. So viel zu telepathischer Willensbeeinflussung. Heiner sah noch immer nicht so aus, als sei er aufs Turnen erpicht. Er warf ihr einen Luftkuss zu, ohne sie richtig anzusehen. »Okay, bis später dann«, sagte er. Seine Laune schien sich entschieden gebessert zu haben, seit Flora ausgestiegen war. Er blickte in den Außenspiegel und wartete darauf, dass Flora die Wagentür zuwarf.

»Holst du mich ab?«, fragte sie.

»Ich weiß nicht, ob ich's schaffe. Ich muss unbedingt das neue Bild noch fertig machen.« Seine Finger zuckten am Lenkrad, als hielte er den Pinsel schon in der Hand.

Flora trat enttäuscht zurück. »Dann nehm ich halt den Bus.«

Sie blieb eine Weile verloren neben dem Schild am Hauseingang stehen und starrte auf die Schrift, ohne sie wirklich zu sehen. Dabei war sie so stolz gewesen, als sie das erste Mal hergekommen war. Jeden Buchstaben hatte sie verinnerlicht, wie alles, was mit ihrer Schwangerschaft zu tun hatte.

Hildegard Sauerbier, staatl. gepr. Hebamme, Schwangerschaftsgymnastik, 3. Stock.

Alles hatte so toll angefangen. Die atemlose Freude beim Ausbleiben der Regel, die morgendliche Übelkeit, der Jubel, als der Schwangerschaftstest positiv ausfiel. Die erste Schwangerschaftsuntersuchung beim Gynäkologen, das Flattern auf dem Bildschirm des Ultraschallgeräts.

Sogar die Gymnastik bei Hildegard Sauerbier war – auf ganz besondere Art – spannend und aufregend. Und anstrengend, denn sie erforderte höchste Konzentration. Hildegard, um die fünfzig und von vierschrötiger Statur, war seit vielen Jahren Hebamme. Mit ihrer befehlsgewohnten Stimme korrigierte sie gnadenlos jeden Haltungsfehler. Sie paukte die richtige Schnauf- und Hecheltechnik bis zum Exzess, so lange, bis man das Gefühl hatte, an seiner eigenen Lunge zu ersticken. Aber Flora war bereit, alles zu erdulden, was sie einer sanften Geburt näher brachte.

Sie sah Heiners alten Buckelvolvo um die Ecke biegen und verschwinden, drückte in Ermangelung eines stützenden Männerarms ihre Isomatte an sich, ging ins Haus und nahm den Lift in den dritten Stock.

Als sie auf dem Weg in die Umkleidekabine einen Blick in die Turnhalle warf, sah sie, dass die meisten anderen schon da waren. Paarweise natürlich. Werdende Mamis neben werdenden Papis, ganz einträchtig, wie es sich gehörte. Nur sie selbst war wieder mal solo. Sie streifte ihr Sommerkleid ab und ging in dünnen Leggins und Umstandsbody barfuß in die Halle. Anita und Tobias lagen nebeneinander auf ihren Isomatten an der Wand, am weitesten weg von Hildegard, die eben die unverzichtbare Übungskassette einlegte.

Flora gab Anita und Tobias das obligatorische Begrüßungsküsschen und rollte ihre Matte neben Anita aus.

»Kommt Heiner noch?«, fragte Anita.

»M-m.« Flora schüttelte den Kopf.

»Ich dachte, du wolltest ihn überreden, doch noch mal mitzukommen.«

»Hat nicht geklappt.«

»Hat er keine Lust, oder was?«

»Er muss noch ein Bild fertig machen.«

»Welches? Das Hundertste seiner unverkäuflichen Werke?«

Flora schwieg. Anita war ihre beste Freundin, was sie aber nicht davon abhielt, von beleidigender Direktheit zu sein.

Hildegard bezog gleichzeitig mit dem Einsetzen des Entspannungsgedudels Stellung in der Mitte der Halle und klatschte in die Hände. Sie trug einen stramm sitzenden, altertümlichen Gymnastikanzug aus hundert Prozent atmungsfeindlichem Polyester, der ihr mindestens zwei Nummern zu klein war und roch, als hätte sie ihn seit zwanzig Jahren niemals abgelegt. Ihre Dauerwelle sah regelmäßig so aus, als wäre sie stundenlang durch einen Orkan marschiert. Aber als Hebamme war Hildegard angesagt wie keine Zweite. Sie hatte alles drauf, Leboyer, Lamaze und, wenn es sein musste, auch den brutalen Feldwebel vom Dienst. Ihre Dammschnittrate war legendär niedrig, ebenso wie der Anteil der von ihr eingesetzten Schmerzmittel bei der Austreibungsphase. Eine Frau aus der Rückbildungsgymnastik (die fand immer im Anschluss an die Vorbereitungsgymnastik ebenfalls hier in der Halle statt) hatte überglücklich erzählt, sie hätte sich bei ihren letzten zehn Eröffnungswehen die Seele aus dem Leib gebrüllt und um eine Schmerztablette gebettelt, ein Zäpfchen, eine Infusion, eine Vollnarkose, Sterbehilfe, ganz egal, was. Aber da hatte sie bei Hildegard auf Granit gebissen. Die hätte konsequent jede Gabe von Dolantin oder anderen Analgetika abgelehnt, jegliches noch so schrille Flehen um einen Pudendusblock oder eine schnelle, gnädige PDA war ungehört im Kreißsaal verhallt, genau, wie man es vorher ausgemacht hatte. Dafür sei sie Hildegard bis an ihr Lebensende wahnsinnig dankbar, da sie nur so die Geburt als total authentisches und absolut einmalig elementares Erlebnis in Erinnerung behalten würde. Und hinterher hätte Hildegard in ihrer einfühlsamen Art den Mutterkuchen in den mitgebrachten Tuppertopf gepackt, damit der Kindsvater ihn im Garten zusammen mit einem Baumsetzling einpflanzen konnte.

»Wir nehmen die Entspannungshaltung ein!«, befahl Hildegard.

Flora, Anita, Tobias und alle anderen Teilnehmer setzten sich gehorsam auf und sortierten ihre Glieder zum lockeren Schneidersitz. Floras Blicke gingen reihum, zehn runde weibliche Bäuche neben zehn Paar großen, nackten, männlichen Füßen. Der elfte Bauch gehörte ihr, aber das elfte Paar Füße steckte derzeit in einem Paar abgewetzter Turnschuhe, die wiederum unterwegs waren zu Heiners Atelier. Zusammen mit Heiner, dem Besitzer der Füße, der wahrscheinlich wieder den ganzen Abend malen und nicht vor Mitternacht nach Hause kommen würde.

»Wir atmen tief hinab in den Beckenboden«, sagte Hildegard. Sie legte ihre Hände auf ihren voluminösen Busen und strich mit den Handflächen nach unten, als wollte sie eine gewaltige Luftblase abwärts drücken.

»Du wolltest ihm doch mal richtig die Meinung sagen«, sagte Anita, Luft einsaugend wie eine Gabel voll überlanger Spaghetti.

Flora kam aus dem Takt und verschluckte sich an einer Ladung Luft. »Ich bin bis jetzt nicht dazu gekommen. Aber ich habe es fest vor.«

»Wann denn? Wenn das Baby da ist? Hör mal, es ist diese Grundeinstellung von ihm, die ich nicht okay finde. Dass er überhaupt nicht bei der Entbindung dabei sein will und so. Ich kapiere nicht, wie er sich darauf rausreden kann, dass ihm bei der Geburt schlecht wird, wenn er noch nie bei einer zugesehen hat! Du musst da echt noch dran arbeiten, Flora.«

Flora ging nicht darauf ein. Sie folgte schweigend den Anweisungen von Hildegard, die mit einem weiteren Händeklatschen den Beginn der Presswehen (Rückenlage mit angezogenen Beinen) einleitete, passend zum nächsten Musikstück auf der Kassette, einem rasanten Violinengefiedel mit leicht wimmerndem Unterton. Laut Hildegard musste man sich beim Pressen mental in dieses Musikstück hineinversetzen, dann würde sich der Rhythmus von ganz allein ergeben, wie eine Art Pawlowscher Reflex. Keine Frage, dass jeder, der vernünftig pressen wollte, die Kassette als Geburtszubehör brauchte. Sie war eine Eigenproduktion; das Gefiedel stammte von Hildegards Schwager, der zweiter Geiger bei irgendwelchen Provinzsymphonikern war, und sie verkaufte es gegen eine Schutzgebühr von fünfundzwanzig Mark pro Band.

»Und jetzt wollen wir alle zusammen hecheln«, sagte sie mit grimmiger Inbrunst.

Flora hechelte fleißig und hatte dabei das Gefühl, alle Hemmungen von sich zu pusten, sodass sie es wagte, sich mit ihren nächsten Worten auf ein gefährliches Terrain zu begeben. »Heiner-ist-in-letzter-Zeit-so-unaufmerksam«, sagte sie keuchend in Anitas Richtung, und dann, in der nächsten Atempause: »Ist das bei dir und Tobias auch so?«

»Wenn du das meinst, was ich meine – was soll sich denn jetzt, drei Wochen vor deinem Entbindungstermin, noch abspielen?«

Flora wurde rot. »Das meine ich nicht.«

Wenn du wüsstest, dachte sie, wie lange sich da schon nichts mehr abspielt!

»Bitte hecheln in der letzten Reihe«, mahnte Hildegard.

Flora und Anita hechelten folgsam.

»Ihr seid total aus dem Takt«, beschwerte sich ein Vater rechts neben Flora. Seine Schweißfüße entfalteten ihr volles Aroma, als er sich zu Flora und Anita umwandte. Sein Blick wirkte leidend und vermittelte den Eindruck, als könne er nur schlecht damit fertig werden, dass er das Kind nicht selbst gebären durfte. Für eine Millisekunde hatte Flora Verständnis für Heiners Vorbehalte.

»Und langsam ausatmen«, signalisierte Hildegard das Ende der Presswehe. Die Geige verstummte für ein paar Sekunden und setzte dann in lang gezogenem Jammerrhythmus wieder ein. Laut Hildegard vermittelte dieser spezielle Klang ein authentisches Schmerzgefühl (worin alle Teilnehmer des Kurses ihr zustimmten) und sei deshalb ganz wichtig als Vorbereitung für die Entbindung (was niemand so recht glauben wollte, aber man konnte ja nie wissen).

»Was meinst du denn dann, wenn du nicht das meinst?«, wollte Anita wissen.

»Und jetzt gehen wir auf Hände und Knie und machen einen schönen runden Buckel!«, rief Hildegard. Die Vierfüßlerhaltung war eine beliebte Stellung für die Austreibungsperiode.

Ringsherum Ächzen und Scharren. Flora wälzte sich wie alle anderen in die vorgeschriebene Position und buckelte wie eine Katze, während sie nach einer passenden Antwort suchte. Über Anitas Katzenbuckel hinweg sah sie Tobias, der sich ebenfalls krümmte, so gut es ging, und dabei so tat, als hätte er von ihrer Unterhaltung kein Sterbenswörtchen verstanden.

»Also, was ich meine …«, begann sie.

»Und fallen lassen!«, rief Hildegard händeklatschend.

Alle Buckel sackten durch, und aus Katzen wurden Hängebauchschweine.

»Ich meine ganz einfach, dass er mich überhaupt nicht bemerkt, wenn er nach Hause kommt. Jedenfalls nicht in letzter Zeit.« Flora ließ ihren Bauch durchhängen, bis er die Isomatte berührte. Der Stoff ihres Umstandsbodys verursachte auf dem weichen Gummimaterial ein leise schabendes Geräusch. Flora fragte sich, ob ihr Baby es hörte und wenn ja, was es sich dabei dachte. Vielleicht: He, warum kriecht die Alte auf dem Bauch? Oder: Was, zum Teufel, soll dieses dämliche Gerutsche?

»Vielleicht mach ich mir zu viele Gedanken«, beschied sie Anita. »Irgendwie will man ja immer alles perfekt haben. Ständig denk ich drüber nach, wie ich alles unter einen Hut kriege. Vielleicht hab ich einfach überzogene Ansprüche an Heiner. Ich meine, wenn er nicht mit zur Vorbereitungsgymnastik will, will er's eben nicht. Und wenn die Geburt nicht sein Ding ist, ist sie's eben nicht. Ich sollte diese Einstellung einfach okay finden. Was meinst du?«

Anita warf ihr einen Seitenblick zu, der Bände sprach, doch sie verkniff sich eine ihrer üblichen spitzen Bemerkungen, als sie sah, wie deprimiert Flora dreinschaute.

Stattdessen sagte sie besänftigend: »Ich wette, er ist einfach nur überarbeitet. Wahrscheinlich malt er zu viel.«

Heiner hielt einen seiner größten Borstenpinsel in der ausgestreckten Hand, einen von der Sorte, die er zum Auftragen von Hintergrundfarben für seine wild-expressionistischen Vier-Quadratmeter-Schinken benutzte.

Die Farbe – ein sattes Magenta – tropfte zähflüssig herunter und bildete kleine Kleckse zu seinen Füßen, die entgegen Floras Annahme nicht in Turnschuhen steckten, sondern nackt waren. Ebenso nackt wie der Rest von ihm.

Und wie die Frau, die vor ihm stand.

Die beiden befanden sich in Heiners Atelier, einem heruntergekommenen Gelass mit zersprungenen Fenstern und verdreckten Wänden in einer aufgegebenen Lagerhalle, gedrängt voll mit überdimensionalen Leinwänden, Farbdosen und -tuben, Pinselgläsern und Paletten.

Der Pinsel fuhr über Tamaras nackte Brüste, dann über den Bauch und die Oberschenkel.

»Wahnsinn«, sagte Tamara. »Dieses Gefühl ist einfach Wahnsinn.«

»Kunst«, verbesserte Heiner sie.

»Jedenfalls fühlt es sich tierisch an.«

»So ist das manchmal bei der Kunst.« Heiner wühlte mit dem Pinsel in einem fetten Farbklecks auf seiner Palette herum und bemalte sorgsam seine eigene Vorderfront, wobei er gewisse Teile seiner Anatomie allerdings aussparte. Einen Tropfen, der auf sein bestes Stück fiel, wischte er mit einem farbverschmierten Lappen ab.

»Bück dich mal!«, befahl er.

Tamara bückte sich gehorsam, und das lange brünette Haar wallte dekorativ über ihr Gesicht und um ihre Schultern, als sie erwartungsvoll zu Heiner hochschaute.

»Was kommt jetzt?«

»Dreimal darfst du raten.«

Er warf den Pinsel zur Seite und sich selbst auf Tamara.

»Wahnsinn«, stieß sie hervor. »Das ist so wahn-sin-nig geil!«

Heiner begutachtete die Farbabdrücke, die er mit seinen feurigen Lenden auf Tamaras Hintern erzeugte, und wünschte sich dabei, sie würde nicht andauernd Wahnsinn sagen. Ständig sagte sie Dinge wie: Du bist ein Wahnsinnstyp oder: Heut bist du ja wieder wahnsinnig drauf oder: Bei unserem letzten Neunundsechziger bist du ja wieder mal wahnsinnig gekommen.

Heiner machte sich keine Illusionen darüber, dass man heutzutage an die Kunstnähe des Ottonormalbanausen keine überzogenen Anforderungen stellen durfte, aber bei

Tamara war eine Extraportion Langmut nötig, und das, obwohl sie sich paradoxerweise selbst für eine geniale Künstlerin hielt.

Außerdem fand er, dass ihn Tamaras Wahnsinns-Sprüche allzu sehr in die Nähe solcher Genies wie van Gogh oder Beuys rückte. Nicht, dass er etwas gegen van Gogh gehabt hätte, zumindest nicht gegen dessen Bilder. Die waren völlig okay. Aber der Typ selbst war eindeutig schizo gewesen. Bei Beuys war das wohl eher umgekehrt, obwohl Heiner nicht sein letztes Geld darauf verwetten würde.

Noch bevor Tamara den Mund öffnete, wusste Heiner, dass sie wieder einen ihrer Stabreime ablassen würde. Sie war Schauspielschülerin und übte bei jeder Gelegenheit und in jeder Stimmung.

Tamara hob den Lappen auf, den Heiner fallen gelassen hatte. Sie presste ihn sich vor die Nase und schnüffelte wie ein Kaninchen. »Wahnsinn. Wie wunderbar widerlich wild weht dies!«

»Tu das nicht«, keuchte Heiner.

»Was?«

»Nichts.«

»Grandioser, großartiger Guru, du!«, schrie Tamara in höchsten Tönen der Lust.

»Grundgütiger«, stöhnte Heiner.

»Genau«, stöhnte Tamara zurück.

Grässlich, dachte Heiner. Aber immer noch besser als der geifernde Gebieter grapschender Greifwerkzeuge (letzte Woche) oder der zügig zappelnde Zampano (vorletzte Woche).

Er hatte den Eindruck, dass Tamara in dieser Position zu viel Bewegungs- und Redefreiheit hatte. Seine Arme waren ungefähr einen halben Meter zu kurz, um ihr von hinten den Mund zuzuhalten, deshalb wechselte er die Stellung, drehte sie zu sich herum, drückte sie auf den

Boden und legte sich auf sie. Vorsichtshalber umklammerte er ihre Hände, damit sie nicht zu viel Blödsinn damit anrichtete. Wenn sie in Fahrt kam, konnte sie ihm den Rücken bis aufs Blut zerkratzen. Es machte ihr nichts aus, auf dem zugigen, kalten Boden zu liegen. Sie hatte, wie er schon festgestellt hatte, in sexueller Hinsicht eine leicht masochistische Ader. Er selbst fand es auf dem Boden ziemlich unbequem, aber solange er oben liegen konnte, ging's ganz gut. Es hätte eine Idee wärmer sein können, aber der Heizstrahler kostete Strom, und Strom kostete Geld. Flora machte ihm in letzter Zeit ohnehin wegen der Finanzen die Hölle heiß; sie hatte ihm sogar allen Ernstes vorgeschlagen, das Atelier aufzugeben.

Die nasse Farbe schmatzte und quietschte. Heiner stützte sich auf den Ellbogen und betrachtete die entstandenen Muster auf ihrer beider Haut. Sein Bauch sah aus wie bei einem ausgeweideten Zombie. Tamaras Brüste waren wippende, magentarote Hügel.

Tamara warf den Kopf hin und her und quetschte dabei langsam eine Farbtube aus, die zufällig neben ihrem Ohr lag. Wie ein curryfarbener Wurm schlängelte die Farbe hervor und erzeugte gitter- und spiralförmige Effekte in Tamaras dunklem Haar. Heiner war begeistert.

Tamara weniger. »Scheiße«, sagte sie entsetzt, zerrte einen Arm aus Heiners Umklammerung und schob die Finger in ihre farbverschmierte Mähne.

»He, das ist unheimlich ölig«, sagte sie besorgt. »Das klebt total!«

Heiner stellte fest, dass seine Lust nachgelassen hatte, und verdoppelte seine Bemühungen. Es gab keinen größeren Frust, als mittendrin aufzuhören.

»Das geht wieder raus«, versicherte er.

»Womit denn?«

»Mit Terpentin.«

»Wahnsinn!«

»Kannst du mir einen Gefallen tun, Tamara?«

»Aber nur, wenn's nichts Perverses ist.«

»Halt einfach nur die Klappe.«

»Okay, kein Problem. Ich bin sofort still.« Sie schwieg für genau eine halbe Sekunde, dann: »Kannst du noch? Ich hab das Gefühl, du rutschst raus. Sollen wir lieber aufhören mit der Performance?«

»Himmel, sei doch einfach still!«

»Dann küss mich doch, du Wahnsinnstyp!«

Tamara lag in Antons italienisch gestyltem Designerbad in der Wanne, um sich herum Berge von Schaum. Sie schrubbte gerade eines ihrer perfekten Knie, als Anton hereinkam. Er stellte sich vors Waschbecken und musterte sich im Spiegel. Zwischen seinen Zähnen steckte ein halbes Marmeladenbrötchen, weil er keine Hand frei hatte. Er kämpfte mit seinem Schlips und stieß dabei unartikulierte Laute aus.

»Wargdamagla?«

»Häh?«

Er nahm das Brötchen heraus und legte es neben seinen Zahnputzbecher. »Wünschst du mir Glück?«

»Wozu?«

»Du weißt doch.« Anton zerrte an seiner Krawatte und brachte sie mühevoll in die richtige Position. »Für den Prozess.«

»Für welchen?«

»Hör mal, ich hab dir doch davon erzählt. Ziggy der Zigeuner.«

»Ach so, der Betonmörder.«

»Genau der«, sagte Anton.

Tamara schöpfte Wasser über ihre vollkommenen Brüste. Sie fand, dass sie ziemlich schweinchenrosa aussahen.

Sie würde wohl doch noch eine Flasche Terpentin aufmachen müssen.

Anton kam zur Wanne und ging in die Hocke, um Tamara zu küssen. Sie drehte den Kopf weg und hielt ihm halbherzig die Wange hin.

»Heut halte ich mein Schlussplädoyer«, sagte Anton irritiert. »Wenn alles gut läuft, werde ich Partner. Dann werde ich noch mehr Geld verdienen.«

»Na, in dem Fall wünsch ich dir viel Glück.«

»Danke.« Anton schnüffelte an Tamaras Hals. »Das riecht irgendwie nach … Warte mal … Es riecht wie …«

»Terpentin«, sagte Tamara.

»Terpentin. Genau.«

»Ich war gestern vorsprechen.«

»Mit Terpentin«, sagte Anton trocken.

»Ja doch. Ein modernes Stück, weißt du. Mit viel Farbe.«

»Ah ja.« Anton richtete sich wieder auf und zupfte ein paar imaginäre Falten aus seinem italienischen Designeranzug. »Und? Hast du die Rolle gekriegt?«

»Der Intendant hat sich noch nicht entschieden. Ich muss noch ein paarmal hin.«

»Ich wünsch dir Glück«, sagte Anton. Dabei sah er die currygelben Farbreflexe in Tamaras aufgesteckten Haaren. Arme Tamara. Für die Bühne nahm sie manchmal mehr auf sich, als ihr gut tat.

»Dann haben wir uns ja jetzt beide Glück gewünscht«, meinte Tamara leichthin. Anton hatte den Eindruck, als erwartete sie irgendetwas von ihm.

Er ging zurück zum Spiegel, rückte seine Goldrandbrille gerade und setzte sein vertrauenswürdigstes Gesicht auf. »Herr Vorsitzender, werte Herren Beisitzende. Meine Damen und Herren Schöffen. Ausgehend von der Tatsache, dass beide Zeuginnen unabhängig voneinander glaubhaft bekundet haben, dass der Angeklagte zum mutmaßlichen Zeitpunkt des Todes …«

»Kannst du nicht draußen üben?« Tamara sackte zehn Zentimeter tiefer ins Wasser und blies mit gespitzten Lippen einen Luftkorridor durch das rosafarbene Schaumgebirge. »Diese ganze Strafprozess-Scheiße deprimiert mich irgendwie.«

Mich auch, dachte Anton. Tamara hätte ein bisschen mehr Anteilnahme zeigen können. In den vier Monaten, die sie jetzt bei ihm wohnte, war ihre anfängliche Begeisterung über seinen Beruf bald Desinteresse und dann unverhohlener Abneigung gewichen. Sie bekam sofort Depressionen, wenn er ihr von seinen Prozessen erzählte. Jedenfalls behauptete sie das. Wahrscheinlich stimmte es sogar. Warum sollte sie deswegen lügen?

Antons Magen rumpelte schmerzhaft bei dieser Erkenntnis. Er tastete über seine Brusttasche und spürte den verlässlichen Umriss der Tablettenpackung. Wenigstens war ihm jetzt völlig klar, was Tamara von ihm erwartete. Es war so deutlich, als hätte sie es laut gesagt. Anton, raus hier.

Er nahm sein Brötchen und ging in die Küche, auch hier italienisches Design mit viel Marmor, Chrom und azurblauen, hochglänzenden Kunststofffronten.

Er schlürfte von seinem Kaffee und plädierte weiter. »Nach alledem steht über jeden vernünftigen Zweifel hinaus fest, dass der Angeklagte zu besagtem Zeitpunkt nicht in der Fabrik gewesen sein kann …«

Mist. Ein Schluck Kaffee, ein Biss vom Brötchen. Und noch mal.

»Die Aussagen der beiden Zeuginnen lassen keinen anderen Schluss zu als denjenigen, dass der Angeklagte am Abend der Tat nicht am Tatort gewesen sein kann …«

Verdammt, dachte Anton, ich werde es versieben.

»Danke, Herr Vorsitzender, werte Herren Beisitzer, meine Damen und Herren Schöffen, dass Sie sich diesen absurden Blödsinn anhören. Verknacken Sie diesen Mistkerl, er ist es ja doch gewesen. Sie ahnen es, ich ahne es, und der Angeklagte weiß es sowieso. Es steht ihm ins Gesicht geschrieben, dass er ein Drecksack und ein eiskalter Killer ist. Und die zwei Zeuginnen lügen, was das Zeug hält, weil Ziggy sie sonst aufschlitzen würde. Lieber Gott, warum bin ich nicht Staatsanwalt geworden, da hätte ich eine reelle Chance, diesen Fall zu gewinnen!«

Der letzte Schluck Kaffee schmeckte bitter. Anton hätte sich gern noch einmal die Zähne geputzt, aber er wagte es nicht. Tamara würde einen Anfall bekommen, wenn er jetzt schon wieder ins Bad käme.

Anton schluckte eine Magentablette, die zweite an diesem Morgen, dann ging er ins Arbeitszimmer, um seinen Aktenkoffer zu holen.

Lampenfieber

Herbert Schartenbrink hatte mit seinem Team im Gerichtskorridor Stellung bezogen, nachdem ein rabiat wirkender, für die Sicherheit des Gerichtssaals zuständiger Wachmann ihm gedroht hatte, er werde ihn persönlich in die Arrestzelle sperren, die in praktischer Reichweite im Nachbargebäude untergebracht war. Schartenbrink und sein Team hatten folgsam den Gerichtssaal geräumt und versucht, von der Türschwelle aus zu filmen, was drinnen passierte, doch der Wachmann hatte dem Kameramann kurzerhand die Tür vor der Nase zugeknallt.

»Ich brauch mehr Licht, Herby«, sagte der Kameramann.

Schartenbrink drehte sich zu dem Beleuchter um, der

mit dem Scheinwerfer herumfuchtelte. »Was ist los mit der Lampe?«, wollte er wissen.

»Hab's gleich«, sagte der Beleuchter. Er leuchtete Schartenbrink mit dem Scheinwerfer voll ins Gesicht, und der wandte sich fluchend zur Seite. »Auf die Treppe, Mensch. Der Anwalt kommt garantiert gleich hoch. Nein, warte. Lass uns hier noch schnell ein letztes Take machen, dann gehen wir rüber.«

Er reckte das Kinn, um dessen leicht fliehende Neigung auszugleichen und blinzelte ein paarmal, bis er den korrekten stählernen Blick draufhatte. Er klopfte zweimal aufs Mikro.

»Kamera läuft«, sagte der Kameramann. »Ton auch.«

Schartenbrink schaute direkt in die Linse. Der Beleuchter wackelte mit dem Scheinwerfer. Er hätte den Kerl erwürgen können, doch dafür war keine Zeit. Jede Minute konnte Ziggys Anwalt aufkreuzen.

»In der heutigen Schlussverhandlung«, begann er ernst, »soll das mit großer Spannung erwartete Urteil gegen Zacharias Ziegler, genannt Ziggy der Zigeuner, verkündet werden. Ist es der Staatsanwaltschaft im Laufe der bisherigen Verhandlungstage gelungen, Ziggy den Mord an Wilhelm Tellmeier, genannt Willy Tell nachzuweisen? Wie wir schon zu früheren Anlässen berichteten ...«

Er fuhr zu dem dämlichen Beleuchter herum. »Herrgott, kannst du das Ding nicht mal ruhig halten?«

»Mir ist nicht gut«, sagte der Beleuchter. »Ich glaub, das Fischbrötchen, das ich vorhin gegessen hab, war schlecht.«

»Wenn du kotzen willst, sag das gleich«, erklärte Schartenbrink freundlich. Der Beleuchter ließ sich nicht täuschen. Er kannte diesen Blick. Wenn er jetzt sagte, oh, ja, danke Herby, und in Richtung Herrentoilette verschwand, wäre er die längste Zeit in diesem Team gewesen. Er würde auf Monate hinaus im Innendienst versauern.

»Es geht schon«, sagte er.

»Wie wir schon zu früheren Anlässen berichteten«, sagte Schartenbrink in die Kamera, »steht Ziggy der Zigeuner im Verdacht, den mutmaßlichen Drogendealer und Zuhälter Wilhelm Tellmeier getötet zu haben, um ihn als unliebsamen Konkurrenten aus dem Weg zu räumen. Bisher hat Ziggy der Zigeuner jedoch jegliche Beteiligung an der Tat abgestritten.«

Der Beleuchter gab ihm ein hektisches Zeichen.

»Danke«, sagte Schartenbrink und drehte sich um.

Sein geschultes Auge erfasste sofort den Kern des Geschehens. Durch das Gedränge von sensationslüsternen Zuschauern, Zeitungsreportern, Fotografen und uniformierten Wachleuten kam ein grimmig wirkender Typ die Treppe hoch. Er trug trotz der Wärme einen abgeschabten Trench, dessen Gürtel lose herabhing.

»Bingo«, sagte Schartenbrink. »Das ist Kleff!« Ohne sich zu vergewissern, ob sein Team ihm folgte, schob er sich rücksichtslos durch die Menge in Richtung Treppe.

Der Trenchtyp setzte ebenfalls seine vierschrötigen Schultern ein, um vorwärts zu kommen, sodass es nur eine Sache von Sekunden war, bis er Schartenbrink Auge in Auge gegenüberstand.

Schartenbrink griff hinter sich, packte den Kameramann am Ärmel und zerrte ihn rabiat nach vorn, bis er schräg vor ihm stand und so den Trench und Schartenbrink gleichzeitig im Bild hatte. Der Beleuchter war irgendwo hinter ihm, diese Niete, und Schartenbrink beschloss, ihn die Treppe runterzuschmeißen, wenn er diese Aufnahme versaute.

»Meine Damen und Herren«, sagte Schartenbrink ins Mikro, »gerade sehe ich den Kriminalbeamten, der diesen Fall als verantwortlicher Ermittler bearbeitet hat, Herrn Hauptkommissar Alwin Kleff. Er hat seinerzeit den Angeklagten verhaftet und wird heute als einer der Hauptbelastungszeugen der Urteilsverkündung beiwohnen.«

Er stellte sich Kleff in den Weg und zeigte mit dem Zeigefinger auf ihn, eine Geste, die besagte: Du bist dran, mein Freund, und wehe, du hast nichts zu sagen.

»Herr Kommissar Kleff, ich bin Herbert Schartenbrink von AMS.«

Kleff zerrte ungeduldig an seinem Gürtel und suchte nach Mitteln und Wegen, um am Aufnahmeteam vorbeizukommen.

Schartenbrink machte sich so breit wie möglich. »Können Sie für unsere Zuschauer von AMS noch einmal beschreiben, wie Sie damals das Mordopfer vorfanden?«

Er drückte Kleff das Mikro unter die Nase und machte ein aufmunterndes Gesicht.

Kleff schob das Mikro wütend weg, doch es kehrte unerbittlich zu seinem Mund zurück.

»Herr Kleff, was empfanden Sie, als Willy Tell damals mit einem fünfzig Kilo schweren Betonklotz an den Füßen aus dem Baggersee gezogen wurde? Werden Sie es als persönliche Genugtuung betrachten, wenn der Angeklagte als mutmaßlicher Mörder seiner gerechten Strafe zugeführt wird?«

»Kein Kommentar«, sagte Kleff. Er hatte links von sich eine Lücke in der Menschenmasse ausgemacht und tat einen rettenden Sprung direkt hinein. Schartenbrink hätte ihm am liebsten von hinten das Mikro über den Schädel gezogen. Kein Schwein hatte heutzutage Verständnis für die Bedürfnisse einer Informationsgesellschaft. Er konnte sich abrackern bis zum Gehtnichtmehr, trat Tag für Tag mit den allerneuesten, allerschärfsten und allerblutigsten Infos an, um die Abende aus dem Quotentief zu reißen, und wer dankte es ihm? Die Typen von der Redaktion vielleicht? Diese Geier waren doch so geizig, wie sie träge waren. Sie saßen auf ihren dicken Ärschen in ihren tollen Büros und meckerten an allem bloß herum. Von denen sagte doch nicht einer mal: Mensch, Herby, wie hast du das bloß wieder hingekriegt, so auf die Schnelle, und dabei so authentisch!

Herrgott, er hasste diese Burschen!

Moment, wer kam denn jetzt die Treppe hoch? Die Menge brach in Raunen aus und bildete eine Gasse. Ein wildes Blitzlichtgewitter setzte ein, und drei, vier Zeitungsreporter drängten an Schartenbrink vorbei, um mit einem brabbelnden Durcheinander blöder Fragen auf den Neuankömmling einzustürmen. Endlich, da kam er ja, der Herr Rechtsanwalt.

Schartenbrink drehte sich mit süßlichem Lächeln zur Kamera.

»Meine Damen und Herren, ich bin Herbert Schartenbrink von AMS, für Sie direkt vom Landgericht. Soeben sehe ich, wie Dr. Anton Winkler von der bekannten Kanzlei Schnellberger und Partner sich dem Sitzungssaal der Großen Strafkammer nähert. Herr Dr. Winkler ist der Verteidiger von Herrn Ziegler.«

Schartenbrink verteilte grobe Püffe nach allen Seiten und kämpfte sich einen Weg zur Treppe frei. Anton hatte gerade den Absatz erreicht und kam mit flatternder Robe die letzten Stufen heraufgehastet, nach rechts und links knappe Pressestatements verteilend. Er klemmte seinen teuren Aktenkoffer – italienisch, mutmaßte Schartenbrink – unter einen Arm und steckte verstohlen eine Tablette in den Mund, als er die Reporter hinter sich gelassen hatte. Ihm auf dem Fuße folgte ein junger Mann – wahrscheinlich ein Referendar –, der einen gefährlich hohen Stapel Akten schleppte, obenauf einen Band Gesetzestexte und einen Strafgesetzkommentar balancierend.

»Licht«, knirschte Schartenbrink über die rechte Schulter nach hinten. Er würde diesen unfähigen Hampelmann feuern. Wenn es sonst nichts brachte, würde es ihm wenigstens für eine Minute Erleichterung verschaffen. Allein der Entschluss tat schon gut.

Tief Luft holend, gelang es ihm, die äußere Beschaffenheit einer Mauer einzunehmen, einer Mauer, die Winkler jedes Entweichen unmöglich machte.

Wie Schartenbrink sofort erkannte, fehlte es dem jungen Anwalt noch an der nötigen Öffentlichkeitserfahrung. Er war groß, hielt sich gerade, sah gut aus, bewegte sich gut. Aber ihm ging der Sinn fürs richtige Timing ab. Er kaute überstürzt auf der Tablette herum, als er des gewaltigen gelben Mikros mit AMS-Aufdruck ansichtig wurde, das sich wie aus dem Nichts vor seiner Nase materialisierte.

»Herr Dr. Winkler«, rief Schartenbrink mit zwingendem Timbre in der Stimme, »ich bin Herbert Schartenbrink von AMS!«

»Angenehm«, murmelte Anton, den Mund voller weißer Krümel.

Schartenbrink bemühte sich, nicht die Augen zu verdrehen. »Herr Dr. Winkler, können Sie für unsere Zuschauer erläutern, welche Verteidigungsstrategie Sie als Rechtsanwalt in diesem Fall verfolgt haben?«

Anton würgte geräuschvoll die Tablette herunter und zwang sich, sie unten zu behalten. Es fehlte nicht viel, und er hätte mit einem Schwall Magensaft dieses Mikro ruiniert. Zum Teufel, hatte er nicht heute schon genug Probleme am Hals? Aber als hoffnungsvoller Anwärter auf eine Partnerschaft bei der renommiertesten Kanzlei am Ort gab er sich keinen Illusionen darüber hin, wie unermesslich wichtig, ja geradezu unbezahlbar heutzutage eine gute PR war. Er räusperte sich und setzte ein strahlendes Lächeln auf. »Unser Mandant ist unschuldig, und das haben wir unserer Meinung nach zweifelsfrei im Laufe der letzten Verhandlungstage beweisen können.«

Er blickte mit medienwirksamem Stirnrunzeln auf seine Rolex (Schartenbrink erkannte die Nobelmarke im Bruchteil einer Sekunde) und sagte mit unglaublich seriösem Gesichtsausdruck direkt in die Kamera: »Entschuldigen Sie bitte, die Verhandlung fängt in wenigen Minuten an.«

Der Junge lernte schnell, stellte Schartenbrink fest.

Und schon war der Anwalt in der Menge verschwunden, die sich vor dem Gerichtssaal staute.

Schartenbrink hüstelte und fragte sich, ob seine Stimmung sich auf sein Aussehen auswirkte. Die Frau, die jeden Abend in der Maske das Moderatorenteam zu Tode nervte, behauptete regelmäßig, nur wer sich gut fühle, könne gut aussehen. Demnach müsste er so aussehen, als wäre er seit Tagen tot.

»Meine Damen und Herren«, sagte er zu der laufenden Kamera, »ich bin Herbert Schartenbrink von AMS. Wir berichten für Sie aktuell von der Urteilsverkündung gegen Zacharias Ziegler alias Ziggy den Zigeuner. Unter anderem wird uns gleich ein Fachmann erläutern, welcher Art die Auswirkungen sind, die ein Fünfzig-Kilo-Betonklotz auf den menschlichen Organismus hat.«

Der Beleuchter gab ein ersticktes Grunzen von sich und ließ um ein Haar den Scheinwerfer zu Boden krachen. Zwei Frauen, die nur einen Meter weit weg standen, kicherten schrill. Dämliche Hühner. Was wussten die schon? Hatten die vielleicht eine Ahnung davon, wie viel Schweiß und Herzblut er vergießen musste, um Weibern wie ihnen jeden Abend ein super Infotainment zu liefern? Wie schwierig und teuer es war, irgendeinem dämlichen Mediziner, der in der Fachwelt was zu melden hatte, ein paar angemessene, zu diesem Fall passende Fachausdrücke rauszuleiern?

Er lächelte voll warmer Zuversicht in die Kamera. »Meine Damen und Herren, wir sehen uns gleich nach der Werbung. Bleiben Sie dran!«

Der Gerichtssaal barst vor Zuschauern und war erfüllt von Stimmengewirr. Ein halbes Dutzend Wachleute hatte bei der Tür und an den Wänden Stellung bezogen. Sie äugten wachsam in die Runde, bereit, bei dem leisesten Anzeichen von Aufruhr die Öffentlichkeit auszuschließen und sämtliche Zuschauer auf den Gang zu scheuchen, wo sie der lauernden Pressemeute hätten Gesellschaft leisten können.

Ein Gerichtsdiener schob einen voll beladenen Aktenwagen zur Richterbank, vorbei am Staatsanwalt, der sich gerade mit einer Referendarin hinter seiner Bank verschanzte. Die Protokollführerin saß schon an ihrem Platz, sie hämmerte auf der Tastatur ihres aufgeklappten Laptops herum, ohne einen Blick an ihre Umgebung zu verschwenden. Wie auf ein geheimes Zeichen kam der Vorsitzende aus dem Besprechungszimmer, das hinter der Richterbank lag. Die beiden Beisitzer sowie die zwei Schöffen folgten in gemessenem Abstand. Die Zuschauer sprangen auf; nach den vorangegangenen fünf Prozessterminen waren die meisten mit dem Procedere der Verhandlung vertraut.

Anton saß mit tief gesenktem Haupt auf seinem harten Stuhl hinter der Verteidigerbank und war überzeugt, in weniger als drei Minuten an einem Eingeweidekrampf zu sterben. Er hörte das Raunen um sich herum, das Klicken des Laptops und das Knistern von Buchseiten. Neben ihm raschelte der Referendar mit den Notizzetteln herum, die Anton für sein Plädoyer vorbereitet hatte. Natürlich hatte Anton auch einen Laptop in seinem Koffer, doch er würde sich hüten, das Ding vor Gericht auszupacken, genauso wenig wie sein Handy. Die gesamte Richterbank würde in stummer Abneigung erstarren und ihn sofort in die unterste Schublade stecken. Herr Dr. Anton Winkler-Wichtigtuer, mit viel Knete, dafür aber null Ahnung, was mit teurer Technik übertüncht werden musste. Nein danke. Da waren die Zettel viel besser. Mit Zetteln wirkte er sympathisch-jungenhaft (wir alle haben doch schon mal gespickt, nicht wahr?) und nahm jedermann für sich und gleichzeitig für seinen Mandanten ein.

Aber heute würde Anton die Zettel nicht brauchen. Er würde kein Plädoyer halten können. Er konnte ja kaum das Wasser halten.

Er wagte nicht, aufzuschauen, denn eine innere Stimme sagte ihm, dass er einen tödlichen Infarkt erleiden würde, wenn er dem Blick des Vorsitzenden begegnete. Anton hatte bei diesem Richter eine sechsmonatige Referendariatsstation durchlaufen. Er hatte eine Drei-Minus gekriegt, mit allem Wohlwollen, dessen sein Ausbilder fähig war. Der Mann galt als absolut gnadenlos, als einsamer Rächer der Verbrechensopfer und Plagegeist aller Schöffen, Referendare, Richter auf Probe und sonstiger subalterner Personen in seinem Dunstkreis. Bei Gericht und in den Kanzleien nannte man ihn nur das lächelnde Fallbeil. Anton wusste mit neunundneunzigprozentiger Sicherheit, dass er nicht den Hauch einer Chance hatte, Ziggy da rauszupauken. Nur gut, dass Ziggy das Verteidigerhonorar bar und im Voraus hatte zahlen müssen, denn sonst hätten Schnellberger und Partner nicht nur unter dem herben Imageverlust seines – Antons – Versagens zu leiden, sondern auch unter der schlechten Zahlungsmoral, die nach dem Ende eines Prozesses ganz akut bei allen Angeklagten auftrat – es sei denn, man hatte das Finanzielle vorher geregelt.

Am Eingang zum Sitzungssaal entstand Tumult, untrügliches Zeichen dafür, dass der Angeklagte hereingeführt wurde. Jetzt riskierte Anton doch einen Blick. Ziggy kam näher, in Handschellen, flankiert von zwei mörderisch dreinblickenden Uniformierten. Er grinste von einem Ohr bis zum anderen, ein Siegertyp, dem niemand auch nur das Geringste anhaben konnte. Er sah aus, als hätte er soeben die Einlaufwette des Jahrhunderts gewonnen. Anton fragte sich, woher der Mann diesen Optimismus nahm. Wusste er denn nicht, dass er sozusagen schon mit beiden Beinen im Gefängnis stand, und zwar lebenslänglich? Anton hoffte nur, dass er nichts sagte. Zumindest nichts Universalsprachliches wie fuck oder verfuckt, das er nur zu gern in jede Unterhaltung einflocht.

Anton stand auf und streckte seinem Mandanten die Hand entgegen. Ziggy ergriff sie mit seinen gefesselten Händen und drückte sie liebenswürdig. Irgendwie musste es ihm in der Untersuchungshaft gelungen sein, sich die Ohren piercen zu lassen. Er trug hochkarätige Brillis für mindestens zwanzigtausend Mark spazieren, die mit dem Gel in seinem Pferdeschwanz um die Wette glänzten.

»Doktorchen. Toll, Sie zu sehen. Sie sind ein bisschen blass um die Nase, mein Junge.«

Dazu fiel Anton nichts ein. Er fühlte sich nicht nur blass, sondern durchsichtig. Er war ein Niemand, ein Nichts, ein Versager, ein armseliges Gespenst der Jurisprudenz, von einem unglückseligen Schicksal in diesen Gerichtssaal verschlagen.

Die Uniformierten schoben Ziggy in die Bank des Angeklagten, direkt hinter Antons Stuhl. Er konnte seinen Atem im Genick spüren. Ihm wurde abwechselnd heiß und kalt. So musste Wilhelm Tellmeier sich in den Minuten vor seinem Tod gefühlt haben, genauso nichtswürdig, ängstlich und ausgeliefert.

Anton warf einen raschen Blick hinüber zur Zuschauerbank. In der ersten Reihe saßen Ziggys Chauffeur und sein Buchhalter. Jedenfalls nannte Ziggy die beiden so. Sie waren beide zwischen eins neunzig und zwei Meter groß und bestanden aus jeweils hundert Kilo schierer Muskelmasse, darüber Boxernase, Blumenkohlohren und Narbenwülste als Augenbrauen. Und natürlich trugen sie wie ihr Herr und Meister maßgeschneiderten, seidenen Zwirn vom Feinsten, noch zwei Klassen besser als der, den Anton sich von seinem Aufsteigergehalt gönnte.

Anton ließ seine Blicke über die Bänke weiter nach hinten schweifen und sah schwarz. Buchstäblich. Er zählte die erschienenen Anwaltsroben und kam bei einem halben Dutzend aus dem Takt.

Lieber Himmel, da hinten saßen mindestens sechs Kollegen, unter ihnen zwei Partner von Schnellberger! Sie waren gekommen, um Blut zu sehen, um sich an seinem unmittelbar bevorstehenden Untergang zu weiden!

Anton drehte sich zu Ziggy um und rang sich ein zuvorkommendes Lächeln ab.

»Nur Mut, Herr Ziegler«, heuchelte er, »unsere Beweislage ist keineswegs so aussichtslos, wie es scheint.«

»Klar doch, Doktorchen.« Ziggy blinzelte. »Sie hauen mich raus. Das hoffe ich doch sehr. Wenn nicht, dann ...« Er verfiel in kryptisches Schweigen, beugte sich vor und versuchte, einen Blick auf Antons Füße zu erhaschen. Dann schaute er Anton direkt ins Gesicht und schüttelte den Kopf, bis der Pferdeschwanz wie bei einem hysterischen Rodeogaul herumwirbelte.

Anton schloss die Augen, um dem zu entgehen, was jetzt folgte, doch unter einem unerklärlichen, selbstquälerischen Zwang öffnete er sie wieder und schaute seinen Mandanten an. Ziggy tat genau das, was Anton erwartet hatte, das, was er jedes Mal tat, wenn er erst auf diese nervöse Art den Kopf schüttelte. Er fing an zu zwinkern. Ziggy hatte diesen entsetzlichen nervösen Tick, bei dem sein rechtes Auge sich selbstständig zu machen schien. Es zuckte und ruckte und drängte nach vorn, als wollte es aus dem Kopf hüpfen. Anton starrte schaudernd auf das Auge, wie es ihn anglubschte, auf-zu, auf-zu, auf-zu, ein mit scheußlichem Eigenleben beseelter Parasit, gleich würde es sich aus seiner blutigen Höhle lösen und ihn anspringen … Herr im Himmel, wie hatte es geschehen können, dass ihm dieses Mandat übertragen worden war?

»Is was?«, fragte Ziggy. Auf-zu, auf-zu.

»Nein«, sagte Anton. »Überhaupt nichts.«

Er wühlte in den Tiefen seiner Robe herum und fand sofort, was er brauchte.

Doch die Magentablette war eine karge, bröselige Henkersmahlzeit, und sie schien das Rumoren in seinem Inneren noch zu verstärken, anstatt es zu besänftigen.

Die Tür zum Korridor fiel mit einem Knall zu, der etwas Endgültiges an sich hatte.

Anton war plötzlich wieder ein kleiner Junge und glaubte, die Stimme seiner Mutter zu hören. Er war vom Fahrrad gefallen und hatte sich zwei Finger gebrochen.

Nicht weinen, sagte seine Mutter. Männer weinen nicht. Das gehört sich nicht. Du musst tapfer sein. Trag es wie ein Mann, Anton.

Der Vorsitzende eröffnete die Verhandlung, und Anton bereitete sich darauf vor, die Niederlage seines Lebens wie ein Mann zu tragen.

Auf dem Korridor stand Herbert Schartenbrink inmitten des Gewimmels der übrigen Reporter. Sein Kameramann hatte sich so postiert, dass er die geschlossene Tür zum Gerichtssaal im Bild hatte, mit Schartenbrink davor, der ernst ins Mikro sprach. »Soeben wurde Ziggy der Zigeuner zur Schlussverhandlung vorgeführt und von seinem Verteidiger, Herrn Dr. Anton Winkler, begrüßt. Wie zu sehen war, trug Ziggy Brillanten von hohem Wert. Seine gesamte Erscheinung kündet von Reichtum, von großem Reichtum.

Ob dieser Wohlstand mit dem plötzlichen Ableben von Wilhelm Tellmeier zusammenhängt? Mit höchster Spannung erwarten die Menschen hier vor dem Gerichtssaal das Ende des Prozesses. Leider ist wie üblich die Presse von der Berichterstattung direkt aus dem Gerichtssaal ausgeschlossen. Aber wir bleiben für Sie am Ball. Ich bin Herbert Schartenbrink von AMS …«

Schwere Prüfungen

Flora nahm die Fernbedienung vom Couchtisch und knipste dem aufgeblasenen Wicht den Ton weg. Es war nicht auszuhalten. Seit Tagen sah und hörte man in den Medien nichts anderes. Ziggys Brillis, Ziggys Anzug, Ziggys Untaten, Ziggys Chancen. Und jetzt noch Ziggys Anwalt, der wie ein verhindertes männliches Armani-Model in die Kamera grinste und Mist laberte.

Flora saß mit untergeschlagenen Beinen auf dem abgeschabten Sofa, den Daumennagel zwischen den Zähnen und den gewölbten Bauch in bedrohlicher Nähe zur Tastatur ihres aufgeklappten Laptops, den sie auf ihre Knie gebettet hatte. Sie starrte auf das Display und las, was sie zuletzt geschrieben hatte.

Florinda war schon immer der Meinung gewesen, dass ein Banküberfall nicht unbedingt ein traumatisches Erlebnis für die Betroffenen sein musste. Warum also nicht die Gebote der Höflichkeit beachten? »Bitte nehmen Sie nur kleine, nicht fortlaufend nummerierte Scheine«, bat Florinda, während sie dem eingeschüchterten Kassierer die Tasche reichte. »Packen Sie alles hinein, was Sie in der Kasse haben. Und Sie, meine Dame – ja, Sie! –, bitte legen Sie sich flach auf den Boden, das Gesicht nach unten. Und denken Sie daran: Wer die Nerven behält, behält auch sein Leben …«

Flora schüttelte den Kopf. »Scheiße«, murmelte sie. Was sie geschrieben hatte, war gut. Sehr gut. Sogar exorbitant gut. Aber sie kannte es irgendwoher. Woher nur? Sie zermarterte sich das Hirn, kam aber nicht drauf.

»Floraaa!«, brüllte Heiner.

Flora zuckte zusammen. Aus der Küche war das Knallen von Schranktüren und Schubladen zu hören. Er schien schlechte Laune zu haben.

Flora seufzte, drückte die Speichertaste und klappte den Laptop zu. Sie wuchtete sich mit der Grazie eines Elefanten vom Sofa hoch und ging in die Küche.

Heiner hockte vor dem geöffneten Kühlschrank und stöberte aufgebracht darin herum.

»Floraaa!«, brüllte er, noch lauter als beim ersten Mal.

»Schrei nicht so«, sagte Flora. »Das ist ganz schlecht fürs Baby. Was ist los?«

»Nichts ist los.« Heiner warf gereizt die Kühlschranktür zu. »Rein gar nichts. Das ist es ja. Wir haben nicht den kleinsten Krümel zu essen da.«

»Das ist nicht wahr. Es ist noch Knäcke da, ein Päckchen Nudeln, Mehl, Salz, Zucker, Weinessig, Knoblauch …«

»Hör auf, ja? Das ist nicht witzig.«

»Find ich auch«, sagte Flora.

»Warst du nicht einkaufen?«

»Nein, ich war nicht einkaufen. Und zwar aus einem ganz einfachen Grund.« Flora reckte sich zum Aufsatz des Büfetts hoch, hob die alte Kaffeekanne mit den Trockenblumen an und zog ein paar Quittungen hervor. »Du hast … Moment.« Sie blätterte die Zettel durch und überschlug die Zahlen im Kopf. »Allein in der letzten Woche hast du für fast hundert Mark Farben gekauft. Und für über hundertfünfzig Mark Terpentin. Das war unser Haushaltsgeld, Heiner. Und wenn du es genau wissen willst – ich kann mich überhaupt nicht daran erinnern, wann ich die letzte anständige Mahlzeit zu mir genommen habe.« Sie legte die Quittungen zurück, und ihr Blick war eine einzige Anklage. Heiner war nicht imstande, sie anzusehen, also starrte er auf irgendeinen Punkt hinter ihr. Voller Unbehagen wurde er sich der Schäbigkeit seiner Umgebung bewusst. Er sah das durchgewetzte Linoleum, die alten, vom Flohmarkt stammenden Möbel. Und er erkannte überall Floras klägliche Bemühungen, dieser unzureichenden Behausung einen Anstrich von Behaglichkeit zu verleihen. Hier ein blühender Kaktus, dort die Trockenblumen, da drüben die alberne Wandstickerei. Er sah das alles und hasste dieses Eingeschränktsein, diese Falle der Kleinbürgerlichkeit, die ihm Zwänge auferlegte und seine Kreativität tötete. Seine Gefühle – Schuldbewusstsein, Reue, Zorn und Auflehnung – übermannten ihn mit solcher Heftigkeit, dass er am liebsten aufgeschrien hätte.

Er merkte, dass er immer noch vor dem Kühlschrank hockte, und ließ sich auf den Hosenboden fallen. Er klopfte neben sich auf das Linoleum und streckte Flora einladend die Hand entgegen. »Komm her!«

Sie zögerte, kam dann aber zu ihm und setzte sich schwerfällig neben ihn auf den Fußboden. Heiner legte kameradschaftlich den Arm um ihre Schultern.

»Lass uns nicht streiten, okay? Demnächst kommen wieder bessere Zeiten.«

Es klang nicht so, als meinte er das wirklich. Und dann sagte er genau die Worte, die Flora regelmäßig zur Weißglut trieben.

»Bestimmt verkaufst du bald dein Buch, dann sind wir aus dem Schneider.«

Flora rang um Beherrschung. Er wusste, wie sehr sie es hasste, wenn er damit anfing! Sie war noch nicht fertig! Sie würde niemals fertig werden! Das Buch war schlecht, sie würde keinen Verlag finden, und überhaupt …

»Selbst wenn«, sagte sie. »Davon könnten wir nicht leben. Das Baby …«

»Das Baby, das Baby!«, fiel er ihr unbeherrscht ins Wort. »Ich höre immer nur das Baby! Und was ist mit mir? Wer interessiert sich denn für mich? Du jedenfalls nicht. Du hockst doch den ganzen Tag nur da und schreibst!«

Flora wurde wütend. »Das kostet wenigstens nichts, im Gegensatz zu deiner Malerei! Verkauf du doch erst mal was! Dann könnten wir zumindest ein Bett für das Baby kaufen!«

Heiner nahm den Arm von ihrer Schulter und stand auf. »Scheiße. Sind wir also wieder mal beim alten Thema. Warum sagst du mir nicht ins Gesicht, dass ich ein Versager bin?«

Flora starrte ihn an. »Thelma und Louise«, sagte sie plötzlich.

»Was?«

»Thelma und Louise. Daher kannte ich es.«

Heiner stürmte wutentbrannt aus der Küche. Drei Sekunden später krachte die Wohnungstür ins Schloss.

»Da geht er hin«, sagte Flora. Sie legte sich der Länge nach auf den Küchenfußboden und fing an zu heulen.

Anton stand mitten in der unendlichen Weite des Gerichtssaals. Er hörte seine eigene Stimme und stellte verwundert fest, dass er am Ende seines Plädoyers angelangt war. Er hatte es getan. Er hatte es tatsächlich gehalten. Wie und warum er das geschafft hatte, würde ihm auf ewig ein Rätsel bleiben. Es gab doch einen Gott, und er hatte es gut mit ihm gemeint. Sollte Ziggy doch verurteilt werden – es war ihm egal! Er für seinen Teil hatte sein Bestes gegeben. Er wusste, dass er nie besser gewesen war und niemals besser sein würde. Nicht mal in seinen kühnsten Träumen. Nicht mal vor dem Spiegel. Tamara wäre stolz auf ihn. Sie selbst hätte es nicht besser bringen können. Er war alles gewesen. Eloquent, überzeugend, bestechend. Und nicht nur das. Er war faszinierend, feurig, leidenschaftlich …

»Kommen Sie zum Ende, Herr Verteidiger«, mahnte der Vorsitzende.

Anton schluckte. Er blickte hinüber zu den beiden Frauen auf der Zeugenbank. Sie hießen Nadine und Janine und wirkten wie Klosterschülerinnen. Das letzte Mal, als Anton sie gesehen hatte, hatten sie Dekolletees bis zum Nabel getragen und Miniröcke, die kaum den Tanga bedeckt hatten. Außerdem hatten sie kiloweise Klunker umhängen gehabt, und ihr Make-up war von der Dicke und Konsistenz eines Mürbeteigbodens gewesen. Heute waren sie die personifizierte Unschuld. In den Akten firmierten sie als Ziggys Sekretärinnen.

»Und so haben letztlich die Aussagen der beiden Zeuginnen ohne jeden begründeten Zweifel bewiesen, dass der Angeklagte sich zum Tatzeitpunkt nicht in der verlassenen Fabrikhalle aufgehalten haben kann. Die Fingerabdrücke des Angeklagten, die an dem Stuhl sichergestellt wurden, auf dem das Opfer gesessen haben soll, können durchaus von einem früheren … ähm, Besuch des Angeklagten in jener Lokalität stammen.« Anton legte alle Überzeugungskraft in seine Stimme, als er die entscheidenden letzten Worte sprach. »Da somit die Schuld des Angeklagten nicht zweifelsfrei nachgewiesen werden konnte, ist eine Verurteilung ausgeschlossen. Ich beantrage dementsprechend für meinen Mandanten Freispruch.«

»Wegen erwiesener Unschuld«, machte sich Ziggy hinter ihm lautstark bemerkbar.

Anton bedeutete ihm, zu schweigen. Er zuckte verlegen zusammen, als eine der beiden Klosterschülerinnen – Janine – von der Zeugenbank aufsprang und frenetisch applaudierte. Unter den übrigen Zuschauern machte sich Unruhe breit.

Einer der Gerichtsdiener schritt ein und unterband diese Aufwallung von Insubordination mittels autoritärer Gesten. Janine zeigte ihm, für die Richterbank unsichtbar, den Stinkefinger und setzte sich wieder.

Der Vorsitzende klopfte mit seinem altertümlichen Hämmerchen. Anton war es, als würde jeder einzelne Hieb auf seinen Kopf niedersausen. Er sah vorsichtshalber nicht hin. Während seines Plädoyers hatte er dem lächelnden Fallbeil bezwingend mitten auf die Nasenwurzel gestarrt, in der Hoffnung, dass es so aussähe, als schaute er ihm direkt in die Augen.

»Das Gericht zieht sich zur Beratung zurück«, sagte der Vorsitzende. Er stand auf und verschwand ins Besprechungszimmer, gefolgt von den Beisitzern und Schöffen. Der Staatsanwalt blätterte in seinen Akten, die Referendarin saugte an ihren Fingernägeln. Antons Referendar malte mit dem Füller Punkte auf sein Handgelenk. Die Protokollführerin hörte auf zu tippen und blickte gelangweilt in die Runde.

Anton kehrte mit federnden Schritten zu seinem Platz zurück. Dort versagte seine Schauspielkunst. Er fühlte sich wie ein Ballon, in den jemand eine Nadel gepiekst hatte. Schwer ließ er sich auf den Stuhl fallen.

»War's das jetzt mit der verfuckten Verhandlung?«, quengelte Ziggy hinter ihm.

»Ja. So ziemlich jedenfalls«, sagte Anton erschöpft. »Das heißt, das Wichtigste kommt natürlich noch.«

»Wieso? Was denn?«

»Das Urteil.«

Vor der geschlossenen Tür zum Gerichtssaal drängten sich Reporter und Neugierige. Schartenbrink verteidigte mit spitzen Ellenbogen und harten Absätzen erbittert seinen Platz im Getümmel, sorgsam darauf bedacht, immer im

Bild zu bleiben. »Wie wir soeben erfahren konnten«, sagte er mit breitem Lächeln in die Kamera, laut, um das Stimmengewirr zu übertönen, »hat das Gericht in dieser Minute das Urteil verkündet. Jeden Moment erwarten wir also …«

Seine nächsten Worte hörte niemand mehr, denn die Doppeltür zum Gerichtssaal wurde aufgestoßen, und Ziggy erschien. Ohne Handschellen, die Arme nach oben gereckt. Ein freier Mann. Sein rechtes Auge zuckte wie verrückt, und er grinste wölfisch ins einsetzende Blitzlichtgewitter. Rechts und links an ihm klebten Nadine und Janine. Wie auf Kommando lächelten sie direkt in die Kameras, unauffällig an Frisur und Kleidung zupfend.

Der Chauffeur und der Buchhalter erschienen hinter dem Trio und verdrückten sich eilig, als sie sich unversehens im Brennpunkt der Aufmerksamkeit wiederfanden. Sie machten Anton Platz, der erschöpft, aber glücklich wirkte, als er in den Gang hinaustrat.

»Freispruch!«, schrie Schartenbrink ihn an und hielt ihm das Mikro vor den Mund.

Anton zuckte beim Anblick des bananengelben Dings erschrocken zusammen, nickte dann aber ungläubig lächelnd in die Kamera. »Ja, es ist uns in der Tat gelungen, das Verfahren zu einem überaus erfreulichen Abschluss …«

Er konnte den Satz nicht beenden, weil Ziggy ihn bei beiden Ohren packte und ihn mitten auf den Mund küsste.

Nach dieser rüden Zärtlichkeit schienen alle und jeder mit ihm Körperkontakt aufnehmen zu wollen. Die Kollegen drängten sich händeschüttelnd und schulterklopfend heran, Arme legten sich um seine Mitte, Hände schlugen auf seinen Rücken, Glückwünsche wurden ihm in die Ohren gebrüllt.

»Was …«, stammelte er.

»Das war es, mein Junge!«, schrie einer der Partner von Schnellberger. »Genau das war es, was du brauchtest!«

Anton nickte mechanisch, doch er war sich nicht sicher, ob wirklich zutraf, was sein Kollege da sagte. Anton hatte gerade eben Kleff gesehen, den Kripomann, der Ziggy seinerzeit hoppgenommen hatte. Er stand unbeachtet inmitten des Gewühls und sah Anton an. Sah ihn einfach nur an.

Anton fühlte sich wie gerädert, als er auf dem Parkplatz vor der Kanzlei aus dem Wagen stieg. Er war mit seinen Gedanken meilenweit weg, ohne sagen zu können, wo. Erst als er zum Eingang hinüberging, bemerkte er, dass er den Wagen abgeschlossen hatte, obwohl der Referendar noch drin saß. Als Anton das Hämmern hörte, drehte er sich um und hob reumütig den Schlüssel mit der Fernbedienung. Die Zentralverriegelung seines BMW 523i löste sich, und der Referendar stieß die Beifahrertür auf.

»Tut mir Leid«, kam Anton ihm zuvor. »Ich bin im Moment nicht ganz bei mir.«

Beim Betreten des Kanzleigebäudes musterte er das blank polierte Messingschild an der noblen Fassade. *Dr. Harald Schnellberger*, und darunter sämtliche acht Partner. Vielleicht demnächst neun. Mit ihm.

Als er die Tür zum Empfangsraum aufschloss, wunderte er sich über die ungewohnte Stille. Aber nur einen Moment lang, nur so lange, bis der Jubel über ihn hereinbrach. Sämtliche Anwälte der Kanzlei, alle Sekretärinnen, Anwaltsgehilfinnen, Referendare hatten sich im Empfangsraum versammelt, um ihm einen großen Bahnhof zu bereiten. Sie hielten Champagnergläser in den Händen und bildeten ein Spalier, an dessen Ende Harald Schnellberger stand, Seniorpartner, Gentleman im englischen Stil, das Haar silbern, die Krawattennadel massiv golden, die Patek-Philippe-Uhr aus Platin und die Manschettenknöpfe lupenreine Zweieinhalbkaräter. Er breitete emphatisch die Arme aus, als Anton näher kam.

Anton war versucht, einen Blick hinter sich zu werfen, ob wirklich er gemeint war. Aber er war es. Von allen Seiten wurden ihm Hände zum Schütteln entgegengestreckt. Jemand drückte ihm ein gefülltes Champagnerglas in die Hand, während er vor Schnellberger stand und nach Worten suchte.

Schnellberger kam ihm zuvor. »Werter Herr Kollege Winkler! Gratuliere! Sie haben uns alle Ehre gemacht – Partner!«

Das war es. Das Zauberwort. Partner. Er hatte es gesagt. Er hatte es tatsächlich gesagt! Anton wiederholte es im Geiste, er sagte es sich stumm immer wieder vor, wie ein Mantra. Partner, Partner, Partner. Jedesmal erschien eine Null mehr hinter der Garantiesumme seiner künftigen Sozietätsbeteiligung. Anton war seit fünf Jahren Anwalt in dieser Kanzlei und hatte sie wachsen sehen. Jetzt, mit fünfunddreißig, war er im richtigen Alter, als Sozius durchzustarten. Es gab Pläne, die ganze Kanzlei in die drei oberen Stockwerke eines gerade erst fertig gewordenen Hochhauses in der Nähe zu verlagern. Es wurde höchste Zeit für einen Umzug der Firma. Die Verträge waren fast unterschriftsreif. Goldene Zuwächse von fünfzig bis hundert Prozent in drei Jahren nach ebenso vielen überörtlichen Zusammenschlüssen. Europa lockte. Fusionen standen bevor, die Gründung weiterer überregionaler Sozietäten war in Arbeit, die Hemmschwelle des Werbeverbots war endlich gefallen. Jedermann wollte an die Börse, und dafür brauchte man Anwälte. Das Zauberwort hieß Vergrößerung mit gleichzeitiger Spezialisierung. Steuerrecht, Aktienrecht, Gesellschaftsrecht, so hießen die Fleischtöpfe, um die sich die Anwaltschaft scharte wie um eine Gelddruckmaschine. Und ein Stück von diesem Filet wartete auch auf Anton. Exzellente Strafverteidiger waren rar und sehr gefragt, denn mit ihrer Arbeit verpassten sie dem Geschäft Glamour und erhöhten den Bekanntheitsgrad.

Eine der Angestellten drängte ihm einen gewaltigen Blumenstrauß auf. Anton drückte ihn an sich, nippte am Champagner, atmete tief durch und konnte nicht aufhören zu grinsen.

Als er in aufgeräumter Stimmung mit Champagnergeschmack auf der Zunge und Blumenstrauß im Arm das Kanzleigebäude verließ, war es schon nach acht, doch die Sommersonne vergoldete den Abendhimmel und Antons ohnehin prächtige Laune. Er ging zum Wagen, stellte seinen extrem schweren Aktenkoffer zu seinen Füßen ab (außer dem Laptop war jetzt auch eine Flasche Moet & Chandon drin) und zog den Autoschlüssel aus der Sakkotasche. Dass jemand hinter ihm war, bemerkte er erst, als er die Stimme hörte.

Es war Kleff, und beim Anblick seines bösartigen Lächelns verflüchtigte sich Antons Überschwang wie eine zerplatzende Seifenblase. Der Kerl hatte es allen Ernstes auf sich genommen, hier eine kleine Ewigkeit auf ihn zu warten. Oder besser, ihm aufzulauern.

»Das Kanzleischild mit dem neuen Partnerzusatz ist wohl schon in Arbeit, was?«, fragte Kleff höhnisch. »Oh, ich hatte ja heute im Gericht ganz vergessen, Ihnen zu gratulieren.« Er packte Antons Hand und quetschte sie grob. Anton unterdrückte mühsam einen schmerzerfüllten Aufschrei und ließ die Blumen fallen. Kleff sah unbewegt zu, wie Anton sie aufhob und auf das Wagendach legte.

»Natürlich«, betonte Kleff, »hat der Witwe von Wilhelm Tellmeier heute im Gerichtssaal niemand die Hand geschüttelt. Aber die haben Sie wahrscheinlich sowieso nicht bemerkt, oder? Sie waren ja viel zu beschäftigt, sich der Presse und Ihren Kollegen zu präsentieren!« Er beugte sich vor und starrte Anton mit eiskalter Wut in die Augen. »Denken Sie vielleicht, es war ein Spaziergang, dieses Schwein zu schnappen? Was glauben Sie, was wir bei der Polizei tun? Wir haben monatelang Indizien gesammelt, Zeugen vernommen, Gutachten erstellen lassen. Ich habe wegen diesem Dreckskerl wochenlang schlecht geschlafen, Mann! Meine ganze Abteilung hat seinetwegen hunderte von Überstunden runtergerissen! Wir haben ihn überführt, zum Teufel!«

»Das war Ihre Arbeit«, sagte Anton mit mehr Selbstbewusstsein in der Stimme, als er fühlte. »Und ich habe meine Arbeit gemacht. Weiter nichts.«

»Ja, sicher. Sie haben einem kaltblütigen Mörder zur Freiheit verholfen. Bestimmt stehen beim nächsten Mord auch wieder genügend Zeugen zur Verfügung, die Ziggys Unschuld beweisen, was meinen Sie?«

Anton schwieg, und Kleff beugte sich abermals bedrohlich vor, bis seine Nase fast die von Anton berührte. »Eines Tages werden Sie dafür bezahlen, Herr Rechtsanwalt. Sehen Sie sich nur vor. Jeder tut mal einen Schritt in die falsche Richtung. Jeder, ohne Ausnahme. Glauben Sie mir, ich weiß das aus Erfahrung. Und sobald Sie diesen falschen Schritt machen, bin ich da und stelle Ihnen ein Bein.«

»Wollen Sie mir drohen?«

»Ja, sicher«, sagte Kleff leichthin. »Was sonst? Glauben Sie mir. Wenn ich Sie mit irgendwas kriegen kann, krieg ich Sie.«

Er drehte sich auf dem Absatz um und ging. Sein schäbiger Trenchcoat war von hinten genauso fleckig und abgeschabt wie von vorn. Halb erwartete Anton, dass Kleff sich noch mal zu ihm umdrehen würde, die Hand an die Stirn gelegt wie Columbo, und sagen würde, ach übrigens, Herr Dr. Winkler-Wichtigtuer, eins hatte ich noch vergessen, entschuldigen Sie vielmals, dass ich Sie damit auch noch belästigen muss, aber Sie sind verhaftet.

Der Eindruck war stark, beinahe wie eine Vision, und verschwand erst, als Kleff um die Ecke gebogen und außer Sicht war. Anton holte Luft und ließ am BMW die Verriegelung aufschnappen.

Vergiss den Typ, sagte er sich, während er einstieg und den Motor startete.

Als er losfuhr, fielen die Blumen vom Dach des BMW. Den Koffer hatte er auch stehen lassen. Er bremste, stieg wieder aus und holte beides in den Wagen. Er fühlte Beklommenheit, und es fiel ihm schwer, Kleffs verbittertes Gesicht aus seinen Gedanken zu verdrängen.

Im Theater war es bis auf die von Scheinwerfern erleuchtete Bühne und die vorderen Ränge dunkel. Anton schlich auf Zehenspitzen herein, um das Vorsprechen nicht zu stören. Er setzte sich in eine der leeren hinteren Reihen und legte den Blumenstrauß im Zeitlupentempo auf den Sitz neben sich, um so wenig wie möglich zu rascheln.

Vorne, direkt vor der Bühne, saßen der Regisseur und ein paar Assistenten. Oben auf der Bühne hatten sich einige Rollenbewerber versammelt. Eine dralle Aspirantin mit blau gefärbten Ponyfransen trat vor und wurde nach wenigen piepsigen Worten zur Seite gewinkt.

»Allez-hopp!«, schrie der Regisseur. »Die nächste! Und ein bisserl lauter, wenn ich bitten dürfte!«

Tamara trat vor und warf sich in Pose. Anton blinzelte. Ihr Haar … es sah auch irgendwie blau aus, aber nicht gesträhnt wie bei der Drallen, sondern eher gefleckt. Plötzlich griff sie hinter sich an den Bund ihrer Jeans und zückte eine Pistole, die sie direkt auf den Regisseur richtete.

Anton zuckte verschreckt zusammen und stieß mit einer unachtsamen Bewegung die Blumen vom Sitz neben sich. Das Zellophan der Verpackung knisterte lautstark, als er sie wieder aufhob.

Der Regisseur drehte sich irritiert zu ihm um und wandte sich dann erneut zur Bühne. »Wo ist die Lampe?«, schrie er. »Requisite!« Er zeigte mit dem Finger auf Tamara. »Was soll die Pistole? Ist mir vielleicht ein wesentlicher Aspekt dieser Rolle entgangen?«

»Ich hab mir bloß gedacht, diese Margarete ist so unheimlich zurückhaltend, irgendwie so unterdrückt und gehemmt. Ich finde einfach, die braucht so eine Art Metapher, sie muss zum Ausdruck bringen, dass sie im Prinzip die Schnauze voll hat von dieser ganzen Scheiße. Die Pistole bringt das irgendwie viel besser rüber als die Lampe, finde ich. Okay, ich will jetzt mal vormachen, wie ich mir die Sache so denke.« Sie hielt die Pistole mit beiden Händen und fing an zu deklamieren. »Es ist so schwül, so dumpfig hie, und ist doch eben …« Sie stockte.

Der Assistent neben dem Regisseur blätterte in seinem eselsohrigen Skript und soufflierte. »So warm nicht drauß!«, rief er.

»So warm nicht drauß«, nickte Tamara. »Es wird mir so, ich weiß nicht wie … Ich weiß nicht wie …«

»Ich wollt, die Mutter käm nach Haus«, sprang der Assistent ein.

»Das wollt ich auch«, sagte der Regisseur halblaut.

»Mir läuft ein Schauer übern ganzen Leib«, intonierte Tamara.

»Danke«, sagte der Regisseur.

Tamara hob die Pistole höher und fuhr unbeirrt fort. »Bin doch ein furchtsam töricht Weib.« Sie schloss die Augen und fing an zu singen. »Es war ein König in Thule, gar treu bis an das Grab …«

Himmel, dachte Anton. Singen war nicht gerade ihre Stärke. Überhaupt war sie als Gretchen eine glatte Fehlbesetzung, jedenfalls, soweit er das aus der Sicht des Theaterlaien beurteilen konnte. Anscheinend lagen ihr die modernen Stücke eher, das sagte sie ja selbst. Anton war überzeugt davon, dass ihr Durchbruch nicht mehr fern war. Und wenn nicht – was machte das schon. Sie könnten heiraten, jetzt, nachdem er es beruflich endgültig und nachhaltig geschafft hatte. Es war genug Geld für sie beide da, für ein angenehmes Leben im Luxus. Sie würden an nichts sparen müssen. Er konnte Tamara verwöhnen, sie würde alles haben, was ihr Herz begehrte. Klamotten, Klunker, Karibik, Kinder … Bei Letzterem war Anton sich allerdings nicht sicher, ob Tamara der Sinn danach stand.

»… dem sterbend seine Buhle«, sang Tamara, »einen gold'nen Becher gab …«

»Aus!«, brüllte der Regisseur. Er drehte sich zu Anton um. »Tun Sie mir einen Gefallen, junger Mann. Nehmen Sie sie mit nach Hause und sorgen Sie dafür, dass sie den Mund hält.«

Anton gab sich redlich Mühe, später, im coolen Ambiente seines italienisch gestylten Schlafzimmers. Er lag mit Tamara im Wasserbett, genauer gesagt, er lag auf ihr und war voll bei der Sache. Rechts von ihm – links von Tamara – stand die halb leere Moet-&-Chandon-Flasche im Kühler auf dem Nachttisch, zusammen mit den beiden Gläsern, und die röhrenförmige Designerlampe daneben erfüllte den ganzen Raum mit romantischem Licht. Aus den Bang-&-Olufsen-Boxen rechts und links neben dem Bett tönte ein Schmachtsong von der neuen Kuschelrock-CD. Es stimmte alles: Atmosphäre, Temperatur, Stimmung, Schwingung, Tempo …

Als Anton zwischendurch die Augen öffnete, hatte er den absurden Eindruck, dass Tamara hinter seinem Rücken auf die Uhr blickte, anstatt vor Leidenschaft seine Haut zu zerkratzen. Das war natürlich Blödsinn. Ihre Hände waren hinter seinem Rücken, doch sie kratzte ihn nicht – kratzte ihn schon lange nicht mehr –, aber warum sollte sie auf die Uhr schauen? Sie blickte mit weit geöffneten Augen über seine Schulter zur Decke hoch. Wohin sonst. Die Starre in ihrem Blick war Lust, wachsende, wilde Lust, nichts anderes.

Anton verdoppelte seine Bemühungen, und Tamara verfiel in ein gutturales, lautes Stöhnen. Ein Mann mit weniger Erfahrung hätte vielleicht glauben können, dass es einstudiert klang, doch Anton wusste es natürlich besser. Er war ein leidenschaftlicher, fantastisch einfühlsamer Liebhaber, das hatte Tamara selbst gesagt.

»Ah-Ah-Ah-Pfffschsch!«, stöhnte sie. »Aha-aha-pfffschsch-ooohhh-duuu!«

»Ja, Liebling, ich bin hier!«, flüsterte Anton, ergriffen von ihrer enthusiastischen Reaktion und seinen Fähigkeiten, Tamara zu solcher Ekstase hinzureißen.

Urplötzlich und für Anton völlig unerwartet kam sie mit einem enormen Aufschrei zu einem heftigen, aber kurzen Orgasmus und warf Anton einen Sekundenbruchteil später mit einem Ruck ab.

Anton blieb benommen liegen und fuhr verdattert zusammen, als sie im nächsten Augenblick aus dem Bett sprang und pfeifend ihre Unterwäsche vom Boden aufsammelte. »Das war echt toll, Anton. Aber jetzt muss ich weg.«

»Moment, ich hatte doch noch gar nicht ... Ich meine, ich war doch überhaupt noch nicht ...« Er verstummte linkisch.

»Manchmal sind Frauen eben eher fertig«, sagte Tamara in friedfertigem Ton.

Anton setzte sich auf. Er fühlte sich schlaff und ausgelaugt. Seine Erregung war wie weggeblasen. Mit zittrigen

Fingern nahm er sein Champagnerglas vom Nachttisch und nippte daran. Bitter und schal. In seinem Magen rumpelte es auch schon wieder. Anton starrte in die perlende Flüssigkeit und fühlte sich elend wie der König von Thule. »Wo willst du denn überhaupt so spät noch hin?«

Tamara schlüpfte in einen apfelgrünen, spitzenbesetzten Slip. Sie liebte Dessous in kräftigen Obstfarben. »Zum Vorsprechen.«

»Aber Tamara, du hast doch heute Abend schon ...«

»Nein, nein, das, was gleich noch läuft, ist was anderes. Eine total avantgardistische Experimentalbühne. Was echt Neues, mit ganz kleinem Ensemble.«

»Diese Sache mit den Farben?«

Tamara nickte lächelnd, hakte ihren apfelgrünen, zum Slip passenden Wonderbra zu und stolzierte hüftschwingend aus dem Zimmer, Jeans und T-Shirt unterm Arm.

Dreißig Sekunden später hörte Anton die Klospülung rauschen, und wieder dreißig Sekunden danach die Wohnungstür ins Schloss fallen. Frustriert ließ er sich zurück auf die Matratze sinken. Das sanft wogende Wasser beruhigte ihn normalerweise, doch heute Abend gab es ihm nur das Gefühl, sich auf einem sinkenden Schiff zu befinden.

Eisen und Geldmangel

Im Wartezimmer des Gynäkologen herrschte wieder Hochbetrieb. Flora blätterte lustlos in dem Eltern-Heft und überschlug, wie lange sie noch würde warten müssen. Vor ihr kamen drei Schwangere dran (zehn Minuten Besprechung und Untersuchung für jede, hoffentlich ohne Ultraschall, das dauerte immer fünf Minuten länger) und zwei Frauen Mitte fünfzig (zwölf Minuten für jede, mindestens, die beiden sahen aus, als wollten sie stundenlang über ihre

Wechseljahrebeschwerden lamentieren), außerdem ein junges Mädchen (die brauchte sicher bloß die Pille, das würde schnell gehen, vielleicht sieben Minuten) und schließlich ein Vertreter. Der konnte hier sitzen bleiben und warten, bis er schimmelte, das wusste Flora aus Erfahrung. Die Vertreter nahm Dr. Neumeister immer erst dran, wenn er alle Frauen durchhatte.

Blieb aber immer noch eine Wartezeit von ungefähr einer Stunde. Ohne die Zeit auf der Liege, dem Besprechungsstuhl und in der Umkleidekabine.

Zwei der Schwangeren hatten ihre Kleinkinder mitgebracht, niedliche Knirpse, ungefähr zwei Jahre alt, fesch herausgeputzt mit Kleinkindmode von Osh-Kosh und Benetton. Flora betrachtete sie sehnsüchtig und lauschte in sich hinein. Würde ihr Baby auch so aussehen? So pausbäckig und blond wie der eine Bub, oder so dunkel gelockt und schmal wie der andere? Die zwei hockten einträchtig in der Spielecke des Wartezimmers und rissen Zeitschriften in Fetzen. Eine Frau im Spiegel und ein Goldenes Blatt. Der Legoeimer und die Bauklötzchen interessierten sie nicht. Wenn ihr meine Jungs wärt, dachte Flora, würde ich euch auch Illustrierte zerreißen lassen. Eure Mütter sind echt okay, Kinder.

Sie musterte die beiden Muttis, die ihre Bäuche nebeneinander platziert hatten. »Meiner hat erst mit neun Monaten mit den Kotzanfällen aufgehört«, sagte gerade die eine. Das musste die Osh-Kosh-Mutti sein, sie war die Dunkle.

»Gegen das Kotzen ist man machtlos«, bestätigte Klein-Benettons Mami. »Bei meinem hat es fast ein ganzes Jahr gedauert. Es wurde erst besser, als die Backenzähne kamen und er anständig kauen konnte. Da war dann endlich Schluss mit dem ewigen Reihern. Bis dahin hatte ich überall in der Wohnung die Spuckflecken.«

»Ich hab nur in den ersten drei Monaten gespuckt«,

mischte sich stolz die dritte Schwangere ein. Sie war kaum zwanzig und hatte strohgelb gefärbtes Haar. Benetton und Osh-Kosh starrten sie mitleidig an. »Wir reden gerade über die Kinder, nicht über uns«, belehrte Osh-Kosh sie.

»Ach so«, sagte die Strohgelbe und blickte peinlich berührt auf ihren Bauch.

»Mein ältester Sohn hat auch gespuckt«, meldete sich eins der beiden reiferen Semester, »aber ich hab immer ein Mulltuch untergelegt.«

»Meine Tochter hat kein einziges Mal gespuckt«, behauptete die andere überlegen, »aber ich hab sie auch immer nach dem Trinken zweimal Bäuerchen machen lassen. Wenn man die Säuglinge vernünftig aufstoßen lässt, kann nichts wieder hochkommen.«

Benetton und Osh-Kosh nahmen die beiden nicht zur Kenntnis. Was hatten die schon zu melden mit ihren total antiquierten Mutti-Erfahrungen? Was wussten die schon vom Kinderkriegen? Heute lief das doch sowieso alles ganz anders, geburts- und erziehungsmäßig und überhaupt.

Der Osh-Kosh-Knirps kam zu seiner Mutter gewackelt und trat sie kräftig gegen die Schienbeine.

»Nicht, Jonathan, das tut weh.«

Der Benetton-Bubi wollte auch mitmachen. Er kam herüber und biss seine Mutter in die Hand. Sie stieß einen Schmerzensschrei aus. »Männlein, das ist gar nicht lieb von dir!«

Männlein und Jonathan tauschten Blicke und grinsten.

»Mama Aua machen«, sagte Jonathan begeistert und trat fester zu.

»Jonathan, das tut sehr weh. Mami muss gleich weinen.«

Das spornte Jonathan sofort zu härteren Maßnahmen an. Er holte mit seinen Baby-Dockers aus und erwischte genau den Knochen. Osh-Kosh sog zischend die Luft durch die Zähne ein.

»Klopfen sie ihm doch mal ordentlich auf den Hosenboden«, empfahl der Vertreter.

Benetton und Osh-Kosh musterten ihn wie etwas, das gerade aus einem schleimigen Loch im Boden gekrochen kommt.

Männlein und Jonathan ersonnen unterdessen eine Auswahl neuer Foltermethoden, um die Wartezeit bis zur Schwangerschaftsuntersuchung abzukürzen.

Bis die beiden Mütter drankamen, waren sie reif für die Notaufnahme.

Flora, mit den Nerven mittlerweile ebenfalls am Ende, tauschte das Eltern-Heft gegen eine Cosmopolitan. Ihr war nach Frauen ohne Bäuche und ohne Kinder zumute, nach mageren, schicken, selbstbewussten, perfekt geschminkten Schönheiten ohne Spuckflecken und Biss-Spuren, Frauen, die *Joop!* oder *Escada* oder *Miyake* trugen und die Osh-Kosh für eine Art Brettspiel oder so hielten.

In der folgenden Stunde erfreute sie sich an toller Designermode und angesagter Einrichtung. Anschließend las sie einen Artikel über Pheromone, jene besonderen hormonellen Duftstoffe, die der Mensch verströmt und die ihn auf das andere Geschlecht anziehend wirken lassen. Während des Eisprungs, so erfuhr Flora, verändern sich die Pheromone der Frau. Männer konnten das erschnuppern und reagierten ihrerseits mit entsprechender Hormonausschüttung, die sie scharf auf mehr machte.

Flora überlegte trübsinnig, dass sie seit bald neun Monaten keinen Eisprung mehr gehabt hatte. Kein Wunder, dass sich die ganze Zeit im Bett nichts mehr abgespielt hatte. Wenigstens wusste sie jetzt, woran das lag. Es war nicht ihre Schuld, und auch nicht die von Heiner. Es war ganz einfach eine Sache der Hormone, und dagegen waren die Menschen bekanntlich machtlos.

Der Frust war vergessen, als Flora geraume Zeit später auf der Untersuchungsliege lag und glückselig das weiße, grobkörnige Geflimmer auf dem Bildschirm des Ultraschallgeräts beobachtete. Dr. Neumeister hatte den Monitor so aufgestellt, dass nicht nur er, sondern gleichzeitig auch die Schwangeren das Baby betrachten konnten.

Wie immer erläuterte Dr. Neumeister Flora anschaulich, was er sah. Oberschenkelknochen, Wirbelsäule, Nieren, Blase, Herz. Alles winzig klein und doch so vollkommen. Im vierten Monat hatte er Flora gefragt, ob sie auch wissen wollte, wie es zwischen den Beinchen aussehe. Flora hatte Nein gesagt. Sie wollte sich überraschen lassen.

Mit verzücktem Seufzen sah sie das Herz des Babys schlagen, es bewegte sich pumpend, wie ein flatternder kleiner Vogel, doppelt so schnell wie ihr eigenes Herz. Dr. Neumeister wies sie auf eine andere Stelle hin, und fasziniert nahm Flora als Nächstes wahr, wie der winzige Daumen in den Mund geschoben wurde.

Dr. Neumeister lachte freundlich. »Ich liebe diesen Beruf«, sagte er.

»Das würde mir genauso gehen«, erwiderte Flora glücklich.

»Warten Sie erst, wenn das Baby geboren ist. Wenn Sie es zum ersten Mal in den Armen halten, es sehen, es fühlen, es riechen können – für diesen Augenblick würden Sie alles hingeben.«

Mein eigenes Leben, dachte Flora. Sofort und ohne zu zögern.

»Sie haben auch Kinder, oder?«, fragte sie unvermittelt.

»Drei Töchter«, sagte er stolz.

Flora gab es einen Stich, erst recht, als er sagte: »Auf Ihre Entbindung freue ich mich wirklich. Ich weiß, dass Sie eine wunderbare Mutter sein werden.« Er suchte mit der

Sonde eine andere Stelle auf ihrem Bauch. »Vielleicht lerne ich ja dann auch endlich den Vater kennen.«

Dazu sagte Flora nichts. Sie fröstelte ein wenig, als der Schallkopf in der glitschigen Pfütze des Kontaktgels auf ihrem Unterleib gedreht wurde.

»Der Kopf«, sagte Dr. Neumeister. »Das sind jetzt … Moment … neun Komma acht Zentimeter von Schläfe zu Schläfe. So in etwa zwei bis drei Wochen sind wir so weit, würde ich sagen.«

Er hängte den Schallkopf ein, drückte auf einen Knopf und ließ das Foto hervorsurren, das während der Untersuchung vom Gerät angefertigt worden war. Flora nahm es und betrachtete es. Es war das Daumenlutschbild.

»Wir sehen uns gleich noch mal in meinem Sprechzimmer«, sagte Dr. Neumeister, schon auf dem Weg zur nächsten Patientin.

Flora zog sich in der Kabine an und wartete, bis die Sprechstundenhilfe kam, um sie ins Sprechzimmer zu bitten. Dort wartete sie wieder, fast zehn Minuten, bis der Arzt endlich Zeit für sie hatte.

»Tut mir Leid, dass Sie warten mussten«, sagte er.

Flora nickte. Sie musste jedes Mal warten (im Schnitt eine Stunde im Wartezimmer, zehn Minuten auf der Liege, zehn Minuten im Besprechungszimmer), aber Dr. Neumeister entschuldigte sich immer dafür, als würde es beim nächsten Mal nicht mehr vorkommen.

»Die Untersuchungsergebnisse des Kindes sind so weit alle unauffällig, Frau Zimmermann. Nur …«

»Ja?«, fragte Flora atemlos, erschrocken. Bitte, bitte, lieber Gott, lass es nichts Schlimmes sein, dachte sie.

»Sie haben nicht genug zugenommen. Sie wissen doch, wie wichtig eine gesunde, ausgewogene Ernährung in der Schwangerschaft ist.«

Flora stieß die Luft aus. Wenn es nur das war …

Doch Dr. Neumeister schien ihre Gedanken zu lesen und schüttelte ernst den Kopf. »Nehmen Sie das nicht auf die leichte Schulter, Flora. Fehlernährung in der Schwangerschaft geht immer auch auf Kosten des Kindes. Im Unterschied zum letzten Mal deuten Ihre Blutwerte außerdem auf eine leichte Anämie hin. Ein Zeichen dafür, dass Ihnen etwas fehlt.«

»Anämie? Was bedeutet das?«, fragte Flora ängstlich.

»In Ihrem Fall: Eisenmangel.«

»Aber dagegen kann man doch was machen, oder? Ich würde alles tun. Alles!«

Der Arzt lächelte beruhigend. »Vor allen Dingen müssen Sie anständig essen, Flora. Gönnen Sie sich ruhig mal was richtig Gutes. Ein dickes Steak. Eine große Portion Lachs oder Hummer. Das ist genau das, was Ihr Körper jetzt in diesen Wochen dringend braucht. Vergessen Sie nicht, dass Sie für die Zeit nach der Entbindung noch was zum Zusetzen brauchen. Sonst fallen Sie mir noch beim leisesten Windhauch um. Ach ja, noch was. Bewegen Sie sich viel an der frischen Luft.« Er zog seinen Rezeptblock heran. »Und nehmen Sie unbedingt täglich die Tabletten, die ich Ihnen aufschreibe.«

Er riss das Rezept ab und reichte es Flora.

Sie nahm zum Abschied niedergeschlagen seine Hand und nickte bloß, als er aufmunternd sagte: »Bis zum nächsten Mal. Entweder hier bei mir in der Praxis – oder schon in der Klinik. Und bringen Sie mir den Vater mit, ja?«

An diesem Nachmittag war sie entschlossen, das Thema endlich zur Sprache zu bringen. Und es endgültig auszudiskutieren. Heiner war der Vater, aber er benahm sich nicht so. Ganz und gar nicht. Anita hatte völlig Recht. Es war höchste Zeit, dass er sich auf seine familiären Pflichten besann.

Immerhin war er heute zu Hause, was in letzter Zeit nicht gerade häufig vorkam. Wahrscheinlich hätte er auch heute wieder den ganzen Tag gemalt, wenn nicht das Länderspiel zwingend seine Anwesenheit erfordert hätte. In seinem Atelier stand kein Fernseher.

Flora ging ins Wohnzimmer, blieb vor dem Couchtisch stehen und machte den Fernseher aus. Heiner nahm ihr die Fernbedienung aus der Hand und versuchte, den Apparat wieder einzuschalten, doch Floras dicker Bauch blockierte das Signal.

»Vergiss es«, sagte sie.

»Was ist los mit dir?«

»Sei einfach nur still und hör mir zu.«

Fünf Minuten später nickte er, doch es war eher eine Geste der Rekapitulation als der Zustimmung. »Der langen Rede kurzer Sinn: Du brauchst Geld.«

»Exakt.«

»Ja, und was hab ich damit zu tun?«

Flora platzte der Kragen. »Verdammt, du bist das Letzte, weißt du das? Wer wollte denn, dass wir zusammenziehen? Wer war denn damit einverstanden, dass wir eine Familie gründen?«

»Das war vermutlich der größte Fehler meines Lebens«, sagte Heiner ruhig.

Flora starrte ihn an. Sie konnte nicht verhindern, dass ihr die Tränen in die Augen schossen. »Das meinst du nicht wirklich«, brachte sie mühsam hervor.

Er stimmte ihr sofort zu. »Natürlich nicht. Tut mir Leid. Das war nur so dahingesagt. Ich hab nicht nachgedacht.«

»Heiner, so geht das nicht weiter. Wir müssen irgendwie regelmäßiger Geld einnehmen. Und vor allen Dingen mehr. Es reicht ja kaum noch für die Miete und den Strom. Seit Monaten essen wir doch bloß Spaghetti und Knäcke.

Ohne was drauf. Uns fehlen auch noch Sachen für das Baby. Es ist doch auch dein Kind, um Himmels willen!«

»Du lässt aber auch keine Gelegenheit aus, mir das unter die Nase zu reiben, stimmt's?«

Flora setzte sich zitternd aufs Sofa und presste die Hand vor den Mund. Heiner stand von seinem Sessel auf, kam zu ihr und ließ sich resigniert neben sie fallen. »Tut mir Leid. Ich bin ein Schwein, ich weiß. Das willst du doch hören, oder?«

Flora konnte nichts sagen. Die passenden Erwiderungen sollten ihr erst später einfallen. Viel später.

Heiner schob die Hände in die Hosentaschen und zog auf beiden Seiten das leere Futter heraus. »Geld hab ich trotzdem keins, tut mir Leid. Nicht eine müde Mark. Heut Nachmittag hab ich den letzten Fünfziger vertankt.«

Er legte den Arm um Flora und küsste sie auf die Schläfe.

Flora atmete ruckartig aus; es klang verdächtig nach ersticktem Schluchzen. Heiner nahm den anderen Arm dazu und hielt sie fest.

Er berührte dabei ihren dicken Bauch und zog die Hand zurück, als hätte er sich verbrannt. Scheiße, dachte er, was ist los mit mir?

»Komm, Florakind, sei nicht so. Ich werde jede Mark zusammenkratzen, in Ordnung? Ab sofort male ich ein bisschen weniger, das spart Farben und Geld, okay?«

Flora nickte, doch in Wahrheit war nichts okay, überhaupt nichts. Es würde nie mehr richtig okay sein, das war Flora jetzt, in diesem Augenblick, vollkommen klar. Um das zu begreifen, brauchte man keine große Intelligenz. Das war eine Sache, die man mit dem Bauch erkannte. Oder mit dem Herz oder womit auch immer. Jedenfalls kam dieses Gefühl, diese Gewissheit, dass irgendwas Wichtiges unrettbar kaputtgegangen war, irgendwo aus ihrer

Mitte heraus, nicht aus ihrem Kopf. Ganz tief da drin war die Stelle, die wehtat. Man konnte nicht die Hand drauflegen, aber der Schmerz war da und riss einen entzwei.

Für Heiner war das Gespräch zu Ende. Das Thema war offenbar zu seiner Zufriedenheit abgehandelt. Er nahm die Fernbedienung, knipste die Glotze wieder an und zappte weiter bis zum Sportprogramm. Das Länderspiel hatte schon angefangen. Bis zur Halbzeit würde er außer Grunzlauten nichts mehr von sich geben.

Flora schaute fünf Minuten blicklos auf den Bildschirm, dann stand sie auf, ging ins Schlafzimmer, legte sich auf ihre Betthälfte und heulte.

Irgendwann am frühen Abend stand sie auf und stellte fest, dass Heiner schon wieder weggegangen war. Flora ging ins Bad und wusch ihr Gesicht mit eiskaltem Wasser.

Sie stellte den Boiler an, um zu baden, doch nach wenigen Minuten geschah, was sie schon seit Monaten befürchtet hatte: Das vorsintflutliche Ding gab ein gurgelndes Geräusch von sich und dann, mit einem hämischen Klacken, seinen elektrischen Geist auf. Endgültig. Auch mit Fluchen und gutem Zureden war es nicht dazu zu bewegen, wieder anzuspringen.

Flora starrte den alten rostigen Boiler an und spürte, wie ihre Lethargie von heißer Wut verdrängt wurde. Zum Teufel, wer war sie denn? Sie würde sich nicht von diesem blöden Boiler unterkriegen lassen! Sie doch nicht!

Früher hatte es auch nur kaltes Wasser gegeben. Kein Mensch hatte vor hundert Jahren Warmwasserleitungen gekannt. Und das war ja noch gar nichts. In der Sahelzone waren die Menschen froh, wenn sie überhaupt ab und zu ein Tröpfchen Wasser kriegten, um wenigstens ihre Zungen zu befeuchten. Allein zwei Dritteln der Bevölkerung von Timbuktu mangelte es an sauberem Trinkwasser.

Wer musste schon warm baden? Flora jedenfalls nicht.

Sie zog sich aus, stellte sich in die kalkfleckige Wanne und ließ mit Todesverachtung eiskaltes Wasser über sich laufen. Das Baby strampelte heftig, aufgeschreckt von dem plötzlichen Kreislaufschock. Flora summte beruhigend und machte ein paar tiefe Entspannungsatemzüge.

»Immer und immer in den Beckenboden, ganz tief hinab, hinab, hinab«, summte sie laut und falsch, zur Melodie von Michael Jacksons Heal The World.

Nach diesem Akt der Belebung, der sie auch innerlich gereinigt zu haben schien, zog Flora ein frisches Kleid an, schlug in den Gelben Seiten eine Adresse nach, nahm ihren Laptop und ging zur Bushaltestelle.

Die Pfandleihe war am anderen Ende der Stadt. Gott sei Dank. Niemand kannte sie hier. Niemand würde mitbekommen, wie tief sie gesunken war. Sie verpfändete ihr Hab und Gut und stand damit beinahe auf der untersten Sprosse der sozialen Abstiegsleiter. Darunter rangierten für Flora nur noch Sozialhilfe und Obdachlosigkeit. Das eine empfand sie als ebenso unwürdig und entmenschlichend wie das andere. Deswegen mochte sie Anita und Tobias nicht weniger (die beiden lebten seit Jahren von der Stütze), aber sie selbst brachte es einfach nicht über sich, zum Sozialamt zu gehen. Sie war nicht so erzogen. Hilf dir selbst, und dir ist geholfen. Ein Wahlspruch ihrer Mutter, die zwei Kinder ohne Vater und ohne einen Pfennig fremde Hilfe großgekriegt hatte. Das konnte sie, Flora, mit noch nicht mal einem Kind schon lange. Sie dachte an ein riesiges Steak, an Lachs, Hummer, Hähnchen und Berge von Heidelbeereis mit Sahne. Das war genau das, was sie heute noch brauchte. Was ihr Baby brauchte.

Trotzig stieß sie die Tür auf und ging hinein. Hinter der Theke stand ein wieselartiger Typ und machte Stielaugen, als er Floras schwangeren Bauch sah.

Flora legte den Laptop vorsichtig vor ihm ab. »Wie viel geben Sie mir dafür?«

Der Mann betrachtete das Gerät von allen Seiten, klappte es auf, setzte es in Betrieb, lauschte dem elektronischen Surren, prüfte ein paar der Funktionen.

»Er ist in Ordnung«, sagte Flora ungeduldig. »Wie viel?«

»Normalerweise nehm ich so was nicht«, erklärte der Pfandleiher.

Das war frech gelogen, stellte Flora mit einem kurzen Rundblick fest. In den Regalen hinter ihm lagen mindestens drei andere Notebooks.

»Aber ich will mal ne Ausnahme machen. Ich hab eben im Grunde ein weiches Herz.«

»Wie viel?«

»Aber nur, weil Sie ein Baby kriegen.«

»Himmel noch mal, wie viel?«

Der Pfandleiher schien Schwierigkeiten zu haben, ihr diese einfache Information zuteil werden zu lassen. Stattdessen setzte er ihr umständlich auseinander, dass diese Transaktion nichts anderes darstellte als eine Kreditvergabe. Sie als Darlehensnehmerin gab das Gerät als Sicherheit für den Kredit und erhielt dafür eine bestimmte Darlehenssumme, die in etwa dem Wert des Pfandgegenstandes entsprach. Das war das Mindeste, was im Falle der Nichtauslösung bei einer Versteigerung reinkommen musste, zuzüglich Zinsen und Unkosten selbstverständlich, deshalb müsse es Flora natürlich ganz klar sein, dass dies nicht der Marktwert sein könne, und zwar auf gar keinen Fall der Marktwert, ob ihr das wirklich klar sei?

»Sonnenklar«, sagte Flora. »Wie viel?«

»Hundert Mark.«

Flora schrie entsetzt auf. »Aber er hat eine Vier-Gigabyte-Festplatte! Anschluss für Drucker, Fax und Modem! Und er ist nicht mal ein halbes Jahr alt!«

Er nickte wie ein freundliches Wiesel, und Flora atmete erleichtert auf. »Also, wie viel?«

»Hundert Mark.«

Flora zwang sich zu einem Mitleid heischenden Lächeln. »Ich brauch aber das Geld wahnsinnig dringend!«

»Hundert Mark.«

Flora schluckte und gab nach. »Blutsauger«, murmelte sie, während Wiesel Formulare ausfüllte und fünf Zwanziger aus der Kasse holte, »Shylock. Kredithai. Gangster. Betrüger.«

Er hatte scharfe Ohren. »Sie müssen das nicht machen, wissen Sie.«

»Geben Sie schon her.« Bis morgen würde sie anderswo neues Geld auftreiben und das Gerät wieder auslösen. Sie kritzelte ihre Unterschrift auf den Pfandschein und riss Wiesel das Geld aus der Hand.

Flora war schon auf dem Weg nach draußen, als ihr siedend heiß etwas einfiel.

Sie rannte zurück zur Theke und hielt mit beiden Händen den Laptop fest, bevor Wiesel ihn wegräumen konnte.

»Haben Sie sich's anders überlegt?«, fragte er besorgt. »Das wäre zu spät, tut mir Leid.«

»Ich hatte nur was vergessen. Da drin steckt noch eine wichtige Diskette. Die hab ich nicht mit verpfändet.«

Flora rief ihre Romandatei auf und überspielte sie auf die Diskette, drückte auf die Eject-Taste und nahm sie heraus. Dann löschte sie vorsorglich das Dokument auf der Festplatte. Es hätte gerade noch gefehlt, dass irgendein skrupelloser Geschäftemacher ihren Laptop ersteigerte, zufällig den fast fertigen Roman entdeckte, sich die Urheberrechte unter den Nagel riss und dann ganz groß rauskam.

Flora stellte sich den Mann bildlich vor. Er würde jedes Jahr eine Million an Tantiemen einstreichen, und erst, wenn er steinalt und reich wie Midas auf dem Sterbebett lag (Flora selbst wäre zu dieser Zeit schon vor vielen Jahren elend und in bitterer Armut verschmachtet), würde er mit brüchiger Stimme seinen Kindern und Kindeskindern anvertrauen, dass all der unermessliche Reichtum einzig und allein diesem Laptop zu verdanken war, den er ganz billig und ganz zufällig einer Schwangeren in Not abgeluchst hatte.

Flora überlegte, welcher Mistkerl zu so einer Gemeinheit fähig wäre, doch sie brauchte nicht lange zu suchen. Er stand ja direkt vor ihr.

Wer bereicherte sich denn hemmungslos auf Kosten der armen Schweine, die nicht mehr aus noch ein wussten? Wer nutzte rücksichtslos jene schuldlos in Not geratenen Leute aus, die, statt betteln zu gehen, lieber den schmalen Ehering verpfändeten, den ihre Mutter ihnen mit erkaltender Hand kurz vor dem Tode vermacht hatte? Wer? Niemand anderer als dieser Bursche dort hinter der Theke! Flora traute ihm ohne weiteres zu, dass er auf ihre Kosten den Rest seines Lebens in Saus und Braus verbrachte.

Sie starrte Wiesel mit flammenden Augen an.

Er blinzelte verdutzt.

Flora hätte ihm am liebsten den Laptop auf der Stirnglatze zertrümmert. »Macht Ihnen das eigentlich nichts aus?«, fragte sie empört.

»Was denn?«, wollte er begriffsstutzig wissen.

Er war es nicht wert, dass sie ihn darüber aufklärte. Flora löschte alle Dateien auf der Festplatte, deren sie in der kurzen Zeit habhaft werden konnte.

Wiesel kam misstrauisch näher. »Was machen Sie denn da?«

»Nur ein paar private Dinge von der Festplatte nehmen. Da, schon fertig. Jetzt ist er wie neu.«

Mit blutendem Herzen sah sie zu, wie Wiesel dem Dreitausend-Mark-Laptop einen Pappanhänger mit einer Registriernummer verpasste und ihn ins Regal stellte.

Als er sich wieder zu ihr umwandte, um sich zu verabschieden, war sie schon gegangen.

Henkersmahlzeiten

Flora saß im Steakhaus, die Tischplatte vor sich voller Teller, Schüsseln, Schälchen, Gläser.

Ein gigantisches Rumpsteak mit Pfefferkörnern war halb aufgegessen, vom gemischten Salat mit Sahnedressing war schon die zweite Portion verputzt. Zwischendurch steckte Flora sich ein Stück Riesengarnele in den Mund, nur so, zur Abwechslung. Das Knoblauchbrot war auch nicht zu verachten, genauso wenig wie die halbe Portion Hummer, von der sie sich ebenfalls schon etliche Bissen einverleibt hatte.

Flora naschte ein paar Weintrauben aus der Obstschale und nahm einen kräftigen Schluck Dunkelbier, das sie zur Geschmacksverbesserung mit Prosecco verfeinert hatte. Sie schaufelte das Essen nur so in sich hinein und fühlte sich dabei wie eine Stopfgans zu Weihnachten. Flora konnte sich nicht erinnern, jemals in ihrem Leben so reichhaltig und so gut getafelt zu haben. Dieses Festmenü war jede einzelne Mark von den ursprünglichen dreitausend wert, die mit dem Laptop (vorübergehend) dahingeschwunden waren.

Das Baby schlief in ihrem Bauch, satt und zufrieden, genauso wie seine Mutter.

Der Ober kam an ihren Tisch. »Wünschen die Dame noch etwas?«, fragte er mit unbewegter Miene.

»Sicher. Bringen Sie mir noch eins von diesen rosa Biestern da.«

»Sie meinen die Riesengarnelen?«

»Exakt. Mit einer doppelten Portion Kräuterbutter.«

Der Ober nickte und entfernte sich.

»Moment!«, rief Flora.

Er blieb stehen und drehte sich mit stoischem Gesichtsausdruck um.

»Und hinterher bitte ein großes Heidelbeereis. Mit Sahne. Mit viel Sahne.«

Sie hob ihr Glas und prostete ihm fröhlich zu, bevor sie einen weiteren riesigen Schluck nahm. Anschließend ließ sie alles für ein paar Sekunden sacken und fühlte dabei, dass sich ein Rülpser freie Bahn verschaffen wollte. Er war als dezentes Aufstoßen gedacht, kam aber mit einem explosionsartigen Knall heraus, der bis in die entfernteste Ecke des Steakhauses drang. Flora blinzelte in die Runde und machte sich augenblicklich so klein wie möglich. Vergebens, alle Besucher des Restaurants starrten sie an wie ein seltenes Tier. Einschließlich Anton, der sich just diesen Moment ausgesucht hatte, um mit seinem Seniorchef Schnellberger und einem weiteren Kollegen namens Heimschröder zum Abendessen hier aufzukreuzen.

Der Rülpser ertönte genau in dem Augenblick, als Anton zusammen mit den beiden anderen an Flora vorbeiging, zu einem Tisch am Fenster. Er zuckte zusammen und registrierte mit einem schnellen Seitenblick ungläubig die vielen halb leeren Teller. Flora konnte nicht umhin, seine Reaktion zu bemerken. Sie lächelte ihm leicht gequält zu. »Ich muss jetzt für zwei essen, wissen Sie. Vor allem Eiweiß und Eisen. Eisen ist ganz wichtig.«

Er nickte höflich, aber desinteressiert und folgte Schnellberger und Heimschröder zu dem vorbestellten Tisch.

Flora ärgerte sich, dass sie nichts Witziges gesagt hatte, zum Beispiel, dass sie Gourmetkritikerin wäre oder so. Sie kniff die Augen zusammen und starrte den edel gewandeten Rücken des Mannes an. Irgendwoher kannte sie diesen Typ … Richtig. Er war das verhinderte Armani-Model mit dem Hang zum Blödsinnquatschen. Ihre vorgefasste Meinung sollte in der nächsten Viertelstunde Bestätigung finden, denn sie hörte jedes Wort, das die drei Männer am Fenstertisch miteinander wechselten.

Anton wiederum konnte seine Augen anfangs kaum von der Frau wenden, die so unglaublich viel essen konnte. Sie sah aus wie ein Rauschgoldengel, der einen Medizinball verschluckt hatte. Ihr Haar floss wie ein heller Wasserfall aus vielen kleinen Löckchen bis auf ihre Schultern, und ihre Züge waren arglos und von kindlicher Frische. Ihr Mund dagegen hatte nichts Kindliches an sich. Er klappte auf und zu wie bei einem gefräßigen Raubtier, und Anton sah ungeheure Mengen von Sahneeis darin verschwinden. Zwischendurch kaute sie auf etwas herum, das aussah wie … Nein, das konnte nicht sein. Sie konnte doch unmöglich Garnelen zum Eis vertilgen!? Sein Blick fiel auf ihren Bauch, der sich prall unter dem Umstandshängerchen abzeichnete. Wie konnte sie da noch Essen reinpacken?

»Sie platzt gleich«, murmelte Anton. »Bestimmt platzt sie gleich.«

»Wie bitte?«, meinte Schnellberger.

»Ähm, platz… Der Platz hier ist nett. So schön am Fenster.«

»Sicher. Ich hatte ihn ja eigens reservieren lassen.«

Der Ober kam, und die drei Männer gaben ihre Bestellungen auf. Schnellberger wartete, bis der Wein gebracht wurde, dann lenkte er das Gespräch auf das von Anton heiß ersehnte Thema. »Übrigens – der Sozietätsvertrag ist in einem ersten Entwurf bereits fertig gestellt. Ich würde mich freuen, wenn Sie so rasch wie möglich die Zeit erübrigen könnten, ihn sich anzuschauen, Herr Kollege.«

»Selbstverständlich, Herr Kollege«, antwortete Anton glücklich. »Heute noch!«

Flora schob ihren Eisbecher von sich und schnitt eine Grimasse. Diese Typen hatten aber auch wirklich was an sich, das einen normalen Menschen in den Wahnsinn treiben konnte!

»Sie, Herr Kollege Heimschröder, sind der nächste Anwärter auf unserer kleinen Liste«, tönte Schnellberger jovial. »Ich denke, wir werden Sie ebenfalls bald in unserem Kreis begrüßen können.« Er schmunzelte und ließ perfekte Jacketkronen sehen. »Vorausgesetzt, Sie landen auch mal so einen Coup wie dieser fabelhafte Junge hier!«

Heimschröder verschluckte sich und lächelte bemüht.

Ja, mach du nur gute Miene zum bösen Spiel, dachte Flora. Sie wusste sofort, was da ablief. Kollege Heimschröder, der mit seiner Minipli aussah wie ein Wischmopp im Anzug, wäre eigentlich noch vor Armani-Bubi dran gewesen mit diesem Sozietätskram, so viel war sicher. Gemessen an der lichten Höhe seiner Denkerstirn und der Anzahl der darauf versammelten Längs- und Querfalten war er mindestens fünf Jahre älter als Armani-Bubi und entsprechend länger dabei. Doch Neid auf Berufskollegen steht einem erfolgreichen Anwalt nicht gut zu Gesicht, und so verkniff er sich seinen Ärger, damit auch ja kein Zweifel daran aufkam, wie optimal er selbst sich für die höheren Weihen eignete.

Flora winkte den Ober heran und bat um die Rechnung. Er brachte sie, diskret zusammengefaltet auf einem Tellerchen, und machte eine ablehnende Geste, als Flora ihr Portmonee zücken wollte. Gezahlt würde an der Kasse, sagte er und verzog sich wieder.

Flora fühlte, wie glühende Röte in ihre Wangen stieg.

Sie schaute verstohlen zum Fenstertisch hinüber und ja, richtig, Mister Armani hatte es genau mitbekommen. Sie ahnte, was er jetzt dachte. Nein, sie wusste es. Es musste etwas in der Art sein wie: Armes Dummchen, hat keine Ahnung, wie man hier bezahlt. Na ja, sie kann sich das Essen hier sicher nicht oft leisten, so wie sie aussieht.

Flora hätte bersten mögen vor Zorn. Ihre Augen schossen Blitze auf den Fenstertisch ab. Na warte, jetzt erst recht! Sie warf den Kopf zurück, winkte erneut den Ober herbei und bestellte eine Tüte für die Essensreste.

»Für meinen Hund«, behauptete sie dreist, als sie schwaches Missfallen in seinem Blick bemerkte.

Nachdem er die Tüte gebracht hatte, legte Flora alles sorgfältig in Servietten eingerollt hinein, sogar das restliche Brot. Von diesem ganzen Kram würde sie sich locker drei Tage ernähren können, so lange, bis sich neue Möglichkeiten zur Geldbeschaffung auftaten. Sie besaß nichts mehr, das sie hätte versetzen können, doch von allen überflüssigen Absonderungen Wiesels hatte sich eine einzige seiner Erklärungen in ihrem Kopf eingenistet wie ein Samenkorn, das noch aufgehen musste. Es war der Kern einer Idee, die noch unausgegoren war, aber immer mehr Gestalt annahm. Flora musste nur noch drüber schlafen.

Mit einem weiteren – diesmal etwas gemäßigteren – Rülpsen drehte sie die Tüte an den Griffen fest zusammen. Wunderbar. Das würde gehen.

Ein schneller Blick zum Fenstertisch. Logisch. Der blöde Armani-Typ schaute die ganze Zeit zu ihr herüber.

»Ich hab nen großen Hund!«, rief Flora ihm zu. »Der braucht auch Eiweiß!«

»Wer ist die Dame?«, wollte Schnellberger wissen. »Eine Mandantin? Müssten wir sie kennen?«

»O nein, auf keinen Fall«, sagte Anton schnell. »Ähm, ich meine … nicht, dass ich wüsste.«

Flora entging kein einziges Wort. Ihr Gesicht drückte tief empfundene Empörung aus, während sie aufstand, ihre Tüte ergriff, die zusammengefaltete Rechnung nahm und mit hoch erhobenem Kopf und durchgedrücktem Kreuz zur Kasse marschierte. Dort blieb sie stehen, stellte die Tüte ab und klappte die Rechnung auseinander. Nein, das konnte nicht sein! Sie war einer Ohnmacht nahe. In ihren Ohren brauste ein Orkan. Auf der Rechnung stand die ungeheuerliche Summe von hundertdreiundvierzig Mark! Hundertdreiundvierzig! Das waren genau zwölf Mark mehr, als sie bei sich hatte!

»Ist Ihnen nicht gut?«, fragte die Frau hinter der Kasse besorgt.

Flora schluckte. »Tut mir leid, aber ich fürchte, ich hab nicht genug Geld dabei.«

Sie verfluchte ihren Hang zur Ehrlichkeit. Warum hatte sie nicht einfach gesagt, ja, stimmt, mir ist nicht gut, mir ist sogar wahnsinnig übel, ich geh nur mal schnell wohin und übergebe mich, das geht ruckzuck, bin gleich wieder da. Und dann – hui! – nichts wie raus ohne zu bezahlen. Aber so war sie nicht erzogen.

Stell dich immer den Tatsachen, Kind, Augen auf und durch, das waren weitere Lebensweisheiten ihrer Mutter. In den entscheidenden Momenten dachte Flora gar nicht daran, zu lügen. Hinterher ja, das schon, aber dann war es natürlich zu spät. So wie jetzt. Ihr Pech.

Sie öffnete verzweifelt die Tüte und wühlte in den Resten herum. Mit Tränen in den Augen förderte sie einen Viertelhummer zutage und legte ihn zusammen mit ihrer gesamten Barschaft und ein paar fettigen Brotkrümeln auf die Kassentheke. »Wenn ich den Hummer hierlasse – würde es dadurch ein bisschen billiger?«

Doch die Frau hatte bereits dem Geschäftsführer einen diskreten Wink gegeben. Er eilte stehenden Fußes herbei, gefolgt von dem Ober. Eine Kellnerin gesellte sich ebenfalls binnen Sekunden dazu, und schon herrschte um Flora herum der reinste Volksauflauf.

Sie hielt sich mit beiden Händen an der Theke fest. Ihr war schwindlig, und sie schwitzte. Vor ihren Augen kreisten rote Wirbel. Alle redeten durcheinander, doch sie hörte nur einzelne Satzfetzen. Die Worte drangen wie durch dichten Nebel zu ihr.

»Nicht genug Geld ...«

»Zechprellerin ...«

»... besser irgendwie so regeln?«

Die letzte Stimme klang anders, nicht so böse.

»... nichts dagegen, wenn Sie ...«

»... das hier dürfte wohl ...«

»... Ordnung, danke auch.«

»... sicher besser aufpassen, wenn sie noch einmal ...«

Jemand drückte ihr die Tüte in die Hand, fasste sie bei den Ellbogen und führte sie auf die Straße. Es war die Frau von der Kasse. »Alles wieder in Ordnung?«, fragte sie.

Flora nickte benommen. »Was ist denn jetzt?«, stammelte sie.

»Haben Sie's denn nicht mitgekriegt?«

»Was?«

»Ein anderer Gast hat die fehlende Summe ausgeglichen.« Die Frau nickte ihr zu und kehrte ins Lokal zurück. Flora starrte angestrengt auf die Tüte in ihren Händen. Sie hatte nicht den leisesten Zweifel daran, wer der Gast war, der sie gerade eben auf grenzenlos herablassende, unerträglich samariterhafte Art aus ihrer Zwangslage erlöst hatte. Flora biss heftig die Zähne zusammen, doch ihre Gefühle ließen sich nicht einfach so wegknirschen. In ihr brodelte rasender, unauslöschlicher Zorn.

»Und wir ziehen die Knie an die Brust!«, schrie Hildegard, begleitet vom Jammergefiedel der Entspannungskassette. Ihr Gymnastikanzug spannte über dem hervorquellenden Busen, als sie die Arme hob. »Höher die Knie, bis oben hin! Am besten bis an die Schultern! Und schön weit auseinander, die Damen!«

Flora ächzte und bemühte sich, das Unmögliche möglich zu machen. Sicher hätte sie es genauso gut gekonnt wie die anderen Frauen, wenn jemand bei ihr gewesen wäre, der ihr den Kopf gestützt hätte. Heiner zum Beispiel. Aber den hatte sie heute überhaupt noch nicht gesehen.

Sie krümmte sich wie eine verunglückte Schildkröte und fiel keuchend auf die Seite. Wenn sie erst auf dem Kreißbett lag und ihre Presswehen bekam, würde sie improvisieren müssen. So, wie es momentan stand, würde sie völlig unvorbereitet da reingehen müssen, ohne den leisesten Hauch einer Hecheltechnik.

Aus den Augenwinkeln bemerkte sie, wie Tobias von Anitas anderer Seite über den Hallenboden zu ihr herüberkroch und sich zwischen die beiden Freundinnen hockte. Er schob seine Hand wie eine Schale hinter Floras Kopf und stützte sie. Mit der anderen Hand erwies er seiner Frau denselben Dienst.

»Tobias, du bist ein Schatz«, sagte Flora. Ihre Knie gelangten wie von selbst nach oben.

»Wir wollen hecheln!«, schrie Hildegard gegen das Gefiedel auf dem Band an.

Flora erzählte Anita hechelnd von dem gestrigen Debakel. »Und das Schlimmste ist, dass ich diesem selbstgefälligen Typ jetzt auch noch dankbar sein muss.«

»Wir wollen alle hecheln!«, rief Hildegard mahnend in ihre Richtung.

»Dann hechel doch, du blöde Kuh«, murmelte Anita. Zu Flora sagte sie: »Du siehst das völlig falsch. Stell dir vor, du hast es mit einem Menschen zu tun, der so gut wie nie die Gelegenheit hat, was Sinnvolles zu vollbringen. Und da kommst du, hast dein Geld vergessen und verschaffst ihm die lang ersehnte Chance, wenigstens einmal anständig zu sein. Der Pfadfinder in ihm erwacht, er kann es endlich tun – eine gute Tat!«

»Meinst du?«, fragte Flora unsicher.

»Sicher. Sieh das mal so: Dieser Anwalt saugt den Leuten ohne Ende das Geld aus der Tasche. Für den sind zwölf Mark doch Müll. Frag mich mal, was diese Typen pro Stunde verdienen.«

»Wie viel?«

»Zwischen dreihundert und achthundert, je nachdem, wie gut sie sind.«

Tobias pfiff durch die Zähne.

»Nicht loslassen, Schatz«, sagte Anita.

Flora hechelte ein paar Takte, dann schüttelte sie den Kopf. »Ich weiß, worauf du hinauswillst. Aber es geht mir nicht um das Geld. Ich weiß selber, dass das für den Typ nicht viel war. Es war einfach diese ... maßlose Arroganz, mit der er mir zu verstehen gab, dass ich ein armes Würstchen bin und er der reiche Macker.«

»Arroganz ist nicht nur den Reichen vorbehalten«, belehrte Anita sie.

Diese Spitze saß. Floras Gedanken wanderten augenblicklich zu Heiner. Als hätte Anita eine geheime Antenne, fragte sie als Nächstes: »Was plant eigentlich Heiner so für sich? Ich meine, beruflich. Könnte er nicht mal ein paar Kröten beisteuern, jetzt, wo du nicht mehr arbeiten kannst?«

Flora ging nicht darauf ein. Genau genommen hatte sie nie gearbeitet, nicht im Sinne von berufstätig sein. Da lag sie jetzt, auf dem Rücken wie ein aufgespießter Käfer, hochschwanger, sechsundzwanzig Jahre alt und ohne

Aussichten, jemals in dem von ihr erlernten Beruf Geld zu verdienen. Die Perspektiven, die ihr Abschluss bot (Magister in Germanistik), waren ungefähr so aussichtsreich wie Schnee im Hochsommer.

Sie hatte sich nach dem Studium in diversen Jobs versucht – sie hatte sogar mal in einer Anwaltskanzlei ausgeholfen –, sie hatte geputzt, Baby gesittet, Nachhilfe gegeben, in einer Bibliothek Bücher einsortiert, die Telefonzentrale in einer Giftmüllbeseitigungsfirma bedient. Das war ihr letzter Job gewesen, den sie sofort geschmissen hatte, als sie erfahren hatte, dass sie schwanger war. Giftmüll, und sei er noch so gut verpackt, vertrug sich nicht mit ihrer Auffassung von einer gesunden, unbelasteten Schwangerschaft. Danach hatte sie sich den Laptop angeschafft und mit dem Romanprojekt angefangen, eine Kristory, die schon lange in ihrem Kopf herumgeisterte. Sie hatte geglaubt, dass alles ganz einfach sei. Dass jetzt Heiner einsprang und sich ihrer beider finanziellen Bedürfnisse annahm, wenigstens vorübergehend.

Nun, er hatte es nicht getan. Im Gegenteil. Ab und zu hatte er einen Auftrag als Bühnenmaler, dann wieder lief arbeitsmäßig wochenlang nichts bei ihm. Im letzten halben Jahr hatte Flora stillschweigend gehofft, dass er einen festen Job annehmen würde. Doch die Zeit ihrer Schwangerschaft war im Nu verstrichen, und nicht das Geringste war passiert.

»Wie soll es jetzt weitergehen bei euch?«, fragte Anita geradeheraus. Sie meinte nicht nur das Geld, und Flora wusste es.

»Wenn bei dir irgendwas querläuft«, warf Tobias ein, »du weißt, wir sind deine Freunde.«

»Danke, lieb von dir. Aber ihr seid ja selber permanent pleite.«

Hildegard präsentierte den Kursteilnehmern ihre breite

Hinterseite und drehte die Kassette um. Die Geige auf der Rückseite klang womöglich noch fisteliger als der erste Teil. Aber die Frauen hörten dieses Stück gern, denn es leitete eine sehr beliebte Übung ein.

»Wir setzen uns auf!«, rief Hildegard. »Das heißt, diejenigen, die nicht den ganzen Abend mit Quatschen vertändeln, setzen sich auf. Die Partner massieren uns jetzt den Rücken!«

Tobias streckte beide Hände aus, eine rechts, eine links, und massierte mit wohltuendem Kreisen seiner Finger zwei Lendenwirbelbereiche.

Flora und Anita seufzten unisono vor Behagen.

»Wenn du ihn mal nicht mehr willst – ich nehm ihn sofort«, sagte Flora zu Anita.

»Ich könnte ihn dir ja mal leihen«, gab Anita augenzwinkernd zurück.

»Pass auf, ich könnte ja sagen«, lächelte Flora.

Nach dem Vorbereitungskurs gingen sie zum Italiener. Anita und Tobias bestanden darauf, Flora einzuladen. Aus Höflichkeit wählte sie die billigste Pizza, nur Tomaten/Käse, und dazu ein Wasser.

Nachdem sie alles bis auf den letzten Bissen vertilgt hatte – sie hätte problemlos dieselbe Menge noch mal verdrücken können –, erzählte sie den beiden, was sie sich für den nächsten Tag vorgenommen hatte. Die halb fertige Idee von gestern war wie erwartet über Nacht zu einem in seiner Schlichtheit bestrickenden Plan gereift.

»Ein Termin bei der Bank?«, fragte Anita ungläubig. »Und was hast du da vor?«

»Na, einen Kredit beantragen natürlich.«

»Meinst du, die geben dir was?«, meinte Tobias zweifelnd.

»Sie müssen«, sagte Flora einfach. »Ich weiß nicht, was ich sonst tun soll.«

»An welche Summe hatten Sie denn so gedacht?«, fragte Xavier. Er saß Flora gegenüber, mit verschränkten Armen, den riesigen Schreibtisch wie ein Bollwerk zwischen sich und ihr.

»So an zehntausend. Fürs Erste.«

»Zehntausend«, echote Xavier. Nur um sicherzugehen, dass er sich nicht verhört hatte.

Flora nickte. »Und zwar sofort. Ich brauche das Geld wirklich so schnell wie möglich. Am besten noch heute. Es wäre ja auch nur vorübergehend.«

»Das haben Kredite im Allgemeinen so an sich.«

Flora, die mal ein Seminar über Körpersprache besucht hatte, hegte die stumme Hoffnung, dass die Haltung dieses Bankmenschen nicht das besagte, was sie im Normalfall bedeutete. In Wahrheit stand er ihrem Anliegen nicht ablehnend gegenüber, sondern er war einfach nur zwanghaft schüchtern, mit dieser dicken Brille, die ihn wie einen behinderten Frosch aussehen ließ. Flora spann ihre Fantasievorstellung zu ihrer eigenen Beruhigung weiter: Er nahm diese defensive Haltung bloß ein, um fehlende Männlichkeit zu kompensieren, nicht etwa, weil er ihr keinen Kredit geben wollte. Er war gehemmt, vermutlich sogar geradezu zwanghaft schüchtern, verklemmt und impotent. Aber im Grunde hatte er ein gutes Herz, also würde sie den Kredit ganz sicher kriegen.

Flora wäre erschüttert gewesen, wenn sie die Wahrheit gewusst hätte. Xavier war nicht nur tatsächlich gehemmt, verklemmt und impotent (Letzteres seit jener Nacht, in der das einzige Mädchen, mit dem er je intim geworden war, behauptet hatte, er sehe beim Orgasmus aus wie Kermit der Frosch), sondern er war außerdem felsenfest entschlossen, dieser Frau vor ihm keinen Kredit zu geben. Dieser Entschluss gründete sich indessen keineswegs auf persönliche Abneigung, sondern ausschließlich auf gesunden Menschenverstand. Die Frau war seit zwei Jahren Kundin bei diesem Institut, doch die Umsätze auf ihrem Konto waren lächerlich. Praktisch nicht vorhanden. Sie war ganz einfach nicht kreditwürdig. Es sei denn ...

Er legte die Hände nebeneinander auf den Schreibtisch. Offen.

Flora gestattete sich ein leichtes Aufatmen.

»Wie steht es mit Sicherheiten?«, fragte er.

»Sicherheiten?«, fragte sie verständnislos zurück.

»Sicherheiten«, bestätigte Xavier. »Zum Beispiel ein Wagen, eine Immobilie, Wertpapiere, eine Lebensversicherung, Sparverträge, Schmuck.«

»So direkt habe ich keine Sicherheiten.«

»Und indirekt?«

»Auch nicht.«

»Dann frage ich mal andersrum: Wofür wollen Sie das Geld verwenden?«

»Das möchte ich lieber nicht sagen«, meinte sie errötend.

Xavier nahm seine Brille ab und putzte sie. Diese Frau erwies sich als zunehmend nervtötend. »Nun, es verhält sich so: Wenn Sie zum Beispiel das Geld zum Erwerb eines Wagens verwenden würden, könnte unter gewissen Umständen ein Kredit denkbar sein. Weil Sie ja dann eine Sicherheit hätten. Bliebe zwar noch ihre unzureichende Umsatzsituation, aber damit könnten wir vielleicht leben.«

»Und was wäre«, fragte Flora vorsichtig, »wenn ich, sagen wir mal – nur so zum Beispiel – das Geld einfach zum Leben ausgeben würde?« Und, fügte sie in Gedanken hinzu, außerdem für eine Wickelkommode und ein Kinderbett – genau die restliche Babyausstattung, die ihr noch fehlte. Aber das ging diesen Frosch nichts an.

Xavier verschränkte die Arme wieder. »Dann kann ich Ihnen zu meinem Bedauern nur mitteilen, dass wir Ihnen leider keinen Kredit bewilligen können.«

Flora zwinkerte hastig gegen die aufsteigenden Tränen an. Sie kämpfte sich aus dem Besucherstuhl hoch und blieb zu allem Überfluss mit ihrem besten Umstandskleid an der Lehne hängen. Der dünne Stoff zerriss mit durchdringendem Bersten, und Flora wunderte sich vage, dass so zartes Gewebe solchen Krach verursachen konnte. Es dauerte ein paar Momente, bis sie ihrer doppelt misslichen Lage gewahr wurde: Erstens stand sie mit einem zerfetzten Kleid im Büro dieses widerlichen, froschgesichtigen Filialleiters, und zweitens würde sie gleich genauso arm wieder nach Hause gehen, wie sie hergekommen war. Nein, noch ärmer. Viel ärmer. Um die allerletzte Hoffnung ärmer.

Sie nahm mutlos die ihr dargebotene Hand (die ekelhaft feucht war) und hatte schon die Türklinke ergriffen, als ihr unvermittelt die rettende Idee kam. Sie griff eifrig in ihre Tasche und kam hoffnungsvoll strahlend zu Xavier zurück.

Xavier musterte die Diskette, die sie ihm hinstreckte.

»Was ist das?«, fragte er, um Höflichkeit bemüht.

»Eine Diskette«, sagte Flora, ebenso höflich, das zerfetzte Kleid vor ihren Oberschenkeln zusammenraffend.

»Ich weiß, dass das eine Diskette ist. Aber was soll ich damit?«

»Das ist meine Sicherheit.«

»Interessant. Sicher etwas gänzlich Neues für unsere Kreditabteilung.«

Sein Sarkasmus entging Flora völlig. »Ich schreibe gerade an einem Krimi, und auf der Diskette ist das Manuskript. Es ist zu drei Vierteln fertig.«

Xavier gab ihr mit einem falschen Lächeln des Bedauerns die Diskette zurück.

»Es tut mir ganz außerordentlich Leid, Frau Zimmermann. Aber leider gibt es in unserer Bank gewisse unumstößliche Vorschriften. Eine davon lautet: Kein Kredit ohne ausreichende Sicherheit.«

Flora fühlte sich, als hätte ihr jemand einen Rettungsring zugeworfen und ihn ihr dann wieder entrissen. Niedergeschmettert nahm sie die Diskette entgegen und ging wortlos zur Tür. Xavier blickte ihr achselzuckend nach. So war das Leben. Jeder hatte sein Kreuz zu tragen, nicht wahr?

Er zog die oberste Schublade seines Schreibtischs auf und nahm eins der Playboyhefte heraus. Das Centerfold fiel wie von selbst heraus, es zeigte ein Geschöpf mit melonenartigen Titten und bestrapsten Schenkeln. Das Haar des Playmates wellte sich wie bei einem Rauschgoldengel bis zu den Schultern. Sie hatte was von dieser schwangeren Möchtegernschriftstellerin. Oder umgekehrt. Egal. Xavier stand auf, schloss rasch die Tür ab und holte aus der untersten Schublade eine Rolle Küchenpapier.

Dunkle Stunden

Es war schon nach zehn Uhr abends, als Anton endlich nach Hause kam. Schnellberger hatte ihm bereits vor Tagen bedeutet, dass hoher Einsatz von ihm erwartet wurde. Jedenfalls so lange, bis er »richtig Fuß gefasst« hatte – was immer das heißen mochte. Der Vertrag war bis auf ein paar winzige Stellen unterschriftsreif, und ab dem nächsten Ersten würde Anton stolzer Sozius sein. Was natürlich nicht ausschloss, dass er sich jetzt schon wie einer fühlen durfte. So jedenfalls hatte Schnellberger sich geäußert. Und ihm in entsprechender Menge Fälle zur Bearbeitung zugeteilt. Viele Fälle.

Es war dunkel in der Wohnung, als Anton die Tür aufschloss. Er schleppte den schweren Aktenstapel ins Arbeitszimmer, deponierte ihn auf seinem Schreibtisch und machte dann erst Licht.

»Tamara?«, rief er. Ob sie schon schlief? Er ging ins Schlafzimmer, doch da war sie nicht. Anton ging nacheinander ins Wohnzimmer, in die Küche, ins Gästezimmer, ins Bad. Keine Tamara. Anscheinend hatte sie heute Abend wieder einen dieser späten Vorsprechtermine, zu denen sie in letzter Zeit so häufig antreten musste. Die Ärmste. Anton schnürte es das Herz zusammen, wenn er daran dachte, wie fieberhaft sie seit ihrer abgebrochenen Schauspielausbildung auf ihre erste Rolle hinarbeitete, ohne dass auch nur der winzigste Erfolgszipfel sichtbar geworden wäre.

Er machte sich in der Küche ein Schinkenbrot zurecht, goss sich ein Glas Bier ein und trug beides hinüber ins Arbeitszimmer. Er sollte lieber gleich anfangen mit der Arbeit; morgen Mittag – nach drei Gerichts- und zwei Besprechungsterminen – würde ihn in seinem Büro ein weiterer Stapel erwarten, der mindestens genauso dick war wie dieser.

Seufzend schlug Anton die erste Akte auf und knipste sein Diktiergerät an.

Nach der zehnten Akte konnte er sich nicht mehr richtig konzentrieren. Beim Abhören des letzten Diktats merkte er, dass er für den Mandanten – einen Steuerstraftäter – dreißig Jahre Haft beantragt hatte statt einer Geldstrafe von dreißig Tagessätzen. Er stützte den Kopf in beide Hände. Nur ein paar Sekunden entspannen, nichts denken. Augen zu, nichts denken …

Als er zu sich kam, merkte er, dass sein Kopf mitten auf der Akte lag. Aus den Augenwinkeln sah er die Leuchtziffern seiner Schreibtischuhr. Es war halb drei.

Hatte er eben ein Geräusch gehört?

»Tamara?«, rief er.

Nichts.

Anton stand auf, rieb sich den schmerzenden Nacken und stakste steifbeinig durchs Arbeitszimmer in den Flur. »Tamara?«

Sie war nicht da. Er musste sich verhört haben. Sicher pennte sie bei einer Freundin. Das tat sie in letzter Zeit öfter, um ihn so spät abends nicht stören zu müssen.

Anton ging gleich weiter ins Schlafzimmer und ließ sich voll bekleidet aufs Bett fallen.

Flora saß hellwach auf ihrer Betthälfte. Sie hatte Heiners Kopfkissen umklammert und drückte es gegen ihre Brust. Tränen tropften ungehindert aus ihren Augen und durchnässten den Bezug. Sie hatte kein Geld, keinen Beruf, keinen Mann (es war drei Uhr nachts und Heiner war nicht nach Hause gekommen), keine Lust mehr am Leben.

So fühlte sich also ein Mensch, dachte Flora, der wirklich am Ende ist.

Das Baby bewegte sich und erinnerte sie daran, dass sie trotz allem Verantwortung trug. Sie stand auf, ging in die Küche und holte die Tüte mit den Essensresten aus dem Kühlschrank. Das fettige Hummerviertel erinnerte sie sofort an den grässlichen Armani-Anwalt. Flora war überzeugt, dass ihr jeder einzelne Bissen im Hals stecken bleiben würde, hatte doch er ihr das Essen verschafft, in seiner ganzen perfiden Wohltätigkeit!

Doch natürlich schmeckte ihr alles ungeheuer gut. Flora schob Stück um Stück der Reste in den Mund, kaute, schluckte, aß schneller, konnte nicht genug davon bekommen. Das war erst recht beschämend. Jetzt hasste sie diesen Typen doppelt.

Während sie die letzten Bissen herunterschlang, flossen schon wieder die Tränen, und als sie zum Nachtisch eine der Pillen zerkaute, die Dr. Neumeister ihr verordnet hatte, heulte sie so laut, dass sie fast an den Tablettenkrümeln erstickt wäre.

Am nächsten Morgen machte Flora sich nach einer eiskalten Dusche mit dem Elan einer kaputten Marionette daran, ihren hausfraulichen Pflichten nachzugehen. Sie entsorgte Müll, saugte Staub, putzte das Bad, zog Bettwäsche ab.

Während sie im Schlafzimmer schmutzige Wäsche sortierte, fiel ihr aus einer von Heiners farbverschmierten Jeans ein Fünfmarkstück vor die Füße. Sie ging in die Knie und hob es gierig auf. Dann fing sie an, wie eine Furie Heiners Klamotten zu durchwühlen, alle Jacken, Hemden, Hosen, die ihr in die Hände fielen, ob sauber oder schmutzig. Ihre Ausbeute konnte sich sehen lassen: Achtunddreißig Mark! Flora wurde wütend. Himmel noch mal, was war los mit ihr? Seit wann hatte sie diesen gierigen, kleinlichen Charakter? War sie etwa schon immer so gewesen?

Flora beschloss, nicht darüber nachzudenken, sondern sich stattdessen über die unverhoffte Finanzspritze zu freuen.

Sie legte das Geld zur Seite, wandte sich dem Berg von Schmutzwäsche zu und fuhr fort mit ihrer Sortierarbeit. Plötzlich hielt sie inne. Ging in die Knie. Zog das Ding, das sie gerade eben aus einer von Heiners schmutzigen Boxershorts hatte hervorblitzen sehen, langsam mit zwei Fingern aus dem Klamottenberg. Hielt es hoch. Starrte es an wie eine giftige grüne Schlange. Eine giftige, apfelgrüne Wonderbra-Schlange. Mit currygelben Klecksen.

Während der Busfahrt dachte sie nicht darüber nach, was sie zu ihm sagen würde. Sie war überhaupt nicht imstande, sich irgendwelche Worte zurechtzulegen. Dafür war sie zu sehr damit beschäftigt, die grün-gelbe Schlange anzustarren, die sie unablässig in ihren Händen drehte und wendete und zusammenknüllte. Sie zerrte und zwirbelte und würgte diese eklige Wonderbra-Schlange, bis sie nur noch einen labbrigen Fetzen in der Hand hatte. Der einzige klare Gedanke, den Flora während der ganzen Fahrt fassen konnte, war: Ihr Busen ist kleiner als meiner.

In ihrem ganzen Gefühlsaufruhr war diese Tatsache der einzige Anker, der sie daran hinderte, wie ein leckgeschlagenes, voll gelaufenes Schiff auf Grund zu gehen.

Von der Zielhaltestelle bis zum Atelier hatte sie etwa fünf Minuten zu laufen. Sie brachte den Weg wie in Trance hinter sich und kam nur einmal kurz zur Besinnung, als sie an der Bankfiliale vorbeikam, die sich ebenfalls in dieser Gegend befand. Flora machte sich keine Gedanken darüber, ob dies ein gutes oder ein schlechtes Zeichen war. Sie fragte sich lediglich, ob sie Heiner überhaupt im Atelier antreffen würde. Doch dieser Sorge wurde sie enthoben, als sie um die nächste Ecke bog und den Buckelvolvo vor der alten Lagerhalle stehen sah. Die Eingangstür des Gebäudes quietschte rostig in den Angeln, als Flora sie aufdrückte. Vom Haupteingang aus musste sie durch endlose dreckige Gänge marschieren, kilometerweit, wie es ihr schien. Dann ging es zwei Treppen aus gelochtem Stahl hoch und nochmals durch einen Gang. Außer Heiner hatten zwei oder drei andere hoffnungsvolle, aber finanziell eher dürftig ausgestattete Künstler in diesem Teil des alten Gebäudes ihre Schaffensstätten untergebracht.

Ganz am Ende dieses Ganges lag Heiners Atelier.

Flora kam es vor, als würde sie gleichsam auf die Tür zutreiben, als glitte sie wie auf einer unsichtbaren Schiene näher, unaufhaltsam, bis der kalte Knauf in ihrer Hand lag und sich scheinbar ohne ihr Zutun drehte. Die Tür ging auf, und Flora schwebte wie eine mit Gas gefüllte Kugel hinein. Sie stolperte über ein Hindernis und gewann sofort ihre irdische Schwere zurück. Fluchend knallte sie auf den harten Boden. Zum Glück konnte sie sich rechtzeitig abstützen; bis auf eine leichte Abschürfung am linken Handballen tat ihr nichts weh. Sie rappelte sich hoch und erkannte in dem dämmerigen Vorraum, worüber sie gefallen war: eine voluminöse Tasche aus schwarzem Wildleder, die sich bei ihrem Sturz geöffnet hatte. Einige Gegenstände waren herausgefallen. Flora sammelte sie automatisch ein und schob sie in die Tasche zurück, nur unbewusst wahrnehmend, was für Gegenstände das waren: ein dicker Theaterführer, eine Flasche Terpentin, eine Pistole. Eine Pistole?! Flora starrte sie an und ließ sie dann in die Tasche fallen, als wäre sie glühend heiß. Dadurch wurde ihr Blick auf etwas gelenkt, das ebenfalls in der Tasche steckte. Flora griff vorsichtig hinein und zog das Ding langsam heraus. Es war ein apfelgrüner, spitzenbesetzter Slip.

Heiner und Tamara lagen an der von der zerlöcherten Fensterfront am weitesten entfernten Wand, auf dem Sofa, das Tamara vor vier Tagen erst hatte hierher schaffen lassen. Sie hatte, wie Heiner festgestellt hatte, bei all ihrer Kunstbegeisterung eine durchaus praktische Ader. Das Sofa – blitzneu und blitzblau – wirkte wie ein seltsamer Anachronismus in der schmuddeligen, heruntergekommenen Umgebung und dem unvorstellbaren Chaos aus Farben, Leinwänden, Lappen, Pinseln, Staffeleien und Flaschen. Es ließ sich mit einem Griff zum komfortablen Bett umfunktionieren, für den Fall, »dass es mal später wurde«. Da es in letzter Zeit immer häufiger immer später geworden war, hatte Tamara sogar schon laut daran gedacht, ein paar Ecken weiter ein Apartment anzumieten. Dann müsste Heiner nicht immer erst nach Hause fahren, wenn er mit dem Malen fertig war. Und sie hätten eine etwas privatere Atmosphäre, wenn sie zusammen sein wollten. Sie hätten dann überhaupt die

Möglichkeit, sich öfter zu treffen, nämlich immer, wenn ihnen danach war, also praktisch jeden Tag.

Die ganze Idee hatte etwas für sich, fand Heiner. Je länger er darüber nachdachte, desto einleuchtender erschien sie ihm.

Er und Tamara lagen unter einer zerrupften, mit lila Ölfarbflecken verzierten Wolldecke, in seligem Morgenschlaf, Arme und Beine ineinander verstrickt. Tamaras Mähne wallte wie eine dunkle, lila gesprenkelte Wolke auf dem sattblauen Bezug, ein Anblick, der Heiner in der letzten Nacht über die Maßen erregt hatte.

Heiner wurde von einer Fliege geweckt, die über seiner Nase summte.

»Morgen, Flora«, sagte er schlaftrunken zu Flora, die mitten im Raum stand. »Wie spät ist es?«

»Halb zehn«, sagte Flora.

Flora?!!!

Er war im Nu vom Sofa gesprungen und kam näher. Splitterfasernackt.

»Hör zu, es ist nicht so, wie du denkst«, leitete er die älteste Lüge der Welt ein.

Flora stand reglos da, mit absolut unbewegter Miene, still, hoch aufgerichtet: Eine Rachegöttin. Heiner gingen die Worte aus. Er konnte sie nur anstarren. Mit der einen Hand umklammerte sie die Tragegurte von Tamaras Wildlederbeutel, der neben ihr im Staub schleifte. Mit der anderen umfasste sie den Riemen ihrer eigenen kleinen Handtasche, die über ihrer Schulter hing. Außerdem hielt sie in dieser Hand ein apfelgrünes Etwas, das aussah wie …

Heiner erkannte es und schluckte. Wie gebannt starrte er das Ding in ihrer Hand an. Flora folgte seinen Blicken und ließ den Slip fallen. Sie zog den dazugehörigen Wonderbra aus der Tasche ihres Kleides und ließ ihn ebenfalls fallen.

Dann griff sie wie in Zeitlupe in den Wildlederbeutel und holte die Pistole heraus.

»Warte«, sagte Heiner.

Flora legte an und drückte ab. Ein dezentes Klicken ertönte, eine kleine Flamme sprang aus der Mündung und flackerte fröhlich vor sich hin. Feuer, der Herr?

Heiner musste lachen, er konnte nicht anders. Er hatte ihr ja sagen wollen, dass es nur Tamaras Bühnenpistole war und außerdem ein Feuerzeug, doch sie hatte es allzu eilig gehabt, ihn damit zu erschießen.

Flora schwebte über dem Geschehen. Sie hatte wieder das Gefühl, sich außerhalb ihres Körpers zu befinden. Wie aus weiter Ferne nahm sie wahr, was als Nächstes geschah. Die Hand der Rachegöttin schob die Pistole zurück in den Beutel und kam mit der Terpentinflasche wieder zum Vorschein.

Heiner lachte immer noch, als die Flasche geflogen kam, ein gläsernes Wurfgeschoss, das eine perfekte Parabel beschrieb, die mitten auf seiner Stirn endete. Beim Aufprall erklang ein dumpfes, hohl klingendes Geräusch, und Heiners Augen nahmen einen belämmerten Ausdruck an, bevor sie zufielen. Langsam, mit einer beinahe anmutigen halben Drehung, sackte er zusammen und blieb auf dem Fußboden liegen. Die Flasche war bemerkenswerterweise heil geblieben. Flora hob ihre Hand, drehte sie, betrachtete sie erstaunt von allen Seiten, als wäre sie ein fremdes, sonderbares Ding, das sie zufällig irgendwo gefunden hatte und das mit ihr selbst nicht das Geringste zu tun hatte.

Tamara rührte sich und stöhnte verschlafen. Sie blinzelte und wurde schlagartig wach, als sie Flora sah. Mit abgezirkelten Bewegungen stand sie auf, die Decke um sich gerafft. Cool, überlegen. »Es musste ja irgendwann mal rauskommen«, sagte sie mit wohltönender, gekonnt artikulierter Stimme. »Tut mir Leid für Sie. Aber Sie sind nicht gut für Heiner.«

Jetzt erst bemerkte Tamara, dass Heiner auf dem Fußboden lag. Sie riss erschrocken die Augen auf und ließ die Decke fallen.

Der Teil von Floras Verstand, der noch intakt war, überlegte, dass die Brünette mit ihrer letzten Bemerkung wohl Recht hatte. Anscheinend war sie wirklich nicht gut für Heiner, vor allem, wenn man bedachte, dass sie ihn gerade mit einer Terpentinflasche ausgeknockt hatte. Dem funktionierenden Teil ihres Verstandes fiel auch auf, wie hübsch und geschmeidig Heiners Verhältnis anzusehen war. Und wie schlank. Besonders um die Taille herum. Nicht der geringste Ansatz eines Bauches war zu sehen.

Der übrige, in Starre verfallene Teil von Floras Verstand registrierte nur undeutlich, dass die Brünette zu Heiner stürzte, auf die Knie fiel und ihn heftig schüttelte. »Heiner?«, rief sie. »Heiner, Liebling! Was ist mit dir? Komm doch zu dir!« Sie verstärkte ihre Bemühungen, rüttelte an seiner Schulter, gab ihm ein halbes Dutzend klatschender Ohrfeigen. »Heiner! Sag doch was! Wach bitte auf!« Sie beugte sich über ihn, legte ein Ohr auf seine Brust und horchte. Dann starrte sie Heiner fassungslos an, blickte schließlich zu Flora auf und schrie mit hysterisch überschnappender Stimme: »Er ist tot! Sie haben ihn umgebracht!«

Sekundenlang stand Flora da wie eine Statue, kreideweiß im Gesicht. Dann drehte sie sich um und floh wie von Furien gehetzt aus dem Raum.

An diesem Morgen war Anton spät dran. Er hatte den Wecker überhört, was kein Wunder war nach der viel zu kurzen Nacht. Negativ auf seine Morgenfrische hatte sich außerdem ausgewirkt, dass er in voller Montur geschlafen hatte. Und dass Tamara immer noch nicht zurück war.

Um zehn Uhr sollte der erste Gerichtstermin stattfinden, um halb elf der zweite, um zehn Uhr fünfundvierzig der dritte, alles Zivilsachen. Dabei war einkalkuliert, dass der zweite Termin pünktlich stattfand und der dritte verspätet. Im umgekehrten Fall wäre die ganze Zeitplanung im Eimer. Endlose Telefonate mit der Geschäftsstelle, Vertagungsersuchen beim Richter oder kurzfristige Unterbevollmächtigungen von Kollegen wären die Folgen, was die Kanzlei und damit letztlich ihn eine Menge Geld kosten konnte.

Zu allem Überfluss hatte er bei einem letzten Durchgehen der Terminakten festgestellt, dass in einem Fall versäumt worden war, die festgelegten Gerichtskostenvorschüsse für ein Sachverständigengutachten einzuzahlen. Kein Wunder, dass Anton kein Gutachten in der Akte gefunden hatte. Und heute war bereits der nächste Verhandlungstermin! Er war in Beweisnot! Der Fall konnte verloren gehen, nur weil die Einzahlung versäumt worden war!

Kurz: Anton war gestresst. Wenn er es nicht sowieso schon gewusst hätte – sein Magen machte es ihm mit regelmäßigen Krämpfen anschaulich klar.

Anton bremste vor einer roten Ampel und wühlte in seiner Sakkotasche nach Tabletten. Fehlanzeige. Sofort reagierte sein Magen mit einer heftigen Ausschüttung von Säure. Anton krümmte sich, fuhr weiter und hielt bei der nächsten Apotheke. Unmöglich, diesen Tag ohne Medikamente zu überstehen!

Es war sozusagen das i-Tüpfelchen auf Antons Misere, dass er nur noch zwei Mark im Portmonee hatte, wie er leider erst in der Apotheke feststellte.

Der Apotheker grapschte sofort die Tabletten von der Theke und versteckte sie hinter seinem Rücken. Nein, leider nahm er keine Visacard. Auch nicht American Express. Eurocard? Bedaure. Schecks? Nur ab einem Mindestbetrag von fünfzig Mark. Aber auf der anderen Straßenseite, genau gegenüber, gab es eine Bank mit einem Geldautomaten. Wenn der Herr wollte, könnte er ja rasch …?

Der Herr wollte. Der Herr musste nur noch schnell seine Brieftasche mit den Bank- und Kreditkarten aus dem Wagen holen. Tapfer gegen die reißenden Schmerzen in seinem Magen ankämpfend, wankte Anton aus der Apotheke und zu seinem Wagen. Er riss seinen Aktenkoffer an sich, in dem die Brieftasche steckte, und spurtete über die Straße zur Bank. Der Automat war im offenen Eingangsbereich angebracht; Anton legte den Koffer auf die rundumlaufende Theke, öffnete ihn, schob die zusammengerollte Robe zur Seite, das Fülleretui, das Handy, die Akten, das Notebook – wo zum Teufel war seine Brieftasche? Die Zeit, die ihn noch vom endgültigen Magendurchbruch trennte, wurde knapper. Was würden die Zeitungen über seinen Tod bringen? Anwalt tot in Bank? Oder: Anwalt starb an Stress? Er für seinen Teil fand am passendsten: Apotheker schickte Anwalt in den Tod.

Endlich! Die Brieftasche! Anton klappte sie auf, riss seine Euroscheckkarte hervor, steckte sie in den Automaten und tippte seine Geheimzahl. Er wartete ein paar Sekunden. Und wartete. Und wartete. Doch das nächste Menü, das normalerweise längst auf dem Monitor hätte erscheinen müssen, kam nicht. Es kam überhaupt nichts mehr. Keine Schrift. Kein Geld. Nicht mal seine Karte. Anton drückte vorsorglich auf den Abbruchknopf, doch der Apparat reagierte nicht. Er hatte seine Karte gefressen und dann den Geist aufgegeben! Anton tippte eine Reihe von wahllosen Zahlenkombinationen, als könnte er das Gerät damit auf magische Weise wieder aktivieren. Vergeblich.

Anton holte aus und verpasste dem Ding einen kräftigen Faustschlag. Hielt einen Moment inne, stierte den Monitor an. Der war immer noch tot. Noch ein Schlag, diesmal fester. Wieder nichts.

Unterdrückt fluchend, malträtierte er den Automaten mit einem halben Dutzend harter Faustschläge. Keine Karte, kein Geld. Kein Geld, keine Tabletten. Und dann, als ihm klar wurde, dass das längst nicht alles war, entwich ihm ein entsetztes Ächzen: Er würde eine ellenlange Verlustmeldung ausfüllen müssen, und in einer viertel Stunde fing sein erster Gerichtstermin an! Hasserfüllt versetzte er dem dämlichen Automaten einen letzten Hieb. Im selben Moment tauchte am Rande seines Gesichtsfeldes eine Gestalt auf, und er fuhr erschrocken zu der alten Dame herum, die wie angewurzelt dort stand. Sie hatte einen absurd winzigen Schoßhund im Arm, und ihr zutiefst missbilligender Gesichtsausdruck ließ nur den Schluss zu, dass sie ihn seit geraumer Zeit beobachtet hatte.

Mit einem Ausdruck biederer Unbescholtenheit trat Anton einen Schritt von dem Apparat zurück und hob beide Hände, dann zeigte er mit dem Daumen über die Schulter auf den Geldautomaten. »Das Ding will einfach kein Geld rausrücken.«

Die Alte schaute noch argwöhnischer drein. Anton lächelte betont harmlos, warf seine Brieftasche in den Koffer, klappte ihn nachlässig zu und deutete in die Bank. »Tja, dann geh ich wohl besser mal rein und besorg mir da drin mein Geld.«

Auf seinem Weg in den Schalterraum fühlte er, wie die Alte ihn von hinten mit ihren Blicken erdolchte.

Die Frau starrte dem merkwürdigen Mann nach, bis sie ihn nicht mehr sehen konnte. Heutzutage trieben sich die komischsten Leute frei auf den Straßen herum. Dabei hatte er ganz normal ausgesehen, in seinem feinen Anzug, mit den blank polierten Schuhen, dem ordentlich frisierten Haar. Kopfschüttelnd wandte sie sich zum Gehen und stieß im nächsten Augenblick gegen eine junge Frau, die, durch den Zusammenstoß aus dem Gleichgewicht gebracht, einen Schritt zur Seite taumelte und dann einfach stehen blieb. Die junge Frau sah aus, als sei sie nicht ganz bei sich, stellte die Alte besorgt fest. Hochschwanger, an jeder Seite eine Tasche (eine schleifte sie am Henkel hinter sich her), stand sie wie angewurzelt neben dem Automaten und hielt sich daran fest. Sie starrte auf ihre Hand, als hätte sie sie nie zuvor gesehen.

»Der Automat funktioniert nicht«, sagte die Alte vorsorglich.

Die junge Frau antwortete ihr nicht. In Gedanken schien sie unendlich weit weg zu sein. Sie sah einsam und verloren aus, und sie schien den Blick einfach nicht von ihrer Hand wenden zu können, die immer noch am Automaten lag.

»Der Kartenapparat ist kaputt, wissen Sie. Gehen Sie doch auch einfach in die Bank«, sagte die Alte mütterlich. »Lassen Sie sich da drin Geld geben.«

Die junge Frau blinzelte und schien, wenn auch extrem langsam, aus ihrer merkwürdigen Erstarrung zu erwachen. Jetzt hielt sie die Hand vor ihre Augen und glotzte sie an, als wäre es irgendeine monströse Absonderlichkeit. Vielleicht hatte ihr Verstand unter der Schwangerschaft gelitten. Dergleichen sollte ja zuweilen vorkommen.

Die Alte trat vor sie hin und nahm ihre Hand. Der Hund kläffte zweimal schrill. Die junge Frau zuckte zusammen und starrte ihn an. Endlich.

»Warum gehen Sie nicht einfach da rein?«, wiederholte die Alte ihre Aufforderung, »und besorgen sich da drin das Geld, das Sie brauchen?«

Die junge Frau schaute in die Schalterhalle. Hinter ihrer Stirn schien es heftig zu arbeiten. Sie schien wirklich etwas begriffsstutzig zu sein. Armes Ding.

»Tun Sie's doch«, sagte die Alte aufmunternd und drückte ein letztes Mal die Hand der jungen Frau, bevor sie

sie losließ. »Gehen Sie einfach rein und holen Sie dort Geld.«

Die junge Frau starrte sie an, dann nickte sie leicht und ging langsam in die Bank. Die Alte küsste ihren Hund, hocherfreut, innerhalb kürzester Zeit zwei gute Werke vollbracht zu haben.

Dies ist ein Banküberfall!

In der Schalterhalle war nicht viel los. Hinterm Tresen stand eine junge Frau; sie sprach mit einem Kunden, der mit dem Rücken zu Flora stand. An einem der beiden Schreibtische saß Xavier und sortierte irgendwelche Belege. Sonst war niemand zu sehen.

»Ich … ich brauche dringend Geld«, flüsterte Flora. Dann räusperte sie sich und sagte eine Idee lauter: »Dies ist ein Banküberfall.«

Niemand nahm Notiz von ihr. Flora griff in den Wildlederbeutel und nahm die Pistole heraus. Sie fuchtelte damit herum und rief: »Keiner rührt sich! Dies ist ein Banküberfall!«

Augenblicklich wurde ihr die volle Aufmerksamkeit aller Anwesenden zuteil. Die junge Bankangestellte kreischte hysterisch auf und streckte beide Hände in Richtung Decke. Xavier sprang von seinem Schreibtisch auf und glotzte entsetzt die Pistole an. Der Kunde fuhr herum und erstarrte.

Flora unterdrückte ein Stöhnen. Das hatte ihr gerade noch gefehlt! Mister Armani höchstpersönlich!

Flora schloss kurz die Augen. Moment, was kam jetzt? Es stand doch alles in ihrem Buch! Wie war das gleich? Ach ja, das Geld musste eingepackt werden. Jetzt nur nicht die Nerven verlieren! Der erste Schritt war getan. Der Rest würde ganz von allein klappen. Musste klappen. Wer A sagt, muss auch B sagen, ebenfalls einer der klugen Wahlsprüche ihrer Mutter.

Flora ließ den hinderlichen Wildlederbeutel fallen (komisch, dass sie das Ding die ganze Zeit mitgeschleppt hatte – es musste eine Fügung des Schicksals gewesen sein!), machte einen Satz nach vorn und riss den Koffer an sich, der neben dem Armanianwalt auf dem Boden stand. Dort passte bedeutend mehr rein als in den Beutel! Sie knallte den Koffer vor Xavier auf die Theke. »Bitte packen Sie das Geld dort hinein. Nehmen Sie nur kleine, nicht fortlaufend nummerierte Scheine.«

»Moment mal«, fing Anton an.

»Klappe!«, fuhr Flora ihn an.

Er schwieg verschreckt.

»Weitermachen. Bitte«, sagte Flora zu Xavier.

Der klappte den Koffer auf. »Aber da ist schon so viel Zeug drin!«

»Geben Sie her.« Flora nahm den Koffer und schüttete den Inhalt einfach auf den Fußboden. Antons Habseligkeiten fielen durcheinander. Das Notebook prallte mit einer Ecke auf seinen Fuß, und Anton schrie schmerzerfüllt auf.

Geschieht dir recht, dachte Flora. Sie knallte den leeren Koffer wieder auf die Theke. »Bitte packen Sie alles hinein, was Sie in der Kasse haben.« Sie richtete die Pistole auf die junge Angestellte, die mit flatternden Händen dastand und sie anstarrte.

»Und Sie, meine Dame – bitte legen Sie sich flach auf den Boden, das Gesicht nach unten. Und denken Sie daran: Wer die Nerven behält, behält auch sein Leben.«

Die Frau warf sich sofort auf den Bauch und legte schützend die Arme über den Kopf.

Anton bückte sich und raffte seine Siebensachen zusammen. Mangels eines geeigneten Behältnisses packte er alles auf die Robe, die er wie ein Bündel zusammenschlug und an die Brust drückte.

Xavier verstaute derweil stapelweise Geld im Koffer. »Kann ich auch Fünfziger nehmen, Frau Zimmermann?«

»Keine Namen«, herrschte Flora ihn an. »Tun Sie einfach alles rein, was da ist.«

Er nickte eilfertig und schichtete säuberlich ein Päckchen neben das andere.

Anton, das Robenbündel mit beiden Armen umklammernd, wich unauffällig zwei Schritte in Richtung Ausgang zurück.

Doch er kam nicht weit. Flora bemerkte aus dem Augenwinkel, was er vorhatte. Sie drehte sich zu ihm um und winkte mit der Pistole. »Wo willst du denn ohne mich hin?«, fragte sie zuckersüß. »Wir sind doch noch gar nicht fertig – Schatz!«

So, jetzt hatte sie es ihm aber gegeben! Das würde ihn lehren, sich auf Kosten anderer zu profilieren! Da sollte er sich doch erst mal rausreden, wenn sie über alle Berge war!

Anton sah sie nur ungläubig an. Das war bloß ein Traum. Ein böser Albtraum. Er erlebte das gar nicht wirklich. Er sollte ... ja, was? Sich kneifen. Kneifen half für gewöhnlich bei schlechten Träumen. Er hielt das Robenbündel mit einer Hand und kniff sich mit der anderen.

»Vergiss es«, sagte Flora boshaft. »Du und ich, wir beide, werden diese Sache jetzt wie geplant durchziehen.«

Sie war so damit beschäftigt, Anton in Schach zu halten, dass ihr völlig entging, was sich hinter dem Banktresen abspielte. Xaviers Blicke huschten hurtig zur Videokamera, die links von ihm in einer Ecke des Raums an der Decke angebracht war. Das rote Auge zeigte an, dass alles aufgenommen und auf das Band überspielt wurde, welches im Untergeschoss in einem einbruchsicheren Raum mitlief.

Dann betrachtete er den bis zum Rand mit Geld gefüllten Koffer, der aufgeklappt vor ihm lag. Als Nächstes beäugte er den Alarmknopf, drei Schritte von ihm entfernt, links vom Schreibtisch, ganz genau da, wo er eben noch gesessen hatte. Auf der anderen Seite – nur zwei Schritte weg von ihm – befand sich sein eigener, dem Geldkoffer frappierend ähnlicher Aktenkoffer, der nur deshalb noch dort stand, weil er ihm nach Schalteröffnung einige Belege entnommen hatte und anschließend noch nicht dazu gekommen war, ihn in sein Büro zu bringen.

Xaviers Blicke zuckten hin und her: Überwachungskamera. Geldkoffer. Alarmknopf. Sein eigener Koffer. Überwachungskamera. Geldkoffer. Alarmknopf. Sein eigener Koffer. Alles im Bruchteil einer Sekunde.

Länger brauchte er nicht, um zu einem Entschluss zu kommen. Diese dämliche Zimmermann ließ den Typ, der sich über den kaputten Automaten beschwert hatte, nicht aus den Augen. Sie war vollauf damit beschäftigt, ihn anzustarren. Der wiederum war damit beschäftigt, die Zimmermann anzuglotzen, beziehungsweise die Pistole.

Seine Kollegin war damit beschäftigt, das Gesicht gegen den Boden zu pressen und irgendwie eine Symbiose mit dem Teppich einzugehen.

Xavier schloss sacht den Geldkoffer, tat zwei geräuschlose Schritte nach rechts und hatte eine Zehntelsekunde später seinen eigenen Koffer in der Hand. Eine weitere Zehntelsekunde später war der Austausch vollzogen.

Keinen Moment zu früh. Flora wandte sich ungeduldig zu ihm um. »Wie lange brauchen Sie denn noch?«

»Schon fertig. Bitte sehr, Frau Zimmermann.« Xavier streckte ihr seinen Koffer entgegen. Sie riss ihn an sich, ohne den Unterschied zu bemerken.

»Danke, Herr Xavier. Bitte legen Sie sich jetzt hinter den Tresen.«

Xavier gehorchte umgehend und verschwand in der Versenkung. Jetzt hätte er bequem den Knopf erreichen und den Alarm auslösen können, doch er dachte gar nicht daran. Noch nicht.

Flora marschierte zur Tür, ohne einen Blick zurückzuwerfen.

»Das ist doch Wahnsinn«, beschwor Anton sie. »Damit kommen Sie niemals durch! Die Polizei schnappt Sie garantiert schon auf der Straße!«

Flora ignorierte ihn. »Sie beide da hinterm Tresen – nur keine Zicken! Ich meine, machen Sie *bitte* keine Zicken.«

Dann drehte sie sich zu Anton um und warf ihm einen schrägen Blick zu.

Er hatte natürlich absolut Recht, dachte sie. Zu einem vernünftigen Bankraub gehörte eine vernünftige Flucht. Die Flucht war fast noch wichtiger als der Überfall. Klappte die Flucht nicht, war der ganze Überfall nichts wert.

Tja, das war wohl der Nachteil daran, dass sie so spontan zu Werke gegangen war, so völlig ohne Planung oder Vorbereitung. Wie gut, dass der Anwalt das Thema angeschnitten hatte. Sie brauchte selbstverständlich sofort ein Fluchtfahrzeug. Und sie hatte auch bereits eine Idee.

Sie trat auf Anton zu und presste ihm die Pistole in die Seite. »Tut mir Leid, aber es geht nicht anders. Mitkommen.«

Anton starrte wild um sich, als er, das Robenbündel vor der Brust, mit Flora (und der Pistole) dicht an seiner Seite aus der Bank ins Freie trat. Jemand musste dieser Farce ein Ende bereiten! Sofort! Wo war die Polizei, wenn man sie brauchte? Beim Kaffeetrinken? Kein Mensch war in Sicht! Vorhin war das doch noch eine ganz belebte Straße gewesen! Waren die alle beim zweiten Frühstück? Und überhaupt – wieso arbeiteten in dieser Bank nur zwei Leute?

Waren die anderen krank, auf einem Stadtbummel, in Urlaub? Selbst in eine mickrige Bankfiliale wie diese gehörten doch mindestens drei Leute, oder nicht? Dann hätte vielleicht einer dieser Trottel die Courage aufgebracht, rechtzeitig Alarm auszulösen!

»Wir nehmen Ihren Wagen«, entschied Flora.

»Ich habe überhaupt keinen Wagen.«

»Ach, ja? Und ich hätte die ganze Beute darauf verwettet, dass es der dicke BMW da vorn ist.«

»Der da?«, protestierte Anton. »Ich hasse diese Marke! So ein Ding würde ich doch nie fahren! Nicht mal mit der Kneifzange würde ich den anfassen!«

Flora klemmte ungerührt den Koffer zwischen die Knie, hielt mit der einen Hand weiterhin die Pistole in Antons Rippen gedrückt und schob die andere Hand erst in die linke, dann die rechte Tasche seines Sakkos. Dort fand sie sofort die Autoschlüssel, bemerkte erfreut die Fernbedienung und betätigte sie. Das Klacken, mit dem die Zentralverriegelung aufschnappte, war fatalerweise deutlich zu hören. Zwecklos, länger abzustreiten, dass der Wagen ihm gehörte. Anton wurde mit dem Pistolenlauf über die Straße gedrängt und hinters Steuer genötigt, bevor er noch richtig begriff, wie ihm geschah. Und als er eine endlose Sekunde später seine Hände von dem hinderlichen Bündel vor seiner Brust befreit und alles einfach auf den Beifahrersitz geworfen hatte, war die Verrückte auch schon neben ihm, den Koffer rechts zwischen sich und der Tür, und hielt ihm die Pistole vor die Nase. Es schien sie nicht zu stören, dass sie auf seiner Robe, seiner Brieftasche, seinem Handy, seinem Notebook, seinen beiden kostbaren Montblanc-Masterpiece-Füllern (hoffentlich hielt das Etui der Belastung stand!) und drei überaus wichtigen Akten saß.

Flora schob den Schlüssel ins Zündschloss. »Fahren Sie los!«, befahl sie.

»Und wenn ich das nicht tue? Erschießen Sie mich dann?«

Floras Augen wurden einen Ton dunkler. »Ich würde es an Ihrer Stelle lieber nicht drauf ankommen lassen. Vor nicht mal einer viertel Stunde habe ich schon jemand anderen umgebracht.«

Im Schalterraum der Bank lag die junge Angestellte immer noch flach auf dem Bauch, beide Arme über dem Kopf. »Sind sie weg?«, wagte sie nach einer Weile zu flüstern.

»Bleiben Sie lieber noch eine Weile unten!«, rief Xavier, »vorsichtshalber.«

Er stand auf einem gefährlich schwankenden Drehstuhl und hantierte an der Überwachungskamera herum.

»Kann ich jetzt gucken?«, fragte die Angestellte zwanzig Sekunden später.

»Ich sag Ihnen schon, wann!«, fuhr Xavier sie wütend an. »Wollen Sie, dass man Sie abknallt? Sie haben doch erst letzten Monat geheiratet, was würde Ihr Mann dazu sagen?«

Das veranlasste sie nachhaltig dazu, sich für mindestens eine Minute nicht zu mucksen. Genau die Zeit, die Xavier brauchte, um mit Lichtgeschwindigkeit ins Untergeschoss zu rasen und das Video an sich zu bringen.

»Jetzt?«, fragte die Angestellte dumpf, im selben Moment, als er schnaufend wieder in den Kassenraum stürzte.

»Moment ... ich glaube, ich sollte sicherheitshalber noch rasch aus dem Fenster von meinem Büro schauen, da kann man die Straße besser überblicken.« Er schnappte sich den Koffer, sprintete damit in sein Büro und schob ihn tief unter seinen Schreibtisch, in die hinterste Ecke. Geschafft! Er ließ sich auf seinen Drehsessel fallen, schweißgebadet und zitternd vor Aufregung – vor allem aber von der ungewohnten körperlichen Anstrengung. Er nahm den

Telefonhörer ab und verständigte die Polizei, dann ging er zurück in den Schalterraum und blaffte die junge Frau an: »Wollen Sie da auf dem Boden festwachsen oder was?«

Anton hatte unterdessen den BMW schon das dritte Mal abgewürgt. Nicht in böser Absicht, sondern weil diese Irre ihm mit ihrer letzten Bemerkung gehörig Angst eingejagt hatte. Seine Hände zitterten mit seinen Füßen um die Wette. Vor seinen Augen drehte sich alles. Er war außerstande, einen klaren Gedanken zu fassen. Er fragte sich, wohin sie schießen würde. In den Kopf? Oder direkt ins Herz? Hoffentlich war er wenigstens sofort tot! Oder, falls nicht, zumindest nur leicht verletzt. Ein ungefährlicher Streifschuss vielleicht, ohne arterielle Blutung.

»Jetzt fahren Sie doch endlich!«, schrie Flora ihn an, entnervt mit der Pistole fuchtelnd. Sie drückte sich die freie Hand ins Kreuz und fing mit ihrer Anti-Stress-Entspannungsatmung an.

»Wohin? Ins Krankenhaus?«, fragte Anton hoffnungsvoll. Vielleicht hatten ihre Wehen eingesetzt, und jetzt dachte sie einzig und allein nur daran, so schnell wie möglich auf ein Kreißbett zu kommen!

»Unsinn!«, herrschte Flora ihn an. »Einfach nur los. Irgendwohin. Erst mal weg von hier.«

Endlich klappte es mit der Zündung. Der Motor erwachte mit sattem Gebrumm zum Leben, und Anton fuhr im Schneckentempo an.

»Ein bisschen schneller, wenn ich bitten dürfte.«

Anton trat das Gaspedal durch. Der Wagen schoss mit heftigem Ruck vorwärts.

Flora klammerte sich am Türgriff fest. »Nicht so schnell! Wollen Sie, dass uns eine Streife anhält?« Sie überlegte, dann nickte sie, laut mit den Zähnen knirschend. »Natürlich wollen Sie das. Fahren Sie sofort langsamer!«

Anton hatte, wenn er es recht bedachte, in seinem ganzen Leben nur zwei wirklich gravierende Fehler begangen. Der erste war, dass er in seiner unendlichen Dämlichkeit im Steakhaus den fehlenden Rechnungsbetrag für sie ausgeglichen und damit ihre Aufmerksamkeit auf sich gelenkt hatte. Der zweite war, dass er sich in dieselbe Bank wie sie und damit sozusagen direkt vor ihre Flinte begeben hatte.

Sie war selbstverständlich verrückt. Hochgradig geisteskrank. Unzurechnungsfähig. Wegen krankhafter seelischer Störungen völlig außerstande, das Unrecht ihrer Tat einzusehen, § 20 Strafgesetzbuch. Ein Zustand, in dem sie sich praktisch alles erlauben konnte. Sie würde ihn erschießen, sich dafür drei Jahre lang in einer Nervenklinik therapieren lassen und dann glücklich und geheilt nach Hause entlassen werden.

»Wie schnell sollte es denn Ihrer Meinung nach ungefähr sein?«, fragte er zuvorkommend.

»Ach, was weiß ich. Fahren Sie einfach wie immer. Hauptsache, Sie fahren. Und denken Sie daran: Ich bin eine Mörderin.«

Auf Heiners Stirn entwickelte sich die gewaltigste Beule, die Tamara je gesehen hatte. Sie kniete neben ihm auf dem Fußboden des Ateliers und fächelte ihm mit einem terpentingetränkten Lappen Luft zu.

Heiner röchelte und öffnete blinzelnd ein Auge. »Hrgmhn!«

»Wie bitte?«

»Mein Kopf tut weh!«

»Ich weiß, du Ärmster.«

»Hatte ich einen Unfall?«

»So könnte man es auch nennen.«

»Ärgs, mir ist schlecht. Ich glaub, ich muss kotzen!«

»Atme am besten mal tief durch.«

Er tat es und wurde grün im Gesicht. Tamara konnte nicht rechtzeitig ausweichen. Mit zur Seite gewandtem Kopf und angehaltenem Atem wischte sie ihre Füße ab.

»War Flora da, oder hab ich das geträumt?«

»Leider kein Traum.«

»Ich hab bestimmt nen Schädelbruch«, murmelte er.

»Armer Schatz! Soll ich dir ne schöne Terpentin-Kompresse machen?«

»Im Moment nicht.«

»Später vielleicht?«

»Lieber nicht. Hat sie wirklich mit ner Flasche nach mir geschmissen?«

Tamara nickte mitfühlend. Sie tupfte ihm fürsorglich die Beule mit Terpentin ab. Tamara war zutiefst von der heilenden Kraft des Terpentins überzeugt. Ob geschnüffelt oder auf die Haut aufgetragen – in ihrer Vorstellung war Terpentin ein ganz besonderer Saft, ein faszinierendes Spezifikum, das von der übrigen Welt in seiner Bedeutung rettungslos verkannt wurde.

Heiner nahm ihr mit kraftlosen Fingern den fleckigen, feuchten Leinenfetzen weg und legte ihn schützend über seine Blöße.

Tamara ließ sich seufzend auf die Fersen zurücksinken. »Ich hab echt gedacht, du bist tot.«

Er richtete sich mit ihrer Hilfe auf und hielt sich den Kopf. »Ich fühl mich auch so. Himmel noch mal, mir brummt vielleicht der Schädel!«

»Du solltest dich für ne Weile hinlegen. Vielleicht hast du ja eine Gehirnerschütterung.«

Heiner ließ sich von Tamara aufs Sofa helfen. »Wo ist Flora?«

»Weg«, sagte Tamara wortkarg, die Decke über ihn breitend.

»Mist. Ich hab wohl alles verdorben.«

»Im Gegenteil.« Tamara schlüpfte zu ihm unter die Decke und umarmte ihn.

»Du wolltest ihr doch sowieso die Wahrheit sagen. Dass es nicht mehr läuft mit euch beiden. Sieh es positiv.«

»Was ist daran positiv?«

»Na, dass sie es jetzt weiß. Ihr dürfte doch jetzt restlos und eindeutig klar sein, dass es endgültig aus ist.«

Vor dem Bankgebäude hatte sich ein Menschenauflauf gebildet. Reporter zwängten sich durchs Gewühl, damit beschäftigt, von den Umstehenden jeden Einzelnen zu interviewen, der auch nur im Entferntesten den Eindruck vermittelte, zum Geschehen eine Meinung zu haben. Ein Rudel Fotografen kämpfte aus allen Richtungen um das Foto der Stunde.

Herbert Schartenbrink stieß mit seinem AMS-Team zum Puls des Geschehens vor, genau an die Stelle, wo das Gedränge am dichtesten war. Seine glücklichen Blicke schweiften suchend von rechts nach links, links nach rechts, vorn nach hinten, hinten nach vorn, immer auf der Suche nach dem besten Shot für die Sondersendung, die auf höchsten Touren vorbereitet wurde. Er war in Bestform, und nur ein Teil seiner guten Laune war darauf zurückzuführen, dass hier draußen, in der strahlenden Sommersonne, die Mitarbeit seines Beleuchters so überflüssig war wie ein Kropf.

Er schubste den Kameramann ein Stück nach rechts und deutete auf die Fassade inklusive Namenszug der Bankfiliale. Der Kameramann machte gehorsam seinen Schwenk, dann richtete er das Objektiv wieder auf Schartenbrink.

Der zwang sein Gesicht zu einem Ausdruck wohldosierter Betroffenheit. »Während die Kripo im Bankgebäude alle Spuren des Verbrechens sichert, haben uns gerade mehrere Augenzeugen glaubhaft bestätigt, dass die Frau tatsächlich hochschwanger war. Die Beobachter des Geschehens sind sich allerdings nicht einig über den Tatablauf. Während ein Teil von ihnen überzeugt ist, dass der Mann und die Frau Komplizen waren, sind wieder andere der Meinung, die Frau sei als Alleintäterin aufgetreten und habe den Mann als Geisel genommen. Überflüssig zu sagen, dass diese letzte Version hier in Anbetracht der, hm, anderen Umstände der Frau nur von sehr wenigen ernsthaft in Erwägung gezogen wird. Weit häufiger wurde hier die Ansicht vertreten, der Mann sei der alleinige Täter und die Frau – die hochschwangere Frau! – sein unschuldiges Opfer. Hören Sie hierzu eine der Zeuginnen.«

Schwenk, Zoom, und im Bild erschien die alte Dame, leider nur unzureichend zu erkennen, da ihr Hund direkt vor ihrem Gesicht saß. Schartenbrink war sofort zur Stelle und zog dezent ihre Arme zur Seite. Die Stelle würde später rausgeschnitten werden. Genau wie der erste Anlauf – der Hund hatte mit erstaunlich lautem Kläffen das Take geschmissen – und der zweite, als der Alten außer sinnlosem Gestammel nichts eingefallen war. Schartenbrink war bereit, sie bis zum nächsten Morgen zu trietzen, um einen brauchbaren Satz aus ihr rauszukriegen. Er versuchte es seit fünfzehn Minuten, unterbrochen von aktuellen Kommentaren zum Geschehen, die ihm spontan in den Sinn kamen und die zu gut waren, sie sich für später aufzuheben. Das Beste davon würde später gesendet werden.

Er schob der alten Dame das Mikro vor die Nase und nickte ihr aufmunternd zu. »Sagen Sie einfach das, was Ihnen so einfällt.« Er würde nie begreifen, was die Leute dazu brachte, vor der Kamera in Stammeln zu verfallen. Der Himmel wusste, woran es lag, dass sie nicht fähig waren, die einfachsten Sätze von sich zu geben. Anstatt genau das zu wiederholen, was sie ihm vorher – ohne Mikro – haarklein berichtet hatten, benahmen sie sich auf einmal wie Kleinkinder ohne Sprachvermögen.

»Das gelbe Ding da«, sagte die Alte. »Tun Sie es weg.«

»Das ist das Mikro«, erwiderte Schartenbrink mit grenzenloser Geduld.

»Ja.«

»Ja, was?«

»Ich meine, ja, ich weiß, dass das ein Mikro ist. Ich bin doch nicht blöd.«

Schartenbrink hegte diesbezüglich starke Zweifel, doch er behielt sie für sich. »Wo liegt dann bitte das Problem?«, fragte er.

»Es hemmt mich. Ich habe das Gefühl, als würden Sie es mir gleich in den Mund stecken.«

»Das tue ich nicht, keine Sorge.«

»Ich habe nicht behauptet, dass Sie das tun, sondern nur, dass ich das Gefühl habe, Sie würden es tun.«

Er zählte im Geiste bis fünf und nahm das Mikro einen halben Zentimeter zurück. »Jetzt besser?«

Sie zuckte die Achseln, und der Hund fing hektisch und schrill an zu kläffen.

»Ruhig, mein Süßili«, zwitscherte die Alte.

Schartenbrink verdrehte die Augen.

»Hör mal Herby, wollen wir nicht lieber rüber zum Eingang und warten, bis Kleff rauskommt?«, fragte der Kameramann.

»Erst, wenn dieses Take hier im Kasten ist. Ich will jedes Wort haben, jede Kleinigkeit, die diese nette Dame mir vorhin erzählt hat.« Und freundlich setzte er hinzu: »Sie soll doch gleich ins Fernsehen, nicht wahr?«

Die Alte fing ganz plötzlich an zu reden; Schartenbrink schaffte es gerade noch, ihr so unauffällig wie möglich das Mikro hinzuhalten.

»Sie sah so jung und unschuldig aus. Er dagegen … Ich

meine, der Mann – irgendwie hatte ich ganz stark den Eindruck, dass er zu Gewalttätigkeiten neigt. Zuerst hat er gegen den Automaten geschlagen. Aber wie! Und nicht nur einmal. Ich dachte schon, gleich haut er das Ding kurz und klein. Und als das nicht klappte, meinte er, er würde reingehen und sich da drin das Geld besorgen.«

Schartenbrink nickte dem Kameramann zu und ließ die Handkante herabsausen. Mit dem Gespür langjähriger Erfahrung wusste er zuverlässig, dass sie es nie und nimmer besser als gerade eben hinkriegen würde. Er ließ sie einfach stehen und drängte zum Eingang der Bank vor, wo er sich mittels grober Knüffe und Tritte eine günstige Position verschaffte, die es dem Kameramann erlauben würde, ihn und Kleff – falls dieser demnächst käme – gemeinsam ins Bild zu setzen. Hoffentlich verfielen die beiden Beamten, die sich mit deutlich zur Schau getragenem Grimm als Türsteher gebärdeten, nicht auf die dämliche Idee, sich zu Bodyguards aufzuschwingen, etwa indem sie für ihren Herrn und Meister Kleff eine Gasse zum Dienstwagen freirempelten.

»Meine Damen und Herren, während wir hier gemeinsam auf Herrn Kriminalkommissar Alwin Kleff warten, der den Fall als zuständiger Ermittler an sich gezogen hat, möchten wir Sie in unserer gewohnt umfassenden Art über weitere Hintergründe des Tatgeschehens informieren. Unter anderem erfahren Sie gleich von einem Fachmann auf diesem Gebiet, wie sich plötzlicher Stress in Form einer Geiselnahme auf den schwangeren weiblichen Organismus auswirken kann. Wir sehen uns nach der Werbung. Bleiben Sie unbedingt dran. Ich bin Herbert Schartenbrink von AMS.«

Im Schalterraum war das Spurensicherungsteam fast fertig mit der Arbeit. Viel zu sichern gab es sowieso nicht. Man hatte einen großen Wildlederbeutel gefunden, den einer der Täter fallen gelassen hatte – nach Aussagen der jungen Angestellten hatte die Frau ihn bei sich gehabt – und in einer Ecke hatte eine zerdrückte, leere Packung einer gängigen Tablettensorte gelegen, ein Medikament gegen Magenbeschwerden. Der Filialleiter war der Meinung, es sei aus dem Koffer gefallen, als dieser zwecks Geldaufnahme ausgeleert worden sei.

Die junge Angestellte saß heulend auf einem Stuhl und stand Kleffs Assistenten Rede und Antwort.

»Nein, ich hab wirklich nichts gesehen«, schluchzte sie. »Ich musste ja auf dem Boden liegen.«

»Die ganze Zeit?«

»So gut wie.«

»Was heißt: So gut wie?«

»Na, als die Frau sagte, ich müsste auf dem Boden liegen, hab ich mich hingelegt. Danach hab ich nichts mehr gesehen.«

»Wirklich gar nichts mehr?«

»Nichts«, bekräftigte sie. »Ich hatte die Augen zu. Es erschien mir sicherer.«

Der Beamte ging zu einer anderen Vernehmungsmethode über. Bei manchen Zeugen empfahl es sich, zunächst ganz global Informationen zu sammeln und erst im Anschluss daran alles Wichtige zu extrahieren. »Schildern Sie, was Sie so dachten. Ich meine, was Sie dachten, als der Überfall geschah. Lassen Sie keine noch so nebensächliche Einzelheit aus. Nehmen Sie sich Zeit.«

Das schien zu helfen. Sie setzte sich aufrechter hin und hörte auf zu heulen. »Was ich dachte … Ich dachte, das also ist ein Banküberfall.«

Der Beamte seufzte und biss in seinen Bleistift.

»Und ich dachte, wie süß die Frau aussah. Ich fand sie wirklich süß.«

Der Beamte holte tief Luft. »Süß?«

»Wie ein Engel. Ein Engel in anderen Umständen.«

»Ah ja«, sagte der Beamte unverbindlich.

»Sie hat Schatz zu ihm gesagt.«

»Zu wem?«

»Zu dem anderen. Dem mit der EC-Karte.«

Der Beamte fragte sich, ob das leise Splittern in seinem Mund vom Holz des Bleistiftes stammte oder von seinem rechten unteren Schneidezahn.

»Das fand ich auch süß. Dass sie Schatz zu ihm sagte und so. Irgendwie war das romantisch.«

»Romantisch«, notierte der Beamte gewissenhaft, nur um nicht erneut in den Bleistift beißen zu müssen.

»Ich bin seit sechs Wochen verheiratet.«

Wer immer der Glückliche war, dachte der Beamte, er war nicht unbedingt zu beneiden.

»Hatten Sie den Eindruck, dass die beiden zusammenarbeiteten?«

»Sie meinen – ob sie zusammen die Bank ausrauben wollten?«

»Genau.«

»Na ja … ich kann das aber nur akustisch beurteilen. Gesehen hab ich nichts.«

»Sie lagen ja auf dem Boden«, soufflierte er.

»Ich wollte nichts riskieren. Man hört und liest ja so viel.«

Er nickte und wartete. Doch es kam nichts. Sie betrachtete eingehend ihre lackierten Nägel. Allem Anschein nach hatte sie die Frage wieder vergessen.

»Also, waren die beiden ein Team? Komplizen?«

»Ich weiß nicht … Sie hat Schatz zu ihm gesagt.«

»Das erwähnten Sie bereits.«

»Ich könnt's nicht beschwören.«

»Dass die Frau Schatz sagte?«

»Nein, dass die beiden Komplizen waren.«

Er notierte es.

»Schließlich war er ja auch ein paar Minuten früher da als sie.«

Er notierte auch das.

»Könnte das eine Masche gewesen sein? Zur Irreführung?«, fragte er gespannt.

»Ich weiß nicht. Vielleicht ja, vielleicht nein.«

»Mit Sicherheit ja«, sagte Xavier kategorisch.

»Ohne Wenn und Aber?«, fragte Kleff.

»Sie waren Komplizen. Punkt.«

Die beiden saßen in Xaviers Büro, Xavier hinter seinem Schreibtisch, Kleff davor, auf demselben Stuhl, auf dem am Vortag Flora ihr Waterloo erlebt hatte.

Xavier hatte die Arme vor der Brust verschränkt und sich zusätzlich seitlich halb weggedreht. Dies konnte bedeuten, dass dieser Filialleiter etwas zu verbergen hatte, dachte Kleff, der kein Körperspracheseminar besucht hatte, aber über mehr als dreißig Jahre Berufserfahrung verfügte. Vielleicht war der Typ aber auch einfach nur im Stress. Kein Wunder nach einem Raubüberfall von dieser Größenordnung.

»Zurück zur Frau ... wie, sagten Sie gleich, ist ihr Name?«

»Xavier«, sagte Xavier.

»Nein, die Frau.«

»Zimmermann. Flora Zimmermann.«

»Und seit wann ist sie Kundin bei Ihnen?«

»Seit zwei Jahren. Und die ganze Zeit über hatte sie so gut wie nichts auf dem Konto. Sie war, wie man so schön sagt, klamm.«

»Können Sie mir mal bitte die Auszüge zeigen?«

»Nein, bedaure.«

»Sie haben doch Bankauszüge, oder?«

»Selbstverständlich. Aber zeigen kann ich Sie Ihnen nicht.«

»Machen Sie Witze?« Kleff erhob sich halb und funkelte den Bankmenschen wütend an.

»Tut mir Leid«, versicherte Xavier ehrlich bestürzt. »Aber das darf ich wirklich nicht. Bankgeheimnis, wissen Sie.«

»Ja, richtig«, sagte Kleff gedehnt. »Gut. Wir besorgen uns einen richterlichen Beschluss.«

Kleff starrte auf seine Notizen. Die Geschichte mit dem unvollendeten Kriminalroman als Sicherheit für einen Kredit, der nicht bewilligt wurde. Dann der Bankraub. Wie in einem schlechten Film.

Jetzt kam der entscheidende Punkt. Er vibrierte förmlich vor Anspannung, seit Xavier ihm eröffnet hatte, er kenne die andere Person ebenfalls. Und zwar aus den Medien.

»Noch mal zu diesem Rechtsanwalt«, sagte er mit mühsam unterdrückter Erregung in der Stimme, »der auch bei dem Bankraub zugegen war – Sie bleiben bei Ihrer Aussage, dass er an der Tat beteiligt war?«

»So sicher wie das Amen in der Kirche«, log Xavier ungerührt. »Es war ja sein Koffer, in den ich das Geld packen musste. Die beiden gehörten zusammen. Das konnte ein Blinder sehen. Sie hat ihn ja sogar Schatz genannt. Erwähnte ich das schon?«

Kleff gab keine Antwort. *Erklärt auf Vorhalt, bei seiner Aussage zu bleiben*, notierte er, und dann fragte er: »Er hat also gelogen, als er erklärte, dass der Automat defekt ist und seine Karte eingezogen hat?«

»Nein, das stimmte. Er ist tatsächlich defekt. Wahrscheinlich hat er ihn mit irgendwelchen unsachgemäßen Manipulationen außer Betrieb gesetzt, um unter einem geeigneten Vorwand hier drin die Lage peilen zu können. Und um uns abzulenken.«

Xavier lobte sich für seine ausgezeichnete Improvisationsgabe. Der Koffer unter seinem Schreibtisch schien Hitze wie ein Backofen auszustrahlen. Seine Beine fühlten sich heiß an, seine Füße standen wie auf glühenden Kohlen. Eine viertel Stunde noch. Vielleicht auch eine halbe. Es konnte nicht mehr lange dauern, bis die Polizisten sich verzogen hatten. Dann konnte er in aller Ruhe…

»Unter diesen besonderen Umständen«, unterbrach Kleff seine Gedanken, »ist es natürlich sehr ärgerlich, dass ausgerechnet heute die Überwachungsanlage defekt war.«

»Ja, eine dumme Sache«, sagte Xavier mit einer Stimme, die in seinen eigenen Ohren piepsig klang. »Ein wirklich äußerst bedauerlicher Zufall.«

Auf der Flucht

Anton chauffierte Flora derweil durch die Stadt. Sie saß stumm neben ihm, unbewegt bis auf gelegentliche Zuckungen mit der Pistole, wenn er ihrer Ansicht nach zu schnell oder zu langsam fuhr.

Vor etwa fünf Minuten hatte es angefangen zu regnen, buchstäblich aus heiterem Himmel. Eben noch hatte die Sonne das Haar dieser Irren wie gesponnenes Gold leuchten lassen, und im nächsten Augenblick hatten feine Sprühkaskaden die Windschutzscheibe überzogen.

Exakt im selben Moment hatte Flora begonnen zu weinen. Sie starrte nach draußen in den Regen, und die Tränen flossen über ihr Gesicht, tropften auf ihren Bauch, auf ihre Hände, auf die Pistole.

Anton hatte den Eindruck, die Waffe schon einmal gesehen zu haben, doch so sehr er auch grübelte, es wollte ihm nicht einfallen, woher er sie kannte.

Anton nahm seinen ganzen Mut zusammen. Er sollte

lieber nicht reden, sie nicht zusätzlich reizen, doch er konnte nicht anders. Inzwischen war sein erster wichtiger Termin längst vorbei. Der nächste würde in drei Minuten anfangen. Er könnte wenigstens diesen Termin schaffen, wenn auch mit Verspätung. Zumindest aber den dritten. Es ging dabei um einen Streitwert von rund achthunderttausend. Der Mandant war einer der wichtigsten Klienten der Kanzlei, und nicht nur das, er fieberte seit Monaten der Entscheidung entgegen, die von größter Bedeutung für die geordnete Weiterentwicklung seiner Geschäfte war.

Anton konnte diesen Termin nicht einfach versäumen!

»Wo soll ich Sie absetzen?«, fragte er beiläufig.

Flora gab keine Antwort. Sie heulte stumm vor sich hin.

In der Ferne waren Polizeisirenen zu hören. Anton lauschte, voll verzweifelter Hoffnung, dass sie sich näherten. Doch sie entfernten sich.

»Hören Sie«, sagte Anton. »Ich habe heute Vormittag noch einen äußerst wichtigen Gerichtstermin. Zwei Termine, um genau zu sein. Eigentlich waren es drei, doch der erste ist leider geplatzt. Weil ich nicht da war, verstehen Sie? Ich würde Sie gern irgendwo rauslassen. Sie müssen mir nur sagen, wo. Ich fahr Sie hin.«

Sein Unmut wuchs, und er ließ jede Vorsicht fahren. »Warum musste auch der blöde Automat kaputt sein? Warum musste ausgerechnet heute Morgen mein Bargeld alle sein? Warum hatte ich keine Tabletten mehr? Ich hätte doch einfach bloß …«

»Seien Sie still«, fiel Flora ihm ins Wort.

Er hörte die unterdrückte Verzweiflung in ihrer Stimme und sah sie von der Seite an. »Waren Sie schon mal in einem Frauenknast? Nein? Ich schon. Ich habe da Frauen kennen gelernt, die dort ihre Kinder bekommen haben. Es gibt mehr schwangere Straffällige, als manch einer glauben würde. Wissen Sie, wie das funktioniert? Ich weiß es. Wir leben in einer Zeit, in der es als verpönt gilt, Mutter und Kind einfach zu trennen. Man hält das für unmenschlich. Also tut man es nicht. Die Kleinen leben mit ihren Müttern in der Zelle. Manchmal für Jahre. Sie wohnen im Knast. Essen Knastessen, spielen Knastspiele. Das Erste, was diese Kinder lernen, ist, dass jede Tür, durch die sie gehen, hinter ihnen zugeschlossen wird. Manche der größeren Kinder tun das noch Jahre später, auch wenn sie und ihre Mütter längst wieder draußen sind: Türen hinter sich absperren. Wissen Sie, was mal eine dieser Mütter zu mir sagte? Es ist wie lebendig begraben sein.«

»Halten Sie die Klappe!«, schrie Flora.

»Ach, kommen Sie. Sie sind doch gar nicht der Typ für so was. Wie heißen Sie?«

»Lassen Sie mich in Ruhe.« Flora wollte nicht hören, was er erzählte. Sie wollte die Bilder nicht sehen, die seine Worte in ihr wachriefen. Er log sie doch bloß an. Ganz bestimmt schwindelte er, was das Zeug hielt, nur um sie einzuschüchtern.

Doch in einem Winkel ihres Verstandes ahnte sie, dass er die Wahrheit sagte, und das machte alles nur noch viel schlimmer. Kein Mensch konnte sich das ausdenken, mit den Knastkindern, hinter denen die Türen abgesperrt wurden.

Unvermittelt brach die Erkenntnis über sie herein, dass ihr Leben zerstört war. Und, was ungleich schrecklicher war: Das Leben ihres Babys dazu. Wie hatte das alles nur passieren können? Wie war es nur gekommen, dass sie auf einmal in dieser Bank stand und die Pistole herauszog? Bis zu jenem Augenblick war alles in ihrem Gedächtnis verschwommen, von dem Moment an, als die Flasche einen blitzenden gläsernen Bogen durch die Luft beschrieben hatte und gegen Heiners Kopf geknallt war. Danach gab es nur noch diffuse Bilder, von Straßen und Häusern, von Menschen, gegen die sie unterwegs gestolpert war. Zuletzt eine nette alte Frau mit einem mickrigen Hund. Doch all das war weit weg.

Erst seit dem Moment, als der Anwalt sich in der Bank zu ihr umgedreht hatte, war alles wieder klar. Schmerzhaft klar. Danach hatte sie nur das zu Ende geführt, was sie bereits begonnen hatte. Wer A sagt, muss auch B sagen.

Sie hatte in der sicheren Gewissheit gehandelt, dass sie nichts Schlimmeres tun könnte, als das, was sie ohnehin schon auf dem Kerbholz hatte. Sie war eine Mörderin. Sie hatte den Vater ihres Kindes auf dem Gewissen.

»Mein Name ist Anton Winkler«, sagte Anton sachlich. »Ich bin Anwalt.«

»Ich weiß«, flüsterte Flora.

»Ich kann Ihnen helfen.«

»Mir kann keiner mehr helfen«, brach es aus ihr heraus. »O Gott! O mein Gott!!! Ich hab ihn umgebracht!«

Die Pistole zeigte in eine andere Richtung, weg von ihm, wie Anton schwach vor Erleichterung feststellte. Er wusste genug über Täterpsychologie, um angemessen auf diese Situation reagieren zu können. *Bring sie zum Reden. Zeige Anteilnahme. Vor allem aber – bring sie zum Reden! Wer redet, schießt nicht.*

»Wen?«, fragte er.

»Heiner«, sagte sie leise weinend. »Vielleicht kommt es ja schon in den Nachrichten.«

Sie drehte das Radio an.

»... handelt es sich nach ersten Auskünften der Behörden bei dem flüchtigen männlichen Verdächtigen um den Rechtsanwalt Dr. Anton Winkler, der sich als Verteidiger von Zacharias Ziegler einen Namen gemacht hat. Zacharias Ziegler, genannt Ziggy der Zigeuner, stand bis zu seinem kürzlich von den Medien mit großer Aufmerksamkeit verfolgten Freispruch unter dem Verdacht, der so genannte Betonmörder zu sein. Wir kommen zum Wetter ...«

Flora stellte das Radio ab.

»Wahrscheinlich haben sie es gleich am Anfang gebracht«, sagte sie schluchzend. »Ach Gott, wie konnte ich ihm das antun! Wie soll ich das dem Baby erklären?«

Anton starrte das Radio an. »Haben Sie das eben gehört? Was der Sprecher zuletzt gesagt hat?«

Flora rieb sich mit dem Handrücken Rotz und Tränen aus dem Gesicht und schaute teilnahmslos auf ihren Bauch. »Die Sache mit Ziggys Freispruch? Stand doch in jeder Zeitung. Und im Fernsehen kam's auch. Es lief doch auf allen Kanälen. Und jetzt noch im Radio. Was wollen Sie? Inzwischen weiß doch jeder, was für 'n toller Anwalt Sie sind. Soll ich auch noch in das Loblied einstimmen?«

Anton schüttelte den Kopf. Er zitterte wieder, schlimmer als zu Beginn der Fahrt. »Nicht das über Ziggy. Das davor. Das mit dem flüchtigen männlichen Verdächtigen. Das hat der Sprecher doch gesagt, oder? Flüchtiger männlicher Verdächtiger.«

Flora zuckte bloß die Achseln.

Anton bremste, völlig außer sich. Er hatte sich verhört. Hatte sich bestimmt verhört. Vielleicht war es auch ein kurzer Moment unbewusster Wahrnehmungsstörung gewesen, bedingt durch den permanenten Stress seit dem Überfall. Ja, das wäre eine ausgezeichnete und vor allem plausible Erklärung.

Nein, räumte Anton sich selbst gegenüber sofort ein, es war nichts weiter als Unfug. Er hatte von jeher hervorragende Ohren und ein noch besseres Gedächtnis gehabt. Wenn er unter Stress stand, funktionierte beides womöglich noch perfekter als sonst. Er hatte genau das gehört, was er zu hören geglaubt hatte. Der Sprecher hatte folglich exakt das gesagt, was er gehört hatte.

Der BMW kam abrupt zum Stillstand.

»He!«, rief Flora. »Was soll das?«

»Ich muss das jetzt genauer wissen«, sagte Anton verstört. »Sofort.«

»Was denn?«

»Ein Fernseher. Ich brauche einen Fernseher.«

»Mein Gott, was sind Sie bloß für ein Egomane!«

»Bitte«, flehte Anton mit Tränen in den Augen. »Ich will doch nur irgendwo Nachrichten sehen!«

Flora fühlte, wie ihr Widerstand schmolz. Sie hatte noch nie jemanden heulen sehen können. Der Grund für die Tränen war ihr dabei ganz egal. Es konnte die Trauer über den Tod des geliebten Wellensittichs sein, Angst vorm Fliegen, Frust wegen einer verpatzten Prüfung. Oder, wie bei diesem Anwalt, rettungslos übersteigertes, unbefriedigtes Geltungsbedürfnis. Tränen machten sie einfach schwach.

»Nehmen wir mal an, ich gestatte es Ihnen«, sagte sie. »Wie genau stellen Sie sich das vor? Sie sind doch meine Geisel. Ich meine, ich brauch doch den Wagen! Ohne Wagen wäre ich völlig aufgeschmissen. Da kann ich genauso gut gleich zur Polizei gehen.«

Keine schlechte Idee, dachte Anton. »Ich gebe Ihnen die Schlüssel und die Fahrzeugpapiere«, schlug er vor. »Außerdem haben Sie ja die Pistole. Sie können mitgehen und mich in Schach halten. Wenn ich einen Fluchtversuch mache, erschießen Sie mich einfach.«

Flora war noch nicht überzeugt. Anton merkte es und ließ seine Stimme noch eine Spur eindringlicher klingen. »Ich gebe Ihnen auch meine Brieftasche als Pfand, wenn Sie wollen.«

»Ich dachte, Sie haben kein Geld dabei.«

»Aber jede Menge Kreditkarten«, versicherte Anton. »Bitte! Ich schwöre auf das Grundgesetz, dass ich nicht versuche, abzuhauen! Nur einmal ganz kurz die Fernsehnachrichten! Bitte!«

»Ich weiß nicht«, wandte Flora unsicher ein. »Wo sollen wir denn jetzt auf die Schnelle einen Fernseher herkriegen?«

In Anbetracht der Umstände konnte Anton sich nicht beschweren. Er hatte nicht nur einen Fernseher zur Verfügung, sondern mindestens zwei Dutzend. Ein paar standen im Verkaufsraum verteilt, doch die meisten waren entlang den Wänden angebracht.

Der große Elektro- und Heimwerkermarkt war gut besucht, und wenn Anton es darauf anlegte, wäre es für ihn trotz des harten Pistolenlaufs an seinen Rippen bestimmt nicht schwierig, sich mit einem raschen Hechtsprung in Sicherheit zu bringen. Zum Beispiel hinter eine dieser stabil aussehenden Kühl-Gefrier-Kombinationen. Oder hinter diese gewaltigen Hundert-Watt-Boxen drüben in der Stereoecke. Die wirkten ausgesprochen robust, so, als könnten sie eine Menge wegstecken, vielleicht sogar ein oder zwei Pistolenschüsse.

Er hielt es sich für später offen. Nachdem er die Nachrichten gesehen und sich vergewissert hatte, dass alles ein entsetzlicher Irrtum war.

Zögernd nahm er die Fernbedienung von einem der herumstehenden Fernseher und schaltete das Gerät ein. Er zappte durch die Programme, bis er einen Kanal erwischt hatte, in dem gerade Nachrichten liefen, und zuckte im selben Moment zurück, als auf dem Bildschirm in einer Totaleinstellung die Außenansicht des Bankgebäudes erschien. Nur einen Augenblick später tauchte Kleffs grimmiges Antlitz auf. Ein gigantisches gelbes Mikro hing vor seinem Mund, und Kleff hob die Hand und schlug es weg wie ein besonders unappetitliches Insekt.

Zwei uniformierte Beamte drängten sich zwischen Kleff und die Kamera, schoben und drängten die Umstehenden beiseite und schufen so für ihren Chef eine Gasse zu dessen Wagen.

Anton biss auf etwas Hartes. Er merkte, dass es die Fernbedienung war.

Die Frau neben ihm stupste ihn mit dem Lauf der Pistole an. »Erregen Sie nicht unnötig Aufmerksamkeit, ja?«

Als Nächstes füllte das Gesicht eines Reporters den Bildschirm aus.

»Meine Damen und Herren, ich bin Herbert Schartenbrink von AMS.«

»Verdammt, der schon wieder«, murmelte Anton. Er quetschte die Fernbedienung zwischen seinen Fingern, als wäre es der Hals von diesem Widerling im Fernsehen.

»Das, meine Damen und Herren«, fuhr Schartenbrink fort, »war gerade Kriminalhauptkommissar Alwin Kleff, der mit der Aufklärung des Banküberfalls befasst ist. Sicher werden wir ihm bald neue Erkenntnisse verdanken. Aus gut informierten Kreisen verlautete, dass Kommissar Kleff ein persönliches Interesse daran hat, den Tatverdächtigen festzunehmen, und deshalb den Flüchtigen mit unnachgiebiger Härte verfolgen wird.«

Anton hätte sich gern irgendwo festgehalten, doch er wusste nicht wo. »Mit unnachgiebiger Härte … Persönliches Interesse … Welchen Flüchtigen, Herrgott noch mal?«

Er stieß einen Schrei aus: Auf dem Bildschirm war sein eigenes Konterfei aufgetaucht! Das war er! Dr. Anton Winkler!

Anton taumelte einen halben Schritt nach vorn und stützte sich kraftlos am Fernseher ab. Was war das für eine Aufnahme, um Gottes willen? Er sah darauf aus wie der letzte Abschaum! Dreitagebart, Skimütze, tückischer Blick, verschlagen gesenkte Lider – der Prototyp aller weltweit gesuchten Terroristen!

Hatte er je in seinem Leben so abstoßend niederträchtig dreingeschaut? Dieses Foto … Anton schloss die Augen. Die Aufnahme kam ihm vage bekannt vor. Sie erinnerte ihn an glücklichere Zeiten. An herrliche, sonnige Apriltage auf dem Gletscher; man war so wunderbar entspannt, der Schnee hatte gefunkelt, ihn geblendet … und Tamara hatte auf ihren Skiern dagestanden und dieses Foto von ihm geschossen. Das war jetzt exakt drei Monate her. Damals hatte sie ihm noch den Rücken zerkratzt. Jedenfalls manchmal.

»Nach Aussagen des Filialleiters der überfallenen Bank handelt es sich bei dem mutmaßlichen Bankräuber um den Rechtsanwalt Dr. Anton Winkler, der Öffentlichkeit auch als Verteidiger von Ziggy, dem Zigeuner, bekannt …«

»Das glaub ich nicht«, flüsterte Anton. Er schwankte vor und zurück, wie unter einem Anfall von fortschreitendem Hospitalismus.

Jetzt wurde kurz Ziggys Bild eingeblendet. Fettiger Pferdeschwanz, brilligespicktes Ohr, Grinsen von einem Ohr bis zum anderen, ein herabhängendes Augenlid. Es war ein Standbild, doch Anton glaubte förmlich das Zucken und Glubschen dieses Auges zu spüren. Du lieber Himmel, was hatte der Typ für eine Verbrechervisage! Allerdings, so gestand Anton sich ohne zu zögern ein, sah Ziggy bei weitem nicht so verworfen aus wie er selbst. Der Vergleich war einfach, denn jetzt wurden beide Fotos nochmals nebeneinander eingeblendet. In der Tat, Ziggy wirkte im Verhältnis zu der Psychopathenfratze unter der Skimütze geradezu Vertrauen erweckend!

Schartenbrinks Stimme fuhr aus dem Off fort: »Der mutmaßliche Bankräuber führt die gestohlene Summe von hundertzwanzigtausend Mark in einem Aktenkoffer mit sich. Er ist außerdem mit einer Pistole bewaffnet und fährt einen dunkelblauen BMW 523i, amtliches Kennzeichen…«

»Hundertzwanzigtausend!«, sagte Flora atemlos. »Wow!«

Und dann schrak sie zusammen: Ziggys Bild neben dem von Anton wurde durch eine Aufnahme von ihr selbst ersetzt.

Die Polizei musste also schon bei ihr zu Hause gewesen sein, schlussfolgerte Flora augenblicklich. Sie hatten die Wohnung nach Beweismitteln umgegraben und das Foto mitgenommen. Es war ein bisschen verwackelt. Nur der dicke Bauch war deutlich darauf zu erkennen. Flora kannte das Bild; sie sah darauf aus wie ein kugelbäuchiger, in Kontemplation versunkener Engel, die Augen konzentriert geschlossen, die Hände in Schalenhaltung locker auf den Oberschenkeln.

Anita hatte sie vor ein paar Wochen bei der Vorbereitungsgymnastik geknipst. Flora hatte noch deutlich Hildegards Stimme im Ohr: Und wir atmen ganz tief hinab in den Beckenboden und fühlen uns dabei absolut leicht und frei, leicht und frei, leicht und frei …

»Noch keine klare Auskunft konnte die Polizei darüber erteilen, ob es sich bei der weiblichen Person, einer gewissen Flora Zimmermann, um die Geisel des mutmaßlichen Bankräubers handelt oder um dessen Komplizin. Die Frau, eine Schriftstellerin, ist im neunten Monat schwanger. Die Polizei erbittet sachdienliche Hinweise unter den Telefonnummern …«

»Haben Sie gehört, was er gesagt hat?«, wandte Flora sich entzückt an Anton. Sie konnte es nicht fassen! Schriftstellerin!

»Ich habe jedes Wort gehört«, sagte Anton mit Grabesstimme. »Aber ich glaube es nicht. Ich kann es einfach nicht glauben.«

»Aber es ist wahr«, erklärte Flora stolz. »Ich bin wirklich Schriftstellerin!« Sie fasste ihre Handtasche fester, in der sich ihr kostbarster Schatz, die Romandiskette, befand. »Woher die das wohl wissen? Ich hab doch noch gar nichts veröffentlicht!«

»Die werden bald alles von Ihnen wissen«, orakelte Anton düster. »Angefangen von der Größe Ihres Büstenhalters bis hin zu allen Ihren schlechten Angewohnheiten im Bett.«

Sofort brachen grässliche Erinnerungen über Flora herein. Sie hatte minutenlang überhaupt nicht mehr daran gedacht, doch jetzt kamen die entsetzlichen Bilder mit aller Macht zurück. Ein giftgrüner Wonderbra, geflecktes dunkles Haar auf einem grellblauen Sofa. Und Heiner, mausetot auf dem dreckigen Fußboden seines Ateliers. Ermordet. Von ihr ermordet!

»Der Mord«, sagte sie niedergeschmettert. »Warum senden die gar nichts darüber? Schalten Sie doch bitte mal um!«

»Das nützt jetzt auch nichts mehr.« Anton schaute in die Runde. Flora folgte seinen Blicken und hielt die Luft an.

Dutzende von Fernsehern liefen an der Wand, und jeder Einzelne von ihnen zeigte die letzte Aufnahme: Antons Verbrecherfoto neben dem Bild von Flora. Doch das war nicht das Schlimmste. Wesentlich beunruhigender war die Reaktion der etwa dreißig Kunden und Angestellten, die abwechselnd von Flora und Anton auf den Bildschirmen zu Flora und Anton in natura starrten.

Anton schaltete hastig mit der Fernbedienung den Fernseher aus, doch all die übrigen Geräte liefen weiter. Mit demselben Programm wie vorher. Gestochen scharf und weithin sichtbar. Die virtuelle Realität stand der echten in nichts nach.

»Da drüben ist ja der Bankräuber!«, rief eine kindliche Stimme. Ein kleiner Junge zeigte mit vor Begeisterung leuchtenden Augen auf Anton, zuerst auf den im Fernsehen, dann auf den richtigen.

»Mensch, das ist er wirklich!«, rief jemand.

Ein anderer: »Genau! Der hat die Millionen geklaut!«

»Moment«, würgte Anton abwehrend hervor.

»Lasst den Typ nicht entkommen!«

»Vorsicht! Das ist ein gefährlicher Killer!«

Und dann schnatterten alle durcheinander.

»Er ist der Betonmörder, den kenn ich aus dem Fernsehen!«

»War das nicht dieser Zigeuner?«

»Quatsch. Der ist doch freigesprochen worden. Der da war's!«

»Der hat mindestens drei Leute auf dem Gewissen!«

»Schnappt ihn euch!«

»Macht ihn kalt!«

Flora hörte nicht, was die Menschen riefen. Sie sah nur die von unversöhnlichem Hass erfüllten Gesichter. Die Leute rückten in geschlossener Front näher. Ein Lynchmob. Zum Äußersten bereit. Zwei oder drei dieser kräftigen, brutalen Typen aus der ersten Reihe würden sie packen und festhalten, derweil würden ein paar der anderen rasch eine Schlagbohrmaschine aus dem nächsten Regal holen, ruckzuck einen der Haken aus dem Sonderangebot in die Wand dübeln und sie anschließend mit einem Verlängerungskabel (gab es in allen Längen drei Regale weiter) gnadenlos aufknüpfen!

Ihre Hand mit der Pistole sank schlaff nach unten. »In Ordnung«, wisperte sie, zitternd wie ein Strohhalm im Orkan. »Ich geb auf. Da.«

Ihre feuchtkalten Finger schoben die Pistole in Antons Hände.

Anton starrte das plumpe, für eine Waffe ziemlich kleine Ding an. Aus unerfindlichen Gründen war er jetzt noch sicherer, die Pistole von irgendwoher zu kennen. Ihm ging dumpf durch den Kopf, dass es endlich an der Zeit wäre, die ganze Sache zu beenden. Mit Ruhe und Besonnenheit die richtigen Worte zu finden. Etwa: Keine Panik, die Herrschaften, immer mit der Ruhe, alles ist vorbei, kein Grund zur Aufregung mehr. Hier haben wir die Bankräuberin, ich habe alles im Griff, bitte sehr, sie hat mir sogar die Waffe ausgehändigt, verständigen Sie jetzt umgehend die Polizei.

Doch diese Gedanken verflogen schneller, als sie gekommen waren, und alles, worauf er sich noch konzentrieren konnte, war die Menschenmenge, die langsam, aber entschlossen herandrängte. Im Gegensatz zu Flora hatte er jedes einzelne Wort des Mobs gehört. Falls diese aufrechten Heimwerker noch einen Funken Leben in ihm ließen – woran Anton ernstlich zweifelte – würde Kleff sicher nicht zögern, dem Teil, der von ihm noch intakt war, Handschellen anzulegen.

»Peng, peng«, machte der Knirps, der ihn als Erster gesehen hatte, mit dem Zeigefinger auf Anton anlegend und abdrückend.

Anton hob verdutzt die Pistole. »Das ist ein ...«

Missverständnis, hatte er sagen wollen. Doch damit schien er alles nur noch zu verschlimmern.

Von überallher ertönten schrille, empörte Schreie.

»Er hat ne Pistole!«, kreischte eine Frau.

»Pistole!«, echote es von allen Seiten durch den Elektromarkt.

»Achtung, er schießt!«

Anton packte Flora am Arm und zerrte sie zum Ausgang.

»Schnappt ihn!«, brüllte jemand.

»Vorsicht, er könnte die Geisel verletzen!«, schrie eine Verkäuferin.

»Was?«, stammelte Flora.

»Raus hier!«, rief Anton ihr ins Ohr.

Das Letzte, was Anton sah, bevor er mit der Frau in den Regen hinausrannte, waren zwei Männer, die mit Mordlust im Blick und Elektromessern in den Händen näher kamen.

»Ich bin«, stieß Anton hervor, »ein Bankräuber.«

»Reden Sie keinen Blödsinn«, widersprach Flora.

»Ein Tatverdächtiger«, beharrte Anton, ihren Einwand überhörend, »ein flüchtiger, mutmaßlicher Verbrecher. Dieser Bankfritze hat es bestätigt. Banker genießen als Belastungszeugen in puncto Glaubwürdigkeit bei Behörden höchsten Rang. Sie kommen direkt hinter Mathematikern und Medizinern.«

»Quatsch. Passen Sie lieber auf, wohin Sie fahren.«

Anton starrte durch die Windschutzscheibe in den dichten Regen. Er fuhr mechanisch, wie ein Roboter. Hielt an, wenn eine Ampel Rot zeigte. Blinkte, wenn er abbog, fuhr langsamer, wenn der Verkehr sich staute, beschleunigte, wenn der Abstand zu den vor ihm fahrenden Wagen größer wurde.

Er hatte keine Ahnung, wohin er unterwegs war. Vor zehn Minuten hatte er das letzte Mal auf die Uhr geschaut und festgestellt, dass alle seine heutigen Termine beim Teufel waren. Genauso wie sein ganzes Leben. Schließlich war er ein Bankräuber. Und ein Geiselnehmer.

Der Regen überströmte die Scheiben des BMW. Irgendwo in der Ferne waren Polizeisirenen zu hören. Anton gab Gas und nahm die nächste Kurve mit quietschenden Reifen.

»Wollen Sie uns umbringen?«, fragte Flora.

»Warum nicht? Dann wären wir deutlich besser dran.«

»Hören Sie mal, was ist los mit Ihnen? Warum benehmen Sie sich auf einmal wie ein Angsthase? Das ist doch alles nur ein blöder Irrtum! Das kann man jederzeit richtig stellen.« Sie betrachtete ihn von der Seite. »Wenn Sie wollen, rufe ich bei der Polizei an. Ich sage denen klipp und klar, dass Sie bloß die Geisel sind und mit der ganzen Sache nicht das Geringste zu tun haben.«

»Ach«, erwiderte er. Seine Stimme triefte vor Sarkasmus. »Würden Sie das wirklich für mich tun?«

»Warum nicht?« Flora überlegte, dann schüttelte sie stirnrunzelnd den Kopf. »Ich weiß nicht. Haben wir wirklich den Eindruck gemacht, Komplizen zu sein?«

»Nicht wir. Sie.«

»Meinen Sie?«

Anton ersparte es sich, darauf zu antworten. Wenn es nur Komplizenschaft gewesen wäre! Das wäre schlimm genug! Doch mittlerweile war er zum Räuber avanciert und sie zur unschuldigen Geisel. So rasant hatte sicher noch kein Verbrecher vor ihm die Karriereleiter der strafbaren Disziplinen erklommen. Er war gefährlich nahe daran, die Frau unter Einsatz der Pistole in den Regen hinauszuscheuchen. Ohne vorher anzuhalten.

»Ich versteh Sie nicht«, insistierte Flora. »Warum halten Sie nicht einfach an einer Telefonzelle und lassen mich die ganze Sache mit einem Anruf klären? Ich mache denen schon klar, dass Sie völlig unbeteiligt sind. Warum sollte die Polizei diesem Bankfritzen mehr glauben als mir?«

Anton schnaubte nur.

Flora gab nicht auf. »Kommen Sie. Ich ruf bei der Kripo an.«

»Vergessen Sie es, ja?«

Flora musterte ihn bohrend. »Da ist doch noch was … Sie haben was vor der Polizei zu verbergen, stimmt's?«

»Herrgott noch mal!«, donnerte Anton los. Flora fuhr bestürzt zusammen.

Er hieb auf das Lenkrad. »Haben Sie eigentlich auch

noch irgendwo in Ihrem Kopf einen Rest von Verstand? Sie haben wohl in dem Laden vorhin nicht richtig aufgepasst, oder was? Ich sage nur: Kleff. Kriminalhauptkommissar Alwin Kleff.«

»Ich glaube, ich kann Ihnen nicht ganz folgen«, sagte Flora beleidigt. Du liebe Zeit, der Mann war wirklich ein wandelndes Konglomerat aus schlechten Eigenschaften! Er war geltungssüchtig, eitel, feige, rechthaberisch, und jetzt auch noch cholerisch!

»Kleff bearbeitet den Fall«, sagte Anton knapp. »So wie er auch den Fall Ziegler bearbeitet hat. Und, was viel wichtiger ist: Kleff hasst mich wie die Pest. Der Mann würde seinen rechten Arm dafür geben, mich unter irgendeinem Vorwand einknasten zu können. Ich stehe auf seiner Abschussliste seit der Sache mit Ziggy. Er hat es mir selbst gesagt. Er stand vor mir, so dicht, wie Sie jetzt neben mir sitzen, und er sagte mir ins Gesicht, dass er mich aufs Kreuz legen würde, sobald sich eine Gelegenheit ergibt. Die ganze Sache wäre für ihn ein gefundenes Fressen. Ich wäre in U-Haft, bevor ich Piep sagen könnte.«

»Aber Sie sind doch völlig unschuldig!«

»Und Sie sind der einzige Mensch, der das weiß. Äußerst hilfreich für mich, finden Sie nicht?«

Schweigen senkte sich herab und dauerte fort. Zusammen mit dem Geprassel des Regens auf der Karosserie wirkte es trügerisch einlullend. Anton erschrak entsetzlich, als Flora ohne Vorwarnung plötzlich ausrief: »Meine Güte! Dann sind wir ja jetzt beide auf der Flucht!«

Nur mit knapper Not entging Anton einem Frontalcrash mit einem Laster. Er fluchte mit den unflätigsten Ausdrücken, die ihm zu Gebote standen, und nicht wenige davon bezogen sich auf seine Beifahrerin.

Die schien nicht sonderlich beeindruckt. Sie nahm die Pistole von der Mittelkonsole, ließ sie um den Zeigefinger kreisen, drückte ab und brachte die Flamme zum Vorschein, nur um sie sofort mit gespitzten Lippen wieder auszupusten. »Auf Gedeih und Verderb zusammen. Aneinander gekettet, bis wir gemeinsam im Kugelhagel der Polizei zusammenbrechen. Wie Bonnie und Clyde.«

»Sie haben wohl zu viele schlechte Filme gesehen«, sagte Anton säuerlich. Wenigstens wusste er jetzt, warum ihm die Pistole die ganze Zeit so bekannt vorgekommen war. Es war eine von der Sorte, wie sie auch Tamara ständig mit sich herumtrug. Er war auf ein dämliches Spielzeug hereingefallen!

»Der Staranwalt und die werdende Mutter«, fuhr Flora unbeirrt fort. »Gejagt bis in den Tod. Was für eine Wahnsinnsstory! Aber das Beste daran sind die Hundertzwanzigtausend!«

Sie zog den Koffer zwischen ihren Füßen hervor, legte ihn auf ihren Schoß und klappte ihn erwartungsvoll auf.

Stirnrunzelnd warf sie ein paar der obenauf liegenden Playboyhefte über die Schulter nach hinten in den Fond. Anton blickte irritiert herüber.

»Was …?«, sagte Flora entgeistert, vergeblich nach dem Geld wühlend.

»Das ist … Moment! Das ist überhaupt nicht mein Koffer!«, rief Anton.

Mit hektischen Bewegungen förderte Flora nach und nach ein angebissenes Käsebrot, einen Kamm, etliche gebrauchte Taschentücher und ein paar benutzte Socken zutage, wobei unmöglich festzustellen war, ob der Gestank von dem Käse oder den Socken herrührte.

Ganz zuunterst lag eine Rolle Küchenpapier. Flora nahm sie heraus und drehte sie ratlos hin und her.

»Was ist das denn?«, fragte Anton.

»Jedenfalls keine hundertzwanzigtausend Mark.«

Irgendwann, eine halbe Ewigkeit später, fing Floras Magen an zu knurren und hörte nicht mehr auf. Sie stand kurz davor, sich über Xaviers angebissenes Brot herzumachen, und sie hätte deshalb fast geweint vor Dankbarkeit, als Anton ihrem Vorschlag, »in einem netten Lokal alles in Ruhe zu bereden«, mit ungnädigem Grunzen zustimmte.

Nachdem Anton mit einer seiner zahlreichen Kreditkarten am nächstbesten Geldautomaten seine Barschaft aufgefrischt hatte, fuhren sie weiter zu einer schummrigen, zweitklassigen Kneipe am Stadtrand, für die sie sich nach einigem Hin und Her entschieden hatten. Schummrig, damit sie nicht allzu sehr auffielen, zweitklassig, um ja nicht einem von Antons erstklassigen, wichtigen Mandanten zu begegnen.

Flora und Anton belegten einen Tisch möglichst weit weg von den übrigen Gästen, drei Männern, die in einer Wolke von Zigaretten- und Magenbitterdunst skatklopfend um einen Ecktisch hockten. An der Wand über ihnen lief ein Fernseher ohne Ton.

Der Wirt polierte hinter der abgeschabten Theke Biergläser. Er hatte bis auf ein nuschliges »Kommgleich« noch keine Notiz von seinen neuen Gästen genommen.

»Ich wusste gleich, dass Xavier ein Schwein ist«, flüsterte Flora. »Allein die billigen Argumente, mit denen er meinen Kreditantrag abgewimmelt hat! Und jetzt auch noch das! Schnappt sich einfach das ganze Geld selber! Dieser Betrüger!«

»Genau genommen war das, was er gemacht hat, kein Betrug, sondern eine Unterschlagung«, korrigierte Anton, ganz der Volljurist. »Jedenfalls nicht so schlimm wie Bankraub und Geiselnahme.«

Der Wirt kam schlurfend näher. »Wasdarfs'nsein?«

Anton verschränkte unauffällig die Hände vorm Gesicht.

Flora dagegen dachte gar nicht daran, sich zu verstecken. Ihre gierigen Blicke verschlangen die fettige Speisekarte. Es störte sie nicht weiter, dass es hier nach schalem Bier und altem Bratfett stank und dass wahrscheinlich höchstens einmal im Monat die Tische abgewischt wurden. Sie war so hungrig, dass sie sich im Notfall auch über die Bierdeckel hergemacht hätte.

Zuerst würde sie das Rührei nehmen, dann vielleicht eine Suppe, hinterher eventuell das Wiener Schnitzel ... Nein, lieber Käsetoast statt Schnitzel. Und danach vielleicht ein Eis ...

Doch im selben Moment, als sie ihre Bestellung aufgeben wollte, fiel ihr ein, dass sie nur noch drei Mark dabeihatte. Sie hatte nicht mal daran gedacht, das Geld einzustecken, das sie aus Heiners schmutziger Wäsche geborgen hatte.

Aus deinen Fehlern musst du lernen. Ein weiterer weiser Spruch ihrer Mutter.

Flora hatte ihre Lektion gelernt. Sie wollte nicht schon wieder mehr futtern, als sie bezahlen konnte, und sich hinterher von einem eingebildeten Gernegroß mit dickem Portmonee demütigen lassen! Nein, danke!

»Für mich ein Mineralwasser«, sagte sie hoheitsvoll.

»Essen?«, nuschelte der Wirt.

»Danke, nein. Ich habe keinen Hunger.«

Ihr Magen knurrte protestierend.

»Zwei Portionen Rührei mit Brot«, sagte Anton hinter seinen verschränkten Händen hervor. »Dazu Orangensaft und hinterher Kaffee.«

Der Wirt verzog sich in Richtung Küche.

Flora schaute verlegen zum Fernseher hoch. Eine Frau ließ sich gerade von einem tollen Lover ein Brillantkollier umlegen und sank dem Typ dann dankbar schmachtend um den Hals. Auch ohne Ton sehr aussagekräftig.

»Sie haben kein Geld, stimmt's?«, fragte Anton.

»Was dachten Sie denn? Glauben Sie vielleicht, ich hätte sonst ne Bank ausgeraubt?«

»Sie sind ulkig, wissen Sie das? Sie überfallen eine Bank, aber auf die Idee, im Lokal die Zeche zu prellen, kommen Sie nicht. Wenn schon Verbrechen, dann im großen Stil, was?« Er musterte Flora durchdringend. »Wie war das noch mit diesem … Heiner?«

Flora biss die Zähne zusammen, um nicht laut loszuheulen. Wie konnte sie nur hier sitzen und so tun, als wäre alles in Ordnung? Heiner war tot, und sie dachte bloß ans Essen! Ihre Augen füllten sich mit Tränen.

»War Heiner Ihr Mann?«

»Mein Freund«, brachte sie mühsam heraus. »Ich hab ihm ne Terpentinflasche an den Kopf geworfen.«

»Äh … Terpentin?«, fragte Anton perplex.

Flora nickte. »Im Affekt. Er war sofort tot.«

»Mein Beileid«, sagte Anton lahm.

Flora wusste vor lauter Peinlichkeit nicht, wohin sie schauen sollte. Na, super, dachte sie. Herr Rechtsanwalt kondolierte ihr allen Ernstes zum Tod des Lebensgefährten und Kindsvaters. Den sie eigenhändig umgebracht hatte.

Im Fernseher an der Wand gegenüber wurde die Werbesendung durch Nachrichten abgelöst. Es erschienen dieselben Bilder, die sie bereits in dem Elektro- und Heimwerkerladen gesehen hatten: Eine Außenaufnahme von der Bank, dann die Verbrecherbilder von Anton und Ziggy, das verwackelte Foto von Flora, und schließlich Kleff, der ungeduldig das Mikro zur Seite schlug.

Danach erschien ein Reporter – zum Glück nicht wieder Schartenbrink –, dessen Mund auf- und zuklappte wie bei einem Komiker, der seinen Text vergessen hatte.

Und dann …

Flora blinzelte und schluckte. Ihr Hunger war plötzlich wie weggeblasen. Dort auf dem Bildschirm war Heiner. Heiner! Er war es wirklich! Kein anderer Mensch hatte dieses leidende Grinsen, diese borstig in alle Richtungen abstehenden rotblonden Haare, diese ausgeprägten Segelohren.

Aber wie kam Heiner ins Fernsehen? Er war doch tot!

Seine Stirn war an der Stelle, wo ihn die Flasche getroffen hatte, dick verpflastert, und allem Anschein nach sagte er irgendwas. Jedenfalls bewegten sich seine Lippen.

Flora holte tief Luft, dann rief sie so beiläufig wie möglich zur Theke hinüber: »Könnten Sie das bitte mal ein bisschen lauter machen?«

Anton schaute Flora erstaunt an, dann folgte er ihren Blicken hinauf zum Fernseher.

Der Wirt bückte sich und suchte irgendwo in den Tiefen hinter der Theke nach einer Fernbedienung. Flora krallte ihre Nägel in die Tischplatte und wartete, ewig, wie es ihr schien, bis der Wirt endlich seine Forschungsexpedition erfolgreich abgeschlossen und den Ton lauter gestellt hatte.

»… kann man eigentlich nicht sagen«, sagte Heiner gerade zu einem unsichtbaren Interviewpartner. »Gut, wir hatten möglicherweise hier und da mal Meinungsverschiedenheiten …« – er fummelte unauffällig an dem Pflaster herum – »… aber im Grunde genommen war alles okay. Sie wollte eigentlich nur eins vom Leben: Ein gutes Buch schreiben. Ich bete, dass es ihr vergönnt ist, das zu Ende zu bringen. Sie ist so begabt! Flora stand kurz vor dem Durchbruch, wissen Sie? Ich kann nur an den Entführer appellieren, ihr nichts zu tun.«

Er wandte sich mit ernstem Blick direkt zur Kamera. »Wenn Sie mich jetzt hören können: Bitte denken Sie auch an das unschuldige Kind!«

»Wer?«, fragte Anton entgeistert. »Wen meint der Kerl?«

»Na, Sie«, zischte Flora. »Still. Es geht noch weiter.«

Doch Heiner wurde ausgeblendet, und der Reporter erschien wieder im Bild.

»So weit der Lebensgefährte der schwangeren Geisel Flora Zimmermann, der Expressionist Heiner van Beck. Eine Auswahl seiner Kunstwerke ist ab kommender Woche in der großen Halle des Bürgerhauses von W. zu sehen. Unsere nächsten Nachrichten sehen Sie um achtzehn Uhr dreißig. Ich gebe zurück ins Studio.«

Flora brach in Tränen der Erleichterung aus. Sie konnte sich nicht erinnern, je in ihrem Leben so glücklich gewesen zu sein.

»Ich bin keine Mörderin!«, schluchzte sie.

»Nicht so laut!«, mahnte Anton.

Die drei Männer stritten gerade lautstark, ob der vorletzte Stich ordnungsgemäß bedient worden war, doch Flora war es ohnehin völlig gleichgültig, ob sie zuhörten oder nicht. Eine zentnerschwere Last war von ihr gefallen! Sie hatte Heiner nicht umgebracht! Er war quicklebendig und sogar im Fernsehen! Und nicht nur einfach als Heiner, nein! Als Expressionist mit einer eigenen Ausstellung!

»Er ist gar nicht tot«, schniefte sie, mit glückseligem Lächeln an Anton gewandt. »Und haben Sie gehört, wie nett er über mich gesprochen hat? Als ob ich ihm wirklich was bedeuten würde! Als hätte er gar nicht …«

Plötzlich wandelte sich ihr euphorischer Gesichtsausdruck. Ihre Miene verfinsterte sich.

»Als hätte er gar nicht was?«, wollte Anton wissen, gegen seinen Willen neugierig geworden.

»Dieser heuchlerische Mistkerl«, gab Flora zähneknirschend zurück. »Wie ich ihn hasse!«

Sie umfasste schützend ihren Bauch und wiegte sich selbst hin und her. »Wenigstens muss ich jetzt meinem

Kind nicht erklären, warum ich seinen Vater kurz vor der Geburt umgebracht habe.«

»Dafür müssen Sie ihm erklären, warum Sie eine Bank geknackt haben.«

Flora verschob ihre Antwort auf später, denn eine Frau mit Kittelschürze tauchte auf. Anton hielt sich rasch das Gesicht zu, doch die Frau interessierte sich gar nicht für ihn. Ihrer Ausdünstung nach zu urteilen, wartete in der Küche außer einer Menge Arbeit auch das eine oder andere Schnäpschen auf sie. Sie knallte kommentarlos zwei Teller mit Rührei auf den Tisch und verschwand wieder. Der Wirt hatte versäumt, die Getränke zu bringen, doch das war Flora gleichgültig. Wer musste schon trinken? Sie nicht. Sie war vollauf mit Essen beschäftigt. Das Rührei war himmlisch, das Brot würzig und kross. Zu einer anderen Zeit hätte sie vielleicht das Rührei trocken und fade und das Brot altbacken und steinhart gefunden. Doch bekanntlich ist Hunger der beste Koch. Das Essen hätte Flora in einem Gourmettempel (oder einem Steakhaus) nicht besser schmecken können. Sie schaufelte alles innerhalb von einer Minute in sich hinein.

Anton sah ihr sprachlos dabei zu. Er selbst rührte seinen Teller nicht an. Bevor er solchen Fraß zu sich nahm, mussten schon härtere Zeiten kommen.

Inzwischen war dem Wirt auch aufgefallen, dass er den Saft und das Wasser vergessen hatte. Er brachte beides, und Flora stellte fest, dass ihr Durst beinahe genauso groß gewesen war wie ihr Hunger. Sie kippte ihr Wasser binnen weniger Sekunden herunter und starrte dann auf ihren Bauch.

Anton betrachtete sie besorgt. »Fehlt Ihnen was?«

Flora schüttelte den Kopf. Sie legte eine Hand vor den Mund und die andere auf den Bauch.

Anton nippte vorsichtig an seinem Saft. »Haben Sie wirklich nichts?«

»M-m«, machte Flora. Natürlich hatte sie doch etwas. Nämlich das ungeheure Bedürfnis, zu rülpsen.

»Sie kriegen doch nicht etwa jetzt Wehen?«

Flora öffnete den Mund, um *Nein* zu sagen, und das erwies sich als kapitaler Fehler. Der Rülpser war draußen, bevor sie ihn zurückhalten konnte. Es klang wie das heisere Röhren der Besessenen im Exorzist. Zwar ohne Erbsensuppe, dafür aber doppelt so laut.

Die drei Männer hielten einen Moment mit ihrem Kartendreschen inne und starrten herüber.

»Prosit!«, rief einer.

Flora tat so, als meinte er jemand anderen.

Anton hielt sich seine Brotscheibe vor das Gesicht.

»Entschuldigung«, flüsterte Flora. »Ich hoffe, ich habe Ihnen nicht den Appetit verdorben!«

»Schon gut«, murmelte Anton durch die Brotscheibe. »Ich hab sowieso keinen Hunger.«

»Darf ich was von Ihrem Rührei essen?«

»Tun Sie sich keinen Zwang an. Aber das Brot brauch ich selber.«

»Halten Sie sich doch nicht immer so dämlich das Gesicht zu«, sagte Flora. »Das wirkt total verkrampft und verdächtig. Seien Sie doch einfach Sie selbst. Locker und natürlich.«

»Ich *bin* ich selbst. Nämlich total verkrampft und verdächtig.«

Das war noch milde ausgedrückt. Er war am Ende, ausgebootet, niedergeschmettert, restlos erledigt. Jeder Versuch, aus diesem Schlamassel herauszukommen, würde zwangsläufig mit Untersuchungshaft enden. Er wusste, wie diese Dinge gehandhabt wurden. Als Anwalt konnte er von Justitia keine Vorzugsbehandlung und schon gar keine Gnade erwarten. Mit schwarzen Schafen aus den eigenen

Reihen verfuhr die Dame mit dem Schwert und der Waage nicht milder als mit x-beliebigen anderen Gaunern. Im Gegenteil. Wagte einer ihrer Jünger, das makellose Gewand der Rechtspflege zu beflecken, wurde das sofort mit unnachgiebiger Härte geahndet.

Auch wenn Anton dies nicht schmeckte – an der U-Haft führte kein Weg vorbei. Alle Zutaten für dieses schwer verdauliche Mahl standen bereit. Ausreichender Tatverdacht, Fluchtgefahr in Anbetracht der Schwere der angeblichen Tat und des spurlosen Verschwindens der Beute, ferner mit Xavier ein standhafter Belastungszeuge (jetzt war auch klar, warum!) und, last but not least, in Gestalt von Kleff ein Ermittler, der an Unerbittlichkeit, Verbissenheit und Rachsucht wohl kaum zu überbieten war.

Die Frau hatte Antons Teller ebenso blank geputzt wie ihren eigenen. Sie schien wunschlos zufrieden zu sein. Anton hatte inzwischen die These entwickelt, dass er wie eine Art Magnet fungierte, solange er mit dieser Person zusammenblieb, so wie Pol und Gegenpol: Sie strahlte mit aller Kraft Unglück aus, und er zog es mit aller Kraft auf sich. So lange, bis es ihr prächtig ging und ihm beschissen.

Der Wirt kam herangeschlurft. »Hiersderkaffee.«

Die braune Brühe schwappte beim Abstellen des Tabletts auf die ohnehin schon schmierigen Untertassen. Anton bezahlte rasch Essen und Getränke; wer wusste, wann es dem guten Mann das nächste Mal einfiel, sich an ihren Tisch zu bequemen. Dann probierte er den Kaffee, ein lauwarmes Instantgesöff, das nicht angetan war, seine Laune zu beleben. Anton nippte nur einmal davon und ließ die Tasse dann stehen.

»Wie viel krieg ich dafür?«, wollte seine Tischgenossin unvermittelt wissen.

»Wofür?«

»Für den Banküberfall.«

»Sie meinen, welche Strafe?«

»Genau. Und für den Wurf mit der Flasche.«

Toll, dachte Anton. Jetzt will sie auch noch kostenlose Rechtsberatung!

»Den Wurf mit der Flasche lassen wir weg«, sagte Anton. »Er hat keine Anzeige erstattet, oder? So, wie er im Fernsehen geredet hat, kommt von dieser Seite nichts mehr. Wozu also Dinge aufrühren, die niemanden interessieren? Nein, keine Körperverletzung. Räuberische Erpressung und Geiselnahme reichen vollkommen.«

Erst recht, dachte Anton, wenn man berücksichtigte, dass diese Dinge nicht ihr, sondern ihm vorgeworfen wurden!

»Aber die Waffe war doch gar nicht echt«, protestierte Flora. »Und Geld hab ich auch keins gekriegt!«

»Na schön. Nehmen wir mal an, das Gericht stuft das Ganze als minder schweren Fall ein. Bleiben trotzdem zwei bis drei Jahre.«

Flora spie einen Bissen von dem Brot aus (Antons Brot, das irgendwie in ihre Finger geraten war) und hustete. Anton klopfte ihr vorsichtig auf den Rücken. »Es sei denn«, sagte er eilig, »Sie haben einen guten Strafverteidiger.«

»Wen denn?«

»Mich zum Beispiel.« Er sagte es wie aus der Pistole geschossen, ohne nachzudenken. Am liebsten hätte er sich die Zunge abgebissen, aber jetzt war es zu spät. Es war heraus. Er hatte es gesagt.

»Das würden Sie für mich tun?«

»Äh … Na ja … Warum nicht?«

»Das ist … das ist wirklich unheimlich nett von Ihnen«, sagte Flora bewegt. »Ich weiß gar nicht, was ich sagen soll! Ich bin Ihnen wahnsinnig dankbar, dass Sie mein Anwalt sein wollen!« Eifrig beugte sie sich näher. »Welche Taktik werden Sie anwenden?«

Anton wurde amtlich. »Ich würde den besten Gutachter beauftragen, der für Geld zu bekommen ist, und gestützt auf die Meinung dieses Experten Strafmilderung aufgrund physischer und psychischer Beeinträchtigungen beantragen. Als da wären: hormoneller Ausnahmezustand aufgrund der Schwangerschaft, dazu körperliche Schwäche infolge Hunger, ja sogar die unausweichliche Realität einer insgesamt bedrohten Existenz …«

Floras Augen blitzten bewundernd. »Sie drücken sich sehr gewählt aus, wissen Sie das? Richtig geschliffen. Geradezu filigran, jedenfalls, wenn Sie Wert darauf legen. Ich glaube, Sie sind wirklich ein äußerst fähiger, begabter Anwalt!«

»Danke«, sagte Anton geschmeichelt.

»Keine Ursache.«

Flora tat Anton (so nannte sie ihn bei sich, seit er sich erboten hatte, ihr Anwalt zu sein) insgeheim Abbitte. Sie schien ihn tatsächlich in mancherlei Hinsicht verkannt zu haben. Er war kein überheblicher Pharisäer, sondern einfach nur großmütig. Nicht Eitelkeit strahlte er aus, sondern natürliche, gepflegte Männlichkeit. Er war kein neureicher Großkotz, sondern einfach nur gut bei Kasse. Er konnte ja nichts dafür, dass er überdurchschnittlich bezahlt wurde. Und außerdem verdiente er es, Sozius zu werden. Er war schließlich ein Ass in seinem Beruf.

»Meinen Sie, ich könnte mildernde Umstände kriegen, weil ich Heiner fünf Minuten vor dem Banküberfall mit ner anderen auf dem Sofa erwischt habe?«

»Aha. Das war also der Grund für den Wurf mit der Terpentinflasche. Nun, wenn das so ist, würde ich auf Freispruch plädieren und vielleicht sogar damit durchkommen. Das heißt«, schwächte Anton ab, »ich könnte auf jeden Fall Bewährung für Sie rausholen. Mit ein bisschen Glück können Sie als freie Frau den Gerichtssaal verlassen.« Damit hatte er sich selbst ein Stichwort gegeben, das ihn an seine eigene Misere erinnerte. »Aber das ist ja alles nur rein hypothetisch. Wie es momentan aussieht, bin ich sowieso für alle Zeiten als Anwalt erledigt.«

Er schob sein Saftglas von sich und versank in brütendes Schweigen.

Als sie wenig später das Lokal verließen, regnete es immer noch. Flora zog fröstelnd die Schultern zusammen. Sie hatte keinen Schirm, keinen Mantel, kein Geld, keine Bleibe. Im Moment hatte sie nichts außer einem Anwalt. Und der steckte selbst bis über die Ohren in Schwierigkeiten. Ihretwegen. Warum hatte sie auch in der Bank so überreagieren müssen? Welcher Teufel hatte sie geritten, dass sie unbedingt so hatte tun müssen, als sei er ihr Komplize?

»Es tut mir ehrlich und von Herzen Leid, dass ich ...« fing sie an. Dann schrie sie erschrocken auf. Ein Pulk von hektisch durcheinanderbrüllenden Mafia-Schergen preschte durch den strömenden Regen auf sie zu, sie hielten Panzerfäuste in den Händen, und das Mündungsfeuer ihrer Handfeuerwaffen blendete Flora ...

Nein, Blödsinn, sie verwechselte die Story aus ihrem Buch mit der Wirklichkeit. Sie war nicht ihre Heldin Florinda, die schwer bewaffneten Gangstern auf offener Straße ein Schnippchen schlug, sondern eine stümperhafte Bankräuberin, die alles verkehrt machte.

Die Panzerfaust war ein Mikrofon, das Mündungsfeuer war Blitzlicht, die MP-Läufe waren leistungsstarke Teleobjektive.

Die Mafia-Schergen waren Mafia-Schergen.

»Presse!«, schrie Flora.

»Ich bin nicht blöd und nicht blind!«, schrie Anton zurück.

Die Meute war schneller beim BMW als Anton und Flora. Zwei der rasenden Reporter versperrten Anton den Weg zur Fahrertür, zwei andere blockierten die Beifahrerseite. Der fünfte bezog Posten an der hinteren Stoßstange, als könnte es Anton oder Flora einfallen, durch den Kofferraum einzusteigen. Der Reporter kletterte auf den Kofferraumdeckel, hob seine Kamera und schoss ein Dauerfeuer von Blitzen ab.

Die anderen brüllten von allen Seiten auf Flora und Anton ein. Drei der Männer gehörten offensichtlich zu einem Fernsehteam. Einer hatte eine Kamera im Anschlag, ein anderer schleppte einen Kasten mit Reglern und einen Scheinwerfer über der Schulter, der nicht richtig zu funktionieren schien, und der dritte machte Anstalten, Flora ein überdimensionales Mikro in den Mund zu stecken. Es war von einem scheußlichen Bananengelb und hing an einer langen Stange.

»Bitte!«, rief Flora.

Der Bananenhalter mochte sich anscheinend nicht festlegen, ob sie bitte ja oder bitte nein meinte. Er entschied sich für Ersteres und ließ das Mikro an Ort und Stelle.

Anton erkannte zu seinem größten Unbehagen den Typ, der ihn schon mehrfach im Gericht genervt hatte. Schartenbrink. Seine täglichen blutrünstigen News waren das Markenzeichen im Vorabendprogramm eines großen Privatsenders.

»Wie ist Ihr gesundheitlicher Zustand?«, schrie Schartenbrink Flora an. »Hat der Entführer Sie sexuell belästigt?«

Seine Frage kam nicht von ungefähr. Schartenbrink war ein Journalist, der genau wusste, was im TV gefragt war. Verbrechen kam an erster, Sex an zweiter, Gesundheit an dritter Stelle aller Quotenhits. Die Kombination aller drei Themen war folglich absolut unschlagbar. Ein Straßenfeger.

Gesundheit war dabei im weitesten Sinne zu verstehen; das hatte nichts mit Rheumakissen oder Kariesprophylaxe zu tun. Hierzu zählte vielmehr totgeschossen oder mit dem Rasiermesser verunstaltet zu werden, sturzbetrunken in einen offenen Gully zu fallen oder, was für ein Schmankerl, hochschwanger von einem verbrecherischen Anwalt entführt und sexuell missbraucht zu werden.

»Mir geht es gut«, sagte Flora.

Doch das interessierte natürlich niemanden.

Das gelbe Mikro wurde über den Wagen gereckt und Anton vor die Nase gehalten.

»Wie können Sie es mit Ihrem Gewissen als Anwalt und als Mann vereinbaren, eine schwangere Frau als Geisel zu halten?«, brüllte Schartenbrink ihm zu.

Anton ahnte dunkel, dass seine Antwort von untergeordneter Bedeutung war.

Er erinnerte sich, dass Schartenbrink vor zwei Jahren in einen handfesten Fälschungsskandal verwickelt gewesen war. Er hatte seinem Sender so genannte Fakes angedreht. Eins über einen nekrophilen Totengräber beim liebevollen Waschen der Objekte seiner Begierde, ein weiteres über einen marihuanazüchtenden Staatssekretär beim Unkrautjäten auf seiner Plantage im Allgäu und schließlich ein letztes über einen Anwalt, der jede freie Minute als Offizier der Heilsarmee verbrachte. Über dieses letzte Fake war Schartenbrink gestolpert, es enthielt wohl selbst für den gutgläubigsten Redakteur zu starken Tobak. Totengräber, Staatssekretär und Anwalt – alle drei verfremdet dargestellt – entpuppten sich als bestochene Schauspieler und Schartenbrink als Betrüger.

Die Kanzlei Schnellberger hatte sich seinerzeit für den Fall interessiert, weil er gute Profilierungsmöglichkeiten bot, doch jemand von der Konkurrenz hatte damals das Rennen gemacht. Schartenbrink war mit einer saftigen

Geldstrafe und einem Jahr auf Bewährung davongekommen, und man munkelte, dass eben jener Sender, der auf die Fakes reingefallen war, derselbe Sender, der nach dieser Schmach lautstark in der Öffentlichkeit den Verfall journalistischer Tugenden bejammert hatte, dass dieser nämliche Sender ohne zu murren alle Kosten inklusive der Geldstrafe aus eigener Schatulle berappt hatte.

Mittlerweile war längst Gras über die Sache gewachsen, und Schartenbrink saß fester im Sattel denn je. Wer heutzutage beim Fernsehen mitmischte, durfte ruhig Dreck am Stecken haben. Ein bisschen Steuerhinterziehung hier und ein bisschen Trunkenheit am Steuer da – was war das schon? Schwindelei und Betrug an den Zuschauern zählten erst recht nicht. Was hochrangigen Politikern recht war, konnte TV-Machern nur billig sein. Hauptsache, die Quote stimmte.

»Ich bin keine Geisel!«, rief Flora gegen das laute Prasselgeräusch des Regens an. »Und er ist auch keine!«

Bei diesen letzten Worten zeigte sie auf Anton, wie dieser voller Dankbarkeit registrierte. Das Mikro wanderte wieder zu ihr herüber, und eine Frage jagte die nächste.

»Also sind die Meldungen zutreffend, nach denen Sie beide Komplizen sind?«

»Haben Sie das erbeutete Geld schon versteckt?«

»Können Sie unseren Zuschauern etwas darüber erzählen, anhand welcher Kriterien Sie den Bankraub vorbereitet haben?«

»Haben Sie das alles gemeinsam geplant?«

»Oder war es eher eine spontane Aktion?«

»Das war völlig spontan«, sagte Flora. »Aber das Geld ist weg. Ich meine, es war überhaupt keins in dem Koffer. Er hat uns reingelegt.«

Schartenbrink roch Blut. »Also ist es wahr!«, rief er aus.

»Ja, sicher«, sagte Flora.

»Es ist also wirklich wahr, dass Sie mit Ziggy dem Zigeuner zusammenarbeiten! Und jetzt hat er Sie bei der Teilung der Beute übervorteilt? Hat er das ganze Geld an sich gebracht?«

Flora blinzelte verblüfft in die Runde.

Um sie herum herrschte atemloses, nur durch das Geräusch des Regens unterbrochenes Schweigen.

Alle starrten und warteten auf die Antwort, an vorderster Stelle Schartenbrink. Dieser Abend würde ihm gehören, ihm allein!

Einer der Zeitungsreporter (der Mann von der Stoßstange) suchte sich exakt diesen hochbrisanten Augenblick aus, um sich mit zwei an Dämlichkeit nicht zu übertreffenden Fragen einzumischen. Schartenbrink juckte es in den Fingern, den Kerl mit seinem Kamerariemen zu garrottieren.

»Junge Frau«, rief der Reporter, »welchen Namen wollen Sie Ihrem Kind geben? Wie soll Ihr neues Buch heißen?«

Flora gefielen diese Fragen von allen bisher gestellten mit Abstand am besten. Ihr Herz klopfte vor Aufregung. Ihr erstes Interview! So fingen die großen Autorenkarrieren an! Sie würde in allen Zeitungen zu sehen sein, im Fernsehen … Und das war erst der Anfang! Lesungen würden folgen, Signierstunden, Rezensionen in allen wichtigen Feuilletons. Das war der Stoff, aus dem Bestseller entstanden!

»Ihr schnappt uns nie!«, rief sie strahlend.

»Äh … Was?«

»Ihr schnappt uns nie! So soll das Buch heißen. Und das Kind … weiß ich noch nicht. Kommt drauf an, ob es ein Junge oder ein Mädchen wird. Hauptsache, es ist gesund.« Sie legte beide Hände auf ihren Bauch und lächelte glücklich in die Kameras.

Schartenbrink war spontan von ihr begeistert. Die Frau war ein Naturtalent! Sie war geistreich, schlagfertig, sah blendend aus, war jung, schwanger und hatte irgendwie mit dem Bankraub zu tun. Das war nicht zu toppen. Besser ging's einfach nicht mehr.

Aus nicht allzu weiter Entfernung klangen Polizeisirenen herüber.

Anton machte sich keine Illusionen darüber, was das bedeutete.

»Quatschen Sie nicht so viel!«, schrie er Flora an. »Steigen Sie lieber ein!«

Es gelang ihm ohne größere Mühe, einen der Reporter wegzuschubsen, die Tür aufzureißen und hinters Steuer zu springen. Er stieß von innen die Beifahrertür auf, und Flora drängte ihren dicken Bauch mit entschuldigendem Lächeln an Schartenbrink vorbei.

»Wiedersehen!«, rief sie höflich, bevor sie ihm die Tür vor der Nase zuschlug.

Dann schoss der Wagen vorwärts und fegte im nächsten Augenblick mit heulenden Reifen rechts um die Ecke, gefolgt von zuckenden Blitzlichtern.

Schartenbrinks Kameramann filmte, was das Zeug hielt.

Zwanzig Sekunden später war der Streifenwagen da. Er raste mit rotierendem Blaulicht an den Medienleuten vorbei und nahm die Verfolgung des BMW auf.

Schartenbrink starrte ihm hinterher, bis er weg war. Leider war er links abgebogen statt rechts. Ein unbeachtlicher dramaturgischer Fehler. Die letzten zwei, drei Sekunden dieses Takes musste der Cutter sich vornehmen.

»Hast du das?«, fragte Schartenbrink. »Hast du das drin?«

»Alles im Kasten«, sagte der Kameramann.

»Wahnsinn«, stöhnte Schartenbrink ekstatisch. »Das ist der echte Wahnsinn!«

Die Sirenen waren kurz nach ihrem überstürzten Aufbruch in der Ferne verklungen. Anton blickte alle drei Sekunden in den Rückspiegel, doch er konnte keine Verfolger ausmachen. Vielleicht war es – buchstäblich – falscher Alarm gewesen.

Flora strich sich aufgekratzt die feuchten Locken aus dem Gesicht. Ihr runder Bauch und ihre vollen Brüste zeichneten sich deutlich unter dem durchnässten Umstandskleid ab, und Anton schaute verlegen weg. Das fehlte noch, dass er sich von einer Schwangeren im neunten Monat angemacht fühlte! Eine hochschwangere Frau hatte so viel Sexappeal wie eine Kartoffel. Höchstens.

»Ich wünschte, ich könnte das alles aufschreiben«, platzte Flora heraus. Ihre Augen leuchteten. »Das ist … Das ist einfach irre!«

»Der passende Ausdruck.«

»Nein, ich meine diese … Szenerie eben. Das war beinahe kafkaesk! Anton … Ich darf doch Anton und Du zu Ihnen sagen, oder?«

Da er nichts entgegnete, setzte sie voraus, dass sie per Du waren.

»Ich bin Flora.«

»Ich weiß.«

»Kannst du mir deinen Laptop borgen?«

Sie war also eine von denen, die, wenn man ihnen den kleinen Finger bot, gleich den ganzen Arm nahmen. Und den Laptop dazu.

Lass sie dich duzen, und sie wollen alles, was dir gehört, sinnierte Anton. Vielleicht ließ sie das Thema einfach fallen, wenn er nichts dazu sagte.

»Du hast doch einen Laptop, oder?«

Nur nicht antworten.

»Ich hab heute Morgen in der Bank gesehen, dass du einen dabeihast. Er ist dir auf den Fuß geknallt, und du hast ihn mit deinem anderen Kram aufgehoben und in diesen großen schwarzen Mantel gewickelt.«

»Nicht Mantel. Robe.«

»Meinetwegen. Darf ich? Ich mach auch nichts kaputt!«

Anton deutete ergeben mit dem Kinn über die Schulter auf die Rücksitze. Dort hatte er seine Siebensachen einigermaßen ordentlich platziert, nachdem Flora die Güte besessen hatte, sie nicht länger als Sitzunterlage zu benutzen.

Flora brannte darauf, zu schreiben. Es war wie eine phasenweise auftretende Sucht, die von innen her an ihr fraß und sie vereinnahmte, bis für nichts anderes mehr Raum war. Flora kannte diesen Zustand, der dem Verlangen des Quartalssäufers nicht unähnlich war. Er bemächtigte sich ihrer in unregelmäßigen Abständen, und wenn es erst so weit war, konnte sie nichts, absolut nichts dagegen tun. Dann hob sie ab und flog. Ihr Körper war noch da, hinter ihrer Tastatur, doch ihr Geist und ihre Seele waren woanders, in fremden, zauberhaften, unbeschreiblich berauschenden Regionen. Dort lebten besondere Menschen in einer besonderen Welt, sie sprachen eine besondere Sprache und dachten besondere Gedanken. Flora lebte und sprach und dachte mit ihnen, sie war es, die ihre Geschicke lenkte, die sie lachen, weinen, lieben, sterben ließ.

Es war ihre Welt, ihr ureigenes Universum. Sie war Schöpferin und Herrscherin dieses Reichs. Mit einem Federstrich konnte sie ihre Welt entvölkern oder neu erschaffen. Doch sie war zugleich auch Sklavin, war abhängig davon wie ein Junkie von der Nadel. So, wie sie oft still dasaß und auf die Bewegungen ihres Kindes wartete (und dabei dachte: Lebt es noch? Ist es noch da? Hat es sich in der letzten Stunde überhaupt geregt?), so fieberte sie häufig den Augenblicken entgegen, in denen sich die Euphorie einstellte, der Zwang, die Finger über Tasten zu bewegen, Worte zu finden wie Schlüssel, die ihr die Türen zu ihrer Welt aufschlossen. Und dann die Magie, durch diesen Korridor zu tauchen und drüben zu bleiben. Gefangen und doch vollkommen frei. Für Stunden, manchmal für Tage.

Jetzt war einer dieser raren Augenblicke da, von denen niemand, am allerwenigsten Flora selbst, sagen konnte, wie lang sie dauerten. Die Sucht hatte jedenfalls für den Moment alles andere verdrängt und wollte befriedigt werden. Das duldete keinen Aufschub. Flora atmete verzückt durch und reckte sich nach hinten, verrenkte sich, um an Antons Notebook zu kommen. Ihr dicker Bauch drückte sich gegen seine Hand am Steuer, klemmte sie fest. Sie versuchte es anders und presste ihren Bauch dabei gegen seinen Oberschenkel. Anton, der vergeblich versuchte, auszuweichen, gewann den Eindruck von warmer, fester Konsistenz.

Da drin, dachte er, war ein lebendiger kleiner Mensch, der in Kürze auf der Welt sein würde …

Anton starrte stur geradeaus in den Regen. Diesen sentimentalen Quatsch sollte er sich besser gleich aus dem Kopf schlagen. Er sollte sich lieber überlegen, wie er diese Person auf elegante Art und so rasch wie möglich wieder loswurde.

Endlich hatte Flora das Notebook nach vorn geholt, auf ihre Knie praktiziert, aufgeklappt und in Betrieb gesetzt.

»Pentium Prozessor?«, fragte sie ehrfürchtig.

Anton nickte. »Zweihundertdreiunddreißig Megahertz mit MMX, DVD, Dolby Digital Audio, Speicherplatz zehn Komma zwei Gigabyte.«

»Wow!«, rief Flora.

»Er ist so gut wie neu«, gab Anton zu bedenken.

»Keine Sorge«, meinte sie, während sie ihre Diskette hervorkramte und das Dokument auf die Festplatte lud.

»Ich kenn mich mit so was aus. Und ich guck auch nicht in deine Dateien.«

»Danke«, murmelte Anton.

Er musste dringend telefonieren. Wieso hatte er nicht schon eher daran gedacht? Inzwischen war es bereits nach fünf. Sie waren den halben Tag sinnlos in der Gegend herumgekurvt. Das musste aufhören. Es war höchste Zeit, dass er seine Chancen sondierte, dass er allen Leuten, die ihn kannten, die Wahrheit mitteilte. Dass er eine Strategie plante, wie er allen, die es anging, seine Unschuld beweisen konnte. Und zwar ohne bis zur endgültigen Klärung der Angelegenheit im Knast zu sitzen.

Flora tippte wie besessen und nahm kaum wahr, dass Anton in einer wenig befahrenen Straße parkte und sein Handy von der Rückbank holte.

Sekunden später warf er es fluchend zurück nach hinten. Es musste was abgekriegt haben, als es heute Morgen in der Bank auf den Boden gefallen war. Nein, als diese Nervensäge es runtergeworfen hatte, verbesserte er sich und schaute Flora wütend an. Konzentriert auf das Display starrend, merkte sie nicht mal, dass er weiterfuhr, um eine Telefonzelle zu suchen.

Es dauerte eine Ewigkeit, bis Anton endlich mit Schnellberger sprechen konnte.

Während er wartete, dass die Sekretärin das Gespräch durchstellte, bemühte Anton sich, so flach wie möglich zu atmen. In der Telefonzelle stank es durchdringend nach Urin. Eine Hälfte des Telefonbuchs war zerrissen, die andere Hälfte verkohlt. Ein Wunder, dass wenigstens das Telefon funktionierte.

Diese Zelle war die fünfte, die Anton innerhalb der letzten Stunde hatte anfahren müssen. Die ersten vier waren Kartentelefone gewesen, und als Handybesitzer der ersten Stunde hatte Anton noch nie mit einer Karte telefoniert.

Hier, in dieser Zelle, hatte Anton endlich Geld einwerfen können, nur um sofort festzustellen, dass er die Nummer der Kanzlei nicht kannte. Seine private Kurzwahlliste nützte ihm in einem öffentlichen Fernsprecher wenig. Zu seiner grenzenlosen Erbitterung hatte er die Nummer der Kanzlei, deren Teilhaber er in Kürze werden sollte, von einer seiner Visitenkarten ablesen müssen.

Es goss wie aus Kübeln. Der Regen schlug in wahren Sturzbächen gegen das Glas der Zelle. Anton fühlte sich wie in einem Aquarium, bei dem das Wasser draußen war. Ein passender Vergleich, dachte er. Ein Fisch auf dem Trockenen.

»Herr Kollege«, meldete Schnellberger sich in reserviertem Tonfall. »Sie ahnen ja gar nicht, was sich hier heute schon abgespielt hat!«

»Es tut mir Leid. Ich konnte nicht zu den Terminen erscheinen. Ich war da in eine unangenehme Sache verwickelt.«

»Ich meine nicht die Termine«, sagte Schnellberger.

»Nicht?«

»Nein. Ich meine diese unangenehme Sache.«

»Oh.«

»Ja, allerdings. Wir hatten hier Besuch von einem äußerst unsympathischen Herrn von der Kripo namens Kleff. Wir wurden … vernommen.« Schnellberger spie das Wort förmlich hervor. »Und zwar wir alle. Er wollte jedes noch so nebensächliche Detail über Ihre Person erfahren. Über Ihre Arbeitsmoral, Ihren Werdegang, Ihre bevorzugten Aufenthaltsorte, Ihren möglichen Hang zu kriminellen Handlungen, Ihre eventuellen Neigungen zu unkontrollierten Ausbrüchen.«

Als Nächstes hätte Schnellberger sagen müssen: Keine

Sorge, da gab es ja überhaupt nichts zu erzählen, wir haben Sie in den höchsten Tönen gelobt, und nach fünf Minuten war der Typ wieder draußen.

»... Antipathie gegen Sie persönlich?«, fragte Schnellberger. »So kam es uns jedenfalls vor! Er ließ einfach nicht locker, egal, was wir ihm erzählten! Es dauerte Stunden. Stunden! Er hat den ganzen Kanzleibetrieb lahm gelegt! Es war unvorstellbar. Wir haben dadurch Ausfälle, die ... Aber lassen wir das.«

»Gut«, sagte Anton schwach.

»Ich kann nach dem, was heute war, nicht ausschließen, dass er wiederkommt. Mit einem Durchsuchungsbeschluss womöglich. Sie können sich vorstellen, was das bedeutet!«

Anton konnte. In jeder Kanzlei gab es etwas zu finden. Vor allem Dinge, nach denen man eigentlich gar nicht gesucht hatte. Es war ganz legal, dass Anwälte vieles wussten, was den Behörden unbekannt war. Aus diesem Grund gab es ja schließlich die anwaltliche Schweigepflicht.

»Die anderen Partner und ich gehen davon aus, dass Sie das innerhalb kürzester Zeit wieder in Ordnung bringen.«

Ein unausgesprochenes sonst ... blieb unheilverkündend in der Leitung hängen.

Im Klartext bedeutete dies, dass ... ja, was? Darüber würde Anton sich später Gedanken machen. Falls er dazu noch die Kraft aufbrachte.

»Selbstverständlich, Herr Kollege«, flüsterte er.

»Wie bitte?«

Anton hängte ein.

Er versuchte nochmals, bei sich zu Hause anzurufen, doch wie vorhin war die Leitung besetzt. Wenigstens schien Tamara in der Wohnung zu sein. Möglicherweise hatte sie aber auch das Telefon abgeschaltet, überlegte Anton trübsinnig, weil sie die vielen sensationsgierigen Anrufe einfach nicht mehr ertragen hatte.

Flora tippte immer noch, als Anton wieder in den Wagen stieg. Der Innenraum des BMW war das reinste Treibhaus. Dampfende Schwaden stiegen aus feuchten Kleidungstücken auf und beschlugen die Scheiben.

Anton wollte nur noch nach Hause. Zu Tamara. Sie erschien Anton plötzlich als Leuchtfeuer in rabenschwarzer Nacht, das einzige Licht, das ihm noch blieb in dieser Welt der Düsternis. Sie würde ihm zuhören, ihn trösten, ihn verstehen, ihm Mut machen.

Doch vorher …

»Wo soll ich Sie absetzen?«

Flora hörte gar nicht zu. Ihre Finger flitzten wie rasend über die Tasten.

»Wohin kann ich Sie fahren?«

»Sekunde.«

Anton wartete eine Sekunde. Wartete zehn Sekunden. Wartete eine Minute. Startete dann den Wagen, fuhr los.

»Wohin wollen Sie?«, fragte er an der nächsten roten Ampel.

»Hm?«

»Hören – Sie – mir – zu!«, befahl er laut und deutlich. »Ich will jetzt nach Hause! Allein!«

Flora blickte unwillig auf. »Was hast du gesagt?«

»Dass ich nach Hause will.«

»Das ist keine gute Idee, wenn du mich fragst.«

»Sie fragt aber keiner.«

»*Dich* fragt aber keiner.«

»Bitte?«

»Dich«, wiederholte Flora. »Wir duzen uns doch. Schon vergessen?«

»Na gut. Dann sagst *du* mir jetzt, wo ich *dich* absetzen soll.«

Flora starrte ihn an, als hätte er ihr soeben eröffnet, dass sie nur noch wenige Minuten zu leben hätte. Nein, schlimmer. Als hätte er ihr ein Messer mitten ins Herz gestoßen.

Er sah an ihr vorbei und räusperte sich. »Also? Wo?«

Sie blinzelte heftig, dann nickte sie langsam. »Am besten hier.«

Sie wollte also nicht zu sich nach Hause. Das leuchtete ein, fand Anton. Zu diesem Heiner hätte er an ihrer Stelle auch nicht zurückgewollt.

»Sind Sie sicher, dass Sie ausgerechnet hier aussteigen wollen?«, fragte er.

»Genau hier. Halt einfach an und lass mich raus. Ich find mich schon zurecht. Ich hab überall Freunde, die mich sofort aufnehmen würden. Allein hier in dieser Ecke wohnen bestimmt an die zwanzig Leute, bei denen ich unterkriechen kann.«

Anton hielt auf der Stelle an, stieg aus, ging um den Wagen herum, öffnete ihr die Tür und half ihr beim Aussteigen.

»Alles Gute«, sagte er. »Wenn Sie meine Hilfe als Anwalt brauchen – ich stehe im Telefonbuch.«

Sie blieb stumm auf dem Bürgersteig stehen, ihre Handtasche gegen den dicken Bauch gedrückt, und sah zu, wie er wieder einstieg. Der Regen prasselte auf sie herab, und binnen weniger Augenblicke war sie triefend nass.

Der BMW setzte sich in Bewegung, und ein paar Sekunden später war er hinter der nächsten Straßenecke verschwunden.

Flora konnte sich nicht bewegen. Sie war paralysiert. Er hatte es tatsächlich getan. Hatte sie hier auf die Straße gesetzt und allein gelassen. Sie starrte blicklos in den Regen, auf die Stelle, wo der BMW abgebogen war, als könnte sie durch die Kraft ihres Willens erzwingen, dass Anton es sich im letzten Moment anders überlegte.

Ich will, dachte sie, dass er jetzt umdreht, wieder herkommt und mich mitnimmt!

Doch natürlich klappte es auch diesmal nicht. Männer reagierten nun mal nicht auf diese Art von Fernhypnose. Und Anwälte erst recht nicht.

Sie war auf sich selbst gestellt und sollte es akzeptieren. Sie sollte versuchen, diese lähmende, entsetzliche Hoffnungslosigkeit abzuschütteln. Nicht mehr daran denken, dass sie sich fühlte, als hätte ihr jemand alle wichtigen Glieder amputiert. Sie täte gut daran, sich wenigstens unter einen Hauseingang zu flüchten und dort abzuwarten, bis es aufhörte zu regnen. Doch sie brachte nicht einmal das fertig. Sie stand einfach da und ließ sich naßregnen.

Anton fuhr nicht weit, höchstens fünfzig Meter. Dann wurde seine Gewissheit, das größte Schwein auf Erden zu sein, übermächtig. Er bremste, hielt und schlug fluchend mit der Faust aufs Lenkrad. »Scheiße. So eine Scheiße!«

Er wendete und fuhr zurück. Sie stand immer noch da, mitten auf dem Bürgersteig, im strömenden Regen. Er wartete, bis sie eingestiegen war, dann sagte er das Nächstbeste, das ihm einfiel. »Sie haben Ihre Diskette vergessen.«

Sie wiederum wartete, bis er losgefahren war, bevor sie das Nächstbeste sagte, das ihr einfiel.

»Du«, sagte sie. »Du hast deine Diskette vergessen.«

Während der Weiterfahrt las Flora, was sie zuletzt geschrieben hatte. Ihre Geschichte war an einem wichtigen Wendepunkt angelangt, der bis dahin in ihrer Vorstellung überhaupt noch nicht angelegt gewesen war. Erstaunt hatte sie festgestellt, dass für die Krise am Ende des Romans ungeahntes Potenzial in den Figuren steckte. Florinda, ihre Protagonistin, hatte zudem Hilfe von unerwarteter Stelle bekommen. Ein Jurastudent italienischer Abstammung namens Antonio hatte sich auf ihre Seite geschlagen und half ihr, die auf sie angesetzten Killer des Don nach und nach auszuschalten. Flora empfand es allerdings als dramaturgisch mangelhaft, dass Antonio, gemessen am Umfang des bisherigen Romans, doch erst recht spät auf der Bühne des Geschehens erschien. Sofort waren ihr etliche Sequenzen aus den Fingern geflossen, die ihn schon am Anfang einführten. Ein Leichtes, seinen Part sukzessive, Kapitel für Kapitel, weiterzuführen! Wenn sie es recht bedachte, nahm sich sogar der eigentliche Held, ein eher körperbetonter Typ namens Enrico, dessen Hauptvorzüge enorme Bizepse und Waschbrettbauch waren, gegenüber Antonio erschreckend farblos aus. Flora sann über Mittel und Wege nach, Enrico trotz allem besser herauszuarbeiten und beschloss spontan, ihn als Antagonisten aufzubauen, der am Ende entlarvt und seiner verdienten Eliminierung zugeführt werden würde.

Sie überflog die letzten Worte des neuen Kapitels, das sie bereits in groben Zügen ergänzt und um Antonios Rolle erweitert hatte.

Antonio und Florinda drängten sich an den sensationslüsternen Reportern vorbei und sprangen in den Wagen, just in derselben Sekunde, als der Streifenwagen mit heulenden Reifen um die Ecke schoss. Sie entkamen nur um Haaresbreite.

»Das war knapp, Darling«, keuchte Antonio.

Nein, dachte Flora kritisch. Das war zu früh. So weit waren die beiden noch nicht. Sie entfernte das *Darling* und ersetzte es durch *oder?*

»Was nun, Florinda?«

»Wir müssen den Wagen loswerden, Antonio«, erwiderte Florinda. »Er ist viel zu auffällig. Die Bullen fahnden doch längst nach dem Kennzeichen. Warum, glaubst du, sind sie vorhin so mir nichts, dir nichts vor dem Lokal aufgetaucht? Sie haben einen heißen Tipp gekriegt!«

Flora war mehr als zufrieden. Sie war begeistert! Authentizität und Dichte der Handlung waren nicht mehr zu steigern! Sie seufzte glücklich und machte sich daran, den Plot des nächsten Kapitels zu entwerfen. Hier sollte Enrico sein wahres Gesicht zeigen. Florinda würde zunächst ihm gegenübertreten müssen, bevor sie sich im Endkampf mit dem grausamen Don messen konnte. Die Frage war nur, wie Antonio auf ihre Absicht reagierte, Enrico die Stirn zu bieten …

»Du bleibst aber auf jeden Fall hier im Wagen.«

»Hm?«, fragte Flora zerstreut. Dieser Punkt erwies sich als überraschend schwierig. Antonio würde alles daransetzen, Florinda das Heft aus der Hand zu nehmen, erst recht, wenn es um dieses Schwein Enrico ging. Das erforderte eine Menge Fingerspitzengefühl.

»Wir machen es so: Du wartest im Wagen, ich geh rauf und rede erst mal mit Tamara.«

Flora blickte augenblicklich auf. »Tamara? Ist das deine Frau?«

»Das geht dich nichts an.«

Flora stellte fest, dass sie angehalten hatten und vor einem nobel aussehenden Apartmenthaus parkten. Sie speicherte rasch ihre Eingaben ab und klappte das Notebook zu.

»Wohnst du hier?«

»Nein, in dem Haus da drüben.« Er zeigte auf ein ganz ähnliches Gebäude etwa zweihundert Meter weiter. »Du wartest hier, bis ich wiederkomme.«

»Moment«, hielt Flora ihn zurück. »Was ist, wenn die Bullen das Haus überwachen?«

»Das tun sie nicht.«

»Und warum hast du dann in sicherer Entfernung geparkt?«

Anton wurde rot. »Das ist nur zur Vorsicht.«

»Gib zu, du glaubst, dass deine Wohnung überwacht wird!«

»Blödsinn. Niemand überwacht die Wohnung. Und weißt du auch, wieso?«

»Klar. Schließlich schreibe ich Krimis.« Dann sagte sie, ohne auch nur einmal Luft zu holen: »Du glaubst, sie überwachen das Haus nicht, weil sie meinen, dass du viel zu schlau bist, um hier aufzukreuzen, denn du kannst dir ja an allen zehn Fingern abzählen, dass sie das Haus überwachen, also können sie es sich genauso gut sparen. Aber du bist Anwalt, deswegen bist du noch ein bisschen schlauer als die normalen Ganoven, du denkst dir also, du kannst ruhig hingehen, weil sie das Haus sowieso nicht überwachen, da sie ja glauben, dass du dich nicht hintraust, weil du von einer Überwachung ausgehst.«

Sie atmete hastig ein und wieder aus. »Aber stell dir vor, sie wissen, wie schlau du bist und was du dir denkst, und überwachen deshalb das Haus doch ...«

Anton sprang entnervt aus dem Wagen und warf die Tür zu. Flora folgte ihm ohne zu zögern nach draußen.

Anton pirschte durch den stetig fallenden Regen auf das Haus zu, in dem er wohnte, und sicherte dabei nach allen Seiten. Gott sei Dank, von den Nachbarn war gerade niemand unterwegs. Das schlechte Wetter hatte auch sein Gutes. Kein Mensch hielt sich ohne triftigen Grund unter freiem Himmel auf, und von den Fenstern aus war er mit Sicherheit so gut wie gar nicht zu sehen.

Flora hatte es mit ihrem wasserfallartigen Gerede tatsächlich geschafft, ihn zu verunsichern. Dabei gab es gar keinen Grund, sich deswegen verrückt zu machen. Natürlich wurde das Haus nicht überwacht. Der ebenso schlichte wie einleuchtende Grund dafür war fehlendes Geld. Die Polizei hatte weder die Mittel noch das Personal, um eine flächendeckende Überwachung aufzuziehen. Nicht in diesem Fall. Nicht, solange er nicht wenigstens zwei, drei oder besser noch mehr Leute umgebracht hatte und die hundertprozentige Gewissheit bestand, dass er etwa noch mal so viele kaltmachen würde.

Hatte er da nicht eben ein verdächtiges Geräusch gehört? Die leisen Schritte eines Verfolgers? Er blieb abrupt stehen und schrie unterdrückt auf, als Flora mit ihrem Bauch gegen seinen Rücken prallte.

»Herrgott, hast du mich erschreckt!«, fuhr er auf.

»Bist du schon lange verheiratet?«, fragte sie, ihr Gesicht mit der Hand gegen den Regen abschirmend.

»Das geht dich nichts an.«

»Kinder?«

Anton gab keine Antwort, sondern trat in den Hauseingang und schloss die Tür auf. Flora folgte ihm auf dem Fuße.

»Du gehst aber nicht mit rauf«, beschied er sie.

»Glaub ja nicht, dass du mich hier unten allein lassen kannst!«

»Kann ich das nicht?«, fragte Anton. Es sollte drohend klingen, doch er erreichte damit lediglich, dass Flora ihre Hand ins Kreuz drückte und verhalten stöhnte. »Ich wollte es dir nicht sagen, weil ich dich nicht unnötig beunruhigen wollte, aber ich hab da die ganze Zeit schon so ein Ziehen ... Ich hoffe bloß, es sind nicht die Nieren. Wegen der Feuchtigkeit und so. Wenn ich nur ganz schnell in deiner Wohnung was Trockenes anziehen könnte ... Ein altes Hemd von dir vielleicht?«

In der Diele herrschte diffuses Dämmerlicht. Und es war still in der Wohnung, absolut und unheimlich still.

»Tamara?«, rief Anton leise, während er das Licht anknipste.

Flora sah sich überwältigt um. Das war ja noch feudaler, als sie gedacht hatte! Marmorboden, an der Decke versenkte Halogenstrahler und an den Wänden Drucke, von denen ein einziger bestimmt so viel gekostet hatte, wie Flora im Laufe eines Jahres für Lebensmittel ausgab. Ein allem Anschein nach antiker, glänzend rot lackierter chinesischer Schrank bildete zu der eher kühlen Pracht der übrigen Diele einen reizvollen Gegensatz.

Als Anton die Tür zum Wohnzimmer aufstieß, sah Flora, dass hier ebenfalls an nichts gespart worden war. Sie fragte sich, ob seine Frau die Möbel ausgesucht hatte. Vor allem aber fragte sie sich, wie seine Frau aussah. Und wie sie reagieren würde, wenn ihr Mann eine schwangere Mandantin anschleppte, die absichtlich den Ruf ihres Mannes ruiniert hatte.

»Tamara! Gott sei Dank, du bist da!«, sagte Anton erleichtert.

Mit einem schrillen Aufschrei fuhr Tamara vom Sofa hoch, wo sie ein Nickerchen gehalten hatte. Sie trug einen weißen Frotteebademantel, der am Hals offen stand und außer einer Menge nackter Haut ein paar hartnäckige Farbflecken sehen ließ.

Flora erstarrte. »Das ist deine Frau?«, fragte sie fassungslos.

»Meine Freundin«, sagte Anton.

»Falsch«, korrigierte Flora ihn. »Heiners Freundin.«

Sie stürzte sich auf Tamara, und einen Sekundenbruchteil später bildeten die beiden ein Knäuel aus Armen, Beinen, zerrauften Haaren und Floras dickem Bauch.

Entsetzt verfolgte Anton die Rauferei. Flora bekam eine Hand voll von Tamaras Haaren zu fassen und riss sie kurzerhand aus.

Tamara gab einen unmenschlich klingenden Heulton von sich und verdrehte Floras Arm, bis ein vernehmliches Knacken ertönte. Ohne einen Laut von sich zu geben, holte

Flora mit dem freien Arm aus und hieb Tamara mit aller Kraft ihre Faust auf die Nase.

Bei diesem Kampfstand gewann Anton sein Reaktionsvermögen zurück. Er trat vor, packte Tamara an den Aufschlägen des Bademantels und zerrte sie von Flora weg.

»Tamara! Was ist denn bloß in dich gefahren! Wie kannst du nur! Sie bekommt doch ein Kind!«

»Sie hat angefangen.« Tamara befingerte ihre anschwellende Nase. »Mist. Guck mal, wie das blutet!«

Flora schnüffelte angewidert an dem Haarbüschel, das sie Tamara ausgerissen hatte. »Ärgs! Terpentin! Das hätte ich mir denken können!« Sie wandte sich zu Anton. »Sie ist pervers, weißt du das? Sie lässt sich von ihm anmalen und dann bumsen. Wie findest du das?«

»Entschuldigt mich bitte«, sagte Tamara spitz. »Ich muss mir das Blut abwaschen.«

Und schon war sie draußen.

Verraten und verkauft

Anton stierte auf die hinter ihr zufallende Tür und ließ sich dann schwer in einen der teuren Sessel fallen. Sein Mund klappte auf und zu wie bei einem erstickenden Karpfen.

Flora musterte ihn mitfühlend. Offenbar rang er verzweifelt nach Worten, die diesem Desaster gerecht wurden.

»Nimm's nicht so tragisch«, sagte Flora tröstend. »Es gibt Schlimmeres. Stell dir zum Beispiel vor, sie wäre deine Ehefrau. Dann müsstest du dich von ihr scheiden lassen und eine Wahnsinnsmenge Unterhalt zahlen.«

Anton warf ihr einen vernichtenden Blick zu.

Flora schluckte. Na gut, das war vielleicht kein richtiger Trost. Leise sagte sie: »Oder stell dir vor, du kriegst ein

Baby, und der Vater geht fremd und lässt dich sitzen, einfach so. Und auf einmal bist du ganz allein und weißt nicht, was werden soll ...«

Anton wirkte betroffen. Sie schwiegen beide und warteten, ohne zu wissen, worauf.

Tamara kam zurück, einen feuchten Lappen gegen die Nase gedrückt. Anton schnüffelte. Das war doch ...

Tamara hob die Hand. »Sag jetzt nichts. Lass uns wie zivilisierte Menschen miteinander umgehen, ja?«

Flora setzte sich in einen der beiden anderen Sessel und verschränkte die Arme. Sie war gespannt, wie die beiden das austragen würden.

Tamara warf ihr einen schrägen Blick zu. »Ich hoffe, die Dame hat sich beruhigt.« Zu Anton sagte sie: »Was willst du überhaupt hier?«

»Zufällig wohne ich hier, Tamara.«

»Oh, klar. Sicher doch. Nein, was ich eigentlich meine: Ich hätte nie gedacht, dass du nach alledem ausgerechnet hier aufkreuzt. Du musstest doch damit rechnen, dass die Polizei die Wohnung überwacht.«

Anton verzog das Gesicht und tauschte einen Blick mit Flora. Die hob nur die Schultern, als wollte sie sagen: Siehst du, meine Idee war doch gar nicht so abwegig!

»War die Kripo denn schon hier?«, fragte Anton.

»Klar. Heut mittag. Eine richtige Nervensäge. Kommissar Kläffer oder so. Der hat mich ausgequetscht wie eine Zitrone. Über ne Stunde lang. Ich glaube, der Typ hat was gegen dich.«

Anton schluckte und hatte das unwiderstehliche Bedürfnis, das Thema zu wechseln. Er betrachtete die Farbflecken an ihrem Hals und auf ihrer Brust und holte Luft. »Kannst du mir jetzt vielleicht bitte mal erklären ...«

»Warte«, unterbrach Tamara ihn sofort. »Erst bist du mit Erklären dran. Wie kommst du eigentlich dazu, ne Bank auszurauben?« Dann, lauernd: »Was ist mit dem Geld? Habt ihr's dabei?«

Anton zuckte zusammen wie ein waidwund getroffener Hirsch. Flora ahnte, was in ihm vorging. Zuerst setzte ihm diese Wonderbra-Natter Hörner auf, und dann traute sie ihm auch noch zu, dass er kaltblütig eine Bank überfiel!

»Egal, was sie im Fernsehen oder im Radio darüber bringen«, sagte Anton leidend, »ich habe keine Bank ausgeraubt und auch keine Geisel genommen. Flora ist aus völlig freien Stücken mitgekommen ... Ach, Blödsinn, ich meine, ich bin aus völlig freien Stücken ... Oder vielmehr, wir beide ... Ach, zum Teufel, was soll's.«

Er versank in dumpfes, resigniertes Schweigen.

Da ist die Luft raus, dachte Flora. Armer, armer Anton. Er war einfach ausgebrannt. Restlos am Ende. Glühendes Mitleid bemächtigte sich ihrer. Wenn sie ihm nur helfen könnte!

»Wollt ihr nicht einfach die Füße hochlegen?«, zirpte Tamara. »Was trinken? Musik hören? Schön ausspannen nach dem langen, harten Tag?«

Sie ging hüftschwenkend zur Stereoanlage und legte eine CD ein. Sanfte, klassische Musik klang von überallher und erfüllte den Raum.

»Wisst ihr was? Ich hol rasch was zu trinken.«

»Ein Bier wäre nicht schlecht«, sagte Anton dankbar.

Mit servilem Nicken und auf Zehenspitzen verließ Tamara den Raum.

Die Musik wirkte wunderbar entspannend. Flora schloss unwillkürlich die Augen, benommen von plötzlicher Mattigkeit.

Anton erging es ebenso. Er legte den Kopf zurück auf die Lehne und streckte die Füße von sich. Vage ging ihm durch den Kopf, dass er Tamara zur Rede stellen musste wegen dieses Widerlings ... Heiner. Floras Heiner, der, wie es aussah, wohl neuerdings eher Tamaras Heiner war. Himmel, was für ein fürchterliches Durcheinander! Und wie müde er plötzlich war ... Nur mal eben für zwei oder drei Minuten hier ausruhen, dachte er. Dann stehe ich auf, mache Tamara zur Schnecke und ziehe mich um. Ach ja, und gebe Flora ein altes Hemd von mir. Und vielleicht eine Jogginghose. Man müsste bloß vorher den Gummizug entfernen ...

Mit einem wilden Aufschrei fuhr er hoch. Direkt vor seiner Nase schwebte Floras Gesicht. Ihre feuchten Rauschgoldlocken bauschten sich wild in alle Richtungen, und ihre Lippen waren zu einer argwöhnischen Linie zusammengepresst. Sie stützte sich rechts und links von ihm auf den Sessellehnen auf. Ihr Bauch hing wie ein Ballon über ihm.

»Wenn du das noch ein paarmal machst, bekomme ich einen Infarkt«, sagte Anton erschöpft.

»Anton«, zischte Flora, »die führt was im Schilde!«

»Unsinn«, brummte er.

»Wenn ich es dir sage!«

»Quatsch. Setz dich wieder und ruh dich aus. Du hast es bestimmt noch nötiger als ich.«

Sie war gerührt. Er machte sich Sorgen um sie! Doch wenn es um diese Giftschlange ging, konnte er anscheinend nicht zwei und zwei zusammenzählen.

»Hör zu«, flüsterte Flora eindringlich, »ich wette, deine und Heiners gemeinsame Freundin hat gerade eben, als sie zum Nasewaschen draußen war, die Bullen angerufen.«

»Das würde sie niemals tun. Du hast doch mitgekriegt, was sie gesagt hat. Sie will uns was zu trinken holen.«

»Diese schleimige Gehabe ist doch bloß Schau. Die verstellt sich, aber wie!« Flora merkte, wie sie sich in Rage redete. Und vorhin wäre sie um ein Haar eingepennt! Eins musste man dieser falschen Schlange lassen: Sie hatte eine echte Begabung, andere einzuwickeln.

Flora setzte es Anton in deutlichen Worten auseinander.

Alles, was ihm dazu einfiel, war: »Mach dich nicht lächerlich.«

Flora richtete sich mit flammenden Augen auf. »Du glaubst mir nicht?«

»Nicht die Spur.«

»Na wunderbar«, versetzte sie bissig. »Das nenne ich echte Liebe.«

»Du verstehst das nicht. Es ist ganz einfach eine Frage des Vertrauens.«

»Wie schön, dass du dir ihrer so sicher sein kannst!«

Die Straße vor dem Apartmenthaus lag wie ausgestorben da. Der Regen fiel womöglich noch heftiger als vorher, er überzog alle Umrisse mit einem dichten, nahezu undurchdringlichen Schleier. Ein tief hängender und beinahe schwarzer Gewitterhimmel verfinsterte den Abend. Nichts war zu hören außer einem gelegentlichen, entfernten Donnergrollen und dem Glucksen und Gurgeln, mit dem das dahinflutende Wasser aus den Rinnsteinen in die Gullys sickerte. Obwohl es um diese Jahreszeit für gewöhnlich bis etwa neun Uhr abends hell blieb, war es jetzt, kurz vor halb sieben, nahezu dunkel.

Während Tamara in der Küche von Antons Wohnung die gefüllten Gläser aufs Tablett stellte, schaute sie mehrmals aus dem Fenster. Nichts zu sehen. Sie seufzte. Die Dinge hatten sich nicht unbedingt zu ihrer Zufriedenheit entwickelt. Sie zog es vor, die Fäden selbst zu ziehen. Zu gegebener Zeit hätte sie Anton schon damit konfrontiert, dass ihrer beider Beziehung beendet war. Aber erst, nachdem sie mit ein paar Mark von seinem Geld (nur ein gerechter kleiner Ausgleich für all die simulierten Orgasmen) für sich und Heiner eine gemeinsame Wohnung eingerichtet hatte. Heiner war ein begnadeter Künstler, doch er litt unter einem winzigen, aber lästigen Schönheitsfehler: Er war ständig blank.

Demnächst würden jedoch seine Geldsorgen der Vergangenheit angehören, dessen war sich Tamara sicher, denn Heiner war, wie sie durchaus einschätzen konnte, ein überdurchschnittlich begabter Maler. Sie hatte ihn anlässlich eines ihrer zahlreichen Vorsprechtermine beim Theater kennen gelernt und sofort gewusst, dass er weit talentierter war als irgendein x-beliebiger, mittelmäßiger Bühnenbildner. Sie würde zwar nicht so weit gehen, ihn als verkanntes Genie einzustufen (es reichte schon, dass er selbst zu dieser Einschätzung neigte), doch sie war der Überzeugung, dass seiner Kunst ein viel versprechender kommerzieller Aspekt innewohnte, der bloß richtig herausgekitzelt werden musste.

Also hatte sie sich seiner angenommen und beschlossen, als seine Muse und Managerin zu fungieren. Es gab aus Tamaras Sicht nichts daran zu deuten, dass sie ein einmaliger Glücksfall in seinem Leben war. Ihm fehlte nur noch der letzte Kick, ein besonderes Event, das den Durchbruch einleitete …

Tamara pustete den Schaum von dem Bier, das sie für Anton eingeschenkt hatte.

Die für einen Start nötige Publicity war jetzt da, so viel stand fest. Sie kam zwar aus anderer Richtung als erwartet, doch wen scherte das schon. Es galt nur noch, die einmal hervorgerufene Aufmerksamkeit für sich und Heiner in die richtigen Bahnen zu lenken. Nächste Woche die Ausstellung im Bürgerhaus (nicht schlecht für den Anfang; die Leute vom Fernsehen verfügten wirklich über die erstaunlichsten Beziehungen!) und morgen Früh das erste öffentliche Happening, eine spezielle, auf Zuschauer zugeschnittene Performance, wie sie ihr und Heiner schon seit längerem vorschwebte. Dafür musste Heiner sich eben noch mal ein paar schmalztriefende Kommentare über seine Lebensgefährtin abringen, auch wenn ihm dies zuwider war (ab morgen Ex-Lebensgefährtin, das musste sie noch vertraglich mit den Fernsehfritzen regeln).

Tamara schaute nochmals aus dem Fenster. Immer noch nichts. Zu blöd. Wenn sie nicht endlich mit den Getränken zurückkehrte, würde das Verdacht erregen. Sie nahm das Tablett und trug es zum Wohnzimmer. Mit dem Ellbogen öffnete sie die Tür, balancierte ihre Last zum Couchtisch hinüber und stellte sie auf der Glasplatte ab. Als sie aufblickte, entfuhr ihr ein Laut der Überraschung.

Flora und Anton waren weg.

Glücklicherweise hatten sie gerade noch den BMW erreicht, buchstäblich in letzter Sekunde, bevor Kleffs Wagen angekommen war. Glücklicherweise hatte Anton doch noch eingesehen, dass Tamara nicht zu trauen war. Glücklicherweise hatten sie die Wohnung auf der Stelle verlassen, ohne etwas zu trinken, ohne sich umzuziehen, ohne länger auszuruhen. Ohne nachzudenken. Glücklicherweise war Tamara ihnen dabei nicht über den Weg gelaufen, sodass sie auch nicht hatte versuchen können, sie aufzuhalten.

Zusätzliches Glück war, dass sie in ausreichender Entferung geparkt hatten und daher sichere zweihundert Meter zwischen Kleff und ihnen lagen.

Weniger glücklich war der Umstand, dass sie nicht mehr hatten losfahren können, ohne höchst unerwünschte Aufmerksamkeit auf sich zu lenken. Kleff war im selben Moment ausgestiegen, als sie die Türen des BMW hinter sich zugeknallt hatten.

Jetzt stand er unter seinem großen schwarzen Schirm auf dem Bürgersteig und beobachtete das Haus. Es sah ganz danach aus, als hätte er Verstärkung angefordert und wartete auf deren Eintreffen.

Anton und Flora kauerten sich in unnatürlicher Hal-

tung dicht aneinandergedrängt auf den Vordersitzen zusammen, mehr liegend als sitzend, und starrten über die Hutablage zu dem dunkel glänzenden Schirm hinüber.

»Er schaut zu deiner Wohnung hoch!«, zischte Flora.

»Hab ich gesehen.«

»Aber er rührt sich nicht.«

»Ich bin nicht blind«, sagte Anton verärgert.

»Und was jetzt?«

»Keine Ahnung.«

»Vielleicht sollten wir einfach losfahren«, schlug Flora vor.

»Ich weiß nicht, ob das eine gute Idee ist. Er würde es sofort mitkriegen und per Funk Hilfe ordern. Vielleicht ist die Streife schon ganz nah. Dann kämen wir nicht weit.«

»Wenn wir hier stehen bleiben, auch nicht«, kommentierte Flora.

»Kann ja sein, dass er doch noch reingeht. Dann könnten wir ganz unbemerkt abhauen.«

»Und wenn er draußen wartet?«, meinte Flora. »Oder wenn gleich noch andere Bullen kommen? Es ist doch sowieso nicht üblich, dass die alleine losziehen für ne Verhaftung!«

Anton hob den Kopf. »Pssst! Jetzt geht er los!«

Flora drehte und reckte sich zugleich, um es auch sehen zu können. Ihr Bauch drängte sich gegen Anton, der das Gefühl hatte, zu ersticken und deshalb nach unten rutschte, um sich Luft zu verschaffen.

»Ich seh nichts mehr!«, beschwerte er sich.

»Er läuft rüber zum Eingang«, flüsterte Flora. »Moment. Jetzt bleibt er stehen.«

Sie schwieg.

»Und?«, fragte Anton dumpf unter ihrem rechten Arm hervor.

»Garantiert geht er gleich rein«, sagte Flora. Um einen

besseren Blickwinkel zu bekommen, verlagerte sie ihr Gewicht. Auf Anton.

»Geh sofort runter von mir! Ich krieg nen Hexenschuss!«

»Er schaut her zu uns!«

»Du drückst mir die Luft ab! Du wiegst ne Tonne!«

»Das ist nicht wahr! Du bist gemein!«

Anton ächzte nur an Stelle einer Anwort.

»Warte!«, rief Flora aufgeregt. »Jetzt kommt er rüber!«

»Was?«

»Er kommt!«

»Wohin?«

»Na, zu uns!«

»Du meinst, hierher?«

»Ja doch!«, rief Flora ungeduldig. »Er hat uns gesehen. Lass uns abhauen. Schnell! Mensch, worauf wartest du denn noch!«

»Darauf, dass du endlich von mir runtersteigst!«, presste Anton hervor.

Hektisch kämpfte er sich unter ihr hervor und ließ den Motor an. Beim Suchen des Gaspedals bemerkte er, dass dort unten entschieden zu viele Füße herumtrampelten.

»Nimm deine Füße da weg!«, schrie er.

»Tu ich ja!«, gab Flora empört zurück. »Wenn du aufhörst, mich zu treten!«

Irgendwie gelang es ihr, ihre Gliedmaßen zu entwirren und sich zumindest teilweise auf den Beifahrersitz zurückzuhieven.

»Schneller!«, rief Flora, ängstlich über die Schulter nach hinten starrend. »Los, mach endlich! Er ist schon fast da!«

»Wenn du bloß mal für einen Moment ruhig sein könntest!«, sagte Anton, verzweifelt unter ihrer linken Kniekehle nach der Handbremse tastend.

Kleff kam im Laufschritt auf sie zugerannt. Der Schirm

flatterte wie ein nasses schwarzes Segel hinter ihm her und flog dann durch die Luft davon, als Kleff ihn einfach losließ, um rascher vorwärts zu kommen. Er war nur noch fünf Meter entfernt, noch vier, noch drei, er streckte die Hand aus, berührte den Kofferraumdeckel …

Anton gab Gas. Der BMW tat einen Satz nach vorn und war außer Reichweite.

Bevor der Wagen zwei Sekunden später über den regennassen Asphalt um die nächste Ecke schleuderte, konnte Anton gerade noch im Rückspiegel sehen, wie Kleff ein Funkgerät hervorholte und eindringlich hineinsprach.

Sie rasten orientierungslos durch die Straßen. Es war stockfinster, wie sonst nur in tiefster Nacht. Anton fühlte sich wie ein Hase auf der Flucht. Wenn er stehen blieb und sich umsah, würde ihn der Fuchs schnappen. Oder der Habicht. Oder Schlimmeres.

Sein Gesichtsfeld war tunnelartig eingeschränkt; er sah immer nur das nächste Stück regenüberflutete Straße vor sich. Und er war außerstande, etwas anderes zu tun als zu fahren. Irgendwann – vor Äonen, wie ihm schien – hatte er noch logisch denken, Schlüsse ziehen, planen, verschiedene Möglichkeiten gegeneinander abwägen können. Damit war es vorbei. In seinem Gehirn herrschte gähnende Leere.

Mit unbestimmter Missbilligung nahm er wahr, dass Flora sich wieder das Notebook von der Rückbank geholt und es auf ihren Knien aufgeklappt hatte. Sie hatte vielleicht Nerven! Je mehr Stress und Hetze über sie hereinbrachen, desto umtriebiger schien sie zu werden, wogegen er selbst keinen klaren Gedanken fassen konnte. Er fuhr und fuhr und fuhr, während sie schrieb wie eine Verrückte. Wer war er eigentlich? Ein Chauffeur?

Während er überlegte, welche seiner körperlichen Befindlichkeiten am unangenehmsten sein mochte – Nässe,

Hunger, Müdigkeit – beobachtete er stirnrunzelnd, wie Flora, die Zunge in den Mundwinkel geschoben, ihr Geschreibsel auf dem Display überflog, es hier und da ausbesserte und anschließend wie rasend immer neue Absätze produzierte.

Flora war in ihrem Element. Enrico, der Mistkerl, hatte den Albino, einen korrupten Bullen, vorgeschickt. Der Don wusste nichts davon, doch es bestand kein Zweifel, dass er es im Stillen gutheißen würde, wenn er davon erfuhr. Und erfahren würde er davon, das war so sicher wie das Amen in der Kirche. Nichts, was im Dunstkreis des Don geschah, ließ sich vor ihm geheim halten. Antonio und Florinda entkamen also nur mit knapper Not dem Killerkommando, das der miese Albino in aller Eile zusammengetrommelt hatte. Nur Florindas Geistesgegenwart und ihrem Einfallsreichtum war es zu verdanken, dass sie jetzt nicht blutüberströmt und von MP-Salven durchlöchert in Antonios Wohnung lagen und dort stumm ihr Leben aushauchten. Sie hatten es gerade noch mal geschafft. Doch nun waren sie wieder auf der Flucht, gejagt, verfemt, den Elementen ausgeliefert.

Flora schluckte, so nahe ging ihr das Schicksal von Florinda und Antonio.

Aber da war doch noch etwas … Hatte sie nicht etwas ungeheuer Wichtiges außer Acht gelassen? Flora ging ein paar Seiten zurück und suchte. Plötzlich hob sie den Kopf und starrte Anton entsetzt an.

»Antonio, wir müssen den Wagen loswerden!«

»Was?«, fragte er verblüfft. Seit seinem letzten Urlaub in der Toskana – vor fünf Jahren – hatte ihn niemand mehr Antonio genannt.

»Er ist viel zu auffällig!«, rief Flora. »Die Bullen fahnden doch längst nach dem Kennzeichen. Warum, glaubst du, sind sie heute Mittag so mir nichts, dir nichts vor dem Lokal aufgetaucht? Sie haben einen heißen Tipp gekriegt!«

Natürlich, überlegte Anton. Aber das war noch nicht alles. Er dachte automatisch an das Funkgerät, das Kleff vorhin hervorgeholt hatte. Und er dachte an Polizisten. Viele Polizisten. Genug für eine Ringfahndung. Das war in solchen Fällen die übliche Vorgehensweise. Alle Ausfallstraßen wurden überwacht, ganze Autobahnabschnitte an strategisch wichtigen Punkten kontrolliert. Jeder einzelne Streifenpolizist weit und breit würde nach seinem BMW Ausschau halten. Wie hatte ihm das nur entgehen können? Jedes Kind hätte daran gedacht!

Flora wartete auf eine Reaktion. Bis jetzt machte er nicht den Eindruck, verstanden zu haben, wovon sie redete. Er starrte mit halb geschlossenen Augen auf die Straße und wirkte wie jemand, der heftig, aber vergeblich gegen schleichende Debilität ankämpft. Einerseits tat er ihr Leid – sie hatte ihn wirklich durch ihr unüberlegtes Handeln heute Morgen in der Bank in üble Bedrängnis gebracht –, aber andererseits hätte er auf die veränderten Umstände durchaus mit größerer Flexibilität reagieren können. Angemessenes Verhalten in unerwarteten Stress-Situationen, so fand sie, zeugte von wahrer Intelligenz. Aber da kam wahrscheinlich der Jurist in ihm durch. Juristen legten sich nicht gern fest, glaubte Flora. Wer sich nicht festlegte, konnte auch nicht falsch liegen. *Sowohl als auch* war da viel besser. Eins von beidem war meist richtig.

In Wahrheit hatte Anton im Geiste blitzartig bereits ein halbes Dutzend Möglichkeiten, den Wagen abzustoßen, geprüft und als unannehmbar verworfen.

»Ja«, sagte er unvermittelt.

»Ja, was?«

Anstelle einer Antwort umklammerte er das Lenkrad, als würde ihm irgendetwas das Herz brechen.

Es war schon nach zehn Uhr, als endlich die Lichtkegel von Scheinwerfern die Dunkelheit des Waldwegs zerschnitten. Das Zuknallen einer Autotür und das lehmig nasse Schmatzen näher kommender Schritte zeigte an, dass ihr Warten beendet war. Anton stieg aus, um draußen, mit wem und weswegen auch immer, »das Geschäftliche zu regeln«. Nach einem in aller Eile geführten Telefonat hatte Anton Flora wortkarg mitgeteilt, dass er später am Abend einen »Interessenten« treffen wolle. Für dieses eine Telefonat hatte er an ungefähr acht Telefonzellen gehalten, bis er sich endlich für eine entscheiden konnte. (Möglicherweise, so mutmaßte Flora, hatte aber auch die Telefonkarte, die sie ihm schweigend angeboten hatte, zum Ende der Suche beigetragen.)

Nach Antons Anruf waren sie scheinbar planlos durch die Gegend gefahren, bis sie vor ungefähr zwei Stunden hier auf diesem einsamen Waldweg gelandet waren. Seitdem blätterte er in den drei Akten, die er sich abwechselnd vom Rücksitz holte, wobei er von Zeit zu Zeit ein gequältes Stöhnen ausstieß und verzweifelte, aber unverständliche Bemerkungen über Fristen, Kosten und Beweisprobleme in seinen dunkler werdenden Bartschatten murmelte.

Flora ließ ihn in Ruhe. Ihr war ohnehin nicht danach, eine Unterhaltung in Gang zu bringen. Es hatte aufgehört zu regnen, aber die Luft im Wagen war immer noch feucht, und ihr Kleid fühlte sich klebrig und klamm an. Doch Flora fand, es sei sinnlos, über ihre Lage nachzudenken. Zu ändern war daran im Moment sowieso nichts. Diese wunderbar pragmatische Einstellung rührte nicht zuletzt von dem fantastischen Drive her, den ihre Geschichte vor Stunden bekommen hatte. Flora tippte wie besessen. Ihrer Kreativität schienen keine Grenzen gesetzt, und sie war wild entschlossen, jede Minute dieser Phase auszunutzen; wenn

erst das Baby da war, würde sie vermutlich nicht mehr viel Zeit zum Schreiben haben.

Gedanken an das Baby brachten zwar unvermeidlich die Assoziation Bankraub-Frauenknast-Knastbaby mit sich (teilweise war diese Anwandlung so intensiv, dass sie das Baby sogar im Knaststreifenstrampler vor sich sah), doch Flora verdrängte jedesmal die aufkommende Panik mit geradezu obsessivem Eifer. Sie ließ alle Gefühle in ihre Zeilen fließen und spürte dabei, dass sie so gut war wie noch nie. Daran vermochten sogar die Radionachrichten nichts zu ändern.

Sie folgte der Stimme des Sprechers nur mit halbem Ohr. »... gelang es den flüchtigen Verdächtigen am frühen Abend, trotz hohen Polizeiaufgebots erneut zu entkommen. Die Lebensgefährtin des mutmaßlichen Bankräubers, die Schauspielerin Tamara Berger, sagte gegenüber den Ermittlungsbehörden aus, dass die hochschwangere Flora Zimmermann freiwillig mit dem Tatverdächtigen unterwegs sei. Damit bestätigt sich eine Aussage Zimmermanns anlässlich eines Presseinterviews während ihrer Flucht, der zufolge sie mit dem Tatverdächtigen Dr. Anton Winkler den Raub in einer spontanen Aktion gemeinsam begangen habe ...«

Sieh mal an, dachte Flora, während das Gedudel des Verkehrsfunks einsetzte. Schauspielerin war diese Wonderbra-Schlange also. Das hätte sie sich denken können, so wie die sich produziert hatte! Wahrscheinlich übte sie dieses So-tun-als-ob seit Jahren, es war ihr schon so in Fleisch und Blut übergegangen, dass sie sich gar nicht mehr normal verhalten konnte, selbst wenn sie gewollt hätte.

Flora drehte das Radio aus und las stumm, was sie zuletzt geschrieben hatte.

Ihr war kalt, und sie hatte Hunger. Wohin würde ihre Flucht sie als Nächstes führen? Florinda wusste es nicht

und wollte es auch gar nicht wissen. Sie verließ sich voll und ganz auf Antonio. So lange war sie allein gewesen, hatte nichts gehabt außer jener Sehnsucht in ihrem Herzen, Sehnsucht nach einem Menschen, der sein Letztes für sie gab. Sie ahnte, wie schwer das alles für ihn war, doch sie war überzeugt, dass er jedes Opfer bringen würde, um Florinda und das ungeborene Kind zu schützen …

Nein, das war zu dick. Die beiden letzten Sätze löschte Flora sofort. Sie wollte schließlich keinen Schmachtschinken schreiben. Ein bisschen Erotik und Gefühle an den richtigen Stellen waren voll und ganz in Ordnung. Aber Schmalz à la Barbara Cartland – nein danke.

Nächtliche Irrwege

Plötzlich ging die Fahrertür auf, und ein Mann ließ sich schwer hinters Steuer fallen. Flora zuckte zusammen und unterdrückte nur mit Mühe einen Aufschrei. Der Fremde war jung, bleich, hager und trug eine fleckige dunkle Lederjacke.

Fassungslos sah Flora zu, wie der Mann den Autoschlüssel ins Schloss rammte und den Wagen anließ. Dann grinste er Flora an. Seine Eckzähne waren erschreckend spitz. Spitz war auch sein schwarzer Haaransatz. Fehlte nur noch der schwarze Flatterumhang. Flora fasste unwillkürlich schützend an ihre Halsschlagader. Wer, zum Teufel, war dieser Kerl? Und warum hatte Anton ihm den Wagenschlüssel gegeben? Wo blieb Anton überhaupt?

Diese letzte Frage wurde umgehend beantwortet, denn Anton riss auf der Beifahrerseite die Tür auf. »Los, aussteigen.«

»Was? Wieso denn?«

»Frag nicht. Mach schon.«

»Aber …«

»Ich erklär's dir später.«

Flora gehorchte verdattert. Sie klappte rasch das Notebook zu und stieg mit Antons Hilfe aus. Ihre Füße versanken augenblicklich bis an die Knöchel im durchweichten Waldboden. Nur mit größter Anstrengung gelang es Flora, das Gleichgewicht zu halten und nicht der Länge nach im Matsch zu landen. Der sumpfige Boden unter ihren Füßen gab saugende Geräusche von sich und floss in ihre Slipper, als sie versuchte, besseren Halt zu gewinnen, ohne dabei den Computer oder ihre Handtasche fallen zu lassen.

Anton bückte sich in den Fond, um seine Siebensachen in Xaviers Koffer zu verstauen. Er richtete sich mit dem Koffer in der einen und der Robe in der anderen Hand wieder auf, nickte Spitzzahn zu und warf die Tür ins Schloss.

Große Klumpen feuchter Erde wurden hochgeschleudert, als der Wagen abrupt anfuhr. Flora wich mit einem Aufschrei zurück und knallte mit dem Rücken gegen Anton, der glücklicherweise so viel Geistesgegenwart besaß, sie zu stützen und sich trotz der zusätzlichen Last nicht umwerfen zu lassen.

Mit gemischten Gefühlen sah Flora zu, wie der BMW beschleunigte und durch die über dem Boden dahintreibenden Nebelschwaden davonfuhr, bis die roten Rücklichter zwischen den Bäumen verschwanden.

»Was war das denn für ein Typ?«, fragte Flora. »Ein Freund von dir?«

»Ein Mandant.«

»Du sagst das so, als könnte der eine nicht das andere sein.«

»Wie bitte?«

»Als könnte ein Mandant kein Freund sein. Und umgekehrt auch nicht.«

Anton nickte. »Unter Anwälten gilt die ungeschriebene Regel, beides nicht zu vermischen. Wenn du einen Freund zum Mandanten nimmst, bleibt er's nicht lange.«

»Freund oder Mandant?«

»Beides. Und umgekehrt gilt dasselbe.«

Während Flora noch überlegte, was ihr diese Bemerkung sagen sollte (falls überhaupt), legte Anton ihr die Robe um die Schultern. Angenehm überrascht blickte sie zu ihm auf, doch bevor sie etwas äußern konnte, fasste er sie bei den Schultern und drehte sie in die Richtung, wo am Waldrand ein länglicher Schatten auszumachen war, von dem das Licht ausging, das um sie herum trübe die Nacht erhellte. Wie ein urzeitlicher Behemoth dräute es unter den aufragenden Stämmen und schien sie mit seinem tückisch leuchtenden Auge zu beobachten.

»Was ist das?«, fragte Flora, während sie durch den Morast auf den Schatten zustapften.

»Ein Teil der Gegenleistung.«

»Gegenleistung wofür?«

»Für den BMW«, sagte Anton mit tiefem Schmerz in der Stimme.

Flora blinzelte. Der »Teil der Gegenleistung« war ein waschechter Trabant. Das Standlicht funktionierte nur an einer Seite, aber das matte Licht reichte aus, um wesentliche Einzelheiten erkennen zu lassen. Die Karosserie, mit unzähligen großen und kleinen Kratern übersät, war eine einzige Mondlandschaft auf Rädern.

Die Farbe der Lackierung (falls es überhaupt noch Lack an dem Vehikel gab) war undefinierbar, doch dafür war das Alter des Vehikels recht gut einzuschätzen. Auf keinen Fall jünger als fünfundzwanzig. Ein nicht totzukriegendes Artefakt aus den Ur-uraltbeständen des vormaligen Arbeiter- und Bauernstaats.

»Du lieber Himmel«, sagte Flora tief erschüttert. »Wie

konntest du dir bloß so ein abgefahrenes Teil andrehen lassen?«

»Weil man sich in gewissen Zwangssituationen an die Gegebenheiten anpassen muss«, erwiderte Anton gereizt, während er versuchte, die Beifahrertür zu öffnen, die sich indessen seinen Bemühungen quietschend widersetzte. »Kurz: Man muss nehmen, was man kriegen kann, klar?«

»Klar«, sagte Flora und wartete kleinlaut, bis der Türspalt breit genug war, um ihren dicken Bauch nebst Laptop durchzulassen.

»Und was ist der andere Teil der Gegenleistung?«, fragte sie, nachdem Anton den Trabi umrundet hatte und ebenfalls eingestiegen war. Er versuchte, seine langen Beine irgendwie zwischen Lenkrad und löchriger Bodenmatte unterzubringen, ohne sich wichtige Körperteile auszurenken.

»Geld«, sagte Anton mit leidendem Gesichtsausdruck.

»Echt? Wie viel?«

»Alles, was er in der kurzen Zeit flüssig machen konnte. Fünftausend. Dreißigtausend schuldet er mir noch.«

»Wow!« Flora war beeindruckt. »Das ist ne ziemliche Menge, oder?«

»Nicht für ein fast neues Neunzigtausendmarkcabrio mit Ledersitzen, Stereoanlage, Wegfahrsperre, Zentralverriegelung, Sonnendach ...«

»Dafür hat dein Mandant jetzt ein heißes Auto am Hals«, fiel Flora ihm tröstend ins Wort. »Ein ganz schönes Risiko, oder etwa nicht?«

»Das ist sein Beruf.«

»Wirklich?«, fragte Flora fasziniert. »Und was macht er jetzt damit?«

»Keine Ahnung. Das, was er sonst auch immer tut. Es irgendwo ins Ausland verscherbeln, vermute ich. Ich hab versucht, ihn für eine Art entgeltlicher Aufbewahrung auf unbestimmte Dauer zu erwärmen, aber darauf wollte er

sich leider nicht einlassen. Ganz oder gar nicht, darauf hat er bestanden. Ich hatte keine Wahl.«

Anton drehte den Zündschlüssel, und der Motor gab ein spuckendes Geräusch von sich, das nach mehrmaligem Betätigen des Gaspedals in ein heiseres Fauchen überging.

»Pass auf, am Ende fährt das Ding gar nicht«, bemerkte Flora.

»Unsinn. Es ist ja irgendwie hergekommen, oder nicht?«

»Vielleicht braucht man dazu eine spezielle Technik.«

»Wenn das der Fall sein sollte«, presste Anton zwischen zusammengebissenen Zähnen hervor, »so werde ich sie erlernen!«

Flora betrachtete ihn mit neuer Aufmerksamkeit. Er hatte nicht nur in erstaunlich kurzer Zeit ein anderes Auto organisiert, sondern hatte sich zudem nach (verständlichem) anfänglichen Zögern mit überraschender Schnelligkeit an seine missliche Lage angepasst. Und er offenbarte ständig neue Qualitäten. Es schien, als sei er tatsächlich auch Krisensituationen gewachsen. Man konnte sein derzeitiges Verhalten wohl nur als hartnäckig, entschlossen und besonnen bezeichnen, dachte Flora voller Bewunderung. Es hätte sie nicht erstaunt, wenn er mit Spitzzahn bis aufs Blut um den Preis gefeilscht hätte, so wie sie selbst mit Wiesel um das Pfandgeld für ihren Laptop. Es war allerdings nicht zu bestreiten, dass Anton weit erfolgreicher aus seiner Transaktion hervorgegangen war als sie aus ihrer, setzte man beide Geschäfte zueinander ins Verhältnis. Sie sollte sich also lieber nicht beklagen. Was machte es schon, dass sie jetzt mit einer Schrottkarre durch die Lande zuckeln mussten? Als Bankräuber auf der Flucht konnte man schließlich nicht wählerisch sein.

Da fiel ihr ein …

»Kennst du den?«, fragte sie lächelnd. »Warum gab es in der DDR früher bloß ganz wenige Banküberfälle?«

»Ich will's gar nicht wissen.« Der Motor tuckerte inzwischen etwas lauter, so, als wollte er es sich noch überlegen mit dem Anspringen.

Flora kicherte. »Weil die Bankräuber mindestens zehn Jahre auf ihr Fluchtauto warten mussten!«

Anton verzog keine Miene. Mit wachsender Wut widmete er sich der störrischen Zündung. Er würde dieses Ding zum Laufen bringen. Wenn es sein musste, mit einem Vorschlaghammer!

Da, endlich sprang der Motor mit ohrenbetäubendem Knattern an! Es klang, fand Flora, wie eine Kreuzung aus einem sterbenden Elefanten und einem antiken Traktor, doch sie behielt es wohlweislich für sich, um Anton nicht zusätzlich zu demütigen.

Anton hingegen war ausgesprochen erpicht darauf, Flora zu demütigen. Ihre offen zur Schau getragene Erheiterung nagte an ihm. Und ihn ärgerte bereits seine ritterliche Anwandlung von vorhin, als er ihr die Robe um die Schultern gelegt hatte, weil ihr Frösteln ihm nicht entgangen war. Wie kam er eigentlich dazu, sich Sorgen um sie zu machen? Das fehlte gerade noch! Eben erst hatte sich der größte Autoschieber der Stadt mit seinem BMW davongemacht (Anton war so gut wie sicher, dass er von den fehlenden dreißigtausend keinen Pfennig sehen würde) und ihm dafür ein schrottreifes Wrack hinterlassen, und was tat Madame? Saß da und riss Witzchen!

»So, das mit dem Wagen hätten wir also erledigt«, sagte er betont gleichmütig. »Jetzt können wir uns eine Zeit lang relativ ungefährdet bewegen. Fragt sich also, wohin ich dich bringen soll.«

»Bitte?« Flora hoffte eine atemlose Sekunde lang, ihn nicht richtig verstanden zu haben. Doch ganz offensichtlich meinte er genau das, was sie gehört zu haben glaubte.

»Ich möchte dich irgendwo absetzen. Es gibt keinen

einzigen vernünftigen Grund, warum wir beide zusammenbleiben sollten.«

»Doch«, widersprach Flora sofort. »Wir werden zum Beispiel beide polizeilich gesucht. Allein aus diesem Grund bietet sich an, dass wir zusammenbleiben. Zu zweit können wir wesentlich besser planen als allein.«

So schnell und kampflos wie beim letzten unglückseligen Mal, als er sie buchstäblich im Regen hatte stehen lassen, würde sie nicht aufgeben!

»Das ist in meinen Augen keineswegs ein ausreichender...«

»Vergiss es«, sagte Flora schlicht.

»Was?«, fragte Anton konsterniert.

Sie wandte sich ihm empört zu. Ihre inzwischen wieder trockenen Löckchen wippten in unregelmäßigen Intervallen auf und ab, synchron zum Gehoppel des Trabants über den mit Schlaglöchern übersäten Waldweg. »Du willst mich loswerden. Stimmt doch, oder?«

»Wenn du es so nennen willst – bitte.«

»Okay. Also willst du allein weitermachen. Verstehe ich. Versteh ich sogar sehr gut. Aber dass du die Frechheit hast, anzunehmen, ich würde Bekannte oder Freunde von mir in diese Situation bringen – das ist einfach der Gipfel!«

»In welche Situation?«

»Tu doch nicht so dämlich! Ich meine das, was sich vor ein paar Stunden auf der Straße vor deiner Wohnung abgespielt hat!«

»Das konnte doch nur deshalb passieren, weil Tamara ...« Anton suchte krampfhaft nach einer Umschreibung, die Tamaras Handeln in einem etwas milderen Licht erscheinen ließ, doch auf die Schnelle wollte ihm kein passender Euphemismus einfallen.

»Sprich es doch ruhig aus!«, schäumte Flora. »Sie hat dich verraten! Dir den Judaskuss gegeben! Dich den Wöl-

fen ausgeliefert! Dich den Haien zum Fraß vorgeworfen! Dir das Messer in den Rücken gestoßen! Dir den Boden unter den Füßen weggezogen ...«

»Ist ja gut!«, fuhr Anton ihr über den Mund. »Ich hab's schon kapiert! Was ich sagen wollte: Es gibt wirklich keinen Grund, warum sich das wiederholen sollte!«

»Es gibt immer neugierige Nachbarn!«, konterte Flora mit zornbebender Stimme.

Er kehrte den Anwalt heraus und versuchte es mit unwiderlegbaren Argumenten. »Du vergisst, dass du jeden Moment ein Kind kriegen kannst.«

»Das ist maßlos übertrieben.«

»Wieso? Du bist doch hochschwanger, oder nicht?«

»Ja, und?«

»Siehst du«, sagte Anton triumphierend.

»Mein Termin ist in zwei Wochen.«

»Das Kind könnte aber auch eher kommen. Und erzähl mir jetzt bloß nicht, dass das nicht geht.«

»Natürlich geht es«, erklärte Flora verächtlich. »Aber du kannst dich mit hundertprozentiger Sicherheit darauf verlassen, dass ich es ganz bestimmt vorher merken werde.«

»Fragt sich bloß, wie lange vorher.«

»Stunden. Viele Stunden. Zeit genug, um sich was für diesen Fall zu überlegen.«

»Woher willst du das so genau wissen?«, rief er verzweifelt.

»Ich weiß es eben. Also hör bitte endlich auf damit, mich loswerden zu wollen!«

Er tat es. Aber nur für's Erste. Und er ließ Flora seine Verbitterung über diese Niederlage spüren. Während der Weiterfahrt starrte er stumm und unbewegt wie eine Sphinx durch die Windschutzscheibe geradeaus auf die nächtliche Straße. Jeder Zentimeter seines Körpers war in Abwehrhaltung erstarrt.

Versuch bloß keine dämlichen Verrenkungen in meine Richtung, sagten seine verkrampften Hände am Lenkrad.

Quatsch mich ja nicht an, forderte sein zornig zusammengepresster Mund.

Ich hab restlos genug von dir, signalisierten seine hochgezogenen Schultern.

Wehe, du guckst mich schräg an, verkündeten seine wütend geschlitzten Augen.

Er nahm nahezu alle klassischen Posen gleichzeitig ein. Hätte er sich abwenden und weggehen können – oder wenigstens die Arme verschränken – er hätte es auf der Stelle getan.

Flora seufzte mutlos und wandte ihre körpersprachgeschulten Blicke ab, um statt Anton die Gegend zu betrachten, jedenfalls, soweit im Dunkeln etwas davon zu erkennen war.

Nach einer Weile verließen sie den Wald. Sie erreichten offenes Gelände und gelangten danach in die beschauliche dörfliche Gegend, die sie auch schon auf dem Hinweg passiert hatten. Flora blickte sehnsüchtig über die Schulter nach hinten, zu dem Notebook, das sie auf die Rückbank neben Xaviers Koffer gelegt hatte. Es juckte sie in den Fingern, neue Ideen erzählerisch aufzubereiten. Ihr schwebte da eine Figur vor, die sich ganz plötzlich und mit verblüffender Detailgenauigkeit vor ihrem inneren Auge entwickelt hatte, ein Typ, der gewisse äußere Ähnlichkeiten mit einem Romanhelden von Bram Stoker nicht verleugnen konnte und der förmlich darauf lauerte, in die Romanhandlung eingearbeitet zu werden. Er war, was jedoch keiner der Beteiligten ahnte, ein Beauftragter des Don und sollte unter Einsatz skrupellosester Methoden ausloten, wie weit Antonios Opferbereitschaft in puncto Florinda ging …

Doch im Moment hielt Flora es für angeraten, sich das Schreiben zu verkneifen. Wenigstens so lange, bis Anton

diese hässliche Aufwallung von Gemeinheit und Niedertracht überwunden hatte.

Irgendwann in der Nacht schreckte Flora zum dutzendsten Mal hoch und schaute verschlafen auf die Uhr. Halb drei.

»Es ist halb drei«, sagte sie zu Anton.

Er gab wieder keine Antwort. Doch Flora war entschlossen, diesmal nicht klein beizugeben. Ihr tat inzwischen alles weh. Sie fühlte sich gerädert bis auf die Knochen. Bis auf einen kurzen Halt zum Tanken und Aufsuchen einer Toilette fuhren sie seit Stunden in der Gegend herum. Flora hatte eine Tüte Chips, eine Tüte Gummibärchen, einen Tütenkuchen und zwei Dosen Cola zu sich genommen, doch sie fühlte sich durch diesen Tankstellenfraß nur unzureichend verköstigt. Perfiderweise gelüstete es sie ungeheuer intensiv nach Filet, Garnelen und Hummer.

Vor allem aber brauchte sie ein Bett. Oder wenigstens eine horizontale, unbewegte Fläche, auf der sie sich ausstrecken und schlafen konnte, ohne ständig durchgerüttelt zu werden.

»Bitte«, sagte sie leise. »Du musst doch auch mal schlafen!«

Anton reagierte immer noch nicht. Er wollte nicht an Schlaf denken. Ihm graute davor. Ihn plagte die Zwangsvorstellung, dass er, falls er sich zum Schlafen irgendwo niederlegte, in Untersuchungshaft wieder aufwachen würde.

Flora fuhr härtere Geschütze auf. »Mir tut der Rücken schrecklich weh.« Sie umfasste ihren Bauch und schaute möglichst leidend drein. »Und das Baby tritt mich auch die ganze Zeit.« Letzteres stimmte zwar, war aber durchaus nicht so unangenehm, wie sie es klingen ließ.

Anscheinend waren das genau die richtigen Worte. Antons Schultern sackten nach unten, und er gab endlich nach.

Sie fanden Unterschlupf in einer abseits liegenden Scheune, die zu einem Gehöft gehörte, das verlassen wirkte. Im Licht der Feuerzeugpistole suchten sie sich ihren Weg durch allerlei Gerümpel wie rostige Pflugscharen, einen zerbrochenen Leiterwagen und alten Futtersäcken, bis sie auf die Leiter stießen, die zum Heuboden hinaufführte.

Anton leuchtete mit der Pistole die Holme entlang nach oben. »Ich weiß nicht«, sagte er beim Anblick der verwitterten Sprossen zweifelnd. »Vielleicht sollten wir besser irgendwo hier unten pennen.«

Flora, die überzeugt war, soeben in einer der finsteren Ecken ein Huschen und Rascheln gehört zu haben, schüttelte entschieden den Kopf. »Wir schlafen oben. Da ist es sicher lange nicht so zugig wie hier unten, und Heu gibt's da bestimmt auch genug. Und pass mit dem Feuer auf, sonst fackelst du hier noch alles ab.«

»Dafür ist das alles hier viel zu modrig«, widersprach Anton. »Und oben ist es wahrscheinlich pitschnass, weil das ganze Dach undicht ist.«

»Egal. Ich geh jetzt rauf.«

Sie kletterte entschlossen die Leiter hoch. Anton knipste die Pistole aus und folgte ihr nach oben in die undurchdringliche Finsternis.

Er stieß mit dem Kopf gegen ihren Allerwertesten, als sie am Ende der Leiter innehielt und versuchte, sich im Dunkeln zu orientieren.

Anton stieß ein ersticktes Geräusch aus und versuchte, sein Gesicht aus den Falten ihres Kleides zu befreien, ohne die Leiter runterzufallen.

»Was machst du da mit meinen Beinen?«, schimpfte sie von oben.

»Das ist keine sexuelle Belästigung«, wiegelte er ab.

»Du lieber Gott, mir ist nicht nach Witzen zumute.«

»Mir auch nicht.«

Irgendwie schafften sie es dennoch, beide auf den Heuboden zu gelangen, ohne dass dabei Sprossen zerbrachen oder die Leiter umkippte. Oben stellten sie im Schein des Feuerzeugs fest, dass sie beide Recht gehabt hatten. Es war wesentlich mehr Heu vorhanden als unten, und das meiste davon war nass. Während Flora aus allen Winkeln leidlich trockene Halme zusammenklaubte, nahm Anton noch einmal den Abstieg auf sich, um ein paar der Säcke als Unterlage heraufzuholen.

Das Heu war muffig, und die Jute der Säcke war kratzig und roch durchdringend nach Pferd, doch Flora war noch kein Bett so himmlisch weich und bequem erschienen wie dieses behelfsmäßige Lager. Ihr Kopf hatte kaum das provisorische Kopfkissen berührt, als sie auch schon eingeschlafen war. Anton streckte sich an ihrer Seite aus, zog die Robe über sie beide und lauschte auf die Geräusche der Nacht. Irgendwo schrie eine Eule, und der Wind fuhr mit schwachem Heulen durch das Gebälk über ihm. Die Sparren des Dachs knackten von Zeit zu Zeit, so, als ob ihnen die Last des Alters zu viel wurde. Anton fragte sich, was er morgen tun würde, am ersten Tag seines künftigen Lebens als gesuchter Schwerverbrecher. Er grübelte darüber nach, ob er je wieder als Anwalt würde arbeiten können. Dann legte sich die Müdigkeit wie ein schweres Tuch über ihn, und alles war ihm gleichgültig.

In der Nacht wurde er einmal kurz wach. Es war immer noch dunkel, ohne das geringste Anzeichen von Dämmerung. Flora hatte im Schlaf seine Nähe gesucht und sich mit dem Rücken an ihn gedrängt. Seine Hand lag auf ihrem Bauch, und er spürte die Bewegungen des Babys. Genau da, wo seine Finger lagen, regte es sich unter ihrer Bauchdecke. Unter seiner Hand bildeten sich Wölbungen, verschwanden wieder, entstanden an anderer Stelle neu. Anton fühlte sich fasziniert und gleichzeitig ertappt, als

hätte er etwas Verbotenes getan. Seine Finger brannten wie Feuer, und er zog sie rasch weg, doch es blieb eine unbestimmte Sehnsucht zurück, die Anton mit in den Schlaf nahm.

Flora hatte einen entsetzlichen Traum. Im Gang vor dem Atelier saßen Osh-Kosh und Benetton auf Stühlen, die denen in Dr. Neumeisters Wartezimmer ähnelten. Ihre kleinen Söhne hockten auf dem Fußboden und zerfetzten eins von Heiners großformatigen Gemälden.

Flora gab es einen Stich, als sie das sah. Auf dem Betonboden war es doch so kalt und zugig! Die zwei würden sich die kleinen Ärsche abfrieren! Sie machte die Mütter darauf aufmerksam, doch die beiden waren vollauf damit beschäftigt, ihre reichhaltigen Erziehungserfahrungen auszutauschen.

»Meiner geht seit drei Tagen aufs Töpfchen«, verkündete Osh-Kosh. »Er hat schon zweimal Häufi gemacht.«

»Man darf die Kinder auf keinen Fall zu früh draufsetzen«, sagte Benetton. »Sonst überforderst du sie. Wenn du sie nur ein einziges Mal mit einem kalten Topf erschrickst, haben sie für den Rest ihres Lebens Verstopfung.«

Flora schwebte näher heran – ohne mit den Füßen den Boden zu berühren – und dachte: Jetzt werden sie mich sicher fragen, wie ich das mache!

Doch die beiden nahmen nicht die geringste Notiz von ihr.

Wie auf ein geheimes Kommando schwang die Tür zum Atelier auf, und dort, auf dem kobaltblauen Sofa, lagen Heiner und Tamara, keuchend und schwitzend und sich in wilder erotischer Hingabe einander widmend.

Osh-Kosh und Benetton machten lange Hälse, deuteten kichernd auf das Paar und bedachten Flora gleichzeitig mit geringschätzigen Blicken.

»Sonst liege ich immer mit ihm auf dem Sofa«, behauptete Flora unter Tränen.

»Das ist gelogen!«, rief Tamara herüber. Sie setzte sich frivol grinsend auf, präsentierte ihre spitzen Brüste und ihre exquisit schmale Taille. »Glaubt ihr vielleicht, mit der da würde sich einer aufs Sofa legen wollen? Seht sie euch doch an, die fette Kuh!«

Flora blickte an sich herab. Sie trug nichts außer einem grässlich grünen Wonderbra, der ihr viel zu klein war.

Tamara lachte glockenhell, ihr gekünsteltes Theaterlachen, und beugte sich über Heiners bestes Stück, den Mund sperrangelweit aufgerissen, wie eine Boa Constrictor.

Flora schaute schockiert weg, doch die lüsternen Geräusche konnte sie damit nicht aus der Welt schaffen.

»Na warte, du eklige Schlange!« Sie griff erbost in den Jutesack, um die Terpentinflaschen hervorzuholen, doch sie hatte vergessen, welche einzupacken. So sehr sie auch wühlte, außer Heu fiel ihr nichts in die Hände.

In ihrer Wut nahm sie es und versuchte damit das treulose Paar auf dem Sofa zu bewerfen, ein klägliches Unterfangen, mit dem sie nur bewirkte, dass ihr das Heu in Mund und Nase geriet und einen Erstickungsanfall hervorrief.

Osh-Kosh und Benetton applaudierten heftig, die beiden kleinen Jungs ebenfalls, und Flora wurde schlagartig wach. Sie spuckte einen Mund voll Heu aus und hustete aus Leibeskräften.

Gott sei Dank, nur ein Traum, dachte sie verstört.

Doch dann, als sie ihrer Umgebung gewahr wurde und sich an die Ereignisse des gestrigen Tages erinnerte, war sie nicht mehr so sicher, ob ihr Traum wirklich schlimmer war als die Realität.

Sie raffte die Robe um sich, schaute sich um – und erschrak entsetzlich. Anton war weg! Abgehauen! Er hatte

sich aus dem Staub gemacht, Fersengeld gegeben, die Fliege gemacht, die Platte geputzt, sich verdünnisiert, vom Acker gemacht!

Während die eine Hälfte ihres Gehirns pausenlos Synonyme für sein Verschwinden ausknobelte, war die andere Hälfte damit beschäftigt, die volle Tragweite dieser Entdeckung auszuloten. Wechselnde Gefühlsregungen bemächtigten sich ihrer. Sie fühlte Wut, Trauer, Resignation, lähmende Furcht vor der Zukunft.

Wie lange er wohl schon weg war? Um sie herum herrschte mattes Dämmerlicht. Schwer zu sagen, wie spät es war. Flora schleppte sich zu einem Spalt zwischen den Dachlatten, und dort, in dem trüben Zwielicht, warf Flora einen Blick auf ihre Uhr. Es war bereits mittag. Halb eins. Sofort meldete sich ihr Magen mit einem rebellischen Knurren und ließ keinen Zweifel daran, dass Essenszeit war. Flora spähte durch die Ritze nach draußen. Der Himmel war immer noch wolkenverhangen, doch die Luft war drückend warm, wie bei einem heraufziehenden Gewitter. Ein weiterer trister Tag eines tristen Sommers.

Der alte Trabi, den sie in der Nacht unweit der Scheune neben einer alten Viehtränke hatten stehen lassen, war verschwunden.

Na ja, wäre wohl auch zu viel verlangt von ihm, ihr den Wagen dazulassen. Flora ging mit unsicheren Schritten zurück zu ihrer stachligen, nach Stall riechenden Bettstatt und ließ sich schwerfällig im Schneidersitz darauf nieder. Wenigstens hatte sie die Robe behalten. Sie würde also nicht frieren müssen. Der weiche Stoff roch nach Pferd und schwach nach Antons Rasierwasser. Flora rieb ihre Wange daran und spürte etwas Feuchtes. Da erst bemerkte sie, dass ihr die Tränen übers Gesicht liefen.

Hör sofort auf zu heulen!, befahl sie sich voller Wut. Kein Geflenne!

Doch wann hätte sie je auf sich selbst gehört?

Flora warf sich ins Heu und heulte, bis ihr Schluchzen in ihren eigenen Ohren heiser klang.

Als sie sich bequemer hinlegen und Luft für einen neuen Weinkrampf holen wollte, stieß ihr rechter Fuß gegen etwas Hartes. Sie lugte an ihrem Bein hinab und hielt die Luft an, als sie erkannte, was dort unten lag.

Der Laptop. Er hatte ihr den Laptop dagelassen!

Der harte Klumpen in ihrer Kehle schmolz ein wenig. Der flache, schwarze Kasten übte eine magische Anziehungskraft auf sie aus. Flora schluckte ihre Tränen, setzte sich auf, legte den PC auf ihre Knie und klappte ihn auseinander. Als das Display aufleuchtete, spürte sie in sich die unwandelbare Gewissheit, dass nur zwei Dinge sie vom Schreiben abhalten konnten. Das eine war die Geburt des Babys.

Das andere ein leerer Akku.

Sie konnte weder dem einen noch dem anderen ausweichen, also tat sie gut daran, die ihr verbleibende Zeit zu nutzen.

Flora rief ihre Romandatei auf und fing an zu tippen.

Ein Wutausbruch mit Folgen

Als Anton die Leiter zum Heuboden hochstieg und Flora dort sitzen sah, im Schneidersitz, den offenen Laptop auf den Knien, glaubte er im ersten Moment, ein Fantasiebild vor sich zu haben. Ihr Gesicht war ernst, bleich und überirdisch schön. Wie ein gefallener Engel hockte sie dort im Halbdämmer auf dem staubigen Scheunenboden, ihren schwangeren Bauch und den Laptop als doppelwandigen Schild zwischen sich und der Wirklichkeit.

»Frühstück!«, rief Anton.

»Verdammt und zugenäht«, fluchte der Engel in durchaus irdischer Tonlage, »musst du mir so 'n Schrecken einjagen?«

Doch sofort wich ihr Unmut einem verklärten Lächeln. »Du bist wieder da!«

»Was dachtest du denn?«

Sie klappte den Laptop zusammen und stellte ihn zur Seite. »Wo warst du?«, fragte sie vorwurfsvoll. Irritiert musterte sie ihn genauer. Er trug eine klapprige Sonnenbrille und eine uralte Schirmmütze mit der Aufschrift *20 Jahre DDR*.

»Ich hab was zum Essen besorgt.« Anton hievte die beiden Plastiktüten über den Rand der Luke, kletterte vollends hoch und klopfte sich automatisch den Schmutz aus der Hose. Vergeblich, wie er sofort feststellte. Nach der gestrigen Wanderung durch den lehmigen Wald und der anschließenden Übernachtung im Heu war der Anzug restlos ruiniert. Paolo, in dessen Designerboutique Anton regelmäßig seine Oberbekleidung erwarb, würde in Tränen ausbrechen, wenn er sehen könnte, was sein Kunde diesem edlen italienischen Stoff angetan hatte.

Unrasiert und ungekämmt, wie er war, begann er außerdem seinem eigenen Fahndungsfoto zu ähneln, wie er vorhin im Innenspiegel im Trabi bemerkt hatte. Ohne die alte Kappe und die schmierige Sonnenbrille, die wahrscheinlich schon seit Jahrzehnten im Handschuhfach des Trabants vor sich hingammelten, hätte Anton von seiner kleinen Einkaufstour in den dörflichen Supermarkt sicher Abstand genommen.

Flora lag auf den Knien und wühlte in den Tüten herum. Nacheinander förderte sie Brötchen, einen Karton Milch, Streuselkuchen, Äpfel, Bananen, Joghurt und Schokolade zutage. Sie breitete alles zwischen sich und Anton auf dem Jutesack aus und betrachtete es gierig, als könnte

es sich in Luft auflösen, wenn sie es für einen unbedachten Moment aus den Augen ließ.

»Guten Appetit«, sagte Anton. »Greif zu.«

Das ließ sie sich nicht zweimal sagen. Anton nahm sich ebenfalls ein Brötchen, vergaß aber völlig, hineinzubeißen. Stattdessen verfolgte er sprachlos, in welchem Tempo sich Flora ihre Mahlzeit einverleibte.

Sie biss zwei-, dreimal geziert in ein Brötchen, den kleinen Finger elegant weggestreckt, doch der rasende Hunger ließ sie rasch ihre Manieren vergessen. Sie packte das Brötchen mit der ganzen Faust, schlang es in Windeseile hinunter und nahm sich als Nächstes sofort ein Stück Kuchen vor. Streuselbröckchen rieselten über ihren Bauch, und Flora stöhnte vor Wohlbehagen über den unübertrefflichen Genuss. Sie leckte sich die Lippen und entschied sich für Obst als nächsten Gang. Stopfte sich den Mund mit Banane voll. Nahm sich einen Apfel, biss drei-, viermal hinein, schluckte geräuschvoll und legte ihn vorerst zur Seite, um sich dem Joghurt zu widmen. Ihr Kehlkopf hüpfte glucksend auf und ab, während sie aus dem Becher schlürfte. Danach riss sie den Milchkarton auf und trank in Ermangelung eines anderen Behältnisses direkt aus der Packung. Die Milch lief ihr in zwei dünnen Rinnsalen aus den Mundwinkeln über den Hals und zog schmale feuchte Linien in die Robe über ihren Brüsten.

»Das ist Kammgarn auf Atlasseide«, meinte Anton tonlos. »Maßgeschneidert.«

Sie nickte mit vollem Mund. »Fühlt sich echt gut an auf der Haut.«

Plötzlich stellte sie den Milchkarton zwischen ihre Knie, legte eine Hand auf ihren Bauch und die andere über den Mund.

Anton beobachtete sie. »Tu dir meinetwegen bloß keinen Zwang an.«

Flora wurde hinter ihrer Hand blutrot und schüttelte peinlich berührt den Kopf, doch das half ihr nicht. Der Rülpser kam dröhnend heraus. »T'schuldigung«, murmelte Flora mit sittsam gesenkte Blick. Sie griff zögernd nach dem angebissenen Apfel, doch mit einem Mal war ihr die Lust am Essen vergangen. Hastig kramte sie eine ihrer Tabletten aus der Handtasche und kaute sie. Plötzlich wurde ihr bewusst, welchen Anblick sie bieten musste: zerraufte Haare, ungewaschenes Gesicht, verknittertes, fleckiges Kleid, lehmverkrustete Füße. Und bestimmt hatte sie einen Milchbart. Sie fuhr sich verstohlen mit dem Handrücken über den Mund, raffte die Robe fester um sich und schluckte mühsam den Rest der Tablette.

»Ich seh wohl schrecklich aus, oder?«

»Ziemlich«, stimmte Anton ihr zu. Er stand auf, hockte sich mit gegrätschten Beinen über einen der Querbalken und biss lustlos in sein Brötchen. Es schmeckte wie Sägemehl, das zu lange im Regen herumgelegen hatte. Ihn plagte das Verlangen, sich an den entlegensten Winkeln seines Körpers zu kratzen. Wahrscheinlich hausten Millionen von Flöhen hier im Heu. Und jetzt auch auf ihm.

Flora, der sein Missmut nicht verborgen blieb, fragte vorsichtig: »Woran denkst du?«

Anton antwortete nicht. Er schwang ein Bein über den Balken, ging zur Scheunenwand und starrte durch die Ritze nach draußen.

Es reichte ihm. Er hatte genug. Von ihr und überhaupt von allem. Endgültig.

Das Gefühl, die Nase voll zu haben, war jählings in ihm aufgewallt, so übermächtig, dass er Flora am liebsten die Leiter runtergeworfen hätte. Sein Anzug war Müll, sein Leben war Müll, er hockte wie ein Landstreicher im Dreck und fraß vom Boden, und sie allein war schuld daran!

Flora ließ ihn nicht aus den Augen. »Was hast du, An-

ton?«, fragte sie zaghaft. »Es ist doch alles in Ordnung, oder?«

»In Ordnung?«, fragte er täuschend ruhig. Dann, ganz plötzlich, verlor er jegliche Beherrschung. Er fuhr zu Flora herum und brüllte sie wie ein Wahnsinniger an. »Alles in Ordnung? Das nennst du in Ordnung? Dass ich nie mehr nach Hause kann? Dass ich mein Cabrio verscherbeln muss, nur um nicht in den Knast zu wandern? Dass vermutlich in diesem Augenblick hunderte von Bullen nach mir suchen, bereit, mich beim geringsten Anzeichen von Gegenwehr niederzuschießen? Dass meine Freundin mit einem bescheuerten Maler pennt? Dass ich hier in einer dreckigen Scheune hocke und mit einer hochschwangeren Verbrecherin wie ein Schwein vom Boden fresse, während ich eigentlich an meinem Mahagonischreibtisch sitzen und dort den lukrativsten Sozietätsvertrag aller Zeiten unterschreiben könnte? Na, wenn du das in Ordnung nennst, fällt mir nichts mehr ein!«

»Anton ...« flüsterte Flora, kreidebleich im Gesicht.

»Was bin ich eigentlich für dich?«, fiel er ihr brüsk ins Wort. »Dein Retter? Dein Kindermädchen? Dein Schutzengel?« Er schüttelte verbittert den Kopf. »Vergiss es, Flora! Das Leben ist kein Roman! Für uns gibt es kein Happy End! Ich sage dir, wie das Ganze ausgeht. Wir werden im Knast schmoren, wir zwei. Oder vielmehr, wir drei, wenn du das Baby mitzählst. Und ich werde bis ans Ende meiner Tage den Zufall verfluchen, der uns beide gestern Morgen in dieser Bank zusammengeführt hat!«

Er ließ sich auf den Hosenboden fallen, lehnte sich mit dem Rücken gegen die Bretterwand und vergrub den Kopf zwischen den verschränkten Armen. Das Schluchzen stieg mit Macht in ihm hoch und erschütterte seinen ganzen Körper. Er war außerstande, seinen Tränen Einhalt zu gebieten. Er hasste sich, weil er weinte wie ein kleiner Junge,

und noch mehr hasste er Flora, weil sie hier war und es mit ansah, doch er war nicht in der Lage, etwas dagegen zu tun.

Irgendwann, viel später (er hatte jedes Gefühl für Raum und Zeit verloren) blickte er auf und war nicht allzu überrascht, Flora nirgends zu sehen. Sie war verschwunden. Anscheinend hatte sie es vorgezogen, das Ende seines Gefühlsausbruchs in sicherer Entfernung abzuwarten.

Sein Zorn war verraucht, und zurückgeblieben war ein schales Gefühl von Leere. Eigentlich hätte er sich glücklich schätzen müssen, dass sie weg war und er wenigstens eine Zeit lang Ruhe vor ihr hatte, doch die erwartete Erleichterung wollte sich nicht einstellen. Stattdessen spürte er nur vages Bedauern wegen seiner allzu groben Worte, zu dem sich nach einer Weile leichte Besorgnis gesellte.

Zwei Stunden später war aus der Besorgnis handfeste Panik geworden.

Flora war nicht zurückgekommen!

Anton brachte die Essensreste, die Robe und den Laptop (sie hatte ihn nicht mitgenommen!) zurück in den Wagen und machte sich, von üblen Vorahnungen erfüllt, zu Fuß auf den Weg. Er umrundete als Erstes das alte Bauernhaus, doch die Läden waren fest verriegelt, und alle Türen mit soliden Vorhängeschlössern gesichert. Hier drin versteckte sich niemand außer Ungeziefer.

Der leichte Nieselregen hielt Anton nicht davon ab, stundenlang in immer größeren Kreisen um das verlassene Gehöft herumzumarschieren, doch er fand nirgends auch nur eine Fußspur von Flora.

Hatte er zunächst geglaubt, sie hätte sich in irgendeinen stillen Winkel zurückgezogen, um ihren Groll zu pflegen, lag sie inzwischen in seiner Vorstellung im feuchten Unterholz des nahen Wäldchens und bäumte sich in den letzten Wehen auf, während ihre Schreie von aller Welt ungehört verhallten.

Er suchte den Wald bis in den letzten Winkel ab und stand am Rande eines Nervenzusammenbruchs, nachdem er sie auch dort nirgends gefunden hatte.

Wie hatte er sie nur so anbrüllen können! Sie bekam ein Baby! Selbst der unsensibelste Volltrottel wusste, wie empfindlich schwangere Frauen waren!

Anton zerfleischte sich mit schlimmsten Selbstvorwürfen. Schwitzend und stolpernd kehrte er schließlich zum Wagen zurück, brachte nach zahllosen mühevollen Versuchen den Motor in Gang und holperte durch die allmählich einsetzende Abenddämmerung über den Feldweg in Richtung Straße.

Er kurvte nahezu eine Stunde durch die Stadt und hielt an jeder Ecke nach einer schwangeren Frau Ausschau; er fuhr im Schutze der Dunkelheit sogar bei der Bank vorbei (vielleicht war ja was dran an der Binsenweisheit vom Verbrecher, der an den Tatort zurückkehrt!), hielt schließlich an einer Telefonzelle, suchte Floras Anschrift heraus und fuhr zu ihr nach Hause, nachdem er zuvor vergeblich versucht hatte, sie telefonisch zu erreichen.

Sie wohnte in einem hässlichen Klotz von Mietskaserne unterm Dach. Anton klingelte Sturm, doch es öffnete niemand, nicht mal besagter Heiner. Anton schwor sich bei dieser Gelegenheit, es dem Schwein irgendwann gründlich heimzuzahlen, und ging unverrichteter Dinge zurück zu der Ruine, die neuerdings sein Auto war.

Inzwischen war es halb zehn, und Anton war mit seinem Latein am Ende. Er sah sie irgendwo im Dunkeln in einem verlassenen Steinbruch oder auf dem Grund eines Sees liegen, langsam erkaltend, entleibt von ihrer eigenen Hand. Ihm wurde schlecht bei dem Anblick ihres entseelten Körpers, den ihm seine Fantasie in immer deutlicher hervortretenden Einzelheiten vorgaukelte.

Was war er doch für ein Widerling!

Anton sank hinters Steuer des Trabant, schwach vor Sorge und Hunger. Er hatte seit dem missglückten Frühstück nicht den kleinsten Bissen zu sich genommen. Während er hastig die restlichen Vorräte herunterschlang, fiel sein Blick auf den Laptop, den er auf dem Beifahrersitz deponiert hatte. Zögernd griff er danach und klappte ihn auf. Er rief die zuletzt bearbeitete Datei auf (Flora hatte sie unter *schnappt!* gespeichert) und fand ein überraschend umfangreiches Dokument von nahezu achtzigtausend Wörtern, mit dem Arbeitstitel *Ihr schnappt uns nie!*, unterteilt in zehn Kapitel. Sie hatte bereits etliche Absätze des elften Kapitels fertig gestellt, und Anton begann unwillkürlich bei einer wahllos herausgegriffenen Stelle zu lesen.

Wer Florinda und Antonio waren, bedurfte keiner großartigen Überlegung.

Bei den anderen Figuren kam er dagegen anfangs ins Grübeln. Zwischendurch ging er deshalb einige Male zurück, um sich über einzelne Personen zu informieren, wie zum Beispiel den Don (der ziemlich nebulös im Hintergrund die Strippen zog), Enrico (der Kerl kam ihm irgendwie bekannt vor), den korrupten Killerbullen Albino (Alwin Kleff!?) und einem draculaähnlichen, vom Don vorgeschickten Scheusal ohne Namen (der im wirklichen Leben vermutlich gerade mit seinem brandneuen BMW in allerbester Laune nach Polen oder Tschechien unterwegs war).

Anton achtete weniger auf den Stil – er schien recht flüssig, flott und damit dem Genre angemessen zu sein – als vielmehr auf den Fortgang der Handlung.

Von einem Steinbruch oder einem See war gegen Ende des letzten Eintrags nirgends die Rede. Dafür fand er, ebenfalls ziemlich am Schluss, einen Absatz, der ihn in höchste Alarmbereitschaft versetzte.

Am schlimmsten war ihre Angst vor dem Frauenknast. Ihr Kind würde hinter Gittern zur Welt kommen, mit ihr

zusammen eingesperrt werden! Jede Tür, durch die es ging, würde zuvor aufgeschlossen werden! Florinda dachte, es sei besser zu sterben, als ihr Kind einem solchen Schicksal lebendigen Begrabenseins auszuliefern. Lieber kalt und tot, als diese Qual zu dulden.

Anton stöhnte laut und biss starr vor Entsetzen seine Fingerknöchel blutig.

In dieser Sekunde ertönte das schrille Signal, mit dem das Gerät anzeigte, dass die Batteriekapazität erschöpft war. Ihm blieb nur noch kurze Zeit, weiterzulesen, dann würde sich der PC einfach abschalten und erst wieder betriebsbereit sein, wenn er aufgeladen worden war. Anton verschwendete in seiner wachsenden Panik wichtige Sekunden darauf, mit der Wortsuchfunktion nach Begriffen wie tot, Selbstmord, Freitod, sterben, umbringen und entsprechenden Synonymen zu fahnden (sie liebte Synonyme – neben ihrer unbändigen Esslust eine Eigenheit, die ihm rasch an ihr aufgefallen war!).

Der Roman strotzte nur so von Tod-Synonymen. Bereits auf den ersten zwanzig Seiten stieß er dutzendfach auf Begriffe aus der von ihm gewählten Wortkategorie. Kein Wunder. Andauernd ballerte oder schlitzte irgend jemand aus dem Dunstkreis des Don um sich. Es gab MP's, Pump-Guns, Zweiundzwanziger, Achtunddreißiger, Fünfundvierziger. Stilette, Springmesser, Rasiermesser, sogar eine Machete. Regelmäßig mit entsprechender Todesfolge.

Anton brach die Wortsuche ab und ging hektisch ans Ende des Dokuments zurück. Hier irgendwo musste der Schlüssel zu finden sein!

Das Notebook piepte erneut. Anton kam es vor, als würde eine Bombe zwischen seinen Fingern ticken. Er musste es finden, er wusste, dass da noch etwas war, und er suchte danach, als gelte es sein Leben.

Er hielt die Luft an, als er auf diese Stelle stieß:

Nur ein Gedanke hielt sie noch aufrecht: Antonio. Schwer lastete die Schuld auf ihr, ihn ins Verderben gerissen zu haben.

Es gab nur einen Weg, Antonios Unschuld zu beweisen und ihn vor dem Gefängnis zu bewahren. Sie musste in die Höhle des Löwen eindringen und das Geld zurückholen …

Das Display wurde unvermittelt schwarz.

Anton starrte immer noch hin, als könnte er mit Blicken in die Festplatte eindringen und ihr sämtliche Geheimnisse entreißen, die Flora ihr anvertraut hatte.

»Die Höhle des Löwen«, murmelte er. »Das Geld zurückholen …«

Verdammt, was meinte sie damit? Sie konnte doch nicht …

»Nein!«, sagte er entsetzt.

Doch in Wahrheit wusste er es besser. Sie konnte sehr wohl.

Und wenn er sie nicht aufhielt, würde niemand es tun.

In Xaviers Zimmer schien die Zeit stehen geblieben zu sein. In den Regalen türmte sich ein buntes Sammelsurium aus seinen fernen Jugendtagen. Ein großer, silberfarbiger Pokal bildete den prächtigen Mittelpunkt aller Erinnerungsstücke. Xavier hatte diesen einzigen Pokal seines Lebens bei einem Schwimmwettbewerb in den großen Ferien gewonnen, weil die beiden Jungs, die vor ihm angeschlagen hatten, wegen anschließender Prügelei disqualifiziert worden waren. Die Kinder, die nach Xavier auf den Plätzen landeten, waren nur halb so alt gewesen wie er, doch wen interessierte das jetzt, nach fast dreißig Jahren noch? Den Glanz des Pokals konnte nichts je beeinträchtigen. Für Xavier funkelte er noch genauso hell wie damals. Mutti behauptete zwar, das liege daran, dass sie ihn regelmäßig mit Silberpolitur abrieb, doch für Xavier war das nebensächlich.

Neben dem Pokal waren verschiedene Klassenfotos aufgereiht. Er war auf allen Bildern sehr gut zu erkennen, denn schon damals war er immer der Kleinste in der Klasse gewesen und hatte daher vorn in der ersten Reihe stehen müssen. Immer vorneweg dabei, hatte Mutti jedesmal stolz gesagt und zielsicher den Zeigefinger auf das kleine Froschgesicht mit der dicken Brille gelegt.

Außer dem Pokal und den Fotos gab es noch den Fußball (seinen allerersten!), seine Mineraliensammlung (mit einem echten Stück Mondgestein!) und das Döschen mit seinen Milchzähnen. Als er sieben Jahre alt gewesen war, hatte er fast alle gleichzeitig hineintun können, damals, gleich nach seinem schlimmen Treppensturz.

Säuberlich aufgereiht befanden sich im Regal außerdem die Werke seiner umfassenden Karl-May-Sammlung. An der Wand über dem Schreibtisch – es war immer noch sein erster, von Mutti damals in weiser Voraussicht schön stabil gekauft – hing das WM-Poster von '74. Die von ihm verehrten Weltmeister hatten es ganz genau so gemacht wie er selbst; sie hatten sich nicht auf dem Pokal von damals ausgeruht, sondern waren tüchtige Manager geworden.

Wenn auch sein Zimmer mit der praktischen, haltbaren Schrank-Klappbett-Regal-Kombination im Laufe der Zeit unverändert geblieben war, besaß Xavier natürlich als gestandener Mann von neununddreißig Jahren auch andere Gegenstände als die in den Regalen. Vor kurzem war zum Beispiel sein Plattenspieler gegen eine richtige Stereoanlage ausgetauscht worden, doch die stand im Wohnzimmer, damit Mutti auch was davon hatte. Und er verfügte selbstverständlich wie jeder Mann von Format über einen PC, der jedoch in einem anderen Zimmer untergebracht war.

Hier, in seinem Zimmer, wollte er sich entspannen und ganz Mensch sein. Deshalb zählte Xavier auch noch wei-

tere Dinge zu seinen Besitztümern, die ebenfalls nicht im Regal standen; nicht aus Platzmangel, sondern weil Mutti dafür bestimmt kein Verständnis gehabt hätte. Er hatte sie in seinem Arbeitskoffer versteckt und holte sie nur hervor, wenn ihm danach war. So wie jetzt.

Er zog den neuen Koffer unter seinem Klappbett hervor, legte ihn neben sich aufs Bett, öffnete ihn und nahm ein paar der Geldbündel heraus. Es war nicht das erste Mal, dass er Geld aus der Bank mit nach Hause genommen hatte, aber diesmal war es ganz anders. Diesmal konnte er es für immer behalten. Damit tun, was er wollte. Es war schließlich seins. Keiner der Kollegen würde je wieder dämliche Bemerkungen darüber machen, woher nur immer diese komischen Flecken auf den Geldscheinen kämen.

Inzwischen hatte er sich auch ein paar neue Playboyhefte angeschafft. Er suchte sich ein besonders schönes Playmate heraus, breitete es der Länge nach neben sich auf dem Bett aus und umrahmte es liebevoll mit Tausendmarkscheinen.

»Da guckst du, was?«, fragte er lüstern.

Sie guckte tatsächlich höchst erregt.

»Ich soll's dir wohl besorgen, stimmt's?«

Sie sah aus, als hätte sie nichts dagegen.

»Aber erst willst du Bares sehen, hab ich Recht?«

Sie blickte ihn aus ihren verhangenen Augen an, als könnte sie gerade davon nie genug kriegen.

»Heut hab ich besonders viel dabei«, frohlockte Xavier. Er nahm noch ein paar Geldstapel aus dem Koffer und steckte sie sich vorn in seine Unterhose, bis er eine gewaltige Ausbuchtung geschaffen hatte. »Da! Siehst du das? Das macht dich wohl total an, was?«

Als er unter dem Bett nach der Küchenrolle suchte (für Mutti litt er an nächtlichem Dauerschnupfen), hörte er vor der Tür ein Geräusch. Entsetzt warf er sich aufs Bett zurück

und riss die Decke über sich, das Playmate und den Geldkoffer.

Mutti kam ins Zimmer, schon im Nachthemd und mit Lockenwicklern, das Gesicht missbilligend verzogen. Xavier fragte sich bedrückt, ob er es je fertig bringen würde, sie zu bitten, vor dem Reinkommen anzuklopfen. Wahrscheinlich nicht. Schließlich war sie fast vierzig Jahre lang ohne ausgekommen und würde nicht verstehen, warum sie auf ihre alten Tage noch damit anfangen sollte.

»Was hast du da unter der Bettdecke?«, fragte sie streng.

Xavier schluckte. »Nichts, Mutti.«

Mutti kam näher und baute sich neben dem Bett auf. »Schwindel mich nicht an. Ich weiß genau, dass du da wieder ein Buch versteckt hast.«

»Tut mir Leid, Mutti!«, sagte er zerknirscht.

Sie wiegte nachsichtig den Kopf. »Junge, du sollst doch abends nicht so lange lesen. Das ist nicht gut für die Augen. Außerdem kommst du dann morgens immer so schlecht aus dem Bett.«

Sie beugte sich über ihn, steckte um ihn herum die Decke fest und küsste ihn auf die Stirn. »Gute Nacht, schlaf schön, mein Junge.«

»Gute Nacht, Mutti.«

Mutti fuhr ihm über den Kopf, machte das Licht aus und zog beim Rausgehen leise die Tür hinter sich zu.

Xavier machte im Dunkeln weiter, unter der Bettdecke. Er hatte ja dort alles beisammen, was er brauchte.

Floras erzürntes Gesicht war nur einen Meter von der Fensterscheibe entfernt. Sie saß in dem Apfelbaum, der unter Xaviers Schlafzimmer wuchs, und sie hatte alles nur zu gut mitbekommen, bis zu dem Moment, als die Alte mit den Lockenwicklern das Licht ausgeknipst hatte. Dieser perverse kleine Wichser! Holte sich mit ihrem Geld einen

runter! Floras Zorn kannte keine Grenzen. Nach stundenlangem, strammem Fußmarsch durch schlammige Niederungen, dicht bewachsene Böschungen und schotterübersäte Straßengräben hatte sie bis zum Einbruch der Dunkelheit schreckliche Stunden hinter stachligen Hecken, kratzigen Bäumen, zugigen Buswartehäuschen und stinkenden Mülltonnen verbracht, wohlgemerkt ohne einen einzigen Bissen Nahrung, und jetzt auch noch das!

Früher, im Krieg, dachte Flora, haben Frauen das auch gemacht. Hochschwanger und schwach vor Hunger waren sie durch Felder gestapft, über Mauern und auf Bäume geklettert, hatten sich nur im Schutze der Dunkelheit fortbewegt und sich verborgen, wenn feindliche Soldaten auftauchten, hatten von der Hand in den Mund gelebt – und es dennoch irgendwie geschafft.

Floras Oma zum Beispiel. Die hatte oft erzählt, wie sie, damals mit Mama im achten Monat schwanger, auf Hamsterfahrt über Land gereist war, mit Tausenden von Frauen auf einem Zug, der nur aus Viehwaggons bestand. Man fuhr Stunden um Stunden, ganze Tage und Nächte lang, und wenn es nicht weiterging, wurde eben marschiert. Alles bloß wegen ein paar Kartoffeln für die hungrigen Mäuler daheim. Irgendwer musste sie schließlich durchbringen. Der Opa war ja im Krieg.

Ja, dachte Flora grimmig, ich muss mir nur vorstellen, dass Krieg ist und dass ich mittendrin bin.

Sie holte die Feuerzeugpistole aus ihrer Handtasche und spähte die feindliche Stellung aus. Der Garnisonsführer da drin hatte ein paar Scharmützel gewonnen, aber die letzte große Schlacht würde sie für sich entscheiden. Unter Einsatz schwerer Waffen würde sie diese Bastion stürmen, im alles entscheidenden Gefecht sämtliche Geschütze des Gegners vernichten und nach dessen unausweichlicher Kapitulation einen heldenhaften Rückzug aus dem erober-

ten Terrain einleiten, die Reparationszahlungen sicher im Marschgepäck verstaut.

Sie schob sich die Pistole zwischen die Zähne, umfasste mit der einen Hand beruhigend ihren Bauch, packte mit der anderen einen kräftigen Ast und zog sich ein Stück näher zum Fenster hin, bereit für den großen Kampf.

Entschlossen ergriff sie die Pistole beim Lauf und holte aus, um mit dem Griff die Scheibe einzuschlagen, als sie plötzlich um die Hüften gepackt und mit einem Ruck aus dem Baum gezerrt wurde. Bevor sie wusste, wie ihr geschah, lag sie flach auf dem Rücken, auf den Boden genagelt von dem schweren Gewicht des unsichtbaren Angreifers. Sie stöhnte und biss in die Hand, die sich auf ihren Mund presste.

»Aua!«, sagte Anton dumpf und nahm die Hand weg.

Flora schluckte, dann sagte sie möglichst würdevoll: »Du liegst auf meinem Baby.«

Anton stemmte sich hoch und half Flora auf die Füße. In dem schwachen Licht, das von einer entfernten Straßenlaterne in den Garten fiel, sah er verwegen und abgerissen aus.

»Man kann dich wirklich keinen Moment aus den Augen lassen«, beschwerte er sich.

Flora streckte ihren Kopf vor und starrte an ihrem Bauch vorbei angestrengt auf ihre Schuhe – soweit man die in ihrer Lehmhülle und bei der dürftigen Beleuchtung überhaupt von der Gartenerde unterscheiden konnte. Sie wusste beim besten Willen nicht, was sie sagen sollte. Sie wusste ja nicht mal, was sie denken sollte!

»Schwere räuberische Erpressung in Tateinheit mit Hausfriedensbruch und Sachbeschädigung«, zählte Anton auf, »und das alles in fortgesetzter Tat mit dem Banküberfall und der Geiselnahme, ergibt, summa summarum, als Gesamtstrafe schätzungsweise fünf Jahre.«

Das brachte sie in Rage. »Na und?! Dir kann das doch ganz egal sein! Du bist weder mein Retter noch mein Kindermädchen noch mein Schutzengel!«

»Sagen wir einfach, ich bin dein Anwalt.«

Sie starrten einander lange an. Flora merkte nicht, wie sie zitterte. Doch Anton sah es, trotz der schlechten Lichtverhältnisse. Den ganzen Tag über war es drückend schwül gewesen, doch im Laufe des Abends hatte die Luft sich merklich abgekühlt. Anton zog sein durch Schweiß, Heu, Erde und Regen ruiniertes Jackett aus und legte es ihr um die Schultern. Er hatte das Gefühl, dass alles, was er sonst noch sagen oder tun konnte, mehr oder weniger unzulänglich sein würde. Deshalb blieb er lieber stumm.

Nicht so Flora. »Was nützt mir ein Anwalt, der mit einem Bein im Gefängnis steht?«, flüsterte sie leidenschaftlich. »Und das nur deshalb, weil es diesem miesen Schleimer da oben so gefällt! Ich kann ihn nicht damit durchkommen lassen! Er muss überführt werden! Alle sollen die Wahrheit wissen! So, wie es jetzt ist, kann es unmöglich bleiben!«

Vor allem wegen dir, fügte sie stumm hinzu. Sie sah Anton immer noch weinen, in dem klaren Bewusstsein, dass sie allein dafür die Verantwortung trug. Ihn so verzweifelt zu erleben, war das Schlimmste von allem, was bisher passiert war. Viel schlimmer als pleite oder auf der Flucht zu sein oder von der Polizei gesucht oder von Heiner betrogen zu werden. Viel schlimmer als alles, was sie je erlebt hatte.

Über ihre neuen Gefühle, vor allem das Herzklopfen nach seinem plötzlichen Auftauchen und das Kribbeln im Magen, als er ihr das Jackett umgelegt hatte, wollte sie momentan gar nicht erst nachdenken. Lieber später. Wenn überhaupt.

»Einverstanden«, sagte Anton. »Wir schnappen ihn uns. Doch wir machen es richtig. Zuerst besorgen wir uns eine ordentliche Operationsbasis.«

Flora fühlte, wie maßlose, unvernünftige, herrliche Erleichterung sie durchflutete. »Ja, die sollten wir uns besorgen«, lächelte sie. »Und ein anständiges Bett. Eine Dusche. Saubere Klamotten. Aber vor allem was zum Essen.«

Die Rückrunde wird eingeläutet

Während der Fahrt zu dem bevorstehenden konspirativen Treffen hätte Flora singen können vor lauter Zuversicht. Jetzt würde alles wieder gut werden! Zu zweit waren sie nicht so schnell kleinzukriegen. Zwei Gehirne dachten besser als eins, vor allem, wenn Antons Gehirn dabei war. Er musste über eine ungeheure Kombinationsgabe verfügen, überlegte Flora, sonst hätte er nicht so mir nichts, dir nichts darauf kommen können, was sie vorgehabt hatte.

Sie konnte nicht aufhören, darüber nachzudenken, wie intelligent er war.

»Wie hast du das nur wissen können?«, fragte sie bewundernd. »Ich meine, wo ich war?«

»Na ja, ich hab mir ausgerechnet, dass du dir seine Adresse in irgendeiner Telefonzelle rausgesucht hast.«

»Ja, das stimmt, aber woher wusstest du …«

»Dass du hinten im Garten vor seinem Schlafzimmerfenster gehockt hast? Das war eine spontane Eingebung von mir. Irgendwie schien es mir passend für einen Übergriff, wie du ihn geplant hast. Dass du auf dem Baum sitzen würdest, konnte ich natürlich nicht ahnen, das war eine echte Überraschung. Eine Frau im neunten Monat, die auf einen Apfelbaum …«

»Ich wollte wissen«, unterbrach sie ihn, »wie du drauf gekommen bist, dass ich überhaupt zu Xavier wollte!«

»Ich hab deinen Roman gelesen.«

»Du hast meinen Roman gelesen!«, schrie sie auf.

Anton nickte ungerührt. »Klar. Sonst hätte ich doch nicht gewusst, wo ich dich suchen sollte.«

»Du findest ihn schlecht!«, rief sie voller Entsetzen.

»Wen?«, fragte er töricht.

Sie fragte sich, ob sie seine mentalen Fähigkeiten nicht stark überschätzte. »Meinen Roman!«, sagte sie ungeduldig.

»Nicht doch. Ich meine, ich hab ihn ja kaum gelesen, ich hab nur ...«

»Du findest ihn nicht spannend!? Kein bisschen?«

»Doch, natürlich.«

»Gerade eben hast du aber gesagt, du hast ihn gar nicht richtig gelesen! Wie kannst du ihn da spannend finden?«

»Hör mal, ich hab nur nach einer Stelle gesucht, aus der hervorging, wo du dich rumtreibst.«

»Dachtest du etwa, der Roman ist autobiografisch?«

»Sicher. Das ist er doch auch, oder?«

»Wie kommst du darauf?«, fragte sie entrüstet.

»Also bitte, da sind einmal die Namen ...«

»Das ist reiner Zufall. Die haben nicht das Geringste mit der Realität zu tun.«

»Na gut, dann war es eben Zufall, dass ich die Höhle des Löwen bei Xavier vermutet hab«, gab Anton gutmütig nach.

Sie musterte ihn misstrauisch. Schluckte schließlich ihren Ärger, nahm einen neuen Anlauf, fragte betont sachlich: »Wie findest du den Stil? Ich meine, soweit du es bis jetzt beurteilen kannst?«

»Gut.«

»Nur gut?«

»Sehr gut«, beeilte sich Anton, zu versichern. »Gefällig, locker, amüsant ...«

»Amüsant?«, fuhr sie auf. »Es soll aber keine Komödie sein. Wo musstest du lachen?«

»Nicht direkt lachen«, sagte Anton mit wachsender Verzweiflung.

»Wo?«

»Vielleicht an der Stelle, wo Florinda Enrico mit der Champagnerflasche niederschlägt«, wagte Anton sich vorsichtig vor.

»Diese Stelle ist kein bisschen komisch!«, rief Flora erbost. Sie beugte sich nach hinten, um den Laptop zu holen und besagte Stelle herauszusuchen.

»Wir sind gleich da«, lenkte er ab.

Keine Chance. Sie klappte das Gerät auf und erstarrte in Panik, als das Display schwarz blieb. »Es geht nicht. Was hast du damit gemacht? Es in den Regen geschleppt? An der Festplatte rummanipuliert? Oder ist es dir etwa runtergefallen?«

»Der Akku ist leer«, sagte Anton geduldig. »Das hat aber keine Auswirkung auf die gespeicherten Dateien. Das Ding muss nur wieder aufgeladen werden.«

Sie seufzte, eher vor Erleichterung als vor Enttäuschung, fand Anton, obwohl man da bei ihr nie ganz sicher sein konnte. Er kratzte sich unterm Arm. Das Jucken war im Laufe des Tages immer schlimmer geworden.

Flora beobachtete ihn. Ihr schien, als kratze er sich überdurchschnittlich häufig. »Bist du allergisch oder so?«

»Ja, gegen Flöhe schon.«

Sie stieß einen schrillen Laut des Abscheus aus und rückte von ihm ab, soweit es der enge Innenraum des Trabi zuließ.

»Und da hast du dich noch auf mich gelegt!«, sagte sie anklagend.

Er war in eigentümlich friedfertiger Stimmung und wies sie daher nicht darauf hin, dass sie die Nacht gemeinsam verbracht hatten, dicht aneinandergeschmiegt, unter derselben Robe im selben Heu.

Im Wartehäuschen dieser Linie waren sie einigermaßen sicher. Der letzte Bus an diesem Abend war schon vor einer halben Stunde abgefahren.

Tobias und Anita saßen bereits auf der Bank und warteten, als Flora und Anton eintrafen. Sofort sprangen beide auf, umarmten Flora und redeten überstürzt auf sie ein, ohne sich dabei nach einer bestimmten Reihenfolge zu richten.

»Du Ärmste, was musst du mitgemacht haben!«

»Ich wusste gleich, dass alles ein Irrtum ist!«

»Wie konnte das nur passieren!«

»Das ist alles bloß Heiners Schuld!«

»Hast du deinen Mütterpass dabei?«

»Warum hast du nicht früher angerufen?«

»Hast du Hunger?«

»Ja!«, rief Flora dazwischen. »Habt ihr was dabei?«

Sie ließ sich auf die Bank fallen, zog ein Brot mit Schinken und Remoulade aus dem Proviantbeutel, den Anita ihr reichte und fing ohne Umschweife an zu futtern.

Anton setzte sich neben sie und schalt sich, dass er nicht an ihren unerschöpflichen Appetit gedacht hatte. Was von seinen Einkäufen am Mittag noch übrig geblieben war, hatte er selbst verputzt und die wenigen Reste dann weggeworfen.

Anitas Wangen waren hochrot vor Aufregung. Ihr Bauch unter der Umstandslatzhose wölbte sich ebenso stark wie der von Flora. Anton vermutete, dass auch sie kurz vor der Niederkunft stand.

Sie erzählte von Kleffs Besuch am frühen Abend, ganz informell, wie er behauptet hatte, doch damit hatte er natürlich niemanden täuschen können. Dafür hatte er einfach zu viel von ihnen über Flora wissen wollen. Die privatesten Dinge hatte er aus ihnen rausgequetscht, doch was sollten sie machen?

Aber er konnte ihnen überhaupt nichts, fuhr Anita fort, und sie hätten ihm nicht mal was vorlügen müssen, weil sie ja gar nicht gewusst hatten, was zum Teufel eigentlich los war. Sie berichtete ohne Punkt und Komma weiter, wie er sie mit seinen blöden Fragen über Floras Privatleben genervt hatte, mindestens eine Stunde lang, und dass sie ihn dann, endlich, einfach rausgeschmissen hätten. Mehr oder weniger.

Eher weniger, behauptete Tobias. Er wäre ganz freiwillig wieder abgerückt, wahrscheinlich hätte er einfach gemerkt, dass sie wirklich nichts wussten.

Flora fand ein weiteres Brot, diesmal mit Salami auf Kräuterbutter, und vertilgte es in Rekordtempo. Dazu schlürfte sie Orangensaft aus einem Trinkpäckchen. Unterdessen eröffnete Anita ihnen triumphierend, wie genial sie und Tobias die ihnen von Flora telefonisch übertragene Aufgabe gelöst hätten.

»Wir haben im Schiller für euch gebucht!«, flüsterte sie. »Und wir haben alles so gemacht wie besprochen. Ich in dem blauen Umstandsmantel und Tobias mit Windjacke, Schirmmütze und Sonnenbrille. Ist übrigens jetzt alles in der Tasche da. Und stellt euch vor: Ihr habt wahnsinnigen Dusel! Der Nachtportier ist so gut wie blind. Er trägt ne Brille mit mindestens hundert Dioptrien.«

»So viele gibt's gar nicht«, wandte Tobias ein. »Zumindest nicht in einer einzigen Brille.«

»Ist doch egal. Jedenfalls sagte er – ihr müsst dazu wissen, dass wir die Reisetasche dabeihatten, um echter zu wirken – also, er sagte, wenn wir den Hund auch mit hochnehmen wollten, könnten wir ein Hundekörbchen kriegen. Ich sagte: Welcher Hund? Und da guckte er doch tatsächlich auf die Reisetasche!«

»Sie war offen«, ergänzte Tobias, »und die Perücke lag oben und hat rausgeguckt.«

»Ist doch egal. Jedenfalls, der Typ sieht nichts. Und er passt auch nicht auf. Kein bisschen. Ihr könnt gleich reingehen und ganz cool am Empfang vorbeilaufen. Er wird das überhaupt nicht mitkriegen. Als ich vorhin noch mal drin war und an ihm vorbeimarschiert bin – nur so, probehalber –, hat er nicht mal hochgeguckt. Er war total in sein Buch vertieft.«

»In dem er nicht lesen kann, weil er sowieso nichts sieht«, neckte Tobias sie.

Anita ging nicht darauf ein. »Hier ist die Tasche. Mit allem, was ihr braucht. Inklusive Netzteil für den Laptop.«

Sie schob Flora eine übergroße, prall gefüllte Segeltuchtasche vor die Füße und nahm ihre Hände. »Flora, bist du sicher, dass ihr das durchziehen wollt?«

»Ganz sicher.«

»Und Sie? Herr …«

»Anton. Einfach nur Anton und du.«

»Glauben Sie … ähm, glaubst du, dass ihr das schafft?«

»Wenn nicht, haben wir's wenigstens versucht.«

»Da hast du Recht. Passt du auf Flora auf?«

»Anita …«, begann Flora.

»Das tue ich«, fiel Anton ihr ins Wort.

»Dann ist's ja gut.« Anita zog einen Umschlag aus ihrer Umhängetasche und reichte ihn Flora. »Da, nimm das auch noch. Vielleicht habt ihr ja Verwendung dafür.«

Flora öffnete den Umschlag. »Pässe? Aber … Das sind ja eure Ausweise, Anita!«

»Klar. Vielleicht sind sie euch noch nützlich. Tobias und ich haben sie schon seit Jahren nicht mehr benutzt. Außer vorhin beim Einchecken im Hotel. Wir kommen bestimmt noch ne Weile ohne aus. Ach ja, bevor ich's vergesse – hier, die Zimmerschlüssel.«

Flora schob den Umschlag in ihre Handtasche und nahm die beiden Schlüssel entgegen.

Dann wandte sie sich zu Anton. »Würdest du bitte …?«

»Natürlich.« Er zog seine Brieftasche heraus, die dank der Transaktion mit Spitzzahn bestens bestückt war, und entnahm ihr zwei Fünfhundertmarkscheine.

Anita zierte sich nicht, sondern steckte das Geld ein. Schließlich waren sie und Tobias diejenigen, die das Hotelzimmer bezahlen mussten, sobald Anton und Flora es nicht mehr benötigten. »Übrigens«, sagte sie verlegen, »ich wusste ja nicht … ich meine, ich habe ein Doppelzimmer gebucht. Das ist viel billiger als zwei Einzelzimmer und nicht so verdächtig. Ich meine … Ihr wisst schon. War doch okay, oder?«

»Kein Problem«, sagte Flora schnell. »Ist schon okay.«

»Überhaupt kein Problem«, bekräftigte Anton. »Ist wirklich völlig okay.«

War es das? Sie waren beide alles andere als überzeugt davon. Und das hatte nicht im Geringsten mit den Flöhen zu tun.

»Und denk dran«, sagte Anita unter Tränen, als sie Flora zum Abschied umarmte, »dass du deine Atemübungen machst, wenn du Stress hast!«

Tatsächlich war es überraschend leicht, ins Hotel zu gelangen. Das Schiller war ein Haus der mittleren Kategorie mit rund dreißig Betten, von denen zurzeit kaum welche belegt waren. Als Industrie- und Handelsstandort war W. alles andere als eine Touristenhochburg, und da jetzt, mitten im Sommerloch, weder Messen noch Kongresse stattfanden, wurde die Hotellerie nur mit mäßigem Aufwand betrieben.

Den Trabi stellten Anton und Flora in einem benachbarten Parkhaus ab, und dann wagte Flora als Erste die Invasion, wie sie es nannte. Auf Antons verständnislosen Blick hin erklärte sie, dass sie das Ganze unter kriegstaktischen Gesichtspunkten betrachte und ausgezeichnet da-

mit zurechtkäme. Ohne weitere Kommentare setzte sie sich Anitas Perücke auf, zog den blauen Mantel über, prüfte ein letztes Mal im Innenspiegel des Wagens ihr Aussehen und machte sich auf den Weg.

Anton blieb zunächst mit der Segeltuchtasche zwischen den Füßen an der Straßenecke stehen und beobachtete unter dem Schirm von Tobias' Mütze hervor, wie sie mit durchgedrücktem Kreuz, fest umklammerter Handtasche und forschen Schritten im Eingang des Schiller verschwand.

Nach drei Minuten schaute er sich unauffällig nach allen Seiten um, ergriff die Tasche und folgte Flora ins Hotel.

Der Nachtportier war tatsächlich in ein Buch vertieft und nahm nicht die geringste Notiz von Anton, der, schwitzend unter Tobias' Windjacke und dem Gewicht der Tasche (die durch den Laptop noch mehr wog als vorher), auf Zehenspitzen an ihm vorbeihuschte und mit mühsam unterdrücktem Keuchen die Treppe hochhetzte.

»He, Sie!«, rief ihm der Portier unvermittelt mit durchdringender Stimme hinterher.

Wie vom Blitz getroffen blieb Anton mitten auf dem Treppenabsatz stehen. Er wagte nicht, sich zu rühren. Er atmete nicht einmal. Alles war aus! Gleich kommt's, dachte Anton. Er wappnete sich gegen die Worte der Vernichtung: Ach, übrigens, die Bullen sind schon auf dem Wege. Geben Sie besser gleich auf.

»Sie können ruhig den Lift nehmen!«, rief der Portier. »Er geht wieder!«

»Danke«, krächzte Anton.

»Keine Ursache. Sekunde ... Warten Sie mal!«

Lieber Gott, dachte Anton. Mach, dass er mich nicht erkannt hat!

»Ihrer Frau können Sie sagen, dass der Pool morgen ab zehn Uhr geöffnet ist.«

»Pool«, wiederholte Anton, Halt suchend nach dem Geländer tastend.

»Ja, im Untergeschoss.« Die dicke Brille des Portiers blitzte zu Anton hoch. »Schwangere Frauen sollten viel schwimmen. Das ist der einzige Sport, den sie bis zum Schluss treiben können. Weiß ich von meiner Tochter. Die kriegt gerade das Dritte.«

Anton nickte krampfhaft, stammelte einige heisere Dankesworte in Richtung Empfang und jagte wie von Furien getrieben die restlichen Stufen hinauf.

Sein Herz raste immer noch zum Zerspringen, als er die Zimmertür aufschloss. Er ließ die Tasche in dem kleinen Korridor fallen, riss sich die Jacke und die Mütze herunter, schleuderte beides in die Ecke, taumelte ins Zimmer und warf sich aufs Bett. Er blieb keuchend liegen, in der sicheren Überzeugung, dass ihn diese letzte Minute mindestens fünf Jahre seines Lebens gekostet hatte.

Von Flora war nichts zu sehen, doch er vernahm ihr fröhliches Geträller durch die geschlossene Badezimmertür. Die Melodie klang wie ein Song von Michael Jackson, den sie anscheinend mit eigenem Text unterlegt hatte. Er hörte nur vereinzelte Worte wie hinab, tief hinab, und einmal glaubte er etwas wie Beckenboden zu verstehen. Wahrscheinlich lag sie in der Wanne und tauchte zwischendurch unter, nur so zum Spaß. Jedenfalls ließ sie es sich gut gehen. Sie schien bestens drauf zu sein. Im Gegensatz zu ihm.

Anton wäre am liebsten eingedöst, doch er wollte das Bett nicht versauen. Außerdem hatte er wichtige Dinge zu erledigen.

Er quälte sich hoch, holte den Laptop aus der Tasche, suchte die Netzverbindung heraus und schloss das Gerät an der Steckdose über dem kleinen Schreibtisch an. Er war erleichtert, dass alles funktionierte. Dann öffnete er eine

neue Datei und fing mit seinen Notizen an, indem er alle spontanen Gedanken niederschrieb, ohne besonderes System, einfach als Stoffsammlung, so, wie er es immer handhabte, wenn er eine umfangreiche Verteidigungsschrift vorbereitete. Der Unterschied war nur, dass er diesmal sein eigener Mandant war. Woraus folgte, dass er diesmal nicht wie sonst zur Tagesordnung übergehen konnte, falls er versagte.

Flora kam vor Sauberkeit glänzend ins Zimmer, das Haar noch feucht und die Wangen rosig vom Bad. Sie duftete nach Hotelbodylotion und sah in dem Hotelbademantel aus wie eine weiße Frotteekugel.

Eine Kugel auf hübschen nackten Beinen, wie Anton beim zweiten Hinsehen feststellte.

Sie war offensichtlich enttäuscht, dass Anton den Laptop mit Beschlag belegt hatte. »Wir können uns ja abwechseln«, sagte sie hoffnungsvoll, während sie den Kühlschrank öffnete und die Minibar inspizierte. »Wirst du lange brauchen? Was schreibst du überhaupt?«

»Eine Verteidigungsschrift für wichtige Mandanten.«

»Ach so. Für wen denn?« Flora riss ein Päckchen Erdnüsse auf und fing an zu knabbern. »Oder ist das zu indiskret? Du musst es mir nicht sagen, wenn du nicht willst.«

»Ich sag's dir aber. Für mich. Und für dich.«

Flora verschluckte sich an einer Nuss und legte das Päckchen weg.

»Willst du was aus der Minibar? Einen Piccolo? Oder ein Bier?«, fragte sie.

»Nein, danke«, murmelte Anton. Er kam gerade richtig in Fahrt mit seiner Argumentation. Zunächst galt es, die dubiose Rolle des Ermittlers herauszuarbeiten. Hierzu fiel ihm auf Anhieb am meisten ein. Die Worte drängten sich wie von selbst auf den Bildschirm. Kleff, der diesen Fall aus reiner persönlicher Abneigung aufbauschte. Der die

falschen Verdächtigen jagte, weil es ihm in seinen Privatkram passte. Der seine Befugnisse missbrauchte und den Behördenapparat in Bewegung setzte, um eigene Rachegelüste zu befriedigen. Anton schwor sich, mit seiner Beweisführung jeden Richter von den unlauteren Motiven dieses Mannes zu überzeugen.

Flora packte derweil die Reisetasche aus und räumte verschiedene Kleidungsstücke in den Schrank. Anita hatte wirklich an alles gedacht, wie sie voller Zufriedenheit feststellte. Rasierzeug, Unterwäsche, Schuhe, Socken, T-Shirts und Jeans für Anton, diverse Umstandsbekleidung, Wäsche und Slipper für Flora. Sie hatte sogar einige Kosmetika und das neue Eltern-Sonderheft Schwangerschaft und Geburt eingepackt! Flora war gerührt. Sie legte sich aufs Bett und blätterte eine Weile in dem Heft. Anschließend nahm sie die Fernbedienung vom Fernseher, hockte sich im Schneidersitz aufs Bett und schaltete so lange um, bis sie eine interessante Sendung gefunden hatte.

Anton hörte Schartenbrinks Stimme und traute seinen Ohren nicht.

»Seit Tagen verfolgt die Öffentlichkeit voller Spannung die Flucht des Mannes und der Frau, die im Verdacht stehen, einen Banküberfall begangen zuhaben. Der Anwalt und die Mutter, wie die beiden inzwischen allgemein genannt werden, konnten trotz lückenloser Fahndung immer wieder untertauchen. Uns interessierten heute die Menschen, die den beiden nahe standen.«

Anton schob ruckartig den Stuhl zurück, ging zum Bett und setzte sich. Er starrte ungläubig auf den Fernsehschirm.

»Du sitzt im Bild«, tadelte Flora ihn.

Er rutschte neben sie, bis sie beide sehen konnten.

Schartenbrink spazierte durch eine Halle, den Blick zurück über die Schulter in die Kamera gerichtet. Rings an den Wänden, strategisch platziert, befanden sich dutzende

von Heiners Gemälden. Überall reckten beflissene Zuschauer ihre Köpfe ins Bild, bis sie sicher sein konnten, von ihren Lieben daheim auch bemerkt zu werden.

In der Mitte der Halle war ein Podest aufgebaut, und auf dem Podest …

»Nein«, sagte Anton. »Das glaub ich nicht!«

»Sei doch mal still, Mensch!«

»Heute«, sagte Schartenbrink mit todernster Miene, »besuchen wir den Expressionisten Heiner van Beck und die Aktionskünstlerin Tamara Berger.«

»Aktionskünstlerin!« Anton brachte das Wort nur unter Mühen heraus. »Sie ist … nackt!«

»Psst!«

»Sie hat nichts an! Überhaupt nichts!«

»Das stimmt nicht«, widersprach Flora. »Sie hat Farben an. Sogar verschiedene.«

In mehreren Nahaufnahmen wurden diverse Körperpartien von Tamara gezeigt. Die spitzen Brüste, die schlanke Taille, die runden Hinterbacken. Ein großer Borstenpinsel erschien mal hier und mal da, vertupfte Zitronengelb, verstrich Tomatenrot, verteilte Himmel- und Pflaumenblau, scheinbar planlos herumkreisend und immer neue, immer wildere, immer buntere Muster produzierend.

Zwischendurch erschien Heiner in Großaufnahme. Im Malerkittel und mit großer Palette in der Armbeuge wirkte er souverän wie Dalí. Er stand neben dem Podest und pinselte Tamara überall an, vom Hals bis zu den Zehenspitzen.

Dann, ganz plötzlich, begann Tamara mit ihren Stabreimen. Die Kamera fuhr dicht auf ihren Mund, um für den Fernsehzuschauer ihr verzücktes, perfekt moduliertes Stöhnen einzufangen.

»Geil glibbert glänzendes Gelb, rau rauscht rasendes Rot, blasig blubbert blühendes Blau, wild wabert wollüstiges Violett …«

»Hat sie das öfters?«, wollte Flora wissen.

Anton gab keine Antwort, aber seine Kiefer mahlten, als müsste er einen Ziegelstein kleinkauen. Flora gab dem ihr unerklärlichen Drang nach, noch Öl ins Feuer zu gießen. »Ich kann mir vorstellen, was die beiden danach gemacht haben«, sagte sie gehässig. »Ich meine, nachdem alle weg waren.«

Schartenbrink kam wieder ins Bild. »So weit also die aktuelle Performance der beiden jungen Künstler, Tamara Berger und Heiner van Beck, die, wie wir für AMS exklusiv erfahren durften, auch privat künftig ein Paar sein wollen. Hören Sie nun zu dieser unerhört interessanten Kunstrichtung den Kommentar unseres bekannten Experten, Professor Dr. Schellfisch.«

Professor Dr. Schellfisch, kahl, triefäugig und griesgrämig, sah aus wie Homer Simpson, nur ein paar Jahre älter, und er war offenbar ein Experte ohne Fernseherfahrung. Statt in die Kamera zu blicken, glotzte er auf das dicke gelbe Mikro wie das Karnickel auf die Schlange. Außerdem litt er alle drei Sekunden unter nervösen Zuckungen, mit denen er versuchte, sein nicht mehr vorhandenes Haupthaar über die Schulter nach hinten zu werfen.

»Hier sehen wir gewissermaßen die Herauslösung der Kunst aus der Vereinsamung der Leinwand, den Beginn einer neuen, leichthändigen, interaktiven Malerei, sich ergebend aus den endlosen körperbedingten Variationen von Materie und Material. Linien folgen ihrer eigenen Struktur, entbunden von der Hand des Künstlers, sie bilden eine Landschaft der Homogenität und Komplexität, in der dem Pinsel keine und alle Wege vorgegeben sind …«

»Mir wird gleich übel«, sagte Anton, nahm Flora die Fernbedienung weg und schaltete aus. Er stand auf, ging zurück zum Schreibtisch und arbeitete wortlos weiter. Flora holte eine Tüte Gummibärchen und eine Dose Cola

aus der Minibar, machte es sich wieder auf dem Bett bequem und tat so, als lese sie in dem Eltern-Heft. In Wahrheit wollte sie sich unterhalten. Und zwar mit Anton. In ihrem Magen hatte es wieder gekribbelt, als er vorhin neben ihr auf dem Bett gesessen hatte. Und das, obwohl er wirklich alles andere als frisch roch. Ob er die ganze Nacht arbeiten wollte? Es war schon fast halb zwölf, und er machte keine Anstalten, sich fürs Bett fertig zu machen. Sie schob ein paar Gummibärchen in den Mund.

»Die beiden haben es echt geschafft«, sagte sie angelegentlich.

Anton gab keine Anwort.

»Findest du nicht?«, hakte sie nach.

»Was?«

»Dass die beiden es geschafft haben.«

»Wer?«, brummte er.

»Na, Heiner und Tamara. Bestimmt war das vorhin heute schon die dritte Wiederholung dieser Pinselei. Anscheinend sind sie jetzt berühmt. Ich wette, er hat seit gestern mindestens zehn Bilder verkauft. Und zwar sicher nicht billig. Nicht eingerechnet die Honorare für die Fernsehauftritte. Ich möchte nicht wissen, zu wie viel Prozent sie beteiligt ist. Halbe-halbe, würde ich sagen. Mindestens.« Da von Anton keine Reaktion kam, setzte Flora anzüglich hinzu: »Meist kriegt ja derjenige mehr, der sich auszieht. Was meinst du?«

Anscheinend hatte er keine Meinung dazu, zumindest keine, die er äußern wollte. Er bearbeitete verbissen die Tastatur.

»Na, jedenfalls sind sie mit hundertprozentiger Sicherheit finanziell aus dem Schneider«, fuhr Flora fort, eine Hand voll Gummibärchen nachschiebend. »Das haben sie nur uns zu verdanken, meinst du nicht?«

Anton blickte auf. »Nicht uns. Dir.« Ihm war nicht ent-

gangen, dass Flora ihn reizen wollte, wenn er auch nicht wusste, warum. Was auch immer der Grund war, er hatte keine Lust, immer nur einzustecken. »Wie du siehst, ist der Grat zwischen Bedeutungslosigkeit und Ruhm sehr schmal«, dozierte er überheblich. »Manchmal genügen schon vier Worte, um nicht nur sich selbst, sondern seine ganze Bekanntschaft ins Rampenlicht zu rücken. Wie zum Beispiel: Dies ist ein Banküberfall.«

Das saß. Flora schluckte einen riesigen Klumpen aus mindestens zehn Gummibären auf einmal.

Anton beugte sich wieder über die Tastatur. »Und jetzt lass mich bitte in Ruhe an meiner und deiner Verteidigung arbeiten. Da ist es leider nicht mit vier Worten getan. Vor allem nicht bei deiner.«

Bestürzt starrte Flora ihn an, machtlos gegen die Tränen, die ihr plötzlich in die Augen schossen.

Anton hörte ihr Schniefen, stand auf und kam zum Bett. Er setzte sich neben sie und nahm ihre Hand. »Ich hab's nicht so gemeint. Tut mir Leid. Komm, heul nicht, ja?«

»Ich heul ja gar nicht«, schluchzte Flora.

»Doch, tust du wohl. Hör mal, wenn es wegen diesem Heiner ist – vergiss ihn doch! Der Kerl ist es echt nicht wert, dass du ihm auch nur eine einzige Träne nachweinst! Der verdient dich doch gar nicht!«

Ihre Tränen versiegten schlagartig. »Findest du wirklich?«

Anton nickte nachdrücklich.

»Danke«, flüsterte Flora.

»Keine Ursache.«

»Du hättest auch jemand Besseren verdient als diese Tamara.« Flora zwirbelte mit der freien Hand hektisch den Gürtel des Bademantels zusammen. Sie fragte sich, ob er ihr Herz hämmern hören konnte. Seit er ihre Hand hielt,

klang es in ihren Ohren so, als würde es gleich explodieren. »Man könnte im Grunde sagen, dass Heiner Tamara verdient«, stieß sie hervor. »Und umgekehrt erst recht. Genau genommen verdienen sie sich gegenseitig. Eigentlich ist es sehr praktisch, dass sie einander haben. So können sie wenigstens uns beide nicht mehr nerven.«

Anton betrachtete sie argwöhnisch. »Willst du damit etwas Bestimmtes zum Ausdruck bringen?«

»Nein, wie kommst du darauf?« Flora entzog ihm ihre Hand, legte sie ins Kreuz und begann unvermittelt mit ihrer Nase-Mund-Entspannungsatmung.

Anton schrak zurück. »Um Gottes willen – kriegst du etwa Wehen?«

»Nein«, schnaufte Flora, »das sind nur Atemübungen. Die mach ich immer, wenn ich Stress habe.«

Anton stieß erleichtert die Luft aus. »Na gut. Solange du mit Stressbekämpfung beschäftigt bist, werde ich baden. Ist ja auch schon nach halb zwölf. Ich glaub, ich hör für heute auf mit dem Arbeiten.«

Als er aus dem Bad kam, frisch rasiert, geduscht und in Tobias' etwas zu knapp sitzendem Pyjama, schlief Flora schon. Sie lag auf der Seite, die Hände um ihren Bauch gelegt, und stöhnte im Schlaf. Neben ihr auf dem Kopfkissen lag ein Schwarzweißfoto, eine Polaroidaufnahme. Anton deckte Flora zu, dann nahm er das Foto und betrachtete es. Ganz offensichtlich war es ein Ultraschallbild des Ungeborenen. Anton hatte gehört, dass es so etwas gab, hatte aber noch nie eins gesehen. Unten, am Rand, standen Worte und Ziffern in Computerschrift. Floras Name und Geburtsdatum und daneben ein weiteres Datum. Anton rechnete rasch nach. Noch zehn Tage. Sicher war das der voraussichtliche Entbindungstermin.

Auf dem Foto selbst war der Fötus im Profil zu sehen. Anton wollte es zuerst gar nicht glauben, doch anschei-

nend gab es das wirklich: Das Baby lutschte tatsächlich am Daumen! Er fragte sich, ob es das auch tun würde, wenn es erst geboren war. Soweit er wusste, lutschte nicht jedes Kind am Daumen. Manche waren regelrecht süchtig danach, andere wiederum schienen keinerlei Gefallen daran zu finden. Er selbst hatte nicht Daumen gelutscht. Seine ältere Schwester dagegen schon. Wovon es wohl abhing, dass ein Kind zum Daumenlutscher wurde?

Anton merkte, dass er sich auf einmal brennend für Themen interessierte, die er besser links liegen ließ. Es führte zu nichts, wenn er erst anfing, sich mit diesem Kinderkram zu beschäftigen.

Dabei war er sich selbst gegenüber durchaus ehrlich. Es hatte keinen Sinn, abzustreiten, dass sich gewisse atavistische Gefühle in ihm regten, wenn er Floras Bauch betrachtete. Oder jetzt dieses Foto ansah. Beschützerinstinkte wurden in ihm wach und drängten ihn dazu, Flora gegenüber eine Haltung einzunehmen, die der Situation nicht angemessen war. Verstärkt wurden diese Anwandlungen noch durch den unleugbaren Umstand, dass sie als Frau auf ihn höchst anziehend wirkte.

Für ihn galt es jedoch, keinen Moment aus den Augen zu verlieren, in welch auswegloser Situation sie beide sich befanden, wie erdrückend die Beweislage gegen sie war und wie schwierig es sein würde, die richtigen Methoden zur richtigen Zeit anzuwenden – und dabei nie zu vergessen, dass sie die ganze Zeit mit einem Bein im Gefängnis standen. Es war nicht nur eine Frage der Taktik, sondern auch des Timings. Jeder falsche Schritt konnte der Letzte sein. Dazu kam das Problem der bevorstehenden Niederkunft. Entweder sie schafften es bis dahin – oder gar nicht mehr. Es gab keine Verlängerung und keinen zweiten Versuch.

Anton legte das Foto auf Floras Nachttisch und knipste

das Licht auf ihrer Seite aus. Auch für ihn war es höchste Zeit zu schlafen. Er gähnte und kratzte sich in der Leiste. Die Flöhe hatten sich zum Glück als Allergie entpuppt, vermutlich gegen Heu. Oder Jute. Was auch immer es war, es ließ bereits nach. Er wünschte, das ließe sich von seinen Sorgen auch behaupten, doch die wurden immer schlimmer, je länger er darüber nachdachte. Als er sich neben Flora ins Bett legte und einen Teil der Decke über sich zog, fühlte er das Gewicht der Verantwortung auf sich lasten wie einen Mühlstein.

Später wurde er wach, wie in der letzten Nacht mit der Hand auf Floras Bauch. Wieder spürte er die Bewegungen des Kindes. Diesmal ließ er die Hand länger liegen. Er strich sogar verstohlen ein-, zweimal über die warme Rundung und wünschte dem Baby insgeheim alles Gute. Flora merkte ja nichts davon.

Doch da täuschte er sich. Flora war hellwach. Sie starrte ins dunkle Zimmer, fühlte die Hand auf ihrem Bauch und hatte schreckliche Angst vor der Zukunft.

Trau, schau wem

Am nächsten Morgen bestellte Flora telefonisch beim Zimmerservice ein gewaltiges Frühstück (»Stellen Sie's einfach vor die Tür!«) und besprach beim Essen an dem kleinen runden Tisch vorm Fenster mit Anton die näheren Einzelheiten des Plans. Flora hatte Mühe, ihre Einwürfe und Vorschläge an den passenden Stellen anzubringen, da Cornflakes, Rührei, Croissants, Brötchen, Saft, Tee, Marmelade, Joghurt und Obst einen Großteil ihrer Aufmerksamkeit forderten.

Entsprechend lange dauerte es, bis die Angelegenheit zu ihrer beider Zufriedenheit durchdiskutiert war. Danach

machte sich Anton, verkleidet mit Schirmmütze, Sonnenbrille und Windjacke, auf den Weg, um diverse Gegenstände zu besorgen, die sie für die Durchführung ihres Vorhabens noch benötigten.

Flora schrieb eine Weile an ihrem Roman weiter, nahm dann ein ausgedehntes Bad und übte sich anschließend auf dem Bett in Schwangerschaftsgymnastik. Dabei sah sie fern und stellte fest, dass sie und Anton auch heute wieder das Thema des Tages waren. Welches Programm sie auch einschaltete – die Sender überboten einander darin, Aktuelles vom Anwalt und der Mutter zu bringen.

Der gerade laufende Kanal zeigte einen Zusammenschnitt der Bilder des vergangenen Tages. Als Erstes wurde eine Totale der Kanzlei Schnellberger eingeblendet, dann erschien Schnellberger höchstselbst; er stieg gerade aus seinem vor der Kanzlei geparkten Nobelschlitten, gefolgt vom minipligelockten Kollegen Heimschröder, der, wie Flora im Steakhaus erraten hatte, nur zu gerne ebenfalls Sozius geworden wäre (vorausgesetzt, Sie landen auch mal so einen Coup wie dieser fabelhafte Junge hier!).

Die beiden Anwälte umkrampften ihre Aktenkoffer und versuchten, sich einen Weg zum Eingang der Kanzlei zu erstreiten, doch sie wurden von einem Kamerateam bedrängt, vor dem es kein Entkommen gab.

Schartenbrinks Mikro wuchs aus dem Nichts vor Schnellberger empor.

»Herr Dr. Schnellberger«, fragte Schartenbrink dröhnend, »stehen Sie in Kontakt mit dem flüchtigen Rechtsanwalt Dr. Anton Winkler?«

»Davon kann überhaupt keine Rede sein«, sagte Schnellberger barsch. Er hielt sein Köfferchen wie einen Schild hoch, als würde Schartenbrink todbringende Viren verschleudern. Doch der ließ sich nicht so schnell abwimmeln.

»Herr Dr. Schnellberger! Werden Sie arbeitsrechtliche

Konsequenzen aus den Verfehlungen Ihres Mitarbeiters ziehen?«

»Kein Kommentar.«

Was soviel hieß wie *ja*, dachte Flora trübselig. Wäre es anders, hätte Kollege Heimschröder sicher nicht so siegesgewiss dreingeschaut, bevor er mit seinem Seniorchef im Kanzleigebäude verschwand.

Als Nächstes erschien Zacharias Ziegler alias Ziggy der Zigeuner auf dem Bildschirm. Im Hintergrund waren zwei sonnenbebrillte Schlägertypen zu sehen, die betont harmlos den völlig sonnenlosen Himmel betrachteten.

»Natürlich hege ich freundschaftliche Gefühle für ihn, Mann«, sagte Ziggy in das gelbe Mikro. Sein rechtes Auge glubschte einen Zentimeter nach vorn, und Flora prallte unwillkürlich zurück. Einen verrückten Moment hatte es gewirkt, als wollte das Auge sie anspringen. Ziggy beugte sich näher zur Kamera. »Hörst du, Kumpel, Doktorchen? Du bist ein echter Freund! Das nächste Mal fragst du mich, wenn du so ein Ding durchziehst, okay?« Er lächelte mit dem gewinnenden Charme eines Haifischs. »War natürlich ein Scherz.« Dann kam er noch näher, bis sein zuckendes Auge den ganzen Bildschirm belebte. »Wenn du Sorgen hast«, sagte er mit ernster Stimme, »komm bitte unbedingt zum alten Ziggy. Du hast was gut bei mir. Hörst du?«

Schnitt.

Als Nächstes erschien – Flora konnte es kaum fassen – Wiesel, der Pfandleiher!

»Ausbeuter«, sagte sie böse. »Blutsauger. Geldhai.«

»... hatte ich echt das Gefühl, dass es ihr beschissen ... ähm, schlecht geht. War ganz daneben, die Kleine. Hat mir so ein Schrott-Teil von Schreibmaschine angeschleppt.«

Zoom auf Floras Laptop im Regal.

»Da hab ich ihr noch fünfhundert Mark für gegeben. Bloß, weil sie mir Leid getan hat ...«

Flora schrie empört auf. Fünfhundert! Der hatte sie nicht mehr alle!

Wütend schaltete sie um.

»... neues vom Anwalt und der Mutter«, sagte ein geschniegelter Moderator mit Föhnwelle und zuckrigem Lächeln. Im Hintergrund wurde zuerst ein Foto von Flora und dann eine Aufnahme von Dr. Neumeister eingeblendet.

»Der Arzt von Flora Zimmermann wollte vor der Kamera nicht zum Geschehen Stellung nehmen, verlieh aber seiner Besorgnis Ausdruck, die junge Frau könne womöglich auf ihrer Flucht vergessen, regelmäßig ihre Medikamente einzunehmen ...«

»Oh, Mist«, sagte Flora, wälzte sich vom Bett und holte ihre Tabletten aus der Handtasche. Sie kaute rasch eine davon und aß dann ein Stück Croissant, um den metallischen Geschmack loszuwerden, und gleich danach nahm sie noch einen gewaltigen Happen, weil es so gut schmeckte und weil man nichts umkommen lassen sollte. Doch als sie bei ihrer Rückkehr zum Bett sah, wer gerade im Fernsehen war, fiel ihr vor Schreck der ganze Bissen aus dem Mund.

Xavier grinste schüchtern in die Kamera. »... wollte schon immer Bankangestellter werden, weil ich gerne mit Geld umgehe. Abends bin ich in der Bank immer der Letzte, weil mir die Arbeit so viel Freude macht. Schon als Junge erkannte ich, dass der Umgang mit Geld ...« Aus dem Off schien ihm jemand Zeichen zu geben, denn Xavier rang plötzlich die Hände und nickte, was wohl so viel heißen sollte wie *Ja, schon verstanden!* »Natürlich gehen wir von Bankseite mit an Sicherheit grenzender Wahrscheinlichkeit davon aus, dass die beiden Tatverdächtigen das Geld noch nicht ausgegeben haben«, stotterte er. »Es handelt sich nämlich durchweg um fortlaufend nummerierte große Scheine, die äußerst schwierig in Umlauf zu bringen sind ...«

»Du … du Schleimer, du Riesenfrosch, du Ekelpaket, du …«

Kochend vor Wut knipste Flora den Fernseher aus.

»Was hab ich jetzt schon wieder verbrochen?«, fragte Anton. Er zog die Tür hinter sich zu und legte die Tüten mit seinen Einkäufen aufs Bett.

»Du doch nicht!«, sagte Flora strahlend.

»Da bin ich aber froh.«

»Hast du alles gekriegt?«

»Camcorder, Fernglas, Tonband, Tasche«, zählte Anton auf. »Und Nussecken. Damit du bis heute Nachmittag nicht verhungerst.«

Flora errötete. »Das ist nett von dir. Vielen Dank.«

Während der nächsten Stunde übten sie mit Camcorder und Umhängetasche Versteckte Kamera bis zum Profistatus, dann verließen sie verkleidet das Hotel, stiegen in den Trabi und fuhren ziellos in der Gegend herum. Flora hatte behauptet, dass sie Verdacht erregten, wenn sie die ganze Zeit im Hotelzimmer herumlungerten. Anton hatte sich murrend gefügt; er hätte in der ihnen verbleibenden Zeit gern noch an seinem Schriftsatz gefeilt, der langsam, aber sicher eine gefällige Gestalt annahm.

Mittags versorgten sie sich mit Pommes frites und Hamburger zum Mitnehmen vom Burger King, und anschließend kutschierten sie mit dem Trabi weiter herum, bis die Zeit des Schalterschlusses in der Bank näher rückte. Sie parkten in sicherer Entfernung der Bankfiliale, an einer Stelle, die sie vorher ausgekundschaftet hatten, auf dem von Hecken umwachsenen Kundenparkplatz eines Gemüseladens, der Betriebsferien hatte. Von dort aus konnten sie den Hintereingang des Gebäudes im Auge behalten, ohne selbst allzu sehr aufzufallen.

Anton beobachtete mit dem Fernglas die Rückseite der Bank. Flora nagte an ihren Fingernägeln. Sie hatte den

Laptop mitgenommen, um sich die Wartezeit mit Schreiben zu verkürzen, doch wie sich rasch herausgestellt hatte, war sie nicht in der Lage gewesen, auch nur eine einzige gescheite Zeile zu fabrizieren. Florinda fehlte es völlig am gewohnten Witz und der üblichen Schlagfertigkeit. Es hätte keine halbe Seite gedauert, bis sie in den Krallen des Albino gelandet wäre.

»Siehst du was?«, fragte sie aufgeregt, zum hundertsten Mal, wie es Anton schien.

»Noch nicht«, antwortete er, weit geduldiger, als ihm zumute war. Er durfte sie auf keinen Fall durch unwirsche Töne aus der Fassung bringen. Alles hing davon ab, dass sie die Nerven und eine ruhige Hand behielt.

Jetzt musste es jeden Augenblick so weit sein. Vor einer Stunde hatte die Bank ihre Schalter geschlossen. Es konnte nicht mehr lange dauern, bis die junge Angestellte Feierabend machte. Danach würde Xavier ganz allein in der Bank sein. Nur noch er und sein Koffer. Oder vielmehr Antons Koffer.

Schon beim bloßen Gedanken daran, was sie gleich hier abziehen würden, wollte Flora schier das Herz aus dem Hals springen vor Panik.

Der Plan sah vor, dass Anton und Flora Xavier am Hintereingang abfingen, ihn mit der schieren Übermacht ihrer Erscheinung zurück in sein Büro drängten (Anton bestand aus kleinlichen strafrechtlichen Erwägungen darauf, dass diesmal keine Pistole im Spiel sein dürfe) und ihn dort mit der Tatsache konfrontierten, dass er die Koffer vertauscht und die Polizei über Antons Rolle bei dem Überfall belogen hatte. Zum Beweis sollten beide Koffer nebeneinander gelegt und geöffnet werden. Der Clou des Ganzen war natürlich, dass Flora die Aktion von Anfang bis Ende auf Video aufnahm. Aus einem kleinen Seitenschlitz der Umhängetasche heraus.

Für den Fall, dass Xavier trotzdem alles abstreiten und sich dumm stellen sollte, hatten sie ebenfalls eine durchschlagende Strategie geplant: Als mit modernster Kriminalistik bestens vertrauter Strafverteidiger würde Anton aus dem Nähkästchen plaudern. So würde er beispielsweise Xavier gegenüber ganz beiläufig fallen lassen, dass es für das kriminaltechnische Labor eine Kleinigkeit sei, gewisse Körperspuren an den Banknoten sicherzustellen, die mit dem genetischen Fingerprint eines bestimmten männlichen Bankbediensteten zu neunundneunzig Komma neun neun Prozent übereinstimmten. Spätestens hier würde Xavier weinend zusammenbrechen und alles auf Video gestehen.

Womit sie ihr erstes und vordringlichstes Problem gelöst hätten.

Das Geld wäre wieder da, zusammen mit Xaviers Geständnis, und Anton damit zugleich aus dem Schneider. Er könnte seine gesamte, frisch zurückgewonnene Reputation darauf verwenden, mit den Ermittlungsbehörden und der Justiz für seine Mandantin Flora Zimmermann, die sich aus gesundheitlichen und mutterschutzbedingten Gründen vorläufig weiterhin an einem unbekannten Ort aufhielt, faire Prozessbedingungen auszuhandeln – wozu unter anderem gehörte, dass sie sofort vom zuständigen Haftrichter auf freien Fuß gesetzt würde, ohne auch nur eine einzige Stunde in U-Haft zubringen zu müssen.

»Was ist das denn?«, rief Anton fassungslos aus.

Flora entriss ihm das Fernglas. »Lass mich auch mal!«

»Nicht nötig. Xavier ist gerade eben aus der Bank gekommen. Aus. Das war's.«

Erbittert schlug Anton mit der Faust aufs Lenkrad und fuhr zu Tode erschrocken zusammen, als die Hupe des Trabi mit einem schmetternden Dreiklang die Umgebung aufmischte. Ein älterer Mann, der gerade an dem Gemüse-

laden vorbeikam, geriet vor Schreck ins Taumeln und schüttelte drohend seinen Spazierstock in ihre Richtung.

Flora starrte durch das Fernglas. »Er hat den Koffer dabei. Aber wieso kommt er jetzt schon raus? Die Frau ist doch noch drin! Warum geht er denn vor ihr? Er geht doch immer zuletzt! Das hat er selbst gesagt! Im Fernsehen!«

»Da wird heutzutage doch sowieso nur noch gelogen.«

Flora beobachtete, wie Xavier zu seinem Wagen ging, einem grünen Audi, der auf dem zur Bank gehörenden Parkplatz abgestellt war.

»Jetzt steigt er ein«, sagte sie. »Los, mach was!«

»Was denn?«

»Fahr hinterher.«

»Wozu?«

»Na, um es durchzuziehen, deshalb!«

»Wir waren uns aber einig, dass es bei ihm zu Hause nicht geht«, widersetzte Anton sich. »Seine Mutter ist doch da.«

»Vielleicht können wir ihn irgendwie unterwegs zu fassen kriegen.«

»Lass es uns lieber morgen noch mal probieren«, schlug Anton vor.

»Morgen ist Samstag. Da ist die Bank geschlossen. Das heißt, wir müssten von jetzt an ganze drei Tage warten.« Sie führte nicht näher aus, was in diesen drei Tagen alles passieren konnte, doch das war auch gar nicht nötig. Anton hatte in dem Eltern-Heft geblättert und neben einigen weiteren, hochinteressanten Einzelheiten erfahren, dass mindestens ein Viertel aller Babys bis zu zehn Tagen vor dem errechneten Termin auf die Welt kommen.

»Komm, Anton! Lass es uns wenigstens versuchen! Mach schon, fahr ihm nach!«

Anton gehorchte wider besseres Wissen, doch die Verfolgungsjagd ließ sich alles andere als rasant an. Unse-

ligerweise streikte wieder einmal die Zündung. Obwohl Anton inzwischen eine eigene Anlasstechnik entwickelt hatte, ging es selten unter drei Versuchen ab.

»Jetzt fahr doch endlich!«, sagte Flora aufgeregt. »Ich hab das Gefühl, der will gar nicht nach Hause! Er ist gerade in ganz anderer Richtung abgebogen!«

»Ich tu ja, was ich kann«, erklärte Anton verärgert. Der Trabi heulte wie ein erstickendes Rhinozeros. Es schien eine halbe Ewigkeit zu dauern, bis sich der Wagen endlich tuckernd und rumpelnd in Bewegung setzte, und Flora seufzte laut auf vor Erleichterung, als sie um die Ecke bogen und den grünen Audi an der nächsten Kreuzung vor einer roten Ampel stehen sahen. Sie schlossen auf, und danach hatte Anton keine Probleme mehr, Xavier in unverdächtigem Abstand zu folgen. Ihr Zielobjekt richtete sich brav nach den vorgegebenen Geschwindigkeiten, auch als sie die Stadt verließen. Der grüne Audi blieb auf der Landstraße und fuhr in Richtung Bad M., und der knatternde Trabi blieb immer gut zweihundert Meter dahinter, ohne dass es Xavier auffiel.

»Vielleicht will er jemanden besuchen?«, mutmaßte Flora, als sie das Ortseingangsschild der eleganten kleinen Kurstadt passierten.

»Das werden wir gleich wissen. Da vorn biegt er ab. In Richtung Thermalbad.«

»Ob der schwimmen gehen will?«

»Willst du darauf wirklich eine Antwort hören?«, fragte Anton entnervt.

»Nein, die Frage war eher rhetorisch gemeint«, sagte Flora, mindestens genauso entnervt. »Warte!«, schrie sie unvermittelt und legte erschrocken die Hand auf Antons Knie, womit sie jedoch keineswegs die erwünschte Wirkung erzielte, sondern genau das Gegenteil. Antons Fuß auf dem Gaspedal zuckte, der Trabi röhrte auf und tat

einen Satz nach vorn. Nur um Haaresbreite entgingen sie der Kollision mit einem Grüppchen lustwandelnder Kurgäste. Während Anton noch darum kämpfte, den bockenden und schlingernden Wagen wieder unter Kontrolle zu bringen, schrie Flora ihm direkt ins Ohr: »Du, der hält da vorn! Da drüben, direkt vor dem … Nein. Das ist nicht wahr! Das kann er doch nicht machen!«

»Bitte …«, keuchte Anton, den Trabi hart am Bordstein vorbeischrammend. Er wusste selbst nicht genau, worum er bat; vielleicht einfach bloß um ein bisschen Frieden. Seine Herzkranzgefäße würden ihm diese Art von Dauerstress in ein paar Jahren sehr, sehr übel nehmen. Er war sicher, soeben weitere fünf Jahre seines Lebens eingebüßt zu haben.

»Anton«, beschwor Flora ihn. »Siehst du denn nicht, was der Kerl da vorhat?«

Er bremste, hielt an und wischte sich die Schweißperlen von der Stirn.

»Du bringst mich noch um.«

»Und was ist mit ihm?« Flora deutete anklagend auf Xavier, der gerade ausstieg. »Hast du dazu gar nichts zu sagen?«

Antons Augen verengten sich. »Moment. Du willst doch nicht ernsthaft behaupten, er würde …«

Doch es sah alles danach aus. Xavier ging mit flotten Schritten und lustig schwingendem Koffer über den Parkplatz, zu dem verglasten Eingang des großen, prächtigen, stuckverzierten Gebäudes hinüber.

Über dem Portal stand in großen, illuminierten Lettern das Wort Spielcasino.

Flora und Anton saßen nebeneinander im Trabi und diskutierten.

»Wenn wir jetzt nicht reingehen, ist alles zu spät.«

»Flora, wenn wir jetzt reingehen, ist erst recht alles zu spät.«

»Aber er wird unser Geld verspielen, wenn wir nichts unternehmen!«

»Es ist nicht unser Geld«, stellte Anton richtig.

»Aber auch nicht seins. Komm, lass uns reingehen. Wir müssen das irgendwie verhindern! Wenn er erst alles verloren hat, haben wir keine Beweise mehr gegen ihn in der Hand!«

»Um da reinzukommen, brauchen wir Ausweise. Ausweise haben Nummern. Die werden in jedem Spielcasino kontrolliert. Unsere Ausweisnummern stehen auf allen Fahndungslisten. Und solche Fahndungslisten liegen mit an Sicherheit grenzender Wahrscheinlichkeit auch im Casino aus.«

Flora fehlten für einen Augenblick die Worte. Vor Bewunderung.

»Toll!«, sagte sie aufrichtig. »Was du alles weißt! Aber das macht nichts. Wir haben doch die Pässe von Anita und Tobias.«

»Du bist verrückt«, erklärte Anton aus tiefster Überzeugung.

Doch sie war außerdem rechthaberisch. Drei Minuten später lagen die Pässe aufgeklappt vor ihnen, und Anton und Flora bemühten sich, jeder auf seine Weise, den Fotogesichtern ähnlicher zu werden.

Mit der brünetten Perücke konnte Flora durchaus als Anita durchgehen. Ein bisschen Lippenstift hier, ein wenig Rouge dort, die künstlichen Haare ins Gesicht gezupft, und schon war sie fertig. Kein Mensch würde auf die Idee kommen, dass die Frau auf dem Passbild nicht Flora war.

Doch Anton war nicht nur sieben Jahre älter als Tobias, er sah ihm auch nicht im Mindesten ähnlich. Tobias war dunkelhaarig, Anton blond, Tobias' Wangen waren eher rund, das Gesicht von Anton dagegen kantig.

Die Haarfarbe konnte man eventuell noch vernachläs-

sigen, weil die meisten Blondschöpfe auf Fotos ohnehin dunkler wirken. Doch der Rest?

Anton grimassierte wild, um seine Züge jünger, runder und weicher wirken zu lassen, er versuchte es mit zusammengekniffenen Augen, mit aufgerissenen Augen, mit zusammengepressten Lippen, mit offenem Mund, mit geblähten Nüstern. Sogar mit heraushängender Zunge.

»Es geht nicht«, erklärte er schließlich kategorisch. »Auf keinen Fall.«

»Doch! Es muss gehen!«

»Vergiss es. Ich hab's auch schon vergessen.«

»Du musst dir Papierbällchen in die Backen stecken«, behauptete Flora.

»Mach dich nicht lächerlich«, schnaubte er.

»Probier's einfach.«

Er wusste selbst nicht, warum er es tat. Als er sich eine Minute später im Innenspiegel betrachtete, bereichert um zwei gut eingespeichelte Blätter aus der Broschüre »Unsere LPG im Wandel« im Mund, sah er aus wie eine Kreuzung aus Boris Karloff und Donky Kong.

»Harglhm?«, würgte er.

»Auf jeden Fall«, bestätigte Flora.

Sie hätten sich die Mühe sparen können, wie Anton beim Betreten des Casinos erleichtert feststellte. Der schläfrig dreinschauende Bursche, der in der Eingangshalle die Ausweise kontrollierte, warf kaum einen zweiten Blick auf deren Besitzer. Doch als Anton an die Reihe kam, machte er eine Ausnahme. Er starrte ihn mit hochgezogenen Brauen von oben bis unten an. Anton brach der Schweiß aus allen Poren. Am liebsten hätte er sich beide Hände vors Gesicht gehalten. Wenn er jetzt reden müsste, wär's aus! Auch so, mit geschlossenem Mund, konnte er kaum verhindern, dass er sabberte wie eine Bulldogge. Flora nahm

seine Hand und drückte sie beruhigend. Immerhin, schoss es ihm in dumpfer Dankbarkeit durch sein überstrapaziertes Hirn, sie stand zu ihm. Mitgefangen, mitgehangen.

Der Mann von der Ausweiskontrolle schien ihn mit seinen Augen verschlingen zu wollen. Dann sagte er langsam: »Krawatte, der Herr?«

»Hrglgl?«, grunzte Anton, nach allen Seiten Spucke verspritzend.

»Er ist Schlaganfallpatient«, erklärte Flora vertraulich.

Damit hatte sie, wie Anton sofort schwitzend feststellte, lediglich erreicht, dass nicht nur der Typ ihnen gegenüber, sondern auch alle hinter ihnen anstehenden Besucher sie anglotzten.

»Ah ja. Nun, dennoch ... Dort drüben, bitte sehr, der Herr, die Dame.« Der Kontrolleur wies mit dem Finger dezent auf eine Art Schalter, in dem Schlipse und Fliegen an die weniger modebewussten männlichen Besucher ausgegeben wurden.

Anton erschlaffte und ließ sich von Flora willenlos zur Schlipsausgabe zerren, wo sie ihm eine Fliege umband. »Schlips kann ich leider nicht«, sagte sie bedauernd. »Aber du wirst es mir bestimmt noch beibringen.«

Er kam nicht dazu, die Bedeutung dieser Ankündigung genaueren Nachdenkens zu unterziehen, denn Flora zog ihn bereits weiter in Richtung Spielsäle, zu den Wechselschaltern, wo sie mit ein paar Scheinen von Spitzzahns BMW-Anzahlung rasch die vorgeschriebene Mindestmenge von Jetons erwarb.

»Siehst du ihn irgendwo?«, flüsterte sie, in der Menge der überwiegend elegant gekleideten Kurgäste nach Xavier Ausschau haltend.

»Hrglamps?«

»Du darfst nicht so dabei spucken«, rügte sie. »Das fällt auf!«

Anton warf einen Blick in die Runde, wandte sich kurz und unauffällig zur Seite und würgte die widerlichen Papierbälle in seine hohle Hand. Am liebsten hätte er noch ein paarmal ausgespuckt, um den Geschmack nach Leim und Pappe loszuwerden, doch Flora stieß ihn mit dem Ellbogen an.

»Da drüben steht er! Er spielt schon!« Panik klang aus ihrer Stimme. Xavier hatte allem Anschein nach keine Zeit verloren. Er hatte sich in eine Gruppe edel gewandeter, kiloweise mit Schmuck behängter und größtenteils ziemlich angejahrter Casinogäste eingereiht, die einen Roulettetisch mit hohem Limit umstanden.

Flora atmete durch, und ohne einen Blick auf die üppige Pracht des Spielsaals mit seinen hochpolierten Marmorintarsien und funkelnden Lüstern zu verschwenden, ging sie zielstrebig auf den Spieltisch zu. Xavier stand mit dem Rücken zu ihr neben einem älteren Paar. Die Frau hatte blausilbern gefärbtes, buschig toupiertes Haar und trug fast so viele Brillanten auf der Brust wie ihr verhutzelter Mann Schuppen auf den Schultern.

Flora stellte sich an Xaviers andere Seite, ein wenig hinter ihm, und beobachtete mit Luchsaugen, was er setzte. Sie stöhnte lautlos auf, als sie sah, was er gerade aufs Spielbrett warf.

»Guck nur!«, zischte sie Anton zu. »Das sind Tausender-Jetons! Der setzt Tausender! Der Kerl ist ein Zocker! Der wird alles durch den Schornstein jagen!«

Doch Anton hatte keinen Blick für den Roulettetisch. Er äugte hektisch in die Runde und beobachtete die Gäste an den übrigen Tischen, überzeugt, dass alle Leute nur ihn und Flora anschauten. Das ringsum herrschende Stimmengewirr war nichts anderes als verschwörerisches Getuschel über den Anwalt und die Mutter!

»Machen Sie bitte Ihr Spiel, meine Damen und Herren«,

sagte der Croupier vom Kopf des Tisches. Mit gelangweilter Routine warf er die Kugel in den rotierenden Zahlenteller.

»Was hadda gesacht?«, fragte der verhutzelte Alte seine Frau, die gerade eine Hand voll Tausender auf die Null platzierte.

Flora sah, wie Xavier weitere Jetons auf den Tisch legte. Stirnrunzelnd wandte sie sich zu Anton um. »Schau dir das an! Anton! Jetzt guck doch mal hin!«

»Bitte nicht mehr setzen, meine Damen und Herren, nichts geht mehr!«

»Was hadda gesacht?«, fragte der Alte.

»Riängnewaplüh«, erklärte seine Frau, schnell noch einen Stapel auf Rot setzend.

»Anton!«, sagte Flora wütend.

»Nicht so laut«, quetschte er zwischen den Zähnen hervor. »Es sehen sowieso schon zu viele Leute her! Verflixt, kannst du nicht ein bisschen den Bauch einziehen?«

Doch Flora hatte nur Augen für das Geschehen auf dem Zahlenfeld.

»Und die vierzehn, meine Damen und Herren!«, rief der Croupier.

Xavier hatte verloren, wie Flora erbleichend feststellte. Aber dann fiel ihr auf, dass er an anderer Stelle mindestens genauso viel gewonnen hatte. Der Croupier schob ihm mit seinem Rechen etwa dieselbe Menge zu, die er woanders einstrich.

Rasch zählte Flora die vor ihm liegenden Jetons. Der Menge nach zu urteilen, hatte er nur einen Teil des Geldes umgetauscht, vielleicht höchstens ein Achtel. Der Koffer mit dem übrigen Geld stand zwischen seinen Füßen auf dem Boden.

Ohne Anton zu beachten, der hinter ihr zappelte wie ein aufgespießter Karpfen, verfolgte Flora gebannt, wie

Xavier ein weiteres Mal setzte, auf Rot und Gerade verlor, dafür jedoch auf Schwarz und Ungerade gewann, seine Jetons einsammelte und zum Wechselschalter schlenderte.

»Ich hab's«, sagte sie plötzlich, während sie sich hastig abwandte, damit Xavier sie nicht zu sehen kriegte. Ihr war soeben ein ganzes Feuerwerk von Lichtern aufgegangen.

»Was?«, fragte Anton zerstreut, nach Anzeichen Ausschau haltend, ob jemand unauffällig mit dem Finger auf sie zeigte.

»Ich weiß jetzt, wie er's macht, und vor allem, warum«, flüsterte Flora.

»Tatsächlich?«, murmelte Anton, so gut wie sicher, dass in nächster Sekunde ein Rudel kräftiger Männer vom Sicherheitsdienst aus irgendeiner Geheimtür hervorbrechen und sich auf ihn stürzen würde.

»Er hat auf Rot gesetzt. Und auf Schwarz. Auf Gerade. Und auf Ungerade. Und zwar immer dieselbe Menge.«

»Aber damit kann er doch nie gewinnen!«

»Und auch nicht verlieren!«, sagte Flora triumphierend. »Wenn er nur einfache Chancen spielt und immer beide Möglichkeiten abdeckt, hat er kein Risiko. Na ja, so gut wie keins. Wär noch die Null. Aber die hatte er vorhin mit zwei, drei Hunderten besetzt. Verstehst du nicht? Er deckt alle Chancen ab!« Sie deutete auf Xavier, der sich am Wechselschalter zu schaffen machte. »Siehst du? Jetzt tauscht er gerade zurück. Er kann ja nicht alles an einem Abend schaffen, das würde selbst dem blödesten Croupier auffallen. Aber dafür kommt er an einem anderen Tag wieder und macht es genauso. Bis er alles durchhat.«

»Bis er was durchhat?«

»Na, das Geld.«

»Aber was soll das alles?«

»Er wäscht das Geld, Anton. Er tauscht fortlaufend nummerierte Tausender gegen Jetons. Tauscht Jetons ge-

gen saubere Tausender zurück. Bis die Nummern bei der Landeszentralbank kontrolliert werden können, ist Xavier mit dem eingewechselten Geld längst über alle Berge. Er muss nicht mal richtig spielen. Er setzt nur ein paarmal, bloß so, zur Ablenkung. Dann tauscht er wieder. Niemand wird ihn je mit dem geklauten Geld in Verbindung bringen können. Hier im Casino fallen so große Geldscheine kein bisschen auf. Sie werden doch zu Hunderttausenden jeden Abend umgeschlagen.«

Anton dachte nicht mehr an etwaige Verfolger und Beobachter. Er schaute Flora intensiv an, und dann, ganz langsam, verzog sein Gesicht sich zu einem breiten, bewundernden Lächeln. »Darf ich dir ein Kompliment machen? Du bist eine sehr intelligente, fantasiebegabte Frau. Und schön obendrein.«

Floras Herz tat einen Hüpfer. Sie spürte, wie Hitze ihre Wangen und andere Körperteile durchflutete, und verlegen umfasste sie ihren Bauch.

Ohne nachzudenken legte Anton seine Hand auf die Wölbung. »Das hier ist auch schön, Flora. Wunderschön.«

Flora blickte hoch, direkt auf seinen Mund, der sich genau auf Höhe ihrer Augen befand und nur etwa zehn Zentimeter entfernt war. Wieso fiel ihr erst jetzt auf, wie weiß seine Zähne, wie fest und doch zugleich sinnlich seine Lippen waren?

»Anton«, sagte sie schwach.

Anton beugte sich ein wenig näher. Jetzt waren es nur noch fünf Zentimeter. Höchstens.

»Ja?«, fragte er leise und eindringlich.

»Er haut ab!«, rief Flora entsetzt.

Xavier strebte mit seinem Koffer dem Ausgang zu, und dabei blickte er über die Schulter geradewegs zu ihnen herüber.

»Er hat uns gesehen«, sagte Anton.

»Komm«, rief Flora, »den schnappen wir uns!«

Ohne Rücksicht auf die Umstehenden stürzte sie los, zwängte sich durch eine Gruppe Casinobesucher, rempelte die toupierte Frau mit den Brillanten zur Seite und rannte, so schnell sie es mit ihrem dicken Bauch eben fertig brachte, Xavier hinterher.

Anton wagte nicht, sich umzuschauen, als er ihr in etwas gemäßigterem Tempo folgte, doch er hegte nicht den geringsten Zweifel, dass sie von allen Seiten angegafft wurden.

Als Anton auf den Parkplatz hinausgelaufen kam, sah er gerade noch, wie der grüne Audi rasant die Ausfahrt nahm und dann in hohem Tempo davonbrauste. Er beeilte sich, zum Trabi zu kommen, wo Flora bereits stand, eine Hand gegen den Wagen gestützt, die andere ins Kreuz gelegt, tief durch die Nase ein- und den Mund wieder ausatmend.

Anton schloss den Wagen auf, stieg ein und öffnete von innen die Beifahrertür. Doch Flora machte keine Anstalten, einzusteigen. Anton wartete drei Sekunden. Zählte dann langsam bis zehn. Stieg aus und musterte sie indigniert. »Musst du ausgerechnet jetzt Stressbewältigung betreiben?«

Sie atmete immer noch auf dieselbe Weise, durch die Nase ein und den Mund aus.

»Flora, der Kerl ist gleich über alle Berge. Dann können wir's ganz vergessen.«

»Anton«, schnaufte sie, durch Nase ein und Mund aus, »das ist kein Stress!«

»Nicht?«, fragte er ängstlich.

»Nein.«

»Was dann?«

Sie sah ihn bloß mit großen Augen an.

Senkwehen

Senkwehen

Flora lag mit angezogenen Beinen auf der Rückbank und stöhnte zum Erbarmen. Antons Hände am Lenkrad zitterten fast so sehr wie die Tachonadel, die sich in ungeahnte Höhen aufschwang. Die alte Rennpappe flog nur so über den Asphalt dahin.

Anton stand am Rande der Hysterie. Dennoch zwang er seine Stimme zu einem halbwegs normalen Tonfall, als er bemüht sachlich fragte: »Diese Wehen – worin äußern sie sich genau?«

»Indem sie wehtun, du Idiot!«, ächzte Flora. »Wohin fahren wir überhaupt?«

»Keine Ahnung«, entgegnete Anton wahrheitsgemäß.

»Dann brauchen wir auch nicht so zu rasen!«

Plötzlich fiel ihm das Ziel wieder ein. »Ich fahr dich in die Klinik.«

»Das tust du nicht!«

»Doch.«

»Wenn du das machst, dann … dann …«

Dann, dachte Anton, landete sie möglicherweise im Knast. Tat er es jedoch nicht, landete sie vielleicht auf dem Friedhof. Keine Frage, was vorzuziehen war.

Doch Flora hatte darüber anscheinend andere Vorstellungen. »Lieber bin ich tot!«, flüsterte sie mit vor Schmerz weißen Lippen. Sie atmete langsamer, bis die Wehe abzuebben begann.

»Hast du auf die Uhr gesehen?«, fragte sie.

Anton tat es. »Gleich halb acht.«

»Nein«, nörgelte sie, »ich will nicht wissen, wie spät es ist.«

»Was dann?«

»Die Abstände zwischen den einzelnen Wehen.«

»Muss man sich das merken?«

»Ja doch.«

»Gut. Beim nächsten Mal denk ich dran. In welcher Klinik möchtest du entbinden?«

»In gar keiner«, behauptete sie. »Ich wollte zu Hause gebären. Das machen heutzutage viele.«

Anton schüttelte mit Entschiedenheit den Kopf.

»Hör mal«, versuchte Flora ihn zu überzeugen, »das hier ist kein Grund zur Panik. Beim ersten Kind dauert es meist viele Stunden. Und früher haben die Frauen ihre Kinder auch zu Hause gekriegt.«

»Aber nicht in einem Trabant. Der ist zu klein dafür. Und im Hotel geht's auch nicht. Es wäre viel zu laut.«

Wie zum Beweis seiner Worte begann Flora unter der nächsten Wehe zu jammern und zu stöhnen.

»O Gott, was soll ich tun?«, stieß er hervor. »Wie bin ich da nur reingeraten?«

Flora atmete geräuschvoll ein und aus und presste beide Hände gegen ihr Kreuzbein. »Anton, ich habe einen Vorschlag!«, keuchte sie.

»Ich bin für jede Anregung dankbar«, stammelte er.

»Versprich mir, dass wir es so machen!«

»Sag es erst!«

»Versprich es!«, schrie sie gepeinigt auf.

Anton, der nicht mehr aus noch ein wusste, brüllte verzweifelt: »Ja, ich tu's!«

Tobias und Anita hatten es sich gerade vor dem Fernseher bequem gemacht, als es Sturm klingelte. Sie sahen einander an und dachten dasselbe. Anita wollte aufspringen, doch Tobias hatte nur halb so viel Bauchumfang wie sie und war daher doppelt so schnell. Er eilte zur Wohnungstür und riss sie auf.

Anton stand vor ihm, Flora auf den Armen.

»Sie kriegt ein Kind«, stotterte er. »Ich meine … Sie kriegt es jetzt!«

»Bring sie erst mal rein!«, befahl Anita, die hinter Tobias in der kleinen Diele erschien. Sie wies Anton den Weg zum Wohnzimmer, klappte mit einem raschen Griff das Sofa zum Bett auseinander und hieß ihn, sie dort hinzulegen. Anton bettete Flora vorsichtig auf das Sofa und richtete sich keuchend auf. »Herrgott, ich weiß nicht, ob uns jemand gesehen hat, ich hab um die Ecke geparkt, aber ich musste sie ja irgendwie herschaffen, da hab ich sie getragen, ich glaub, am Schluss war sie schon bewusstlos vor Schmerzen, sie hat sich überhaupt nicht mehr geregt, o Gott, ich weiß nicht, ob ich das Richtige getan habe, aber ich musste es ihr versprechen, Scheiße noch mal …«

»Warte«, unterbrach Tobias seinen Redeschwall, »wie schnell hintereinander kommen die Wehen?«

Anton holte ruckartig Luft. »Erst waren es drei Minuten Abstand, dann vier, dann fünf. Dann zehn. Und zuletzt fünfzehn.«

»Bist du sicher?«, fragte Anita zweifelnd. »Hast du auf die Uhr geschaut?« Sie beugte sich über Flora, die still und mit geschlossenen Augen dalag.

»Natürlich bin ich sicher.«

»Also, noch mal«, meinte Tobias. »Du sagst, dass die Abstände zwischen den Wehen länger wurden? Nicht kürzer, sondern länger?«

»Ja, wieso? Hat das was zu bedeuten?«

Anita und Tobias tauschten Blicke.

Anton registrierte es stirnrunzelnd. Er ging in die Hocke, beugte sich dicht über Flora und lauschte ihrem Atem. Sie war tief und fest eingeschlafen.

Als sie aufwachte, war der Raum um sie herum mit nächtlichen Schatten erfüllt. Desorientiert, wie sie war, glaubte sie zunächst, wieder im Hotelbett zu liegen, wie in der letzten Nacht, als sie mit Antons Hand auf ihrem Bauch er-

wacht war. Seine Hand lag wieder auf ihrem Bauch, doch das Bett war ein anderes, wie sie nach einigen Sekunden gewahr wurde. Und dann, als ihr die Geschehnisse des vergangenen Abends wieder zu Bewusstsein kamen, senkte sich bleierne Trostlosigkeit über sie. Anton war wach, sie spürte es an seinem Atem und der Anspannung in dem Arm, den er um sie gelegt hatte. Als sie sich vorsichtig regte, zog er sofort seine Hand weg. Flora ergriff sie und legte sie wieder auf ihren Bauch.

»Jetzt hab ich doch kein Kind gekriegt«, flüsterte sie in die Dunkelheit.

»Nein. Du bist einfach eingepennt. Wahrscheinlich vor Erschöpfung.«

»Aber es hat so wehgetan!«

»Es waren wohl Senkwehen, meinte deine Freundin. Falscher Alarm. Sie sagte, sie hätte das auch schon ein, zwei Mal gehabt.«

Das Kind bewegte sich heftig unter Antons Hand. Er genoss diese Augenblicke, zum ersten Mal völlig frei von Schuldgefühlen oder Geheimnistuerei.

»Tut das nicht weh? Ich meine, wenn es so fest tritt?«

»Nein. Es ist ein wundervolles Gefühl.«

Anton legte den anderen Arm auch noch um Flora und hielt sie umfangen. Sie sagten nichts, waren sich einfach nur ihrer gegenseitigen Nähe bewusst.

»Wie spät ist es?«, fragte Flora irgendwann.

»Ich weiß nicht. Zwischen zwei und drei, schätze ich.«

»Wir können nicht länger hier bleiben. Ich meine, es war ja falscher Alarm, und wir sollten Anita und Tobias nicht so tief mit reinziehen. Sie werden schrecklichen Ärger kriegen, wenn rauskommt, dass wir hier bei ihnen sind.«

»Nein«, sagte Anton. »Wir bleiben hier. Morgen Früh stellen wir uns der Polizei.«

»Anton!«, rief Flora erschrocken.

»Ich hab lange darüber nachgedacht. Für dich und das Baby ist es das Beste.«

Wie betäubt hörte Flora ihm zu. »Ich hab alles verdorben«, sagte sie mit kaum hörbarer Stimme.

»Unsinn«, wehrte er ab. »Das hat gar nichts mit dem zu tun, was gestern im Casino passiert ist.«

»Wir waren so dicht dran!« Flora hatte Mühe, nicht zu weinen. »Um ein Haar hätten wir ihn gehabt! Aber jetzt weiß er Bescheid! Jetzt werden wir nie nachweisen können, dass er dich zu Unrecht belastet! Alles ist nur meine Schuld!«

»Vergiss Xavier«, sagte Anton sanft, aber bestimmt. »Er wird sich bestimmt nicht noch mal mit dem Geld in der Hand erwischen lassen. So oder so. Es ist vorbei.«

Flora fasste seine Hand fester.

»Ich werde niemals ins Gefängnis gehen, Anton. Nie. Ich kann es einfach nicht. Das würde ich nicht durchstehen. Ich würde sterben, glaub mir.«

Er wünschte, er hätte ihr nie davon erzählt. Dabei hatte er die schlimmsten Dinge noch ausgespart. Viele Leute glaubten heutzutage, es sei ein Spaziergang, in Haft zu sitzen, doch das war es nicht. Der Knast hatte viele grausame Gesichter, und Anton hatte nicht wenige davon gesehen.

»Mein Schriftsatz ist so gut wie fertig, Flora. Ich habe bis vorhin daran gearbeitet. Ich werde sofortige Haftverschonung für dich beantragen. Soweit ein Haftbefehl ergangen ist, wird er in jedem Fall außer Vollzug gesetzt. Kein Richter der Welt würde dir das in deinem Zustand versagen. Und später … Bis dahin habe ich mir was ausgedacht. Vertrau mir einfach, Flora.«

»Ich vertrau dir ja«, sagte sie mit brüchiger Stimme. »Aber du … Du wirst auf jeden Fall in den Knast müssen. Sie werden dich in Untersuchungshaft stecken, nicht wahr?«

Anton gab darauf keine Antwort, und Flora wusste, was das bedeutete. Für sie gab es nicht den geringsten Zweifel: Solange sie weder das Geld noch Beweise für Xaviers Unterschlagung beschaffen konnten, würde Anton als der vermeintlich Schuldige brummen müssen.

»Erzähl mir was über dich«, sagte er unvermittelt.

»Wie bitte?« Flora war erstaunt über den plötzlichen Themawechsel.

»Ich möchte mehr über dich wissen. Über deine Kindheit, deine Familie, deinen ganzen Werdegang. Ich brauch das für deine Verteidigung.«

Flora spürte eine vage Enttäuschung. »Ach so. Da gibt's aber nicht viel zu erzählen.«

»Fang einfach an. Wie warst du als Kind?«

»Ungezogen und wild.«

»Also genau wie heute.«

»Sagt meine Mutter auch immer.«

»Erzähl was über deine Eltern.«

»An meinen Vater kann ich mich nicht mehr erinnern. Er ist bei einem Unfall ums Leben gekommen, als ich zwei war. Meine Mutter hat mich und Dora – das ist meine Schwester, die ist drei Jahre älter als ich – allein aufgezogen. Das heißt, mit Omas Hilfe. Oma hatte auch Erfahrung im Alleinerziehen, weißt du. Opa ist nämlich im Krieg gefallen, und da stand sie mit Mama und meinem Onkel ganz alleine da. Meine Schwester Dora lebt heute in einem Kaff am Mississippi, in den USA. Bob, ihr Mann, war hier in der Gegend als Soldat stationiert, und als sein Dienst zu Ende war, ist sie mit ihm nach drüben gezogen. Seine Familie hat da eine Farm. Sie haben zwei wunderbare Kinder, mit einer Haut wie Milchschokolade. Bob ist farbig, musst du wissen. Mama ist vor fünf Jahren zu ihnen rübergegangen, als Oma gestorben ist. Sie bekniet mich schon lange, dass ich auch nachkomme.«

»Und? Willst du's machen?«

»Um Gottes willen! Die nächste Stadt ist da fast hundert Kilometer weit weg. Das Dörfchen, in dem sie leben, hat vielleicht fünfzig Einwohner. Dieses Nest liegt absolut am Ende der Welt. Außerdem könnte ich mich nie an dieses sumpfige, schwüle Klima gewöhnen. Ich hab Mama und Dora und die Kinder schrecklich gern, aber ich könnte dort nicht leben. Zweimal war ich zu Besuch drüben und fand es beide Male grauenvoll. Ich bin lieber unter Menschen, in einer vernünftigen Stadt.«

»Hier gibt's also niemanden mehr von deiner Familie?«

»Bloß noch meinen Onkel. Der lebt aber irgendwo in Tirol. Gesehen hab ich ihn das letzte Mal auf Omas Beerdigung.«

»Und weiter?«

»Weiter ... Du willst sicher wissen, was ich gelernt hab, oder?«

»Zum Beispiel.«

Sie erzählte ihm von ihrem nutzlosen Magisterabschluss, von ihren drei fehlgeschlagenen Männerbeziehungen (zuletzt Heiner) und ihrem großen Traum, Schriftstellerin zu werden.

»Am schlimmsten war es, arm zu sein«, sagte sie. »Irgendwie waren wir immer arm. Als ich klein war, fehlte ständig an allen Ecken und Enden das Geld. Es hieß immer bloß: Dafür ist kein Geld da. Oder: Das ist zu teuer. Oder: Das können wir uns nicht leisten. Oder: Darauf müssen wir erst sparen. Es betraf so ziemlich alles, was für Kinder und junge Mädchen interessant ist. Spielsachen, Fahrräder, Kino, Eissalon, hübsche Klamotten oder Schuhe, Urlaub am Meer. Damals hab ich mir geschworen, dass ich später mal genug verdienen würde, um mir endlich all das leisten zu können. Danach, während des Studiums, war ich zwar auch andauernd pleite, aber da hat es mich nicht mehr so

gestört. Ich bildete mir ein, dass es nur noch eine Frage der Zeit wäre, bis der Rubel rollt. Nur erst noch das Examen, und dann geht's los mit dem Geldscheffeln, so denkt man ja als Student. Aber natürlich war es nicht so. Jedenfalls nicht bei mir.« Sie zögerte, dann seufzte sie. »Ein halbes Jahr später hab ich gemerkt, dass ich genauso dastehe wie Mama früher. Keinen Deut besser. Mit einem Beruf, der nichts einbringt. Und mit einem Baby, das genauso arm sein wird wie ich.« Sie hielt inne und räusperte sich. »Du hattest sicher nie Geldprobleme, oder?«

»Nein«, bekannte Anton freimütig. »Meine Eltern waren immer wohlhabend. Sie besitzen in L. ein großes Herrenbekleidungsgeschäft. Mir hat es niemals an irgendwas gefehlt.«

»Und beruflich ist dir wohl auch alles zum Besten geraten, oder? Du hast ja als Anwalt eine richtige Bilderbuchkarriere gemacht!«

»Bis du mir dazwischengefunkt hast.«

Flora erstarrte, doch Anton lachte und legte seine Arme fester um sie.

»Das war ein Scherz, Flora!«

»Kann ich leider nicht drüber lachen.«

Sie schwieg eine Weile, dann sagte sie unvermittelt: »Anton?«

»Ja?«, murmelte er schläfrig.

»Ich hab dir noch nicht dafür gedankt, dass du für mich im Steakhaus die restliche Rechnung bezahlt hast.«

»Es waren doch nur ein paar Mark.«

»Darum geht's nicht. Du hast mir geholfen, als ich in der Klemme war.«

»Das hätte jeder getan.«

»Nein, das stimmt nicht. Es waren viele Leute da, aber du warst von allen der Einzige, der aufgestanden ist und mir ausgeholfen hat. Vielen Dank noch mal.«

»Nicht der Rede wert.«

»Doch, das ist es«, beharrte sie. »Und weißt du auch, warum? Weil ich dumme Gans stinkwütend auf dich war, statt dir dankbar zu sein! Ich hab mich richtig reingesteigert in diese Wut, kannst du dir das vorstellen?« Sie holte Luft für ein weiteres Geständnis. »Das Schlimmste weißt du ja noch gar nicht. Wegen dieser blöden Wut hab ich dich in der Bank mit reingezogen! Du hast mir geholfen, und ich hab zum Dank deine Karriere zerstört!«

»Dann ist mir also meine Hilfsbereitschaft zum Verhängnis geworden«, stellte Anton mit aufreizendem Gleichmut fest. »Was jetzt auch nicht mehr zu ändern ist. Ich trag dir nichts nach. Es ist, wie's ist.« Er gähnte geräuschvoll, rückte noch näher zu ihr hin und änderte seine Lage, bis er es bequem hatte.

»Komm, lass uns schlafen. Ich bin bis vorhin aufgeblieben. Mir fallen schon die Augen zu.«

»Ich kann nicht schlafen. Nicht, wenn ich weiß, dass wir morgen in den Knast wandern.«

»Doch, natürlich kannst du«, sagte Anton zuversichtlich. Er vergrub sein Kinn in ihren zerwühlten Locken. »Du wirst schon sehen. Wenn man sich erst mal damit abgefunden hat, ist es leichter, glaub mir.«

Doch Flora glaubte ihm nicht. Reglos lag sie da und grübelte unablässig über einen Ausweg nach. Als seine tiefen Atemzüge ihr verrieten, dass er eingeschlafen war, befreite sie sich vorsichtig aus seinen Armen und schlüpfte aus dem Bett. Am liebsten wäre sie weit weggelaufen, doch damit war es jetzt vorbei. Anton hatte Recht. Flucht war auf Dauer keine Lösung.

Doch Flora besaß immer noch jenen fremden, geheimen Ort, an den sie entkommen konnte und zu dem ihre Verfolger keinen Zutritt hatten.

Sie war oft genug in dieser Wohnung gewesen, um sich

im Dunkeln zurechtzufinden. Der Laptop lag auf dem Schreibtisch, der sich hinter einer als Raumteiler fungierenden Regalwand befand. Flora setzte den Computer in Betrieb, rief die Romandatei auf und tippte, bis ihre Hände schmerzten. Irgendwann, als bereits der Morgen graute, ging Flora leise zum Fenster und schaute hinaus.

Die Dächer der vor ihr liegenden Stadt bildeten ein surrealistisches Muster auf- und absteigender Linien, Winkel und Flächen, die sich anthrazitfarben gegen die langsam aufsteigende Röte abhoben. Das Bild inspirierte sie erneut, und rasch holte sie den Laptop, um auf der Fensterbank weiterzuschreiben.

Florindas Gedanken schweiften ziellos zwischen den Zeiten, sie berührten die vertanen Möglichkeiten ebenso wie die offenen. Ihr war, als blickte sie über eine Ebene hinweg, die von verschiedenen, vom Schicksal vorgezeichneten Linien durchzogen war, ohne die Möglichkeit einer Abweichung. Auf diesen ausgetretenen Pfaden, so sinnierte sie, teilt dir das Schicksal jemanden als Begleiter zu, der alles verlangsamt, der die Freude nach und nach vernichtet und alles grau und seicht werden lässt. Aber dann, in einem ganz besonderen Moment, wenn die Zeit stillsteht, wenn sich in der Ebene eine Schlucht auftut, vollführt plötzlich das Schicksal einen Sprung, es schlägt ein Rad, dreht einen Salto, macht einen Kopfstand, gefällt sich in verrückten Parzen: Es bringt dich mit jemandem zusammen, von dem ein Licht ausgeht, das den Raum um dich erhellt. Dieser Mensch hat etwas an sich, das tief in dir eine Saite zum Schwingen bringt, bis du eine bestimmte Melodie hörst, die dich vollständig erfüllt. Du wirst nicht müde, diesen Tönen zu lauschen, die in immer neuen Variationen und Nuancen auf dich einströmen und dein Herz frei und den Tag strahlend machen. Und dann, gerade wenn du den Zustand der Vollkommenheit zu ahnen glaubst, gefällt es

dem Schicksal, dich mit einem misstönenden Kontrapunkt daran zu erinnern, dass alle Freude am Einklang nur ein Spiel auf Zeit ist.

Flora hielt inne und schaute zum ausgeklappten Bettsofa hinüber, dann legte sie beide Hände auf ihren Bauch und horchte in sich hinein, auf diese andere Melodie, die sie hören würde, solange sie lebte.

Warum sollte sie es nicht wagen? fragte Florinda sich. Warum nicht mit aller Macht den vollkommenen Kanon wollen, den sie vorhin, im Bett, in Antonios Armen, für Augenblicke ganz deutlich hatte hören können? Eine Komposition konnte nur immer so gut sein wie der Musiker, der sie spielte. Und wenn die Hoffnung erst starb, war das Glück nicht mehr lebensfähig. Eine endlose Sekunde lang schwebte Florinda zwischen Schatten und Licht, zwischen Resignation auf der einen Seite und jener einzigartigen, mythischen Regung auf der anderen, die Ähnlichkeit mit dem Martyrium hat: Die Bereitschaft, den schwersten Weg zu gehen und alles zu opfern, um doch letztlich alles zu gewinnen.

Flora schaute erneut über die Dächer, für eine letzte Eingebung.

In diesem Augenblick ging die Sonne auf, mit ihrem ewigen Feuer. Ihr Elixier aus Licht über die Welt verströmend, gab sie Florinda alle Gewissheit, die sie noch brauchte.

Flora las die letzten Absätze durch und fing an zu heulen, weil es so unsagbar gut war. Vielleicht ein paar Synonyme zu viel, aber darum würde sie sich später kümmern. Ansonsten hatte sie nichts auszusetzen. Sie war an der klassischen Wende vor Beginn des dritten und letzten Akts angelangt, beim unausweichlichen Loch tiefschwarzer Verzweiflung, in das jeder Held an dieser Stelle fallen musste, bevor er sich zu seinem letzten großen Kampf aufmachte. Florinda würde bis zum Ende noch einige Federn lassen

müssen, doch ihr Weg war jetzt klar. Sie hatte sich entschieden, es mit dem Don aufzunehmen. Alles trieb nun unumkehrbar auf diese letzte große Schlacht zu, aus der nur einer von beiden als Sieger hervorgehen konnte.

Flora schrieb noch ein paar Sätze vom nächsten Kapitel, dann speicherte sie alles ab und klappte das Gerät zu. Wenig später verließ sie leise das Zimmer.

Anton erwachte nur langsam, mit beiden Händen etwas umklammernd, das ihm unaussprechlich verheißungsvoll erschien, wie der Inbegriff all dessen, was er sich je in seinem Leben ersehnt hatte. Er war über die Maßen erfüllt von Hoffnung und tiefem Frieden. Als er Augenblicke später vollständig zu sich kam, identifzierte er zu seiner Ernüchterung den beglückenden Gegenstand in seinen Armen als Kissen (wenn auch als besonders großes und weiches). Das trügerische Wohlbehagen, das ihn beflügelte, war nichts weiter als die tröstliche Gewissheit des Verurteilten, die Exekution bald hinter sich zu haben.

»Flora?«, fragte er schlaftrunken.

Keine Antwort. Ein rascher Rundblick belehrte ihn, dass sie nicht im Zimmer war. Ihre Schuhe, die er ihr gestern Abend ausgezogen hatte, standen nicht mehr vor dem Bettsofa, wo er sie abgestellt hatte. Und der blaue Mantel, der dort drüben über der Sessellehne gelegen hatte, war auch weg. Ebenso wie ihre Handtasche, die er auf den Beistelltisch gelegt hatte. Alles, was noch von ihrer Anwesenheit in der letzten Nacht kündete, war die verstrubbelte Perücke, die über dem Ast einer Zimmerlinde hing.

Anton kämpfte sich aus den Kissen hoch. Kein Grund zur Unruhe, sagte er sich. Sie war nur mal eben für kleine Mädchen. Oder saß mit Anita in der Küche beim Kaffee. Schließlich war es schon – er sah rasch auf seine Uhr – halb zehn! Anton stieß einen schwachen Laut des Entsetzens

aus. Es war halb zehn, und er hatte rettungslos verschlafen! Um diese Zeit hatte er schon in einem Büro der Staatsanwaltschaft sitzen wollen, zusammen mit seiner perfekt gelungenen Verteidigungsschrift, die er dem Dienst habenden Oberstaatsanwalt, am besten in Gegenwart des Haftrichters, persönlich hatte vortragen wollen!

Er rannte in Boxershorts und T-Shirt (beides von Tobias und daher etwas zu knapp) aus dem Zimmer, durch die kleine Diele.

»Flora?«, rief er, heftig die Tür zur Küche aufstoßend.

Am Küchentisch saßen Tobias und Anita und tranken Kaffee. Genau die Szenerie, die Anton sich ausgemalt hatte. Bis auf den Umstand, dass Flora fehlte.

»Wo ist sie?«, platzte er ohne Einleitung heraus.

»Wer? Flora?«, fragte Anita.

»Natürlich Flora! Wer sonst!«

»Ist sie nicht im Bett?«, fragte Tobias dämlicherweise.

»Nein«, erwiderte Anton ungeduldig. »Von da komm ich doch gerade. Ist sie vielleicht im Badezimmer?«

»Nein«, sagte Anita. »Von da komm ich gerade.«

»Im Schlafzimmer?«, fragte Anton hoffnungsvoll.

Tobias schüttelte den Kopf. »Von da komm *ich* gerade. Und mehr Zimmer haben wir leider nicht.«

Anita starrte Anton an. »Wir dachten, ihr schlaft noch.«

»Ich hab ja auch noch geschlafen!«, rief Anton ungeduldig. »Aber Flora nicht!«

»Wo kann sie denn sein?«, wollte Anita höchst beunruhigt wissen.

»Das frag ich euch ja gerade!«

Anton schloss die Augen und presste die Fingerspitzen an die Schläfen. »Himmel noch mal! Ich fühle es in allen Knochen!«

»Grippe?«, fragte Tobias mitfühlend. »Fängt bei mir auch immer mit Kopf- und Gliederschmerzen an.«

»Nicht Grippe. Flora. Ich fühle, dass sie wieder irgendeinen grässlichen Plan ausgeheckt hat!«

Anita stand auf und drückte ihm eine Tasse dampfenden Kaffee in die Hand. »Hier, trink erst mal. Das hilft beim Denken. Was für einen Plan?«

Anton trank und verbrannte sich die Zunge. Er spuckte den Kaffee zurück in die Tasse und fluchte unterdrückt. »Mist! Verzeihung.«

»Aber was kann sie denn vorhaben?«, rief Anita.

»Eine Art Himmelfahrtskommando, wie ich sie einschätze.«

»Eine Frau, die so kurz vor der Niederkunft steht wie sie, wird sicherlich nicht …« hob Tobias belehrend an.

»Ihr kennt sie nicht«, unterbrach Anton ihn. »Nicht so, wie ich sie kenne. Entschuldigt mich einen Moment. Im Augenblick fällt mir nur ein Ort ein, wo ich mit der Suche nach ihr anfangen könnte.«

Flora marschierte zu allem entschlossen durch eine Gegend von sehr zweifelhaftem Ruf. Sie bewegte sich unaufhaltsam auf ein Etablissement zu, dessen Ruf nicht nur zweifelhaft, sondern fürchterlich war. Es trug den aussagekräftigen Namen »Zum Wilden Weib« und galt als Zentrum und Ränkeschmiede etlicher krimineller Aktivitäten. Flora kam nicht unangemeldet. In einem vor einer Stunde von einer Telefonzelle aus geführten Gespräch hatte sie einen Termin erhalten, von dem sie sich viel versprach. Nein, das traf es nicht. Sie versprach sich *alles* davon.

Die Zeit davor hatte sie mit einer ausgedehnten Wanderung durch einen Park in der Nähe verbracht und dabei die fünf Brötchen verzehrt, die sie in aller Herrgottsfrühe beim Bäcker erstanden hatte. Dafür und für den Bus hatte sie sich bei Anton Geld geborgt. In seiner Brieftasche lag

ein Zettel mit einer Notiz: Habe mir 10 Mark geliehen. Wollte dich nicht wecken. Flora.

Sie hatte lange überlegt, ob das nicht zu kühl klang, zu wenig privat, und sie hatte mit dem Gedanken gespielt, zusätzlich noch *Hoffe, du bist mir nicht böse* oder *Hoffe, du hast nichts dagegen* hinzuschreiben. Oder statt *Flora* am Schluss wenigstens *Alles Liebe, Flora*, oder schlicht *Deine Flora*. Aber das war ihr dann zu aufgesetzt erschienen. Schließlich gehörte sie nicht zu ihm, höchstens in beruflicher Hinsicht; doch etwas so abgrundtief Blödes wie *Deine Mandantin Flora* konnte sie selbstverständlich nicht schreiben.

Während Flora sich dem Wilden Weib näherte, schaute sie weder nach rechts noch links, um nicht etwaigen neugierigen Blicken von Bordsteinschwalben, Freiern und Zuhältern zu begegnen, die um diese Zeit schon vereinzelt unterwegs waren. Sie sagte sich, dass sie sich kleinlich verhielt und dass vor allem diese Art von Scheu für ihr Fortkommen als Schriftstellerin eher kontraproduktiv sei (Erfahrungen sparen Recherchen!), doch sie brachte es nicht über sich, bis zum Erreichen ihres Zieles das Milieu zu studieren. Stattdessen atmete sie erleichtert auf, als sie die Nachtbar endlich vor sich hatte.

Unter dem Schriftzug Zum Wilden Weib prangten diverse Fassadenmalereien von zwei kaum bekleideten Frauen mit sensationeller anatomischer Ausstattung. Ihr Atombusen sprengte alle textilen Fesseln, und die Wespentaillen waren so dünn, dass man sie mit Daumen und Zeigefinger einer Hand umfassen konnte. Neben der Blondine stand der Name Janine, die Rothaarige hieß Nadine. Sehr einfallsreich, dachte Flora.

Ein Schild an der Tür verkündete außerdem, dass Janine und Nadine diesen Monat in wöchentlichem Wechsel auftraten und dass am nächsten Samstag eine Gemein-

schaftsvorstellung der beiden mit zwei scharfen Boys stattfand.

Dir fallen die Augen raus, stand als zusätzliche Aufmunterung für potenzielle Besucher auf dem Schild.

Flora klopfte zaghaft an die Tür aus solidem Stahl, wartete eine Weile, klopfte erneut und drückte dann, als sich eine Minute später immer noch nichts geregt hatte, vorsichtig die Klinke nieder.

Sie landete in einer Art Vestibül mit schummriger Beleuchtung und einschlägigen Plakaten an den Wänden, doch bevor sie dazu kam, sich nähere Einzelheiten über die Neuzugänge *Coco, wild und geschmeidig* und *Caro, lüstern und biegsam* anzusehen, tauchten wie aus dem Nichts rechts und links von Flora zwei hünenhafte Typen mit Blumenkohlohren und Boxernasen auf, die zu ihren Maßanzügen trotz der miserablen Innenbeleuchtung schwarze Sonnenbrillen trugen. Von jedem der beiden an einem Ellbogen untergefasst, wurde Flora ohne Erklärungen in die eigentliche Nachtbar eskortiert, ein fensterloser, rötlich ausgeleuchteter großer Raum, dessen Stirnseite von einer stark verkratzten Teakholzbar beherrscht wurde. Gruppiert um ein erhöhtes Podium standen außerdem etliche runde Tischchen mit vinylüberzogenen Sofas und Sesseln, alles im selben schwülroten Farbton gehalten wie die Lampenschirme. Flora bekam eine ungefähre Vorstellung davon, woher der Begriff Rotlichtbezirk stammte. In dem Lokal stank es unbeschreiblich nach abgestandenem Qualm, alten Körperausdünstungen, muffigem Vinyl und anderen Dingen, über die Flora sich weigerte nachzudenken. Als sie weiter in Richtung Theke geleitet wurde, sah sie auf einem der Plastiksofas ein schlafendes blondes Mädchen liegen, das kaum älter als achtzehn sein konnte. Außer einem Paar spitzenbesetzter roter Strapse trug sie nicht den geringsten Faden am Leib. Flora schluckte und wendete

ihre Blicke woanders hin. An einem der Tische saß ein Mann, der vom Typ her ein Bruder der beiden anderen hätte sein können, nur, dass er wesentlich kleiner war. Da er saß, konnte Flora es nicht mit letzter Sicherheit beurteilen, doch sie hätte schwören können, dass er höchstens achtzig Zentimeter groß war. Flora nickte ihm freundlich lächelnd zu, doch der Liliputaner verzog keine Miene. Er förderte ein blinkendes Stilett zu Tage, fast so groß wie er selbst, und begann damit gleichmütig seine Fingernägel zu reinigen.

Schaudernd wandte Flora sich ab. Inzwischen ließ sie sich mehr schleifen, als dass sie selbst ging. Nie hätte sie sich träumen lassen, dass die Realität in jeder Beziehung um so vieles detailfreudiger sein könnte als ihre Fantasie. Alles in allem war es fast zu viel, um noch echt zu wirken. Hätte sie die Szenerie so beschrieben, wie sie wirklich war – kein Mensch hätte solche Klischees noch ernst genommen!

Das Letzte, was sie im Schankraum zu sehen bekam, bevor die beiden Riesen sie durch eine Tür neben der Theke schoben, war der Barkeeper, der mit einem karierten Geschirrtuch den Schalldämpfer einer gewaltigen Pistole polierte.

Nichts für schwache Nerven

»Moment«, sagte Anton und ließ den Cursor zur nächsten Seite hüpfen. Er dachte gar nicht daran, vor seinen Gastgebern Florindas elegische Abhandlungen über irgendwelche Dächer und Symphonien auszubreiten. »Ab hier kommen wir der Sache näher, glaub ich.«

»Lies aber laut vor«, verlangte Anita.

»Warte. Das könnte was sein: *Das Herz zersprang ihr beinahe vor Angst, und dennoch wusste sie tief in ihrem Inneren, dass es keinen anderen Weg gab, um Antonios*

Ehre zu retten und das Maß ihrer Schuld zu begrenzen. Diesen Weg musste sie allein gehen, ganz allein, und er führte sie tief hinab in die Niederungen eiskalter Furcht, wo sie den Bann lähmender Angst spürte ...«

Anton hielt inne und schüttelte den Kopf. »Synonyme«, murmelte er. »Ich frag mich, ob sie die Thesaurus-Funktion bei den Extras schon gefunden hat. Das muss ein wahres Fest für sie sein.«

»Was könnte das bedeuten?«, rätselte Tobias. »Was kann sie meinen mit Thesaurus? Irgendein geheimer Code?«

Anton blickte stirnrunzelnd auf. »Wie? Oh, das bedeutet gar nichts. Das zuletzt hat sie nicht geschrieben. Ich hab nur laut gedacht.«

»Du solltest besser laut lesen«, sagte Anita ungeduldig.

»Okay. So geht's weiter. *Florinda hatte bereits viel vom Don gehört, jenem Mann, den sie auch den einäugigen Bastard nannten, doch nichts hatte sie auf die unvorstellbare Verderbtheit seiner Umgebung vorbereitet.*«

Er starrte den letzten Satz an.

»Weiter«, bat Tobias.

»Es geht nicht weiter. Hier ist Schluss.«

»Aber dem ganzen Unfug kann man doch überhaupt keine Anhaltspunkte entnehmen«, rief Anita enttäuscht.

»Sekunde«, sagte Anton. »Don ... Don? Einäugiger Bastard ...« Tief innen rührte sich etwas in ihm, doch es wollte nicht heraus. »Einäugiger Bastard, einäugiger Bastard ... Nie gehört. Verdammt noch mal, nie weiß man bei ihr, was echt ist und was Fantasie!«

»Das konnte sie schon in der Schule nicht auseinander halten«, pflichtete Anita ihm bei. »Als wir einen Erlebnisbericht über unsere großen Ferien schreiben sollten, erzählte ich über meinen Besuch im Zoo und sie von ihrer Forschungsexpedition in die Antarktis. Und der Witz war, ihre Geschichte war viel besser als meine.«

»Bastard«, murmelte Anton. »Einäugig ... einäugig. Himmel noch mal, wer könnte das sein?« Er drückte die Handballen gegen die Stirn, als könnte er die Lösung aus seinem Kopf herauspressen. Diese Sache war wirklich nichts für schwache Nerven!

»Vielleicht ein geheimer Code«, sagte Tobias.

»Scheißgeheimcode«, schimpfte Anita.

»Sei doch mal ruhig, Schatz, er kann doch sonst nicht nachdenken!«

Anton starrte die Worte auf dem Display an, ohne etwas zu sehen.

»Nein«, hauchte er, heiser vor Entsetzen. »Lieber Gott, nein! Nur das nicht! Bitte nicht!«

Das Hinterzimmer, in das die Männer Flora gebracht hatten, schien eine Art Zwischending zwischen Büro und Safarizelt zu sein. An den Wänden waren Zebra- und Antilopenfelle aufgespannt, und die riesige Glasplatte, die als Schreibtisch diente, ruhte auf vier Elefantenstoßzähnen. Masken, Trommeln und ein präpariertes, leicht räudiges Löwenfell direkt neben dem Besuchersessel kündeten beredt von ungebremster Begeisterung für afrikanisches Kulturgut.

Flora saß auf dem Besucherstuhl vor dem Schreibtisch, hielt ihre Handtasche umklammert und warf während ihrer recht zusammenhanglos vorgetragenen kleinen Rede immer wieder beklommene Blicke auf den ziemlich vergammelt riechenden Löwen oder auf die beiden Sonnenbrillentypen, die schweigsam, mit vor der Brust überkreuzten Armen, rechts und links von der Tür wie zwei moderne Askari Stellung bezogen hatten.

Flora hatte in groben Zügen bereits ihren Wunsch dargelegt und berichtet, wie sich alles zugetragen hatte, doch sie hatte das Gefühl, für ihr Gegenüber die moralischen

Hintergründe der ganzen Angelegenheit noch besser herausarbeiten zu müssen.

»... und als ich Sie im Fernsehen gesehen hatte, bekam ich irgendwie das Gefühl, Sie könnten Antonio ... ähm, ich meine natürlich Herrn Dr. Anton Winkler, helfen. Das alles war ja nur meine Schuld. Ich habe den Kredit nicht gekriegt, aber ich brauchte doch das Geld, weil der Arzt gesagt hat, dass ich Fleisch und Hummer essen muss, und dann war da diese falsche Schlange Tamara mit Heiner auf dem Sofa, und ich dachte, ich hab ihn umgebracht, und in der Tasche war die Feuerzeugpistole, und irgendwie ist dann in der Bank alles aus dem Ruder gelaufen, und Herr Xavier hat sich das Geld selber geschnappt und uns bloß die Playboyhefte und die Küchenrolle gegeben ...«

Ziggy hob gebieterisch die Hand und brachte ihr Gestammel zum Verstummen. Er thronte ihr gegenüber in dem wasserbüffelfellbespannten Chefsessel und lächelte wölfisch. »Das war wirklich kein feiner Zug von diesem Bank-Arsch, sich einfach das Geld zu krallen. Und Sie meinen, ich könnte mit meinen ... Beziehungen dazu beitragen, dass er's rausrückt?«

Flora nickte. »Bei der Polizei würde er doch sofort alles abstreiten. Schon deswegen, weil er ja sonst ins Gefängnis müsste.«

»Das versteh ich«, sagte Ziggy verbindlich.

Flora wurde eifriger. »Ich dachte mir, vielleicht könnten Sie irgendwie als ... Vermittler auftreten. Ihn überreden, das Geld zurückzugeben und die Wahrheit auszusagen.«

»Überreden?«, wiederholte Ziggy, sich ein wenig vorbeugend. Mit geöffneten Händen, breitem, offenem Lächeln, offenen Armen, ohne den Hauch eines Abwehrsymptoms. »Sie meinen ... überreden?!«

Flora erschrak. »Oh, nein, natürlich nichts Illegales! Wenn Sie vielleicht einfach nur mit ihm sprechen würden.

Was ich meine …« Sie rang nach Worten. »Sie haben doch Erfahrung im Umgang mit … ähm …«

»Gesetzesbrechern?«

Flora nickte, betreten und zugleich erleichtert, dass er ein so elegantes Synonym gefunden hatte.

Ziggy nickte ebenfalls. Die Brillis in seinem Ohr blitzten mit seinen bis zu den Weisheitszähnen sichtbaren Zahnreihen um die Wette. Plötzlich ging sein Nicken in eine Art konvulsivisches Kopfschleudern über, und im selben Rhythmus, in dem sein gelglänzender Pferdeschwanz herumwirbelte, begann sein rechtes Auge ein grässliches Eigenleben zu entfalten.

Flora hatte Mühe, nicht bestürzt zurückzufahren.

Guck nicht hin!, befahl sie sich.

Doch Ziggy machte ihr das nahezu unmöglich. Er beugte sich noch weiter vor und suchte ihren Blick. Er war gerührt, geschmeichelt und sofort zu allem bereit gewesen, als er an diesem Morgen – noch im Bett – ihren Anruf erhalten hatte. Die kleine Mutti war ihm auf Anhieb sympathisch gewesen. Das konnten nicht viele Muttis von sich behaupten. Mit ihr zu reden machte großen Spaß, und davon gab's in letzter Zeit immer weniger.

»Richtig korrekt wär's natürlich«, meinte er leutselig, »wenn dieser Bank-Arsch außer dem Geld noch ein Geständnis abliefern würde. Auf Tonband. Oder lieber noch schriftlich.«

»Meinen Sie, das würde er tun?«, fragte Flora zweifelnd.

»Klar. Null Problemo. Bei entsprechendem Anreiz. Wenn Sie mich fragen, hat der Bank-Arsch auch eine nette Videoaufnahme von dem Tausch. Hat sich das Tape gekrallt, wetten?«

»Glauben Sie?«

Ziggys Auge drohte aus der Höhle zu springen. Flora

fühlte, wie es ihr in den Fingern juckte, dort hinzulangen und es zurückzudrücken.

»Hundertpro«, sagte Ziggy. »Das muss er dann natürlich auch rausrücken.«

»Das wäre …« – Flora fühlte sich ganz schwach vor Dankbarkeit – »… das wäre wirklich wundervoll von Ihnen … Und was ist der Anreiz für Herrn Xavier, den Sie vorhin erwähnten?«

Ziggy dachte nach. »Da gibt's verschiedene Methoden.«

»Welche zum Beispiel?«, wollte Flora interessiert wissen.

»Berufsgeheimnis. Das entscheide ich, wenn's akut ist.« Das Auge ruckte wie wild nach vorn. »Auf jeden Fall kriegt der Bank-Arsch von mir die Garantie, dass er niemals in den Knast muss.« Er kicherte wie über einen hervorragenden Witz, dann wandte er sich zu den beiden Sonnenbrillen-Typen um. »He, ihr zwei Arschgesichter! Ihr macht der jungen Mutti Angst! Merkt ihr das nicht? Fuck! Verpisst euch!«

Flora verfolgte schockiert, wie Ziggy seitlich an seinen Hosenbund griff, eine großkalibrige Pistole zum Vorschein brachte, auf die beiden Typen anlegte und losballerte.

Flora duckte sich instinktiv. Geschosse pfiffen durch die Luft an ihr vorbei – wenigstens benutzte er einen Schalldämpfer – und bohrten Krater in die gegenüberliegende Wand. Die beiden Männer entfernten sich ohne Anzeichen von Hast durch die Tür, und jetzt sah Flora, dass die Wand förmlich übersät war von zahllosen alten und neuen Löchern. Es schien eine Art Sport von Ziggy zu sein, auf seine Angestellten zu schießen.

Sie wagte kaum, sich wieder aufzurichten. Ziggy glubschte sie wohlwollend an. »Wie finden Sie mein Büro?«

»Äh … toll«, brachte sie mühsam heraus.

»Ich wohne hier«, erklärte er. »Oben hab ich noch Schlafzimmer und Salon und so.«

Flora deutete mit stummem Nicken ihre Begeisterung an.

Er deutete auf den Löwen. »Hab ich selber abgeknallt, das Biest.«

»Toll!«, flüsterte Flora.

Ziggy fummelte an dem Sessel herum. »Den hier auch. Überhaupt jedes einzelne verfuckte Teil hier drin.« Er trat gegen einen der Stoßzähne, und sein wild bewegliches Auge folgte voller Jägerstolz der Strecke von Fellen an den Wänden.

Flora schob sich verstohlen die Hand ins Kreuz und holte schnaufend Luft durch die Nase.

Als sie nach Beendigung ihrer Atemübungen und der Unterhaltung mit Zacharias Ziegler das Wilde Weib in Richtung Bushaltestelle verließ, spürte sie zu ihrem Ärger bereits die nagenden kleinen Zähne des Zweifels. Ob sie wirklich das Richtige getan hatte? Ziggy hatte in seiner Art durchaus kompetent gewirkt, doch mitunter schien er ein wenig übers Ziel hinauszuschießen, im wahrsten Sinne des Wortes. Aber welche Alternative blieb ihr denn? Selbst zu Xavier marschieren und ihn unter Tränen anzuflehen, doch bitte, bitte der Polizei die Wahrheit zu sagen und das Geld rauszurücken? Der würde sich doch totlachen! Er hatte nicht den geringsten Grund, sich auf diese Weise ans Messer zu liefern. Wozu auch? Es ging ihm doch prächtig. Er musste einfach nur so weitermachen wie bisher. Sich das Geld in die Unterhose stopfen und glücklich leben bis ans Ende seiner Tage.

Wie auf dem Hinweg hielt Flora den Blick starr vor sich aufs Trottoir gerichtet, um nicht mehr von ihrer Umgebung wahrnehmen zu müssen als nötig. Daher entging ihr auch, dass jemand, der sie gut kannte, in diesem Moment in nicht allzu weiter Entfernung aus einem anderen verrufenen Etablissement auf die Straße heraustrat, sich den

Schlips festzurrte, eine stark geschminkte Dame küsste und über die Schulter winkend den Weg zu seinem Wagen antrat.

Kriminalhauptkommissar Alwin Kleff, der die vergangenen Stunden halb beruflich, halb privat in dieser Gegend zu tun gehabt hatte, erkannte mit geschultem Auge sofort, dass dort drüben jemand unterwegs war, der hier nichts verloren hatte. Seine Blicke huschten von Flora hinüber zum Wilden Weib und wieder zurück zu Flora, und nachdem er die entsprechenden Zusammenhänge hergestellt hatte, zögerte er keine Sekunde, umgehend zu Fuß die Verfolgung aufzunehmen. Seit Tagen widmete er diesem Fall weit mehr Zeit und Aufmerksamkeit, als er normalerweise für vergleichbare Delikte aufbrachte, weshalb er inzwischen auch bestens über die Frau informiert war – doch der allerletzte Ort, an dem er sie zu sehen erwartet hatte, war Ziggys Puff!

Dass sie sich hier in Ziggys Revier herumtrieb, passte nicht recht in das Bild, das er während seiner Nachforschungen von ihr gewonnen hatte. Er hatte sie eher so eingeschätzt, dass sie allein agierte, höchstens noch unterstützt von dem Herrn Advokaten. Wie auch immer, für sich hatte Kleff den Fall längst aufgeklärt. Die Ermittlungsergebnisse der letzten Tage gaben ihm Recht, doch ihm fehlten die letzten schlüssigen Beweise. Wenn er Glück hatte, würden die Mutter und der Anwalt ihm sogar diese Beweise liefern. Und sich selbst gleich dazu.

Sie trug einen auffällig blauen Mantel über ihrem auffällig dicken Bauch. Ihr helles, wallendes Lockenhaar war weithin sichtbar. Es musste schon mit dem Teufel zugehen, wenn er sie verlor. Er hätte sie längst eingeholt, wenn er Wert darauf gelegt hätte, doch er hoffte, dass sie ihm weitere Anhaltspunkte lieferte, bevor der unvermeidliche Augenblick der Festnahme kam.

Flora hatte unterdessen festgestellt, dass die Passanten, denen sie begegnete, vornehmlich Menschen waren, bei denen nichts darauf hindeutete, dass sie nach erotischen Kicks trachteten. Sie kamen ganz normal daher, alt, jung, dünn, dick, schlicht gekleidet oder elegant, gerade so, wie in jedem anderen Teil der Stadt, wo Menschen unterwegs waren, zu Geschäfts- und Arztterminen, zum Einkaufen oder Bummeln. Im selben Moment begriff Flora, dass all diese ganz normalen Menschen ganz normale Alltagsbedürfnisse hatten. Sie gingen nicht nur einkaufen oder bummeln, sondern sahen auch liebend gern fern.

Nur Augenblicke später, bei einem Seitenblick in das verspiegelte Schaufenster eines Coiffeurs, ging Flora siedend heiß auf, dass sie heute Früh vergessen hatte, die Perücke aufzusetzen. Sie verfluchte sich für ihre Leichtfertigkeit, und vor dem nächsten Passantenpaar, das ihr entgegenkam, wich sie hastig in einen Hauseingang zurück. Das hatte noch gefehlt, dass sie aus purer Dusseligkeit irgendwelchen Leuten in die Arme lief, die sie aus den Nachrichten wiedererkannten und die wahrscheinlich nur darauf lauerten, sich durch eine private Festnahme in Presse, Funk und Fernsehen als Helden der Stunde zu profilieren! Jeder halbwegs kräftige Mann konnte sie mühelos festhalten, bis die Polizei eintraf, um sie einzubuchten. Für ein solches Ende ihres heutigen Ausflugs hätte sie wahrlich nicht den Besuch im Wilden Weib auf sich nehmen müssen!

An den Wänden des Hauseingangs befanden sich ähnlich einschlägige Plakate und Schilder wie beim Wilden Weib, und Flora sah, dass sie wieder vor einem Nachtclub stand. Es gab reichlich *Boys zum Verlieben* und *Lederkerle ohne Tabus*, und als Flora ein Stück von der Wand zurücktrat, um die ansehnlichen Lederkerle genauer betrachten zu können, stieß sie mit dem Rücken gegen einen lebensgroßen Pappkameraden, der, nackt bis auf einen gut gefüllten

G-String, lächelnd seine enormen Muskeln präsentierte und seine Umwelt mittels Sprechblase wissen ließ, dass er der *Frontman of the Gay Parade* war, die hier schon die zwölfte Woche vor begeistertem Publikum die Hüllen fallen ließ.

Flora riss sich von dem Anblick los und beeilte sich, weiterzukommen. Sie ließ den Kopf so weit wie möglich hängen, damit das herabfallende Haar ihr Gesicht verbarg, doch als sie um die nächste Ecke bog, kam ihr erneut jemand entgegen, der sie, wie ihr schien, einer allzu neugierigen Musterung unterzog. Augenblicklich trat sie unter die nächstbeste Überdachung, wo sie sogleich mit wachsender Neugier bemerkte, dass sie diesmal an einen Sadomaso-Club geraten war. Auf der Tür prangte eine überdimensionale Domina in eng geschnürter Ledercorsage und hüfthohen Stiefeln, die über ihre erhobene Peitsche hinweg hochmütig zu Flora herabsah.

Im Gesicht der Domina öffnete sich eine Klappe, und ein übernächtigtes Gesicht erschien, von dem unmöglich zu sagen war, ob es männlich oder weiblich war. »Wir ha'm noch nich auf«, verkündete eine übernächtigte Stimme, in ihrer Heiserkeit ebenfalls geschlechtsneutral.

»Oh, ich wollte nicht …« begann Flora, als eine große Hand, die von hinten schwer auf ihre Schulter fiel, ihre Rechtfertigung in entsetztem Schweigen ersterben ließ. Aus, dachte sie. Geschnappt. Alles umsonst. Ihre Schultern sanken in tiefer Resignation herab. Es hatte keinen Sinn, sich dagegen zu sträuben. Jetzt durfte sie nur noch an ihr Baby denken.

»Ich wehr mich auch nicht«, sagte sie mit dünner Stimme.

»Dein Glück«, sagte Anton. Er umschlang sie und drückte sie fest an sich. »Gott sei Dank, ich hab dich gefunden!«

Flora hing schlaff in seinen Armen, einer Ohnmacht nahe.

»Ist dir nicht gut?«, fragte er besorgt.

Sie machte sich los und starrte ihn böse an. »Ob mir nicht gut ist? OB MIR NICHT GUT IST?«

»Pst! Schrei doch nicht so! In dieser Gegend haben die Wände Ohren!«

Flora äugte zu der Klappe hoch und schluckte. »Du erschreckst mich und mein Baby zu Tode«, sagte sie leise, doch nicht minder wütend, »und dann fragst du mich, ob mir nicht gut ist! Sonst noch was?«

Anton nickte unbeeindruckt. »Ich bin heilfroh, dass ich dich noch rechtzeitig erwischt habe.«

»Wieso rechtzeitig?«

Er zog die Perücke aus der Hosentasche und reichte sie Flora.

»Na, du warst doch noch nicht dort, oder?«

»Wo?«

Er wartete, bis sie das leicht ramponierte Ding aufgesetzt hatte, dann fasste er sie beim Arm. Er zog sie aus dem Eingang des Clubs und ging eilig mit ihr über die Straße.

»Wo schon«, sagte er ungeduldig.

»Du meinst bei Herrn Ziegler?«

Er sah sie entgeistert an. »Flora, sag mir, dass du nicht bei diesem Killer warst!«

»Wieso Killer?«, äußerte sie erstaunt. »Ich dachte, er ist unschuldig! Er ist doch freigesprochen worden, oder?«

Anton verdrehte nur die Augen, fasste sie fester unter und zog sie rasch hinüber zur nächsten Kreuzung, in deren Nähe er den Trabi abgestellt hatte.

Nur einem Zufall hatten sie es zu verdanken, dass sie dabei ihren Verfolger bemerkten. Flora strauchelte, vom schnellen Tempo ihrer Schritte aus dem Gleichgewicht gebracht, und Anton blieb kurz stehen, um sie zu stützen. Dabei fiel sein Blick über die Schulter nach hinten, wo in diesem Moment Kleff in seinem Blickfeld auftauchte. Flora

hatte ihn auch gesehen und brauchte daher keine besondere Einladung, die Beine in die Hand zu nehmen.

Sie rannten, so schnell sie konnten, was bedeutete, dass Anton etwa doppelt so schnell vorankam wie Flora und daher genötigt war, seine Geschwindigkeit zu drosseln. Er nahm sie bei der Hand, und beide stürmten in vollem Lauf auf den rettenden Trabi zu, der etwa hundert Meter voraus am Straßenrand stand. In ihrer Hast bemerkten sie nicht, dass Kleff hinter ihnen in einer Passage verschwand, um ihnen den Weg abzuschneiden. Völlig außer Atem erreichten Flora und Anton den Wagen, und Anton riss die Tür auf. Er sprang hinters Steuer.

»Ist offen!«, brüllte er Flora zu.

Inzwischen hatte er sich angewöhnt, den Wagen nicht mehr abzusperren. Kein Mensch bei Verstand würde das Ding klauen wollen, und Anton konnte im Notfall wichtige Sekunden sparen, die er sonst mit Aufschließen vergeudet hätte. Wie zum Beispiel in diesem Fall. Doch Flora machte keine Anstalten, zu ihm in den Wagen zu steigen. Sie blieb auf der Beifahrerseite stehen, die Hand ins Kreuz gedrückt.

Anton war mit einem Satz wieder draußen.

»Um Gottes willen!«, stammelte er. »Du hast doch nicht …?«

»Moment …«, sagte sie, und dann entwich ihr ein lang gezogenes Pfff.

»Flora!«, rief er verängstigt.

»Ist nur Stress«, sagte sie und ließ sich auf den Beifahrersitz fallen.

Anton sprang hinters Steuer und rammte den Schlüssel ins Zündschloss.

Ungefähr fünfzig Meter weiter vorne kam Kleff aus der Passage gestürmt. Er hatte sich offenbar ausgerechnet, genau dort auf sie zu stoßen, was ihm auch gelungen wäre, wenn Flora und Anton vorgehabt hätten, in dieser Rich-

tung zu Fuß weiterzuflüchten. Da sie jedoch nur bis zum Wagen gelaufen waren, hatte sein Plan nicht funktioniert. Er kam im Laufschritt von vorn auf sie zu, die Gürtelenden seines schäbigen Trenchcoats schwangen hin und her, und sein Gesicht war verzerrt vor Anstrengung. Flora entging nicht das kleinste Detail, während sie, gebannt vor Schrecken, beobachtete, wie er immer näher kam.

Anton drehte wie besessen am Schlüssel, ohne der Zündung auch nur ein leises Räuspern zu entlocken.

»Anton«, bettelte sie.

»Ich versuch's ja!«

Kleff war höchstens noch zwanzig Meter von ihnen entfernt. Fünfzehn Meter. Zehn Meter. Es war nur eine Sache von Sekunden.

Flora schloss die Augen und betete. Lieber Gott, bitte nicht schon wieder! Lass es nicht wegen dieses blöden Autos schief gehen! Bitte, gib uns noch eine Chance!

Ihr Stoßgebet wurde erhört, und der Motor erwachte röhrend zum Leben. Doch leider um einige Augenblicke zu spät.

»O mein Gott!«, kreischte Flora entsetzt, als sie die Augen wieder öffnete. Kleff dräute vor der Kühlerhaube, beide Hände auf das verbeulte Blech gestützt, und funkelte sie wie ein sprungbereiter Leopard durch die Windschutzscheibe an.

Anton und er sahen einander fünf endlose Sekunden in die Augen, dann rammte Anton entschlossen den Rückwärtsgang rein und gab Vollgas. Zwischen der hinteren Stoßstange und dem nächststehenden Wagen standen ihm höchstens fünf Meter Rangierfreiheit zur Verfügung, doch Anton schaffte es, den Trabi in einem schlingernden Bogen rückwärts zur Straßenmitte zu lenken und zeitgleich mit der anschließenden Vollbremsung den ersten Gang einzulegen. Mit aufheulenden Reifen schoss der Trabi im

Kavalierstart wieder vorwärts, dicht vorbei an Kleff, der mitten auf der Straße stehen blieb und ihnen mit umwölkter Miene nachschaute, beide Hände tief in den Manteltaschen seines alten Trenchs vergraben.

Flora, nach hinten gewandt, stieß einen zitternden Seufzer aus. »Mensch, das war echt knapp!«

Anton gab keine Antwort. Sein Gesicht war blass vor Schreck und Wut.

»Komisch«, sagte Flora. »Der war ganz alleine hier. Was der wohl in dieser miesen Gegend zu tun hatte?«

Anton bedachte Flora mit grimmigen Blicken. »Jedenfalls kann er sich jetzt an allen zehn Fingern abzählen, was *du* in dieser miesen Gegend zu tun hattest. Toll! Wirklich prima hast du das hingekriegt! Das war's dann wohl mit meinen guten Vorsätzen!«

»Wie meinst du das?«

»Ja, glaubst du etwa, wir könnten uns jetzt noch den Behörden stellen? Wo du gerade eben von Ziggy kommst? Dreimal darfst du raten, was Kleff in diesem Augenblick denkt!«

»Dass wir mit Ziggy unter einer Decke stecken«, räumte Flora kleinlaut ein. Bittend sah sie Anton an. »Ich dachte, er könnte uns helfen!«

Er konnte nicht anders, er musste lachen über diese aberwitzige Vorstellung, wenn es auch eher hysterisch als belustigt klang.

»Und wie, bitteschön, soll deiner Meinung nach die Hilfe eines stadtbekannten Betonmörders aussehen?«

Flora wand sich. »Na ja. Er ... er hat gesagt, er lässt es uns rechtzeitig wissen.«

Anton stand im Vorraum des Hotelzimmers vor dem Wandschrank und warf achtlos die geborgten Kleidungsstücke in die Reisetasche. »Wir müssen zusehen, dass wir

von hier verschwinden!« Er redete gegen die Wand, wie er verdrossen feststellte, denn Flora war intensiv damit beschäftigt, auf dem Bett Turnübungen zu absolvieren und dabei fernzusehen.

Anton sprach lauter. »Jetzt wird's schwierig! Sie werden sporadisch die Hotels überprüfen und dabei nach schwangeren Frauen Ausschau halten. Und wir müssen ins Kalkül ziehen, dass wir jetzt kein Auto mehr haben. Dadurch sind wir wesentlich unbeweglicher und langsamer!«

Den Wagen hatten sie in sicherer Entfernung stehen lassen und waren die letzten zwei Kilometer zum Hotel zu Fuß gegangen. Die unerfreuliche Tatsache, dass sie jetzt ohne fahrbaren Untersatz zurechtkommen mussten, setzte Anton beträchtlich zu, doch sie konnten den Trabi unmöglich länger benutzen. Diese Blechkiste war derartig auffällig, dass nicht einmal ein Kennzeichen für die Fahndung vonnöten war. Schon an der nächsten Ecke würden sich ihnen ganze Hundertschaften von Polizisten entgegenwerfen.

Anton überlegte vage, ob es sinnvoll sei, sich ein zweites Mal mit seinem in solchen Kfz-Fragen bestens bewanderten Mandanten in Verbindung zu setzen, entschied dann aber, es von ihren weiteren Fluchtplänen abhängig zu machen – welche sie im Laufe dieses Tages unbedingt noch bis in alle Einzelheiten entwerfen mussten.

Stellt sich nur noch die Frage, wo wir das tun, dachte Anton trübe. Was diesen Punkt betraf, blieb nicht mehr viel Zeit für zündende Ideen. Sicher war nur, dass es nicht bei Anita und Tobias geschehen durfte. Anita hatte vorhin am Telefon berichtet, dass eine Nachbarin heute Morgen neugierige Fragen gestellt hatte. Es war Anita gelungen, sie mit ein paar plausibel klingenden Erklärungen abzuspeisen, doch sie durften keinesfalls dasselbe Risiko erneut eingehen. Darin waren Flora und Anton sich absolut einig.

Für das Auschecken hatten sie sich einen ähnlichen

Plan zurechtgelegt wie für ihre Ankunft. Sie würden – wie für eine kurze Besorgung – nur mit der Handtasche und dem Aktenkoffer das Hotel verlassen, dann mit Tobias und Anita die Kleidung tauschen und es anschließend wie verabredet den beiden überlassen, die Reisetasche abzuholen und die Zimmerrechnung zu bezahlen. Als Treffpunkt für den Kleiderwechsel hatten sie nach längerem Hin und Her den Damen- bzw. Herrenwaschraum im Hauptbahnhof gewählt. Bei dieser Entscheidung hatte Flora sich gegen Anton durchgesetzt, der ein einsames Waldstück oder einen abgelegenen Parkplatz favorisierte. Aber letztlich fügte er sich Floras Ansicht, dass dort, wo die meisten Leute unterwegs seien, am wenigsten hingeschaut würde. »Ist doch ganz einfach«, hatte sie gesagt, »zwei nebeneinander liegende Toiletten. Klamotten unter der Trennwand durchgeschoben. Fertig. Wer guckt schon im Hauptbahnhof danach, welche Leute aufs Klo gehen und welche wieder rauskommen?«

Anton zog den Reißverschluss der Segeltuchtasche zu und verstaute anschließend alle Relikte aus seiner Anwaltszeit einschließlich Robe, Akten, defektem Handy und Edelfüller in Xaviers Koffer. Den Laptop, den sie mehr oder minder die ganze Zeit mit sich herumgeschleppt hatten, platzierte er sorgfältig obenauf.

»Und Buckel«, murmelte Flora, emsig turnend, »und durchhängen. Und Buckel. Und durchhängen.« Ohne Musik war es nicht dasselbe, fand sie, also versuchte sie, sich Hildegards Entspannungsmusik vorzustellen und sie, sozusagen mental, in ihre Übungen einzubeziehen. Doch das wollte ihr nicht recht glücken. Dafür war die Talkshow im Fernsehen zu interessant.

Anton trat zu ihr ans Bett. »Worauf wartest du? Wir müssen zusehen, dass wir Land gewinnen!«

Doch Flora registrierte nur mit halbem Ohr, was er

sagte, und davon auch nur das hübsche Synomym für weglaufen. »Guck doch mal, das ist spannend!«

»... hören wir nach dem Beitrag des Psychologen zu unserem aktuellen Thema ›Auf der Flucht‹ nun live und exklusiv hier im Studio zwei Menschen, die es wissen müssen.« Die Moderatorin der bekannten nachmittäglichen Live-Talkshow deutete zur halbtransparenten Trennwand, hinter der sich im Profil die Silhouetten eines Mannes und einer Frau abzeichneten. Die Frau war unschwer an der wallenden Haarmähne und ihrem gewaltigen Bauch zu erkennen.

Anton setzte sich auf die Bettkante.

»He, wir sind im Fernsehen«, sagte er konsterniert.

»Das sind wir doch andauernd«, meinte Flora wegwerfend.

»... sind für unsere Zuschauer natürlich auch alltägliche und menschliche Belange von Interesse, etwa die Frage, wie Sie beispielsweise die hygienischen und sexuellen Probleme auf Ihrer Flucht gelöst haben.«

Eine künstlich verzerrte Männerstimme sagte hinter der Trennwand hervor: »Das war wirklich zum Teil eine starke Belastung für uns. Wir konnten tagelang keine sanitären Einrichtungen aufsuchen. Bei mir zum Beispiel hat sich bereits nach kurzer Zeit eine chronische Verstopfung eingestellt. Und wir konnten praktisch keinen Sex haben, weil wir ja jederzeit aufgespürt werden konnten.«

»Ah, ja«, sagte die Moderatorin teilnahmsvoll. Sie wandte sich an einen Mann rechts neben ihr, der durch offen stehendes Hemd und starke Brustbehaarung hervorstach. »Nun haben wir von Ihnen, Herrn Dr. Kückelberg, ja vorhin gehört, dass zärtlicher und liebevoller Sex tatsächlich auch noch bis zum Ende der Schwangerschaft möglich ist ...«

»Allerdings ohne Penetration«, warf Herr Dr. Kückelberg ein.

»Genau«, sagte die Moderatorin. Zur Trennwand gewandt fuhr sie fort. »Nun, gnädige Frau, empfanden Sie die Umstände Ihrer Flucht ebenfalls als Beeinträchtigung Ihres Sexuallebens?«

Eine künstlich verzerrte Frauenstimme antwortete: »Ich hätte gerne öfter, das ist sicher richtig. Mich hat aber auch gestört, dass ich …«

Plötzlich entstand Tumult im Fernsehstudio. Zwei Polizisten stürmten aus der Kulisse, drängten die protestierend aufgesprungene Moderatorin zur Seite und rissen die Trennwand weg. Zwei Männer wurden sichtbar, betreten auf ihren Schemeln hockend. Die »Frau« hatte eine Art Faschingsperücke auf dem Kopf und ein Kissen um die Mitte gebunden. Im nächsten Augenblick flackerte das Fernsehbild und brach zusammen, um sofort durch das Senderlogo ersetzt zu werden. Der Ton hielt sich ein paar Sekunden länger, man hörte das schrille Geschrei der Moderatorin, die sich auf die Pressefreiheit berief und sich jede Zensur verbat; dann verstummte sie unvermittelt, und es erklang sanfte, klassische Musik.

Flora prustete los und fiel kraftlos aufs Bett.

»Ich weiß nicht, ob ich das komisch finden soll«, sagte Anton langsam.

Flora kicherte haltlos. »Wenn das nicht komisch ist, was dann?«

»Ich denke über die rechtliche Seite nach. Im Prinzip war das gerade eine eklatante Verletzung unseres Persönlichkeitsrechts. Wenn ich mir überlege, was wir dafür hätten nehmen können!«

»Für die Verletzung?«

»Nein! Für einen Auftritt in diesem dämlichen Studio! Diese Gangster! Sie hätten uns ja wenigstens ein Angebot machen können!«

Flora warf den Kopf zurück und lachte, bis ihr die Trä-

nen kamen. Anton betrachtete sie fasziniert. Wenn sie lachte, veränderte sich ihr ganzes Gesicht. Aus dem Engel wurde ein verschmitzter Puck mit tiefen, schelmischen Grübchen und mutwillig funkelnden Augen.

Er räusperte sich, um die plötzliche Enge in der Kehle loszuwerden. »Komm, wir müssen los.«

Mit ihrer Heiterkeit war es abrupt vorbei. Sie nickte ergeben und streckte die Hand zum Nachttisch aus, wo die Perücke lag, die sie zum Turnen abgenommen hatte.

»Na gut«, seufzte sie. »Dann also auf ein Neues.«

Couch-Erlebnisse

»Da sieht man wieder mal den Unterschied zwischen Stümperei und Professionalismus.« Tamara knipste den winzigen Fernseher aus, der mit herausgezogener Zimmerantenne wie ein silbriges, seltsam kubisches Insekt mit langen Fühlern zu ihren Füßen stand, eine Neuanschaffung, die zusammen mit dem Sofa aufgetaucht war und die es Heiner ermöglichte, auch bei wichtigen Fußballspielen weiterzumalen.

Tamara hockte im Schneidersitz auf dem blauen Sofa, ihre nackten Brüste der Sonne entgegengereckt, die in warmer Fülle durch die geborstene Glasfront hereinströmte. »Sie hätten den Fuß reinkriegen können. Ohne weiteres. So wie wir. Wobei ich ihnen nicht mal unterstellen will, dass sie es nicht besser könnten. Wenn sie wollten.« Sie hob genießerisch die Arme und verschränkte die Hände hinterm Kopf, um der Sonne so viel Haut wie möglich darzubieten. »Ich glaube, dass das überhaupt der springende Punkt ist. Es zu wollen.«

»Wollen und können ist zweierlei«, ließ Heiner einen Gemeinplatz vom Stapel. Er war nicht in der Stimmung,

tief schürfende Gespräche zu führen, zumindest so lange nicht, wie er die Schattierungen dieser Kobalttönung nicht bis zu seiner absoluten Zufriedenheit auf die Leinwand praktiziert hatte. Tamara hatte bislang kaum Interesse für das Portrait gezeigt, das er von ihr malte, obwohl sie oft genug Gelegenheit gehabt hätte, es zu kritisieren. Diese Indifferenz, diese vollständige Abwesenheit von Anteilnahme an dem Warum seiner Bilder liebte er wirklich an ihr, wenn er auch sonst nicht recht wusste, warum er überhaupt in sie verknallt war. Ihr Gleichmut, was seine Gemälde betraf, machte sie für ihn zu einer immer währenden Quelle der Anziehung, ohne dass er in der Lage gewesen wäre, diese besondere Affinität zu ergründen – hätte doch jemand, der andere Standpunkte vertrat, ihre Haltung womöglich als Ignoranz bezeichnet. Doch davon war Heiner weit entfernt. Sie war, da sie nicht mit Inhalten beeindruckt werden musste, für ihn der ideale Ruhe- und Fluchtpunkt, wie das Auge in einem Orkan. Er konnte sein, was er wollte. Inspiriert, einfallslos, erhaben, miserabel. Sie legte ihn nicht fest und schuf mit ihrer freundlichen Gleichgültigkeit genau die Atmosphäre, in der seine Gemälde ohne unzuträgliche Einflussnahme gediehen.

Flora hingegen hatte um seine Bilder immer großes Aufhebens gemacht, sich ihnen auf ihre verkrampft-wohlwollende Art genähert, sie begutachtet, interpretiert, analysiert und schließlich, zumindest für sich persönlich, verworfen. So Leid es ihr auch jedesmal tat – es war immer dasselbe gewesen. Sie mochte seine Werke einfach nicht und war trotz aller Anstrengungen nicht in der Lage, das zu verbergen. Natürlich hätte sie es Heiner gegenüber nie offen zugegeben. Seine Bilder sagten ihr zwar nichts, doch wie hatte sie sich Mühe gegeben, das zu ändern, und, als ihr dies nicht gelang, ihn ihre Abneigung gegen seine Art der Malerei wenigstens nicht merken zu lassen!

Tamara war da ganz anders. Seine Bilder waren ihr scheißegal und sie machte keinen Hehl daraus. Umso entzückter reagierte sie auf alle Spaßaspekte seiner Kunst. Bodypainting war absolut ihr Ding. Der Pinsel auf der Haut, die kühle Farbe überall. Und natürlich das Terpentin. Der wahre Knaller in ihren Augen war allerdings das, was sich aus seinen Bildern und ihren gemeinsamen Performances PR-mäßig rausholen ließ. In dieser Beziehung war sie nicht zu bremsen. Die nächsten drei Wochen waren sie terminlich ausgebucht. Die Fernsehrechte waren bei zwei Sendern unter Dach und Fach. Drei namhafte Illustrierte hatten Interesse bekundet, eine davon hatte bereits wegen einer Homestory nachgefragt. Ein Museum (!) hatte zwei seiner Bilder gekauft. Tamara hatte den Kurator in Heiners Beisein nackt bis auf ein paar bunte Farbstreifen im Atelier empfangen und die Preise diktiert.

Heiner hatte angesichts dieser beunruhigend schnellen Entwicklung der Ereignisse keineswegs seinen klaren Verstand verloren. Er sah die Dinge durchaus so, wie sie waren: Tamara hatte seine Vermarktung wie auch seinen Schwanz in die Hand genommen und hielt beides in permanenter Bewegung. Es war wie auf einem Karussell. Man fuhr ständig im Kreis, aber warum sollte man absteigen, solange es solchen Spaß machte?

Wenigstens der Himmel meinte es gut mit Anton und Flora. Die Sonne überstrahlte die Welt verschwenderisch mit ihrem Licht, und nicht die kleinste Wolke war zu sehen. Vögel zwitscherten in den Bäumen, und der Duft von Oleander und Rosen lag in der Luft. Ein milder Sommerwind bewegte sacht alle Gräser, Blätter und Blumen, und der Asphalt strahlte Wärme ab. Zu viel Wärme.

»Marsch, Marsch!«, sagte Anton, der das Gefühl hatte, dass Flora absichtlich bummelte.

»Mir tun die Füße weh!«, jammerte Flora. Missmutig stapfte sie hinter Anton her, der ihr nun schon seit mindestens zehn Minuten ein ums andere Mal erzählte, dass sie bald da seien.

»Selber schuld«, fertigte Anton sie ab. »Hättest du dich nicht in die hirnrissige Idee verrannt, unbedingt den einäugigen Bastard aufzusuchen, könnten wir jetzt bequem mit dem Wagen fahren.«

Mit gemischten Gefühlen betrachtete Flora Antons Rücken, über den sich ein zwischen den Schulterblättern durchgeschwitztes, zu enges T-Shirt von Tobias spannte. »Du hast wieder weitergelesen!«

»Klar«, sagte er nur, die schwere Reisetasche von der rechten auf die linke Schulter wuchtend und den Aktenkoffer in die andere Hand wechselnd. Er stöhnte unter der Last des Gepäcks.

Flora hüstelte verschämt. »Und, wie findest du es?«

»Sehr gelungen. Fast wie im richtigen Leben.«

»Wirklich?«

»Glaub mir. Du wirst sehr erfolgreich sein. Dein Buchvertrag ist dir so gut wie sicher. Die Verlage werden sich um dich reißen.«

»Das ist nicht dein Ernst!«, sagte sie atemlos. Die schmerzenden Füße waren auf der Stelle vergessen.

»Selbstverständlich meine ich das ernst. Du wirst schon sehen. In ein paar Monaten sprechen wir uns wieder, dann erinnerst du dich an meine Worte. Und das Beste ist: Du kannst alles postlagernd und telefonisch abwickeln. Musst nicht mal in Erscheinung treten. Kannst alles unter Pseudonym laufen lassen.«

Anton überlegte kurz, dann schüttelte er den Kopf. »Nein, das wohl nicht. Sie werden drauf bestehen, dich mitsamt deiner Vita und allem, was du auf dem Kerbholz hast, zu vermarkten. Diese spezielle Publicity bringt allein

hunderttausend Auflage extra. Mindestens. Mit Lesungen wird es natürlich etwas schwierig, aber der Rest dürfte kein Problem sein. Film- und andere Nebenrechte müssten wir allerdings gesondert verkaufen, alles andere wäre unvernünftig. Das will gut durchdacht sein.«

»Anton«, sagte sie atemlos, »willst du mein Manager werden? Dich um die Verträge kümmern und so?«

Er lachte. »Schreib erst mal den Roman fertig. Dann sehen wir weiter.« Er unterbrach sich, dann raunte er über die Schulter: »Achtung, Feind voraus!«

Mit tief gesenkter Schirmmütze wich er einem älteren Paar aus, das mit einem feisten Dackel im Schlepptau den Bürgersteig für sich beanspruchte. Flora hob angelegentlich die Hand vors Gesicht, um sich eine imaginäre Strähne der Perücke aus der Stirn zu streichen. Mehr konnte sie nicht tun, um sich unkenntlich zu machen, insbesondere gegen den prall vorgewölbten Bauch vermochte sie nicht viel zu unternehmen. Die dottergelbe Pluderhose, die Anita ihr gegeben hatte, kaschierte nicht im Geringsten. Sie sah damit aus wie eine wandelnde, voll erblühte Butterblume. Das Einzige, was gegen den Umfang noch helfen würde, war die Entbindung.

Wenigstens war die Kleidertauschaktion auf dem Bahnhof problemlos vonstatten gegangen. Unter Tränen hatten Anita und Tobias ihnen alles Glück der Welt gewünscht, wofür auch immer, und sie hatten ihnen das Versprechen abgerungen, sich schnellstmöglich wieder bei ihnen zu melden, sobald sie wüssten, wohin sie sich wenden wollten.

Falls ihnen überhaupt zum Thema wohin etwas einfiel.

»Ist es noch weit?«, quengelte Flora.

»Wir sind gleich da«, behauptete Anton.

»Das sagst du andauernd.«

»Inzwischen stimmt es aber. Noch dreihundert Meter. Höchstens.«

Flora krauste unwillig die Nase, dann rückte sie mit der Frage heraus, die ihr schon die ganze Zeit auf der Seele brannte. »Was glaubst du – sind sie in deiner oder meiner Wohnung?«

»Wer?«, fragte er, ohne den Hauch einer Ahnung, was sie meinte.

»Na, Heiner. Und Tamara. Sie müssen doch irgendwo sein. Und zusammen sind sie bestimmt. Oder?«

Er zuckte die Achseln. »Kann sein. Ist mir, ehrlich gesagt, momentan ganz egal.«

Das erleichterte sie, ohne dass sie sich den Grund dafür eingestehen mochte.

Nach einer Pause des Schweigens fing sie erneut an.

»Anton?«

»Ja?«

»Was machst du, wenn sie in deiner Wohnung sind?« Sie druckste herum, bis sie die passenden Worte fand. »Dann hast du doch gar kein Zuhause mehr!«

»Worauf willst du hinaus?«

»Na ja, ich meine ... nur für den Fall, dass Tamara die Wohnung für sich alleine will ... oder vielmehr, für sich und Heiner ... ich will damit sagen, du musst keine Angst haben, dass du ... Kurz und gut, falls du nicht weißt wohin ... natürlich immer vorausgesetzt, dass wir uns je wieder wie ganz normale Menschen in der Öffentlichkeit bewegen können, sonst stellt sich ja die Frage nicht ...«

»Die stellt sich auch so nicht«, beendete er ihr Gestotter. »Die Wohnung ist eine Eigentumswohnung und gehört mir.«

»Ach«, sagte sie lahm.

»Trotzdem«, sagte Anton. »Vielen Dank für das Angebot.«

Er ging quer über einen leeren, von blühenden Rosenbüschen umsäumten Parkplatz und blieb vor einem Jugendstilhaus mit prächtiger Fassade stehen.

»So, da sind wir«, erklärte er. Während er die Tasche abstellte, seinen Schlüsselbund hervorholte und die Eingangstür aufschloss, dachte er an aussichtsreiche Zeiten, ehrgeizige Ziele, große Pläne. Und an begrabene Hoffnungen. Vergiss es einfach, ermahnte er sich.

»Und du bist wirklich sicher, dass niemand hier ist?«, fragte Flora zweifelnd.

»Nicht an einem Samstagnachmittag. Kein Mensch arbeitet heute. Schon gar nicht bei diesem Wetter. Da haben selbst Anwälte frei.« Anton schulterte erneut die Tasche und ließ Flora höflich den Vortritt ins Gebäude. »Willkommen in der Kanzlei Schnellberger und Partner.«

Flora blickte sich in der Eingangshalle um. »Wow«, sagte sie eingeschüchtert. »Hier arbeitest du also!«

»Hier habe ich gearbeitet. Mit Betonung auf der Vergangenheitsform.«

»Du bist zu negativ«, hielt sie ihm vor. »Wer weiß, was die Zukunft noch bringt.«

»Ja, wer weiß das schon«, murmelte Anton.

»Sind die Bilder echt?«, fragte Flora, die modernen Drucke und Aquarelle an den Wänden begutachtend. »Nein, warte. Sag's nicht. Natürlich sind sie's.«

Sie ging an der geschwungenen Empfangstheke, den glänzend weißen Aktenschränken, den gepflegten tropischen Grünpflanzen und den deckenhohen Spiegeln vorbei, durch die offen stehende Tür ins Wartezimmer. Als sie die ausladenden Ledercouchen sah, gab sie einen erfreuten Laut von sich.

»Hey, da habt ihr ja genau das, was ich jetzt brauche!« Ohne Federlesens ließ sie sich lang ausgestreckt auf eine der Couchen fallen, lagerte die Füße hoch und atmete durch. »Aaah! Du ahnst ja nicht, wie gut das tut nach dem scheußlichen Fußmarsch in dieser Hitze!«

»Wahrscheinlich brauchst du jetzt nur noch was zu essen«, meinte Anton mit mildem Sarkasmus. Er hatte das Gepäck hinter der Empfangstheke abgestellt und kam zu Flora ins Wartezimmer.

»Sag nur, ihr habt hier was!«

»In der Küche ist ein Kühlschrank. Ich schau gleich mal nach, was drin ist.« Anton setzte sich auf die andere Couch und legte die Füße auf den niedrigen Rauchglastisch mit den Zeitschriften. »Wenn du willst, kann ich dir auch mein Büro zeigen. Oder vielmehr den Raum, der mein Büro war.«

»Gern«, gab Flora sich unbefangen.

Anton verschränkte die Hände und holte tief Luft, was Flora sofort als untrügliches Zeichen erkannte, dass es jetzt Ernst wurde.

»Flora«, begann er denn auch in gemessenem Tonfall, »wir müssen uns jetzt ernsthafte Gedanken machen, wie es weitergehen soll. Spätestens morgen Nacht müssen wir von hier verschwunden sein. Vor allen Dingen müssen wir jedoch Pläne schmieden, welches Ziel wir ins Auge fassen wollen.«

»Ganz einfach«, sagte sie mit todernster Miene. »Wir fliehen nach Mexiko. Das machen sie in den Hollywoodfilmen auch immer so. Ab über die Grenze, und die Bullen gucken blöd aus der Wäsche.«

Anton schloss indigniert die Augen. Das war zu viel.

Flora gab ein glockenhelles, melodisches Gelächter von sich.

»Ach komm, Anton! Sei doch bloß nicht immer so miesepetrig! Du kannst aber wirklich kein bisschen Spaß verstehen!« Sie stand auf, kam zu ihm herüber und setzte sich neben ihn aufs Sofa. Aufmunternd drückte sie seine Hand.

»Bis jetzt ging es doch immer irgendwie weiter, oder? Sei mal ehrlich, Anton: Das Leben wäre doch sterbenslangweilig, wenn es keine Überraschungen mehr gäbe. Im-

mer nur überlegen, planen, kalkulieren. Von klein auf wird uns das tagtäglich eingetrichtert. Du glaubst nicht, wie viele Lebensweisheiten und Maßregeln allein meine Mutter von früh bis spät für mich parat hatte. In jeder Lebenslage eine andere. Tu dies nicht, tu das nicht. Ich kann das nicht mehr hören! Du lieber Himmel, ist es denn so schwer, spontan zu sein?«

Anton blickte nachdenklich ihre Hand in seiner an. »Du meinst … einfach tun, wonach mir der Sinn steht?«

Flora nickte eifrig.

Anton runzelte die Stirn. »Ohne Rücksicht auf Konventionen und Vorschriften über Sitte und Moral?«

Flora nickte abermals. Erfreulicherweise schien er einzusehen, dass sie Recht hatte.

»Du meinst also«, setzte er den Exkurs fort, »dass ich das machen sollte, worauf ich gerade Lust habe?«

»Ja, genau!«

Anton ließ Floras Hand los, umfasste ihr Gesicht und presste seinen Mund auf ihren. Als sie verblüfft die Lippen öffnete, nutzte er sofort die Gelegenheit, den Kuss zu vertiefen. Nach einer Schrecksekunde reagierte Flora mit heftiger Leidenschaft. Sie hörte das Blut in ihren Ohren rauschen, und wirre, zusammenhanglose Gedanken schossen ihr durch den Kopf, etwa, ob Küssen wehenauslösend war, oder ob er sie nach diesem Kuss nochmals küssen würde (was sie kaum erwarten konnte), oder ob ihr Deo versagt hatte oder ihre Kusstechnik ihm gefiel …

Anton hörte nach einer kleinen, wunderbaren Ewigkeit auf, sie zu küssen (fürs Erste) und brachte schwer atmend heraus: »Du hast vollkommen Recht! Was wäre das Leben ohne Spontaneität!«

Flora konnte ihn nur stumm anstarren. Ihr Herz ratterte wie ein Schnellzug, und ihre Lider flatterten, ohne dass sie etwas dagegen tun konnte. Sie wäre gern in Ohnmacht ge-

fallen, so wie es die Frauen früher in solcher Lage zu handhaben pflegten, doch sie wusste nicht, wie. Stattdessen formten ihre Lippen Antons Namen, ohne dass ein Ton herauskam.

Anton legte eine Hand auf ihren Bauch und die andere auf eine volle Brust. »Was hatte dieser Dr. Kückelberg noch über zärtlichen und liebevollen Sex am Ende der Schwangerschaft gesagt?«

Sie fielen einander in die Arme und gerieten rasch in die Horizontale, wobei sie den Problemen, die Floras Umfang ihnen beim Austausch ihrer Zärtlichkeiten in den Weg legte, mit beachtlichem akrobatischem Einfallsreichtum begegneten.

Anton stöhnte Flora zwischen zahlreichen Küssen ins Ohr, wie verrückt er nach ihr sei, und Flora stöhnte, dass es ihr genauso gehe, und dann stöhnten sie beide nur noch, ohne Worte. Dass sie nicht mehr redeten, war von Vorteil, denn anderenfalls hätten sie vielleicht das Geräusch der sich öffnenden Kanzleitür nicht gehört. Sie fuhren beide gleichzeitig hoch und starrten durch den schmalen Spalt der angelehnten Tür in den Empfangsraum hinüber.

Heimschröder zog die Eingangstür hinter sich ins Schloss und fing unverzüglich an, die junge Kanzleiangestellte zu begrapschen.

Sie machte eine Weile mit, doch dann entwand sie sich ihm. »Nicht schon wieder hier vorne im Empfang«, beklagte sie sich. »Auf dem Sofa ist es viel bequemer. Und überhaupt. Ich finde, es geht immer so ruckzuck bei dir. Irgendwie … mechanisch.«

»Wie kannst du nur so was sagen!«

»Stimmt aber doch! Als könntest du gar nicht schnell genug wieder nach Hause kommen! Zur Sportschau oder zu was weiß ich!«

Heimschröder lockerte seine Krawatte und fuhr sich dann mit allen zehn Fingern durch die Dauerwelle. Sein Atem ging schwer.

»Vanessa«, schmeichelte er. »Sei doch nicht so!«

»Ich bin aber so«, gab sie schnippisch zurück. »Eigentlich könnten wir's ja auch genauso gut im Hotel machen. Du kannst es dir doch jetzt locker leisten.«

Ihm war ganz egal, wo es passierte, nur bei ihm zu Hause ging's nicht, weil da seine Frau war.

»Noch bin ich nicht Partner«, wandte er ein.

»Aber fast.« Vanessa kicherte. »Ich hab selber den Vertrag getippt. Fand ich total witzig. Ich hab Winklers Partnervertrag als Vorlage benutzt. Bevor ich ihn in den Schredder gesteckt habe!«

Heimschröder nutzte ihre Aufwallung von guter Laune und fiel sofort mit Küssen über sie her. Um die Sache zu beschleunigen, schob er ihr eine Hand unter den Rock und drängte sie mit der anderen in Richtung Wartezimmer.

»Ich weiß nicht«, sagte Vanessa, als er die Knutscherei kurz unterbrach, um nach Luft zu schnappen.

»Was weißt du nicht?«, keuchte Heimschröder.

»Ob das hier wirklich so sicher ist. Ich meine, dass wir dreimal nicht erwischt worden sind, heißt doch noch lange nicht, dass …«

»Aber was denn«, wiegelte Heimschröder sofort ab. »Kein Aas kommt samstags hierher!« Er zerrte sie aufs Sofa und fing ohne Umschweife an, ihr die Kleider vom Leib zu reißen. Inzwischen hatte er sich darauf eingestellt, dass sie ausgezogen werden wollte. Und zwar von ihm. Möglichst ganz. Sie brauche das, weil sie es erotisch finde, hatte sie erklärt, und Heimschröder, der überhaupt nichts ausgezogen hätte, wenn es nach ihm gegangen wäre, hatte sich notgedrungen gefügt. Sie war jung und hübsch und erhörte ihn regelmäßig, drei wesentliche Aspekte, die seine

Frau nicht aufzubieten hatte. Außerdem verlangte Vanessa, dass er sich scheiden ließe (was natürlich nicht infrage kam) und dass er sich beim Vorspiel Zeit nahm und nicht so einfallslos zu Werke ging (weshalb es immer eine viertel Stunde länger dauerte als der Idealakt in seiner Fantasie).

»Das Sofa ist warm«, sagte Vanessa, während Heimschröder ihr die Strumpfhose herunterriss. »He, nicht so wild! Die hat achtzehn Mark gekostet!«

»Ich kauf dir ne neue!«, sagte Heimschröder erregt.

»Findest du nicht, dass das Sofa warm ist?«

»Ja doch«, stieß er hervor, mit zitternden Fingern am Reißverschluss ihres Rockes herumfummelnd.

»Ich meine, es ist irgendwie *zu* warm. Als hätte schon jemand hier gesessen.«

»Hier sitzen jeden Tag Leute.«

»Aber doch heute nicht. Oder?«

Er knirschte mit den Zähnen, weil der Reißverschluss klemmte.

»Mach mir ja nicht den Rock kaputt. Der ist noch total neu.«

Der Reißverschluss gab nach, Heimschröder zerrte ihr den Rock über die Hüften nach unten und warf ihn achtlos über die Lehne der Couch. »Aah! Vanessa!«

»Stopp! Den BH zieh ich lieber selber aus. Der hat sechzig Mark gekostet.«

Sie hakte ihren Büstenhalter auf, und Heimschröder riss ihn ihr aus der Hand und warf ihn über die Couchlehne zum Rock. Dann, endlich, glaubte er, zur Tat schreiten zu können. Mit einem erleichterten Ächzen ließ er sich auf sie fallen.

»Für Leder ist das Sofa eigentlich zu warm«, mäkelte sie.

Heimschröder hob seinen Kopf von ihrer linken Brust und unterdrückte mit Mühe einen Fluch. »Hättest du es lieber kälter?«

Vanessa seufzte. »Ich weiß nicht. Irgendwie bin ich heut nicht so in Stimmung.«

»Ich aber«, sagte Heimschröder jämmerlich.

»Na gut. Dann mach halt. Vielleicht wird's ja noch.«

Anton und Flora hockten mucksmäuschenstill und mit eingezogenen Köpfen zwischen Couch und Wand auf dem Fußboden. Flora zog Anton Vanessas Rock vom Kopf und den BH von der Schulter und gab ihm hastige Zeichen; sie deutete abwechselnd auf die Couch und die Tür, was so viel besagen sollte wie: Lass uns einen günstigen Moment abwarten und dann abhauen!

Doch Anton reagierte nicht. Er war momentan rettungslos überfordert. Seit Vanessa ihm unwissentlich die bittere und endgültige Wahrheit über seine Sozietätsaussichten offenbart hatte, war er wie gelähmt. Es zu ahnen oder es zu wissen war eben doch zweierlei. Er fühlte sich, als sei er zusammen mit seinem Vertrag kleingeschreddert worden.

Heimschröders immer lauter ertönendes Keuchen und die eintönigen Grunzlaute, mittels derer er bekundete, wie toll er Vanessas Busen fand, ließen Anton eigenartig unberührt, ja, es war beinahe, als würde dadurch seine Lethargie noch schlimmer.

Flora stieß ihn mit dem Ellbogen an und signalisierte ihm pantomimisch, dass nun der rechte Zeitpunkt gekommen war, um sich aus dem Zimmer zu stehlen.

»Jetzt«, machte sie lautlos.

So tief geduckt, wie es ihr bei ihrem Umfang eben noch möglich war, watschelte sie zur Tür. Anton brachte immerhin so viel Entschlusskraft auf, es ihr gleichzutun und ihr auf dem Fuße zu folgen. Doch ihre Flucht endete diesmal schon nach wenigen Sekunden, was nicht etwa daran lag, dass Heimschröder und Vanessa sie bemerkt hätten, sondern an den Beinen von Dr. Harald Schnellberger, mit denen Flora

unversehens im Empfangsraum kollidierte. Sie plumpste auf den Hintern und starrte entgeistert zu ihm hoch. Er stand in Freizeitkluft dort und hatte in amouröser Attitüde den Arm um eine der anderen jungen Kanzleiangestellten gelegt. Wie eine sterbende Kaulquappe rang er nach Luft, als er der ungebetenen Besucher ansichtig wurde.

»Herr Kollege!«, entfuhr es ihm.

Dann starrte er durch die jetzt weit offene Tür des Wartezimmers auf das Sodom und Gomorrha auf der Couch.

»Herr Kollege!«, rief er entgeistert.

Heimschröder und Vanessa fuhren mit einem Aufschrei hoch und bedeckten sich notdürftig mit allen Kleidungsstücken, die sie in ihrer Hast zu fassen kriegten.

»Herr Kollege«, stotterte Heimschröder.

Anton richtete sich zu voller Größe auf. Seine Apathie war angesichts der grotesken Situation verflogen, stattdessen fühlte er grimmige Erheiterung in sich aufsteigen. Er nickte Schnellberger einen knappen, formellen Gruß zu. »Herr Kollege.«

Desgleichen in Richtung Heimschröder. »Herr Kollege.«

Dann fasste er Floras Hand und zog sie auf die Füße. »Komm!«

Und wieder mal gaben sie Fersengeld. Sie rannten Hand in Hand, ohne sich umzudrehen, bis ihnen (oder vielmehr Flora) die Puste ausging. Weit kamen sie nicht. Ihr Dauerlauf endete mitten auf einer Wildblumenwiese in einem Park, der nur wenige hundert Meter von der Kanzlei entfernt lag. Flora krümmte sich und holte japsend Luft. »Wahnsinn!«, keuchte sie. »Das war der helle Wahnsinn!«

Anton war seltsam zumute. Ein wildes Gefühl von Ausgelassenheit und Befreiung durchströmte ihn, und für den Moment kam er sich unbesiegbar vor.

Er warf den Kopf in den Nacken und lachte.

Flora zog sich übermütig die verrutschte Perücke vom Kopf und lachte mit.

Sie lachten beide, bis ihnen die Seiten wehtaten.

Anton hörte nicht auf zu lachen, auch nicht, als er Flora unter den Armen fasste, sie hochhob und herumschleuderte, bis die Perücke in hohem Bogen davonflog.

»War das spontan genug?«, fragte er atemlos, als er sie wieder abgestellt hatte. »Ich wette, du hast noch nie einen Mann erlebt, der spontaner ist als ich!«

Sie gab ihm kichernd Recht und sah dabei so unwiderstehlich aus, dass Anton sie augenblicklich umarmte und küsste, bis sie aufhören mussten, weil sie sich sonst beide vergessen hätten.

Wenig später fanden sie eine Bank an einem malerischen kleinen See, auf dem zwei Schwäne gemächlich ihre Kreise zogen. Eine gewaltige Trauerweide schirmte die Bank mit ihren tief herabhängenden Ästen nahezu vollständig gegen die Außenwelt ab, lediglich die Sicht auf den See blieb frei.

Anton setzte sich, und Flora lehnte ihren Kopf gegen seine Brust, die Beine hochgezogen und die Knie mit den Händen umfasst. Die Situation hatte etwas Unwirkliches, wie sie dort auf der Bank saßen, auf den Teich blickten, umgeben vom lichtdurchlässigen Grün der Weide, in die Stille hineinhorchend, die durch nichts unterbrochen wurde als durch den Gesang der Vögel und das Rascheln der Blätter.

Es war, als sei die Zeit stehen geblieben, als hätte die Welt sich ohne sie weitergedreht und sie in einer Art Stasis zurückgelassen. Diese Enklave der Ruhe schien ihnen unantastbar, die Weide wie ein Schild gegen alle äußeren Einflüsse, die hochmütigen, eleganten Schwäne wie ein Garant dafür, dass nichts und niemand je hier eindringen und ihren Frieden stören konnte.

In träumerischer Versunkenheit schaute Flora hinauf in die Baumkrone. Anton streichelte selbstvergessen ihr Haar, ihren Bauch, ihre Hände.

Ihm kam unvermittelt etwas in den Sinn, das er für höchst bemerkenswert hielt. »Weißt du was?«, meinte er.

»M-m.«

»Ich glaube, seit ich dich kenne, brauche ich keine Magentabletten mehr.«

»Wirklich?«

»Seit dem Banküberfall komme ich ohne aus. Das ist seit Jahren nicht passiert.«

Flora streckte träge die Hand aus und zog einen der herabhängenden Zweige zu sich heran. »Komisch, oder?«

»Was ist komisch?«

»Das Leben. Wir versuchen immer, es in den Griff zu kriegen und es zu zähmen. Aber es ist in Wahrheit unberechenbar, nicht zu packen. Wie ein wildes Tier. Im einen Moment spaziert es gemütlich dahin, im nächsten springt es dich an und schlägt dir seine Klauen mitten ins Herz.« Gedankenverloren zupfte sie ein paar Blätter ab. »Und weißt du, was besonders verrückt daran ist?«

»Hm?«

»Dass es ganz friedlich wird, sobald man es einfach laufen lässt, es akzeptiert, wie es eben ist. Wenn man aufhört, dagegen anzukämpfen. So wie wir in diesem Moment.«

»Was du da mit all deinen Synonymen beschreibst, nennt man Fatalismus«, sagte Anton. Sein Atem kitzelte ihre Schläfe. »Das ist allerdings nur eine Sicht des Ganzen. Es gibt durchaus Dinge, für die es sich zu kämpfen lohnt.« Er hob eine Hand und deutete auf die beiden Schwäne, die in unerschütterlicher Eintracht nebeneinander übers Wasser glitten.

»Siehst du die Schwäne? Sie sind ein Paar. Sie sind monogam, sie halten zusammen, ein Leben lang. Sie würden

füreinander kämpfen. Jederzeit. Und wenn es sein muss, sterben sie auch füreinander.«

Schweigend schauten Anton und Flora hinaus auf den Teich, und unabhängig voneinander dachten sie beide, wie wunderbar es doch sein müsste, ein Schwan zu sein.

In der Höhle des Löwen

Die beschauliche Stimmung hielt nicht lange vor. Sie warteten bis zum Einsetzen der Dämmerung, und sobald sie sicher sein konnten, dass kaum noch Leute im Park unterwegs waren, brachen sie auf, mit der vagen Vorstellung, im Schutze der kommenden Nacht Anita und Tobias aus dem Bett zu klingeln und abermals um Hilfe zu bitten. Was blieb ihnen auch übrig, nachdem sie buchstäblich nichts mehr besaßen außer der Kleidung, die sie auf dem Leib trugen? Sie hatten bei ihrer überstürzten Flucht aus der Kanzlei nur Floras kleine Umhängetasche mitnehmen können, in der sich ihre beiden wichtigsten Besitztümer befanden, die sie immer bei sich trug und die sie wie Kleinodien hütete: ihre Romandiskette und ihr Mütterpass.

Sonst war nicht viel drin. Ein Kamm, ein bisschen Schminkzeug, das Ultraschallfoto, die Tabletten. Und ein bisschen Kleingeld, das aber höchstens noch für eine Tüte Bonbons und zum Telefonieren reichte.

Anton und Flora wichen den wenigen Spaziergängern aus, die noch unterwegs waren. Sie schlugen sich durch die Büsche, um schneller zur Straße zu kommen. Anton ging in sichtlich gereizter Stimmung voran und schob Zweige zur Seite. Er fluchte, als er mit dem Hemd an einem dornenbewehrten Strauch hängen blieb, und kurz darauf schlug er sich mit der flachen Hand klatschend gegen den Hals, weil eine Mücke ihn gestochen hatte.

Flora wich den zurückschnellenden Zweigen aus und stolperte hinter ihm her, wobei sie sich fragte, ob das ab und zu auftretende leise Ziehen im Kreuz vom Stress herrührte.

»Wohin gehen wir eigentlich?«, wollte sie wissen. »Ich meine, wo bleiben wir, bis es Nacht wird?«

»Keine Ahnung. Wir wollten es doch auf uns zukommen lassen, oder?« Die Ironie in seiner Stimme war nicht zu überhören. »Wir haben kein Geld, keine Papiere, keinen Wagen, kein Garnichts. Wir werden steckbrieflich von der Polizei und von allen Medien des Landes gesucht. Doch was macht das schon? Lass uns einfach abwarten, was das Leben an Überraschungen für uns bereithält. Spontan sein, das ist doch deine Devise, oder?«

Anton hob einen Stock auf und schlug damit auf einen Ilexbusch ein, bis die gezackten Blätter nach allen Seiten davonflogen. Als das unbefriedigend wurde, schleuderte er den Stock zur Seite und setzte sein zerstörerisches Werk mit Fußtritten gegen den unschuldigen Busch fort.

»Es hat sowieso keinen Sinn, sich gegen den Lauf der Dinge zu sträuben«, stieß er im Takt seiner Tritte hervor. »Du hattest ganz Recht. Je mehr man sich wehrt, umso schlimmer wird es.«

Da es hinter ihm auffällig still blieb, drehte er sich um. Flora war nicht da.

»Flora?«, fragte er verblüfft, und dann lauter: »Flora!«

Es war, als sei sie nie da gewesen. Sie war spurlos verschwunden.

Beunruhigt tat Anton einen Schritt zurück in die Richtung, aus der sie gekommen waren. Von ihr war weit und breit nichts zu sehen. Den Totschläger, der auf seinen Nacken zusauste, sah er auch nicht, und ebenso wenig fühlte er den Schmerz, als von allen Seiten her Dunkelheit auf ihn einbrandete.

Ihm war übel, als er wieder zu sich kam, und in seinem Kopf dröhnte und hämmerte es wie in einem Walzwerk. Aufstöhnend wollte er an die schmerzende Stelle fassen, doch es ging nicht. Seine Hände ließen sich nicht bewegen. Was war mit seinen Händen passiert? So sehr er auch zerrte, sie wollten sich nicht nach vorn bringen lassen. Und er hatte Schwierigkeiten mit dem Atmen. Luft bekam er nur durch die Nase. Irgendetwas mit fester, klebriger Konsistenz hinderte ihn, den Mund für einen tiefen Atemzug zu öffnen. Jetzt erst begriff er, dass hier etwas nicht stimmte. Seine Hände waren auf dem Rücken gefesselt, und zwar mit Handschellen, wie an dem kalten Stahl auf der Haut unschwer zu erkennen war. Und über seinem Mund klebte ein breiter Streifen von widerlich schmeckendem Leukoplast.

Als Nächstes bemerkte er, dass er auf dem Rücksitz eines fahrenden Autos saß und durchs Seitenfenster auf eine schwach befahrene Landstraße hinausschaute. Ihm wurde klar, dass man ihn niedergeschlagen und verschleppt hatte, doch er hatte jegliches Zeitgefühl verloren. Er konnte ebenso gut Minuten wie Stunden bewusstlos gewesen sein. Nein, Letzteres wohl nicht, draußen wurde es gerade erst dunkel.

Blitzartig kam die Erinnerung zurück. Er hatte sich von dem Ilex abgewandt, um nach ihr zu sehen und …

Flora!!!

Er warf sich wild herum, nur um sofort erleichtert aufzuseufzen. Sie war neben ihm und allem Anschein nach unverletzt. Anton schloss die Augen und sprach ein Dankgebet. Flora saß weit zurückgelehnt in der Ecke des Fonds, die Hände wie er selbst mit Handschellen gefesselt, wenn auch nicht auf dem Rücken, sondern, offenbar aus Rücksicht auf ihren Zustand, vor dem Bauch. Sie hatte immer noch ihr lächerliches Handtäschchen umhängen und umklammerte es mit den gefesselten Händen. Ihr Mund war wie bei Anton mit einem Leukoplaststreifen verklebt, der

jedoch kaum ihr heftiges Stöhnen dämpfte. Ihr Haar war verklebt und mit Ilexblättern durchsetzt, und ihre Augen in Panik aufgerissen. Offenbar sah sie etwas, das Anton bisher entgangen war, und als er ihrer Blickrichtung folgte, begriff er. Vor ihnen, auf den Vordersitzen, saßen der Chauffeur und der Buchhalter von Zacharias Ziegler alias Ziggy dem Zigeuner. Wie immer trugen sie schwarze Sonnenbrillen und tadellos sitzende Maßanzüge.

Flora stöhnte lauter und bäumte sich krampfartig auf.

Der Buchhalter drehte sich um. »Nur keine Panik auf der Titanic. Wir sind ja gleich da. Dann könnt ihr schreien und Dampf ablassen, so viel ihr wollt. Kann da sowieso niemand hören.«

Diese Information bot Anton genügend Anlass, seinerseits laut aufzustöhnen und an seinen Fesseln zu zerren.

Der Chauffeur wandte sich an seinen Kollegen auf der Beifahrerseite. »Vielleicht solltest du ihm noch eins überbraten, was?«

Anton verstummte und machte sich möglichst klein.

»Brav«, sagte der Chauffeur.

Als sie etwa zehn Minuten später die Landstraße verließen und durch ödes, nur vereinzelt mit Sträuchern und verkrüppelten Bäumen bewachsenes Brachland fuhren, war es vollends dunkel geworden.

Der Wagen holperte über eine Bodenwelle. Flora verspannte sich und ließ erneut ein kehliges Stöhnen hören. Anton hätte gern auf die Uhr geschaut, aber das war eines der Bedürfnisse, die er auf später verschieben musste.

Flora war inzwischen sicher, dass das Ziehen kein Stress war. Sie hatte es bereits geahnt, als sich die harte Hand auf ihren Mund gepresst und der muskulöse Arm ihre Mitte umschlungen hatte, um sie rücklings zu diesem Straßenkreuzer zu schleppen. Ihr Verdacht hatte sich erhärtet, als die beiden Gangster sie mit Handschellen und Klebeband

traktiert und auf die Rückbank verfrachtet hatten, und letzte Gewissheit hatte sie erlangt, als Anton, ebenfalls gefesselt und geknebelt, in bewusstlosem Zustand neben sie gestoßen worden war: Sie hatte definitiv Wehen. Im Unterschied zu den Senkwehen von gestern kamen diese Schmerzen sehr regelmäßig. Und äußerst heftig. Sie waren in ihrer Intensität mit keinem anderen Schmerz, den sie je erlebt hatte, auch nur annähernd zu vergleichen. Es war, als versuche eine unsichtbare Macht, sie jeweils für die Dauer von etwa einer Minute in der Mitte auseinander zu reißen.

Und das Schlimmste war: Sie konnte den Schmerz nicht veratmen!

Flora bezweifelte, dass es überhaupt eine Technik gab, die eine vernünftige Entspannungsatmung nur unter Einsatz der Nase vorsah; falls doch, so hatte sie es jedenfalls nicht erlernt.

Der Buchhalter warf ihr einen Blick über die Schulter zu. »Nicht so aufregen, Muttchen. Ist schlecht fürs Kind. Sieh mal, da sind wir doch schon.«

Der Wagen rollte vor einer uralten, verlassenen Ziegelei aus, kilometerweit das einzige Bauwerk inmitten dieser Ödnis. Bereits vor vielen Jahren hatte man sie dem Verfall preisgegeben, nachdem das in der Nähe befindliche Tonvorkommen erschöpft war. In der Dunkelheit war das Gebäude nur als schwarz aufragender Schatten auszumachen, doch Anton brauchte kein Licht, um zu wissen, wo sie hier gelandet waren. Er kannte diese Stelle von diversen Ortsterminen. Eisiger Schrecken breitete sich in ihm aus.

Der Buchhalter und der Chauffeur stiegen gleichzeitig aus, rissen die hinteren Türen auf und zerrten Flora und Anton von den Rücksitzen des Wagens, auf das Tor der Fabrik zu.

Im Inneren war es bis auf eine einzelne, im vorderen Bereich der Halle von der Decke herabbaumelnde nackte Glühbirne stockfinster. Direkt unter der Lampe, bestrahlt wie von einer eigens für ihn scheinenden kleinen Sonne, stand Ziggy, breit grinsend, die Hände in freudiger Erwartung ausgestreckt.

Der Chauffeur und der Buchhalter stießen Flora und Anton vorwärts, ihrem Herrn und Meister entgegen.

»Hier sind sie, Boss«, sagte der Buchhalter.

»Was?«, sagte Ziggy entgeistert, als Anton und Flora auf ihn zutaumelten.

Flora begann wieder zu stöhnen. Sie presste die gefesselten Hände gegen ihren Bauch, und Anton sah in hilfloser Wut, wie sehr sie litt.

»Was soll das?« Ziggy wirkte gefährlich ruhig.

»Was soll was?«, fragte der Buchhalter verunsichert.

»Ich hab gesagt: Bringt sie her, oder nicht?«

»Wir haben sie doch gebracht.«

»Und hab ich was von verfuckten Handschellen gesagt? Oder von Klebestreifen? Hab ich? Hab ich?«

»Ich weiß nicht«, sagte der Chauffeur.

»Ach! Du weißt nicht.« Das klang wie ein Todesurteil. »Ihr habt es also gemacht, obwohl ihr's nicht wusstet.«

»Aber wir machen es doch immer so«, verteidigte sich der Buchhalter.

»Ja, genau«, assistierte ihm der Chauffeur. »Sie sagen uns, bringt den Typen her, und wir schnappen ihn, ziehen ihm eins über, packen ihn ein und bringen ihn her.«

»Fuck!«, tobte Ziggy. »Hab ich euch etwa befohlen, es wie immer zu machen? Häh? Hab ich? Hab ich?«

Mit der Schnelligkeit einer zustoßenden Viper fuhr seine Hand unter das Jackett und kam mit der Pistole wieder heraus.

Flora und Anton duckten sich augenblicklich und stol-

perten ein paar Schritte zur Seite, weg von dem Kugelregen, der um den Chauffeur und den Buchhalter herumspritzte. Holzwolle und Brocken von Mörtel rieselten von Wänden und Decke, und Pulverdampf füllte die Luft mit durchdringendem Gestank. Ziggys Handlanger standen reglos da, zwei Statuen mit Sonnenbrillen, und warteten, bis die Ballerei vorbei war. Anton hätte trotz der unzureichenden Beleuchtung schwören mögen, an den Ärmeln der beiden Kerle Schmauchspuren von Geschossen zu erkennen, die den Stoff gestreift hatten.

»Ich könnte im Zirkus auftreten«, meinte Ziggy selbstgefällig und schob ein neues Magazin in die Pistole. »Irgendwann muss ich das mal mit Messern probieren.«

Einen Moment später beeilten sich der Chauffeur und der Buchhalter, Ziggys herrischem Wink Folge zu leisten und ihre Gäste von Fesseln und Knebeln zu befreien.

Flora verschwendete keine Zeit mit Reden. Gerade begann die nächste Wehe. Gestützt von Anton, der unverzüglich den Arm um sie legte, sobald seine Hände frei waren, legte sie mit einer mustergültigen Entspannungsatmung los, durch die Nase ein und den Mund aus. Ihre Hände presste sie dabei ins Kreuz, dahin, wo es am schlimmsten wehtat. Sie hätte nie gedacht, dass man im Rücken solche Schmerzen haben konnte.

Ohne Flora loszulassen, betastete Anton vorsichtig die pochende Beule an seinem Hinterkopf. »Herr Ziegler«, begann er, doch Ziggy gebot ihm sofort mit fröhlich erhobenem Zeigefinger Einhalt. »Ihr müsst schon entschuldigen, meine Lieben! Da hat es wohl ein kleines Missverständnis gegeben! Wisst ihr, ich wollte euch einfach nur hierher einladen. Ich finde nämlich, es ist euer gutes Recht, dabei zu sein!«

»Wobei?«, fragte Anton verständnislos.

»Na, hierbei!« Ziggy hob die Hand und versetzte die

Lampe in Schwingung. Langsam pendelte sie an ihrem meterlangen Kabel hin und her, ihr Licht wanderte in finstere Ecken und Winkel, traf auf verrottete Paletten und Regale, blinde Fenster und rostfleckigen Maschinenschrott. Bei der nächsten Pendelbewegung wurde die Ecke ausgeleuchtet, in der die Betonmischmaschine stand, mit der dagegen gelehnten Schaufel und dem leeren Zementsack auf dem Boden. Und daneben …

»O mein Gott!«, hauchte Flora. »Herr Xavier!«

»Der Stuhl von Willy Tell«, flüsterte Anton.

Es war natürlich nicht derselbe – der befand sich in einer Asservatenkammer – aber dieser hier sollte offenbar dieselbe Funktion erfüllen wie das Original.

Xavier saß darauf, den Mund sorgfältig mit Klebeband versiegelt, die Arme mit Stricken nach hinten an die Lehne gefesselt. Seine Füße steckten bis zu den Knien in einem Holzkübel. In seinen hervorquellenden Augen stand das nackte Grauen.

Die gespenstische Szenerie wich bei der nächsten Schwingung der Glühbirne ins Dunkel zurück, tauchte wie unter einem bis ins Unendliche verlangsamten Stroboskop abermals auf, verschwand wieder.

Beifall heischend wandte Ziggy sich zu Anton und Flora. »Hab ich's versprochen oder nicht? Ich hab doch gesagt, dass Sie was guthaben bei mir, Doktorchen. Und so ner netten jungen Mutti darf man doch nichts abschlagen.«

Er ließ sich vom Chauffeur eine Stablampe reichen und richtete sie auf Xavier. Sein Auge geriet in Zuckung, als wollte es schneller zum Stuhl gelangen als Ziggy selbst.

»Mal sehen, ob's schon durch ist!«

Mit diesen Worten zog er erneut die Pistole.

Flora verbarg ihr Gesicht in den Händen, als das Holz von dem Kübel in einem Geschosshagel zu Millionen von Splittern explodierte und nach allen Seiten davonflog. Als

Flora wieder hinschaute, saß Xavier mit einem dicken, soliden Zementklotz an den Beinen da. Entweder war er bewusstlos oder tot. Sein Gesicht war im geisterhaften Licht der Stablampe weiß wie ein Laken, seine Augen geschlossen.

Ziggy wechselte nochmals das Magazin und nickte dem Buchhalter zu. »Wenn ich dann bitten darf.«

Der Buchhalter eilte mit einem Blatt Papier und einem Videoband auf Ziggy zu.

»Mir doch nicht, du Trottel«, herrschte Ziggy ihn an. »Zeig's Doktorchen!«

Der Buchhalter brachte Papier und Video zu Anton und ließ ihn staunen.

»Ein Geständnis!«

Ziggy floss förmlich über vor Triumph. »Genau. Und das Video, das er aus der Überwachungsanlage geklaut hat. Ist alles drauf. Ich hab's mir angesehen. Den Schluss, wo die Mutti das Doktorchen mit der Pistole aus der Bank gescheucht hat, hab ich gelöscht. Für alle Fälle.«

Flora schluckte. Der Himmel hatte ihr Flehen erhört. Endlich! Anton konnte sich rehabilitieren! Jetzt war alles in Ordnung.

Bis auf eine einzige, unangenehme Kleinigkeit.

Sie starrte benommen auf den Betonklotz.

Von Ziggy schien ein Leuchten auszugehen. Dies war die Stunde des Siegers, und sie gehörte ihm allein.

Der Buchhalter kam auf sein Kommando mit Antons Koffer herbeigelaufen. Ziggy nahm ihn und wog ihn in der Hand. »Und hier, zum guten Schluss, haben wir die Knete. Den Mammon. Den Zaster. Die Scheinchen. Den Schotter. Die Kohle.« Ziggy lächelte sie listig an. »Womit wir auch schon beim Geschäftlichen sind.«

Flora nahm nur verschwommen wahr, dass er ihre Vorliebe für Synonyme zu teilen schien. Wie hypnotisiert

blickte sie auf die brillantengeschmückte Hand, die liebevoll den Koffer tätschelte.

Anton zwang sich, einen Kommentar abzugeben. »Herr Ziegler, als Ihr Anwalt habe ich die Pflicht, Sie darauf hinzuweisen, dass solche Art von Geschäften aus juristischer Sicht ...«

»Das ist ja das Gute an diesem Geschäft«, kam Ziggy eilig Antons Einwand zuvor. »Wir haben alle was davon. Jeder ist glücklich. Ihr habt das Video und das Geständnis von dem Bank-Arsch. Ich habe den Koffer mit der Kohle. Und der Bank-Arsch hat die Gewissheit, dass er niemals, niemals, niemals ins Gefängnis muss!«

Sein Kopf ruckte, der Pferdeschwanz flog, und das Auge hüpfte im Rhythmus seines keckernden Gelächters vor und zurück.

Xavier gab unter dem Klebeband ein ersticktes Quieken von sich. Seine Augen entwickelten ähnliche Aktivitäten wie das Sehorgan von Ziggy. Er sah aus wie ein unter Strom stehender Frosch.

»Um Gottes willen, Anton«, wisperte Flora. »Tu was!«

Anton schluckte hart. »In manchen Lebenslagen sollte man unbedingt Fatalist bleiben.«

Flora drückte die Hand gegen ihre Lendenwirbel und atmete. Dann schnaufte sie. Ihr Schnaufen ging nahtlos in ein archaisches Stöhnen über. Sie griff mit der freien Hand nach Antons Schulter und drückte sie. Presste sie. Quetschte sie.

Anton zuckte zusammen und sah alarmiert auf die Uhr. »Das ist jetzt die zweite Stressbewältigung innerhalb von fünf Minuten. Hat das was zu bedeuten?«

»Anton«, wimmerte Flora auf dem Höhepunkt der Wehe, »mach was! Hilf ihm!«

»Und was, bitte schön? Soll ich vielleicht die Kavallerie rufen?«

Lautes Klirren lenkte die allgemeine Aufmerksamkeit auf eines der Fenster, das in diesem Augenblick in einer Fontäne von Glas nach innen barst. Ein dunkler Gegenstand flog durch die Luft und landete mit dumpfem Knall dicht neben Ziggy auf dem Boden. Ein gleißender Blitz zerriss die Dunkelheit, dann folgte ein weiterer Aufprall, nicht weit entfernt von dem ersten, und beißender Rauch begann aufzusteigen und rasch die Luft zu vernebeln.

Ziggy taumelte durch die Schwaden, in jeder Hand eine Pistole. Der Chauffeur tastete sich an den Wänden entlang zur Tür.

Flora kroch hustend über den Fußboden in die Richtung, wo sie Anton vermutete. Sie konnte nichts mehr sehen. Der Blitz hatte zahlreiche vielfarbige Punkte auf ihrer Netzhaut hinterlassen, und der Rauch brannte in ihren Bronchien wie Feuer.

Mit dem Kopf stieß sie gegen etwas Hartes.

»Anton?«

Doch es war nur die Kniescheibe des Buchhalters, der orientierungslos an ihr vorbeigetorkelt kam.

»Anton?«, versuchte sie es erneut.

»Flora?«

»Ja, ich bin hier!«, brachte sie mit rauer Stimme heraus. »Wo bist du?«

»Ich bin hier drüben!«

Flora kroch in die Richtung, aus der seine Stimme kam.

Dabei kam sie an der Betonmischmaschine vorbei. Die Stablampe war zu Boden gefallen und beleuchtete nebelhaft den Stuhl, auf dem Xavier gefährlich hin und her wippte. In seiner Not musste er es irgendwie geschafft haben, ihn zum Wackeln zu bringen.

Durch das zerbrochene Fenster brüllte eine megaphonverstärkte Stimme: »Hier spricht die Polizei! Kommen Sie mit erhobenen Händen heraus!«

Kleff, dachte Flora. Und die Kavallerie. Jetzt hatte man sie doch noch gefunden. Keinen Moment zu früh.

Der Stuhl mit Xavier wippte immer stärker von einer Seite auf die andere, kippte plötzlich um und landete krachend auf dem Boden. Flora, die allmählich ihr Sehvermögen zurückgewann, erkannte, dass Xavier es jetzt keineswegs bequemer hatte. Er hatte sich den Kopf angestoßen und gurgelte schmerzvoll durch das Klebeband. Allem Anschein nach versuchte er zu husten, der arme Kerl, kein Wunder bei dem scheußlichen Qualm überall! Flora rieb sich die tränenden Augen und kroch zu ihm hinüber. Seine Hände waren mit Stricken zusammengebunden und zusätzlich an der Stuhllehne befestigt, glücklicherweise mit lauter klassischen Seemannsknoten, die leicht zu lösen waren, jedenfalls für jemanden, der beide Hände frei hatte. Flora schaffte es mit wenigen Griffen, Xavier von den Fesseln und damit zugleich vom Stuhl zu befreien. Er riss sich sofort den Leukoplaststreifen vom Mund, hustete, spuckte, rieb sich den Mund ab.

»Herr Xavier, es tut mir so wahnsinnig Leid, ich hoffe, es geht Ihnen …«

Er beachtete sie überhaupt nicht, sondern kroch ohne ein Wort des Dankes davon, flach auf dem Bauch, Hand über Hand, Ellbogen über Ellbogen.

Na so was, dachte Flora, wie ein Soldat im Feuergefecht!

Xaviers eingegossene Füße scharrten hinter ihm her, doch er ließ sich nicht beirren. Er hatte ein festes Ziel vor Augen: Ein Blatt Papier, das vorhin in dem allgemeinen Trubel von allen anderen unbemerkt zu Boden geflattert war, an einer Stelle, die Xavier seitdem nicht mehr aus den Augen gelassen hatte.

»Anton?«, rief Flora verzweifelt.

»Hier!«, keuchte er.

Es klang etwas näher als vorher, doch die Richtung

hatte sich geändert. Flora orientierte sich neu und kroch weiter.

Aus dem Trappeln etlicher Füße und barsch gebellten Kommandos wie »Legen Sie sich flach auf den Boden!« und »Hände über den Kopf!« schloss sie, dass Polizisten die Halle gestürmt hatten.

Ziggy kam in der Nähe an ihr vorbeigewankt, rücksichtslos die Luft mit Blei durchsiebend. Es war unmöglich zu sagen, ob er wusste, auf wen oder was er schoss. Vielleicht tat er es einfach aus Spaß. Querschläger summten durch die Halle und fetzten Löcher in die Wände. Eine der Kugeln traf die Glühbirne, und es wurde noch finsterer, doch nur Augenblicke später zerschnitten Scheinwerfer von draußen fächerartig die Dunkelheit.

»Geben Sie auf!«, brüllte Kleffs Megaphonstimme, die von allen Seiten gleichzeitig zu kommen schien. »Stellen Sie sich!«

»Das wollen wir ja die ganze Zeit!«, rief Anton. Sein Kopf schmerzte unsäglich. Er kroch hustend und tastend durch den Rauch, möglichst dicht an der Wand entlang, um nicht in die Schusslinie, von wem auch immer, zu geraten.

»Flora!«, schrie er. »Wo bist du?«

»Hier«, sagte sie. Sie hockte dicht hinter ihm. Ihre Augen waren nass und geschwollen, und ihre Lippen zitterten. Doch sie lächelte. »Ich bin hier.«

Anton nahm ihre Hand.

Die Schießerei ging weiter. Der Chauffeur und der Buchhalter wurden von Heerscharen von Polizisten gestellt, als sie an der Rückseite der Halle ein Fenster einschlugen und ins Freie klettern wollten.

Ziggy verschanzte sich unterdessen hinter einer verrosteten Ziegelpresse und verschoss das nächste Magazin.

Xaviers Betonklotz zog eine Schleifspur kreuz und quer

durch die Halle. Er kaute und würgte noch an seinem Geständnis. Das Papier war trocken und faserig, er hätte nie gedacht, dass es so lange dauern könnte, ein einziges Blatt aufzuessen. Die Tinte, mit der er es verfasst hatte, setzte ihm zusätzlich mit widerwärtig seifigem Geschmack zu. Noch schlimmer waren die Stiche und das Klopfen in seinen Füßen. Er hegte den Verdacht, dass es seinen Knochen nicht gut getan hatte, als er mit dem Stuhl umgefallen war. Der Klotz war zwar fast gleichzeitig mit ihm umgekippt – aber eben nur fast.

Doch seine Beine waren jetzt zweitrangig. Xavier hatte sich nicht nur die Stelle gemerkt, an der das Blatt heruntergesegelt war, sondern sich auch eingeprägt, wo Anton das Video fallen gelassen hatte. Er versuchte, es in die Brusttasche seines Sakkos zu schieben, doch es passte nicht hinein. Kurzerhand nahm er es zwischen die Zähne und robbte weiter. Er empfand es als – verdienten – glücklichen Fingerzeig des Schicksals, dass er nach wenigen Metern auch noch auf den Koffer stieß, den dieser irre Killer vermutlich dort abgestellt hatte, um beide Hände zum Schießen frei zu haben.

Es gab ein kleines Transportproblem, das Xavier jedoch schnell löste. Er legte einfach das Video zu seinem Geld in den Koffer, klappte ihn wieder zu, schob den Griff zwischen die Zähne und machte sich auf den langen, beschwerlichen Weg zum Tor. Dieses stand inzwischen weit offen, und überall waren herumrennende Beine zu sehen.

Es könnte sinnvoll sein, den Koffer an sicherer Stelle zu deponieren, überlegte Xavier, vielleicht hinter einem dieser bröckelnden Ziegelhaufen da drüben. Zumindest vorübergehend. Bis er befreit war. Dann könnte er morgen oder übermorgen oder nächste Woche ungestört …

Eines der vielen Beinpaare kam mitten durch das Tohuwabohu auf ihn zu. Xaviers Blicke wanderten von den

schlecht geputzten Schuhen über die fleckigen Hosenbeine hoch bis zum abgetragenen Trenchcoat. Kleff beugte sich zu ihm herab, nahm ihm den Koffer aus dem Mund, klappte ihn auf und unterzog das Video und die Geldstapel kurzer, emotionsloser Betrachtung. »Tja«, sagte er mit bezeichnendem Blick auf den Zementklotz, »jetzt weiß ich auch, wo das Sprichwort herkommt.«

»Äh?«, machte Xavier dümmlich.

»Lügen haben kurze Beine.«

Kleine Fische schwimmen schneller

Diesmal, so beglückwünschte Herbert Schartenbrink sich mit wild klopfendem Herzen, hatte er es wirklich geschafft. Allein die Sequenzen, die sie bis jetzt im Kasten hatten, waren nicht mehr zu überbieten. Und er klopfte sich im Geiste selbst auf die Schulter, dass er das große Team zusammengetrommelt hatte, Beleuchter, Kameramann, Tontechniker, Assistent und Aufnahmeleiter. Alles war bestens, inklusive Ü-Wagen. Niemand würde ihm diese Liveshow vermasseln.

Sie hatten einen Over-Shoulder-Shot mit Schartenbrink gemacht, wie er auf die runtergekommene Ziegelei zulief, dann einen Schwenk auf die näher kommenden Blaulichter, wieder zurück zur Fabrik. Und anschließend die ganze Polizeiaktion von Anfang an bis jetzt.

Gerade wurden die beiden Knechte vom Zigeuner in einen der Streifenwagen verladen, in Handschellen, Bullenfäuste im Nacken, wie es sich gehörte.

Zeit für einen kurzen Schwenk auf den Kommentator.

Schartenbrink sah das Auge der Kamera und glühte förmlich auf. »Meine Damen und Herren! Wir wurden soeben Zeuge, wie ein Sondereinsatzkommando der Polizei

nach Abwurf einer Blendgranate schwer bewaffnet das Gebäude stürmte. Es handelt sich hierbei um eben jene Fabrik, in der Zacharias Ziegler alias Ziggy der Zigeuner vor einigen Monaten Wilhelm Tellmeiers Füße in Beton gegossen haben soll, um ihn dann später im Baggersee zu ertränken. Wie Sie sicher alle noch wissen, wurde Ziegler in dem erst kürzlich zu Ende gegangenen Mordprozess freigesprochen. Verteidiger in diesem Aufsehen erregenden Verfahren war Dr. Anton Winkler, nach dem die Polizei seit Tagen fieberhaft wegen einer möglichen Beteiligung an dem Banküberfall fahndet. Im Zusammenhang mit dem Bankraub sucht die Polizei ferner nach der hochschwangeren Autorin Flora Zimmermann. Unserer Redaktion liegen vertrauliche Informationen vor, denen zufolge sich der Anwalt und die Mutter hier aufhalten sollen.«

Schwenk auf das Gebäude, eine Totale, dann Zoom auf den Qualm, der aus den Fenstern drang.

Und die ganze Zeit die Knallerei der Schüsse.

Jetzt! Da tat sich was! Zwei Polizisten kamen raus, kräftige Typen, und sie trugen etwas …

Schartenbrink, den es einen Dreck scherte, ob er erschossen wurde (man stelle sich die Quote vor!), ging mit Todesverachtung aufs Zentrum des Geschehens zu. Die Männer vom Team folgten ihm mit einiger Verzögerung und blieben nach wenigen Schritten wie vor einer unsichtbaren Demarkationslinie stehen. Schartenbrink zeigte ihnen im Geiste den Mittelfinger. Doch als er sah, was die Polizisten gerade aus dem Gebäude herausgeschleppt hatten und ohne viel Getue neben einem der Streifenwagen in den Kies fallen ließen, wich sein Zorn über die Feigheit seiner Kollegen ungeheurer Erregung. Das war Reality-TV!

Seine Stimme überschlug sich vor hysterischem Eifer. »Meine Damen und Herren, das ist unglaublich, es ist nicht zu fassen, Sie haben es soeben mit Ihren eigenen Augen

gesehen! Die Polizei hat eine männliche Person aus dem Gebäude getragen und neben einem der Einsatzfahrzeuge abgeladen wie einen Sack Mehl! Bei dieser männlichen Person handelt es sich zweifelsfrei um den Bankangestellten, in dessen Filiale der Überfall verübt worden war!« Er ging noch näher hin, und als er weitere Einzelheiten erkannte, verlor er beinahe das Bewusstsein, so stark wurde seine Erregung. Er fühlte sich geradezu erleuchtet, wie ein Heiliger auf dem Scheiterhaufen. So musste es sein, für die gute Sache zu sterben und in den Himmel zu kommen!

»Er trägt Handschellen, meine Damen und Herren! Handschellen! Das darf wohl als untrügliches Zeichen verstanden werden, dass dieser Mann verhaftet wurde! Von der Polizei verhaftet! Doch was ist das?!« Die letzten Worte brüllte Schartenbrink so laut, als müsste er ein ganzes Fußballstadion beschallen. Die Regie strafte ihn sofort ab, und Schartenbrink zwang sich, seine Lautstärke zu drosseln. Mit dramatischer Gebärde zeigte er auf Xavier. »Er hat einen Betonklotz an den Füßen! Ja, ist denn das die Möglichkeit! Doch es ist wirklich wahr, unsere Augen trügen uns nicht!«

Der Kameramann zoomte auf Anweisung des Aufnahmeleiters den Klotz gebührend heran.

Schartenbrink war indessen nicht zu bremsen. »Hier ist jede Erklärung überflüssig, meine Damen und Herren! Als Zuschauer von AMS ist es Ihnen tatsächlich vergönnt, eine wahre Sternstunde der Verbrechensbekämpfung aus unmittelbarer Nähe mitzuerleben!«

Seine Stimme wurde ernst, als er auf den Streifenwagen deutete, in dem Buchhalter und Chauffeur saßen und sichtlich mit ihrem Schicksal haderten. »Für unsere Zuschauer, die erst jetzt eingeschaltet haben: Außer dem Bankangestellten Xavier wurden zwei weitere mutmaßliche Verbrecher dingfest gemacht, es sind dies Angestellte von Ziegler alias Ziggy, die nach Erkenntnissen unserer

Redaktion früher als Betonbauer gearbeitet haben, bevor sie sich dem Handwerk des Türstehers und Lokalaufsehers zuwandten. Für Ziegler sollen sie angeblich als Chauffeur und Buchhalter tätig gewesen sein.«

In seinem Ohrstöpsel hörte er den Unterbrechungshinweis von der Regie und wäre fast zum Mörder geworden. »Meine Damen und Herren, ich bin Herbert Schartenbrink, live für Sie vom Schauplatz des Verbrechens! Wir unterbrechen nur kurz für die Werbung! Bleiben Sie bitte dran!«

Für eine Zigarettenpause war der Zeitpunkt, ebenso wie für den Werbeblock, denkbar schlecht gewählt. Das wurde den Männern vom AMS-Team im selben Moment klar, als sie mitbekamen, wie Ziggy mit einem gewaltigen Hechtsprung aus einem der noch intakten Fenster geflogen kam, zusammen mit den Scherben im Kies landete und gekonnt über die Schulter abrollte. Einen Lidschlag später war er auf den Füßen und spurtete los, in die Dunkelheit. Kleff kam aus dem Tor gerannt und jagte hinter Ziggy her, gefolgt von einem halben Dutzend Polizisten, die aus der Fabrik und von den Streifenwagen dazustießen und rasch aufschlossen.

»Shit!«, brüllte Schartenbrink. »Da vorn rennen Ziggy und Kleff! Und die ganze Kohorte! Nichts wie hinterher!« Er warf seine angerauchte Zigarette weg und nahm die Beine in die Hand. Die übrigen Männer vom Team schulterten ihr Equipment und rannten ihm nach. Schartenbrink war in seiner Jugend Schulsieger im Kurzstreckenlauf gewesen und erreichte daher Sekunden vor dem restlichen Team die Stelle, an der Kleff soeben in der Manier eines hoch bezahlten Footballspielers Ziggy mit einem erstklassigen Bodycheck zu Fall brachte. Die übrigen Beamten der Sondereinsatztruppe verteilten sich wie um eine Arena, blieben stehen und schauten zu.

»Mikro«, schrie Schartenbrink über die Schulter, »Licht! Kamera!«

»Kamera läuft«, keuchte der Kameramann.

Der Beleuchter kam angestolpert und hielt zitternd den Scheinwerfer hoch. Von irgendwoher gelangte das Mikro in Schartenbrinks Hand.

Kleff kniete auf Ziggys Rücken, hielt dessen Pferdeschwanz gepackt und riss ihm damit den Kopf ins Genick wie einem bockenden Gaul. Ziggy zappelte mit den Beinen und fluchte gotteslästerlich in allen Tonlagen.

Schartenbrink hielt Kleff das Mikro vor den Mund.

»Herr Hauptkommissar Kleff, können Sie für unsere Zuschauer die logistischen Einzelheiten dieser heldenhaften Aktion ...«

Kleffs Hand kam hoch und schob das Mikro weg. Dann zog er Handschellen hervor, verdrehte Ziggy brutal die Arme nach hinten und fesselte ihn.

»Fuck!«, brüllte Ziggy ein ums andere Mal.

»Haben wir das?«, fragte Schartenbrink. Er streckte das gelbe Mikro aus, dicht vor Ziggys Lippen, bis es für die Kamera so aussah, als wolle er den Affen mit einer Banane füttern.

»Herr Ziegler, erst vor kurzem haben Sie sich von schweren strafrechtlichen Vorwürfen reinwaschen können. Umso bitterer muss dieses momentane Erlebnis für Sie sein. Was empfinden Sie in diesem Augenblick ihrer doch sehr persönlichen Niederlage?«

Ziggys Auge glubschte zu ihm hoch. »Was ich dazu sage? Fick dich ins Knie. Oder besser, in den Arsch. Und benutz das hier dafür!« Er biss heftig in das Mikro, und Schartenbrink war zum ersten Mal in seinem Leben sprachlos. Er zerrte die teure Technik zwischen Ziggys Zähnen hervor und trat ein paar Schritte zurück.

»Okay«, sagte er beiläufig, »bis die Werbung zu Ende

ist, gehen wir mal alle rüber in die Fabrik und filmen die Stelle, an der Willy Tellmeier die Füße eingegossen wurden.« An den Beleuchter gewandt, fügte er hinzu: »Da brauchen wir aber mehr Licht, oder? Und besorg mir mal eben einer ein neues Mikro!«

»Lass uns zuerst diesen Bankfuzzi da drüben interviewen, Herby«, sagte der Aufnahmeleiter. »Der Typ ist echt der Hammer, mit dem Zementklotz an den Hacken.«

»Mir auch recht.«

Der Assistent mischte sich ein. »Hör mal, Herby, in der Funkmeldung hat es doch geheißen, dass der Anwalt und die Mutter auch hier draußen sein sollen.«

Kleff richtete sich misstrauisch auf. »Hören Sie etwa den Polizeifunk ab?«

»Wie kommen Sie denn da drauf, Chef?«, fragte Schartenbrink fromm zurück. Zum Aufnahmeleiter meinte er: »Vielleicht hat Ziggy die beiden kaltgemacht und da drin versteckt oder so. Kommt, wir gehen rein.«

»Können Sie sich sparen«, sagte Kleff abfällig.

»Wie?«

»Die beiden sind nicht tot. Sie sind sogar putzmunter und leihen sich gerade eben in diesem Moment Ihren Wagen aus.«

Alle Köpfe fuhren herum, zum Ü-Wagen, der in etwa hundert Metern Entfernung geparkt war. Anton stand an der offenen Beifahrertür, blickte zu ihnen herüber und peilte die Lage, was ihn jedoch nicht davon abhielt, gleichzeitig Flora in den Wagen zu helfen. Dann stieg er selbst ein und knallte die Tür hinter sich zu.

»Herby, du hast doch die Wagenschlüssel, oder?«, fragte der Assistent.

»Wieso ich? Hast du sie denn nicht? Wer ist denn gefahren, hey?«

Die Frage erübrigte sich sofort, denn im nächsten

Augenblick erwachte der Motor heulend zum Leben, die Scheinwerfer leuchteten auf, die Räder drehten auf dem Schotter durch, und dann brauste der Ü-Wagen von dannen.

»Mist!«, schrie der Aufnahmeleiter. »Jetzt sind wir angeschmiert!«

Schartenbrink wandte sich fassungslos an Kleff. »Was ist, Mann? Wieso hopsen Sie nicht in Ihren Streifenwagen und düsen hinterher?«

»Wozu denn? Ich hab, was ich wollte.« Kleff zerrte Ziggy auf die Füße und schubste ihn in Richtung der übrigen Einsatzbeamten.

Schartenbrink war außer sich. »Wozu? Sie fragen mich allen Ernstes wozu? Ja, Himmel noch mal, weshalb sind Sie dann die ganze Zeit hinter den beiden hergehetzt?«

»Manchmal muss man eben kleine Fische jagen, um die großen zu schnappen.«

»Und die kleinen Fische? Lassen Sie die jetzt schwimmen oder was?«

»Die kommen nicht weit, glauben Sie mir. Außerdem haben die jetzt ganz andere Sorgen.«

Die hatten sie wirklich. Flora krümmte sich auf dem Beifahrersitz des Ü-Wagens und stieß einen lauten, anhaltenden Schrei aus. Ihr war, als hätte ihr jemand ein Messer in den Leib gerammt und würde es genüsslich umdrehen.

»Flora! Was ist denn?«, rief Anton in höchstem Entsetzen.

»Ich krieg ein Kind«, sagte sie mit knirschenden Zähnen.

»Jetzt?«

»Weiß ich doch nicht.« Die Wehe ebbte ab, und Flora fiel zu einem Häufchen Elend zusammen.

»Du atmest falsch«, behauptete er nach einer Weile.

»Woher willst du das wissen?«

»Du hast es mir ja oft genug vorgemacht.« Anton atmete tief durch die Nase ein. »Einundzwanzig, zweiund-

zwanzig. Und aus.« Er blähte die Backen und blies die Luft langsam durch die gespitzten Lippen wieder aus. »Siehst du? Ist doch ganz einfach.«

Flora umklammerte mit beiden Händen ihren Bauch und fing an zu wimmern, als das Messer erneut zustieß. »Ich kann nicht mehr atmen, Anton.«

»Jeder Mensch kann atmen!«

»Ich nicht.«

»Aber du musst!«

»Geht nicht!«

»Aber wieso denn nicht?«

»Es tut viel zu weh!«

Der Ü-Wagen preschte mit Vollgas durch die Dunkelheit. Das holprige Gelände erschwerte es Anton zusätzlich, sich mit den ungewohnten Ausmaßen und Eigenheiten des Fahrzeugs vertraut zu machen. Auf die Konsole mit den zahllosen Reglern, Schaltern und Monitoren im hinteren Teil des Wagens hatte er kaum einen Blick verschwendet. Er war zu sehr damit beschäftigt, nicht vom Weg abzukommen. Irgendwo hinten im Wagen knallte es jedesmal, wenn die Räder auf eines der unzähligen Schlaglöcher trafen. Endlich erreichten sie die Straße. Doch es waren immer noch rund dreißig Kilometer bis zur Klinik.

»Glaubst du, dass du es noch ne viertel Stunde aushältst?« Er selbst war nicht davon überzeugt. Die Wehen folgten unglaublich dicht aufeinander.

Anstelle einer Antwort stöhnte Flora vor sich hin. Sie war überzeugt, dass sie sterben müsse. Kein Mensch konnte solche Schmerzen aushalten. Wozu hatte sie überhaupt monatelang diese dämliche Gymnastik gemacht und all die überflüssigen Atemübungen einstudiert? Wie konnte sie ihren Beckenboden entspannen, wenn es so scheiß wehtat, dass sie nicht mal mehr wusste, wo zum Teufel ihr Beckenboden sich befand? Wie, um alles in der Welt, hatte

sie Heiner erlauben können, ihr ein Kind zu machen? Und welche Frau, die klar bei Verstand war, konnte auf die Idee verfallen, sich das ein zweites oder sogar ein drittes Mal anzutun? Ihr war klar, dass die Zahl der Mehrfachmütter in die Abermillionen ging. Also konnte es bei denen längst nicht so schlimm gewesen sein wie jetzt bei ihr.

»Anton?«, fragte sie in der nächsten Wehenpause.

»Ja?«

»Warst du schon mal bei ner Geburt dabei?«

»Du lieber Himmel, nein!«

Er wartete auf die unvermeidliche Frage (die er ohne zu zögern bejaht hätte), doch sie meinte stattdessen: »Glaubst du, Kleff hat's gefunden?«

»Was denn? Das Geld?«

»Das auch. Und das Video.«

»Garantiert. Und das Geständnis bestimmt auch.«

Flora schüttelte den Kopf. »Ich hab gesehen, wie er's gefressen hat.«

»Kleff?«

»Nein, Xavier natürlich.«

»Wenn schon. Es war sowieso erpresst und zählt daher nicht. Das Video ist hundertmal so viel wert. Fast so viel wie das Geld.«

»Wird jetzt alles wieder gut?«

»Das wird es«, sagte Anton im Brustton der Überzeugung.

Und er glaubte tatsächlich zuversichtlich daran. Es war, als hätte das Schicksal sich endgültig zu ihren Gunsten gewendet, und zwar exakt in dem Moment, da Flora und er in der verräucherten Halle inmitten des ganzen Durcheinanders unversehrt zueinander gefunden hatten. Anton hatte ihre Hand genommen und ganz plötzlich auf geheimnisvolle Weise gewusst, dass sie eine Chance hatten.

Ziggy hatte mit seiner spektakulären Flucht alle Auf-

merksamkeit auf sich gelenkt und ihnen damit als ihr unfreiwilliger Verbündeter ermöglicht, unbemerkt das Gebäude zu verlassen und den Wagen zu entern, in dem – weitere glückliche Fügung – sogar der Schlüssel gesteckt hatte.

Über diesen Autodiebstahl machte Anton sich keine Sorgen. AMS würde die Fremdnutzung nur zu gern genehmigen. Der Sender würde ihm den Wagen schenken, wenn er es verlangte. Und noch einiges mehr – sobald er dazu kam, mit den verantwortlichen Redakteuren über die Rechte an Floras und seiner Geschichte zu verhandeln.

Floras nächste Wehe kam. Ihr Gesicht war schweißfeucht, ihr Kopf fiel von einer Seite zur anderen, und sie biss sich in die Unterlippe, bis Blut hervortrat.

»Flora?«, rief er ängstlich, überzeugt davon, dass es allenfalls noch Sekunden dauern konnte, bis das Kind kam. Doch die Wehe endete, so wie all die anderen davor, und Flora wurde wieder halbwegs ansprechbar.

»Ich kann das nicht mehr aushalten, Anton«, flüsterte sie.

»Wir sind gleich da«, tröstete er.

»Das sagst du jedes Mal.«

Plötzlich stieß sie einen erschreckten Laut aus.

»Was ist los?«

»Meine Fruchtblase ist eben geplatzt.«

»Um Gottes willen!« Anton wich das Blut aus dem Gesicht. »Ist das schlimm?«

Flora lächelte schwach. »Nein, das ist völlig normal. Es passiert immer am Ende der Eröffnungsphase.«

»Er... öffnungsphase?«

»Ja, der Muttermund muss sich auf rund zehn Zentimeter öffnen. Dazu sind die Wehen da. Sie bringen die Gebärmutter dazu, sich zusammenzuziehen und nach unten hin zu öffnen, damit das Kind rauskann.«

»Und was kommt nach der Eröffnungsphase?«

»Die Austreibungsphase.«

Anton schluckte und trat das Gaspedal bis zum Anschlag durch.

Es dauerte noch zweieinhalb Wehen, bis der Wagen endlich schlingernd in die Auffahrt zur Klinik einbog und mit kreischenden Bremsen vor dem Eingang der Notaufnahme zum Stehen kam. Anton drückte die Hupe nieder und hielt sie fest.

Die Glastüren schwangen auf, und ein Pfleger und eine Krankenschwester kamen zum Ü-Wagen gerannt. Der Pfleger schob eine Roll-Liege vor sich her, als hätte er Floras und Antons Ankuft schon erwartet.

»Sie hat die Wehen jetzt praktisch ohne Pause!«, rief Anton, aus dem Wagen springend. »Ich glaube, das muss die Austreibungsphase sein!«

»Da kommen Sie ja gerade richtig, Herr Rechtsanwalt«, sagte die Schwester, während sie zusammen mit ihrem Kollegen Flora auf die Liege half.

Anton, dem jetzt klar war, dass sie tatsächlich erwartet worden waren, konnte nichts mehr erschüttern. »Lassen Sie mich raten, woher Sie wussten, dass wir kommen.« Er deutete über die Schulter auf das Senderlogo am Ü-Wagen. »Sie sehen AMS.«

Er lief neben der Roll-Liege her und hielt Floras Hand. Ihre Finger zitterten, und ihr Blick war getrübt. Sie war kaum noch bei Bewusstsein, wie es Anton schien, und er kam um vor Angst, dass irgendetwas nicht in Ordnung war.

»Flora, hörst du mich?«

Sie gab keine Antwort. Türen schwangen vor ihnen auf, und der Korridor, in dessen glänzendem Belag sich die Neonröhren von der Decke spiegelten, schien sich bis ins Unendliche zu erstrecken.

Irgendwann erreichten sie eine Tür mit der Aufschrift Kreißsaal. Eine Hebamme nahm sie in Empfang, und An-

ton wollte Floras Hand loslassen, um der Frau Platz zu machen. Doch Flora hielt seine Finger fest umklammert. Ihre Lippen waren blutleer, als sie doch noch die Frage stellte, die Anton erwartet hatte.

»Bleibst du bei mir?«

»Immer«, sagte er aus tiefstem Herzen.

»Das haben Sie unter Zeugen gesagt«, erklärte die Hebamme. An ihrem weißen Kittel steckte ein Namensschild. Sie hieß Hildegard, war kräftig gebaut und roch ein wenig streng. Anton bekam von ihr einen bodenlangen grünen Kittel und eine Papierhaube verpasst. Angstvoll verfolgte er jeden Handgriff der Hebamme, ohne recht zu begreifen, was sie alles tat. Er verfluchte sich, dass er Flora nicht beizeiten über alle Vorkommnisse einer Geburt ausgehorcht hatte. Er hatte ja nicht mal gewusst, dass es eine Eröffnungs- und eine Austreibungsphase gab!

Als Flora unter der nächsten Wehe entsetzlich aufheulte, überkam ihn plötzlich die grauenvolle Vorstellung, dass es nach der Austreibungsphase womöglich noch eine Phase gab, eine weit schlimmere, die alles Vorangegangene in den Schatten stellte!

»Was kommt nach der Austreibungsphase?«, platzte er heraus.

Hildegard unterbrach ihre Arbeit für eine Sekunde und warf ihm einen Blick über ihre massive Schulter zu.

»Das Baby«, sagte sie.

Anton nahm mit aufkeimender Hoffnung wahr, dass sie zu wissen schien, was sie tat. Sie legte eine Art Gurt um Floras Bauch, und dann wurde ein Gerät herangerollt, an das Flora mit Schallköpfen und Kabeln angeschlossen wurde. Ein rasches Pochen ertönte aus dem Lautsprecher, und Anton erkannte fasziniert, dass dies der Herzschlag des Kindes war. Eine Nadel zuckte über einen Papierstreifen und notierte die Stärke der Wehen.

Der Arzt kam und stellte sich als Dr. Neumeister vor. »Da lerne ich ja endlich auch mal den Vater kennen«, sagte er.

Anton sah zu Boden.

Flora sagte schwach von der Liege her: »Sie sehen wohl nicht viel fern, oder?«

Dr. Neumeister zuckte die Achseln. »Selten. Das meiste vergesse ich sofort wieder. Ich glaube lieber das, was ich selber sehe.« Er beugte sich über Flora und drückte ihre Hand. »Haben Sie regelmäßig Ihre Tabletten genommen?«

»Mehr oder weniger. Und ich habe mich sehr viel an der frischen Luft bewegt, wie Sie's mir empfohlen haben.«

»Schön. Sie haben übrigens Glück. Mein Dienst hat gerade angefangen.«

»Meiner auch«, sagte Hildegard. »Wir haben die ganze Nacht Zeit.«

Von dieser Aussicht war Flora wenig begeistert, doch im Moment interessierte sie nur eins. »Wie geht es meinem Baby?«

»Alles in Ordnung«, beruhigte Dr. Neumeister sie, während er sie untersuchte. »Es ist alles ganz normal. So, wie es jetzt aussieht, können wir bald pressen. Bei der nächsten Wehe schauen wir mal, ob's schon eine Presswehe wird.«

»Presswehe?«, fragte Anton mit schwankender Stimme. Was war das schon wieder?

»Das ist normal«, beruhigte Hildegard ihn. »Ohne Presswehe geht nix. Aber so viele wie vorher sind's nicht mehr. Zehn, zwanzig Mal noch, dann ist's geschafft.«

Ungefähr so viel wie die Lebensjahre, die ihn das kosten würde, sagte sich Anton.

Hildegard ging zur Fensterbank, wo ein Cassettenrecorder stand, und kurz darauf erklang Violinenmusik, die sich in Antons Ohren ziemlich stümperhaft anhörte. Doch auf Flora schien das schräge Gefiedel beruhigend zu

wirken. Sie atmete kontrollierter und hörte sogar für ein paar Momente auf, seine längst abgestorbene Hand zu zerquetschen.

Eine Stunde und eine Million Presswehen später war Flora am Ende ihrer Kraft.

»Noch ein Mal, Flora«, mahnte Dr. Neumeister. »Es ist fast da!«

Er und Hildegard machten sich konzentriert zwischen Floras gespreizten Beinen zu schaffen.

Flora hielt apathisch die Augen geschlossen. Sie weigerte sich, länger mitzutun. Sie wollte nur noch tot sein. Wozu ein Kind kriegen? Was hatte man davon? Sie kosteten unendlich viel Geld und Nerven, fraßen einem die Haare vom Kopf, wurden erwachsen, kümmerten sich nicht um einen und mussten am Ende sowieso sterben.

»Pressen Sie, Flora!«, rief Hildegard.

»Ich kann nicht mehr.«

Anton hielt Floras Kopf, wie die Hebamme es ihm gezeigt hatte. In der letzten Stunde hatte er so viel mitgepresst, dass er das Blut hinter seinen Augäpfeln kochen fühlte.

»Los, press endlich!«, befahl er.

»Ich kann nicht.«

»Doch, du kannst! Einmal wirst du's ja wohl noch schaffen, oder nicht?«

Sie antwortete nicht.

»Hör mir zu«, beschwor er sie, »du kannst es! Du hast bis jetzt alles geschafft, was du dir vorgenommen hast! Es gibt Dinge, für die man kämpfen muss, weißt du noch? Denk an die Schwäne, Flora! Kämpfe!«

Sie öffnete die Augen und sah ihn lange an. Anton spürte, dass sich Kräfte in ihr sammelten, von denen sie bisher nichts geahnt hatte.

»Jetzt!«, forderte Hildegard sie auf.

Flora holte tief Luft und presste, was ihre Muskeln hergaben, zehn, zwanzig, dreißig, vierzig Sekunden lang, angefeuert von den Zurufen ihrer Hebamme, ihres Arztes und ihres Anwalts, und als sie endlich erschöpft zurückfiel, wurde plötzlich um sie herum alles unwirklich still, für eine endlose, atemlose Sekunde lang.

Dann ertönte der schönste Laut, den Anton in seinen fünfunddreißig Jahren je gehört hatte: Der dünne Schrei eines neugeborenen Kindes.

»Ein Mädchen!«, rief Dr. Neumeister, Vater dreier Töchter, begeistert. Zwischen seinen Händen tauchte ein blutiges, nasses, greinendes Bündel Mensch auf, das er behutsam auf Floras Brust legte und mit einem Laken zudeckte.

»Ich gratuliere Ihnen beiden! Sie werden tolle Eltern sein!«

Anton und Flora betrachteten das Baby, dessen winzige Fäuste fuchtelnd diese neue, unermessliche Weite eroberten, und beide erlebten dieses wunderbarste aller Wunder gemeinsam.

Nachwehen

Florinda und Antonio waren zusammen, und nur das zählte. Schweigend gaben sie sich der Magie des Augenblicks hin. Sie wussten beide, dass das hier etwas Unwiederbringliches, Einmaliges war. Diese kostbarsten Momente, die das Leben zu schenken hat, erfüllten sie mit einem besonderen Zauber. Das war es, worum sich alles drehte, worauf alle Kräfte zielten: Die Quintessenz reinen Glücks.

Es klopfte an der Tür, und Flora hörte widerwillig auf zu schreiben. Überrascht und zugleich bedrückt sah sie, wie Kleff ins Zimmer trat. Er war der letzte Mensch,

den sie hier zu sehen erwartet hatte. Sie drückte die Speichertaste, klappte den Laptop zu und legte ihn auf ihren Nachttisch.

»Störe ich?«, fragte er mit erstaunlich leiser und höflicher Stimme.

Flora schüttelte den Kopf, zog die Decke bis zum Kinn hoch und erwiderte unbeholfen seinen Händedruck.

»Haben Sie eine Minute Zeit?«, fragte er.

»Ja, natürlich.«

Kleff zog sich einen Stuhl heran und schaute zum anderen Bett hinüber, doch Floras Zimmernachbarin schlief tief und fest. Sie hatte erst in der vergangenen Nacht per Kaiserschnitt entbunden und noch nicht die Nachwirkungen der Narkose überstanden.

Bevor Kleff sich setzte, beugte er sich in einer verlegenen Geste über das kleine Glasbett, betrachtete die im Schlaf geballten Händchen und den feinen blonden Haarflaum. Der kleine Mund öffnete sich zu einem unbewussten, flüchtigen Lächeln, dem Engelslächeln der Neugeborenen, und Kleff, dem alten, gewieften, mit allen Wassern gewaschenen Raubein, wären beinahe die Tränen gekommen.

Er räusperte sich. »Herzlichen Glückwunsch auch noch«, sagte er mit belegter Stimme.

»Danke.«

Er las den Namen auf dem rosa Schildchen am Kopfende des Babybettchens. »Amanda. Schöner Name. Ich hatte mal einen Hund, der so hieß.« Im selben Moment schien ihm aufzugehen, dass dieser Vergleich in den Ohren einer stolzen jungen Mutter wohl nicht besonders erbaulich klang, und hastig setzte er hinzu: »Nicht, dass ich damit sagen will, dass es ein Hundename ist!«

»Ist schon in Ordnung«, sagte Flora, ein Lächeln unterdrückend. Wie kam es, dass der Typ auf einmal so menschlich auf sie wirkte?

»Ich bin sozusagen dienstlich hier«, sagte er, die Beine übereinander schlagend. »Ich hoffe, dass Sie sich einer Unterhaltung über … ähm, nun ja, Sie wissen schon … über die Sache in der Bank gewachsen fühlen.«

Es klang wie eine Frage, und Flora wusste, wenn sie Nein gesagt hätte, wäre er aufgestanden, hätte sich höflich verabschiedet und wäre gegangen. Um später wiederzukommen. Vielleicht in einer Woche, vielleicht in zwei. Aber kommen würde er auf jeden Fall.

»Ich bin schon wieder ziemlich fit«, erklärte sie wahrheitsgemäß. »Und ich will's auch nicht rausschieben. Anton hat mir klipp und klar gesagt, was noch auf mich zukommt.«

Kleff nickte und spielte mit dem losen Gürtel seines Trenchcoats, den er, wohl als Zugeständnis an die sommerliche Wärme, offen trug. »Er hat Recht. Bankraub – auch versuchter – ist kein Pappenstiel.«

»Sind Sie gekommen, um mir das zu sagen?«

»Nein. Erst mal möchte ich was klarstellen. Es stimmt, dass ich sauer auf Herrn Dr. Winkler war. Zum Teufel, ich bin's immer noch. Ich konnte Ziggys Freispruch nicht als sportlicher Verlierer nehmen. Dafür war der Fall viel zu ernst. Ich bin seit vielen Jahren bei der Kripo und weiß, was Sache ist. Hier ging es um Mord, um eiskalten, grausamen Mord, nicht mehr und nicht weniger. Und Herr Dr. Winkler wusste das verdammt genau, als er diesen Killer vor Gericht rauspaukte. Ich gebe zu, es wäre mir ein Fest gewesen, Dr. Winkler wegen Bankraubs dranzukriegen, doch mir war von Anfang an klar, dass das nicht sein Ding ist.«

Flora glaubte, sich verhört zu haben. Wie betäubt starrte sie ihr Gegenüber an, als wollte Sie sagen: Sind wir denn ganz umsonst geflohen? Haben wir all diese Strapazen für nichts und wieder nichts auf uns genommen?

Er schien ihre Gedanken zu lesen. »Es war ziemlich

unüberlegt von Ihnen, wegzulaufen. Völlig überflüssig. Schön, Sie wurden beide im Zusammenhang mit dem Überfall gesucht, aber so, wie die Sache aussah, wären Sie nach ein paar Vernehmungen wieder auf freien Fuß gesetzt worden. Sie wegen Ihrer Schwangerschaft, und Herr Dr. Winkler, weil er nichts damit zu tun hatte. Ich wollte ihnen das schon ein paarmal gesagt haben, doch Sie hatten es ja jedesmal so eilig, wegzukommen. Ich muss gestehen, dass es mich kränkt, für so dämlich gehalten zu werden. Ich hatte gleich Xavier in Verdacht. Das verschwundene Video, die Nummer mit der angeblichen Beteiligung von Herrn Dr. Winkler. Das war doch von vorne bis hinten faul. Nur – ich konnte dem Kerl ohne Ihre Aussage nichts beweisen! Tja, das haben ja dann Sie selbst in die Hand genommen. Ich ahnte gleich, dass Sie beide mit ziemlicher Sicherheit versuchen würden, ihm einzuheizen. Was Sie dann auch mit Ziggys Hilfe getan haben.«

Flora wurde rot. »Ich konnte doch nicht wissen …«

»… dass Ziggy so übers Ziel rausschießen würde«, beendete er ihren Satz. »Macht nichts. Dafür wussten wir es.«

»Woher? Ich meine, woher wussten Sie überhaupt davon, dass wir da draußen waren und was er vorhatte?«

»Weil wir ihn abgehört haben«, sagte Kleff schlicht. »Wir hatten Mikros im Wilden Weib, in seinem Wagen, in seinem Schlafzimmer. Überall, wo er seine große Klappe aufgemacht hat.«

»Ein Lauschangriff!«

»So nennt man es heute.«

Diese Neuigkeiten musste Flora erst verdauen. Wenn sie darüber nachdachte, was sie alles durchgemacht hatte, und dieser Bulle hier hatte die ganze Zeit über gewusst …

»Sehen Sie es von der praktischen Seite«, meinte Kleff versöhnlich, als hätte er abermals ihre Gedanken gelesen. »Sie haben dabei gewonnen, oder nicht?«

Sie runzelte die Stirn und sah ihn an, dann begriff sie und nickte langsam. Natürlich hatte sie dabei gewonnen. Wenn sie Anton heute, in dieser Stunde, einen Brief schriebe – sie könnte unterschreiben mit *Deine Flora.* Von jetzt an und für immer.

»Den eigentlichen Grund meines Hierseins habe ich noch nicht erwähnt«, fuhr Kleff fort. »Wissen Sie, der Fall – Ihr Fall – hat mich stark beschäftigt. Mehr als sonst. Ich meine, mehr als vergleichbare andere Fälle. Ich weiß nicht, ob Ihnen geläufig ist, welche Aufgaben die Kripo zu erfüllen hat, aber vermutlich denken Sie wie der Rest der Bevölkerung, dass wir die Bösen schnappen. Nun, im Grunde stimmt das auch, doch das ist es nicht allein. Wir sind nicht nur darauf aus, anderen was anzuhängen. Wir müssen auch untersuchen, wieso eine bestimmte Tat begangen wurde. Wir erforschen die Motive, die persönlichen Hintergründe eines Tatverdächtigen und finden so heraus, was ihn angetrieben hat. Und bei Ihnen hab ich das auch getan.«

Er brauchte nicht weiterzusprechen. Flora verstand ihn auch so. Sie erkannte jetzt den Grund, warum er ihre Freunde ausgequetscht und in ihrem Leben herumgeschnüffelt hatte.

»Es ist alles dokumentiert«, sagte er. »Die Ermittlungsakte ist ungewöhnlich vollständig. Ich habe alles an Entlastungsmaterial zusammengetragen, was ich auftreiben konnte. Ihre desolate finanzielle Lage. Ihr Freund, der sie sitzen gelassen hat. Ihre Angst, sich nichts Vernünftiges zum Essen kaufen zu können. Keine Aussicht auf Arbeit. Keine Familie. Der Schock nach der Geschichte im Atelier.«

Flora starrte ihn nur an.

Kleff nickte. »Ja, ist alles da. Ich hab mir echt Mühe gegeben. Ich weiß nicht mal, wieso. Das heißt, eigentlich weiß ich es doch. Sie waren jung, hübsch und hochschwanger. Da wird jeder Mann zum Ritter, oder? Fragen

Sie mal Ihren Herrn Rechtsanwalt.« Er stand auf und betrachtete die friedlich schlafende Amanda. »Um die Strafverhandlung kommen Sie trotzdem nicht herum. Ich persönlich bedaure das, aber so ist nun mal unser Rechtssystem. Doch wenn Sie mich fragen, kommen Sie mit einem blauen Auge davon. Alles, was Sie jetzt noch brauchen, ist ein guter Anwalt.« Er stand auf und gab ihr zum Abschied die Hand. »Aber den haben Sie ja schon, oder?«

»Den besten«, sagte Flora.

»Hast du sie gestillt?«, fragte Anton.

»Bis zum Stehkragen abgefüllt«, erwiderte Flora, in die Jacke ihres Kostüms schlüpfend.

»Hat sie eine frische Windel?«

»Taufrisch.«

»Hat sie aufgestoßen?«

Flora nickte und betrachtete sich im Dielenspiegel von Antons – und jetzt auch ihrer – Wohnung. Sie war etwas blass, doch ansonsten sah sie durchaus respektabel aus.

Anton bettete mit unendlicher Behutsamkeit die schlafende Amanda in die Tragetasche und deckte sie zu. Er fuhr mit dem Zeigefinger über das weiche kleine Ohr und seufzte.

»Bist du nervös?«, fragte Flora.

»Du?«

»Worauf du wetten kannst.« Sie spürte ihren Puls in der Kehle, als sie sich den Mantel überstreifte. In den sechs Monaten seit Amandas Geburt hatte sie ein rundes Dutzend Interviews und Fototermine mit Bravour gemeistert, doch heute, da sie erneut in den Blickpunkt der Öffentlichkeit treten sollte, fühlte sie sich erbärmlich.

Anton nahm die Tragetasche mit dem Baby, Flora den Aktenkoffer.

»Wir packen es«, sagte er, doch Flora hörte den Unter-

ton von Angst in seiner Stimme, und sie sah, wie seine Finger zitterten.

Sie stellte den Koffer kurz wieder ab und umarmte ihn. »Ich liebe dich.«

»Ich liebe dich«, erwiderte er.

Während der Fahrt riss sie den großen braunen Umschlag auf, den sie gerade erst aus dem Briefkasten geholt hatte. Es waren die Druckfahnen ihres Romans.

Ihr Herz tat einen freudigen Satz, als sie das Deckblatt las.

Auf und davon!

Von Flora Zimmermann.

Ihr Ärger darüber, dass ihr eigener Titel nicht berücksichtigt worden war, hatte sich längst verflüchtigt; spätestens beim Anblick ihres ersten Honorarschecks war sie überzeugt gewesen, dass *Auf und davon!* mindestens genauso gut, wenn nicht besser war als *Ihr schnappt uns nie!*

Hastig blätterte sie zur vorletzten Seite durch, bis sie die Stelle gefunden hatte.

Ihr schwerster Gang sollte noch folgen, doch Florinda hatte jede Hilfe, die sie sich wünschen konnte. In der offenen Tür des Gerichtssaals stand Antonio, umflossen von gleißendem Licht wie ein Schutzengel, er streckte ihr die Hand entgegen und geleitete sie hinein. Als die Tür hinter ihr ins Schloss fiel, wusste sie tief in ihrem Inneren, dass sie an Antonios Seite sicher war. Mit ihm zusammen würde sie auch diese Prüfung bestehen. Und so geschah es auch.

Flora schob die Fahnen in den Umschlag zurück und betrachtete Antons Hände am Lenkrad. Sie zitterten nicht mehr, ebenso wenig wie ihre eigenen. Natürlich würden sie's packen. Bis jetzt hatte sie alles geschafft, was sie sich vorgenommen hatte. Weil sie nie aufgehört hatte, an sich zu glauben. Weil es Dinge gab, für die es sich zu kämpfen lohnte.

Mit dieser Erkenntnis hatte sie auch ihr Buch beendet. Die Worte, die sie dafür gewählt hatte, würde sie niemals vergessen.

Nur der Glaube an uns selbst gibt uns Stärke und schöpferische Kraft. Aus diesem Glauben erwächst auch die Liebe und die Fähigkeit, dafür zu kämpfen. Ein Leben lang. So wie die Schwäne.

Für diejenigen, die wissen möchten, was aus den Personen des Romans wurde, hier noch folgende Informationen:

Flora Zimmermann kam mit zwanzig Monaten auf Bewährung davon, und wenn sie nicht irgendwann wieder eine Bank ausraubt oder Leute mit der Pistole belästigt, wird sie niemals einen Knast von innen kennen lernen – es sei denn, anlässlich der Recherchen für eines ihrer Bücher.

Mit ihrem Debütroman avancierte Flora im Nu zur viel gefragten Bestsellerautorin. Der Film zum Buch kommt in Kürze auf die Leinwand.

Anita und Tobias, Floras Freunde, wurden glückliche Eltern eines Söhnchens namens Florian. Anita arbeitet regelmäßig als Floras Tagesmutter und zahlt seitdem eine Menge Steuern.

Zacharias Ziegler alias Ziggy der Zigeuner muss die nächsten fünfzehn Jahre auf seine Schießübungen verzichten. In einem Revolverblättchen war kürzlich zu lesen, dass er seine Zelle mit Zebrafellen ausgehängt und einen fadenscheinigen, übel riechenden Löwenkadaver als Fußwärmer vor seiner Pritsche liegen hat.

Im Gegensatz zu Ziggy kam Xavier mit einem blauen Auge davon. Bei seinem Strafprozess stellte sich rasch heraus, dass er an einer schizoiden Persönlichkeitsstörung mit Hang zum Infantilismus litt. Gegen massive Therapieauflagen wurde seine Freiheitsstrafe zur Bewährung ausgesetzt. Gerüchten zufolge soll seine Mutter sich den Zorn

des Therapeuten zugezogen haben, weil sie Xavier zu jeder Sitzung einen Henkelmann mit heißer Suppe mitgibt.

Floras früherer Lebensgefährte und leiblicher Vater ihres Kindes, Heiner van Beck, wurde rasch als avantgardistischer Maler mit besonderem Hang zu nudistischen Performances bekannt und wohlhabend, wenngleich er es, sozusagen spartenbedingt, in pekuniärer Hinsicht bei weitem nicht mit Flora aufnehmen kann. Flora und Heiner haben sich endgültig aus den Augen verloren, seit Tamara Berger ihn überredet hat, mit ihr auf La Gomera eine Künstlerkolonie zu gründen.

Wie aus Urlauberkreisen verlautet, ist das Projekt vor kurzem geplatzt; seitdem ist Tamara als Animateurin in einem namhaften Club damit befasst, den Leuten die Freude am richtigen Sprechen beizubringen, während Heiner im selben Club eine Malgruppe mit Schwerpunkt Bodypainting leitet.

Bleibt natürlich, last, but not least, Anton. Er ist ein besonderer Fall. Flora hatte ihn gewissermaßen aus den Startlöchern einer großen Karriere gerissen, doch er ist's zufrieden. Seit neuestem ist er ein Anwalt der kleinen Leute, die mit kleinen Fällen, kleinen Geldbeuteln und großen Erwartungen zu ihm kommen. Zu seinen Zeiten als aufstrebender Starjurist bei Schnellberger hätte er nie geglaubt, dass es ihm Spaß machen würde, als Feld-, Wald-, Wiesen- und Vorstadtanwalt zu arbeiten, und doch ist es so. Die Einmann-Kanzlei, die er seit zwei Monaten betreibt, lässt ihm ausreichend Zeit, seine erfolgreiche Frau zu managen und sich um Amanda zu kümmern. Anton ist ein hingebungsvoller Vater, der die Kleine mit Argusaugen behütet und nicht erwarten kann, ihr ein Brüderchen zu bescheren. Und das ist der letzte Stand der Dinge: Flora und er arbeiten daran.